홀랜프

홀랜프 3

신성한 종의 수호자

사이먼 케이 지음

HOLLANP

샘터

차례

프롤로그

ACT 1

ACT 2

ACT 3

에필로그

프롤로그

인간은 자기 뜻대로 계획하고……

올창한 숲 사이로 페카터모리 무리가 뛰어다닌다. 마치 그들의 세상인 듯 나무와 풀 사이를 자유로이 달린다. 하지만 그들의 표정은 쫓기듯 다급하고 두려워 보인다. 그들 뒤로 멘사보드에 탄 마일스 전사 부대가 쫓고 있다. 두려운 표정의 페카터모리 무리와는 다르게 사냥을 즐기듯 여유롭다.

"이기는 사람이 술을 차지하는 거다."

앞선 전사가 말한다.

"저번처럼 반칙만 안 한다면 내가 이기지. 이번에는 진짜 반칙하기 없기다."

뒤의 전사가 투정 부리듯 말한다. 앞서가던 전사가 멘사보드 방향을 페카터모리 쪽으로 조정해둔 채 몸만 뒤로 돌린다.

"너 정도는 솔직히 반칙하지 않아도 이기지."

뒤의 전사가 속상한 듯 씩씩대며 속도를 올린다. 앞의 전사도 웃으며 몸을 앞쪽으로 돌리더니 빠른 속도로 나아간다.

"자자, 서로 사이좋게 이기면 되잖아. 이번에도 홀랜프는 두 마리로 친다."

세 번째 전사가 뒤에서 말한다. 그의 말에 두 전사가 주위를 둘러본다. 페카터모리 무리 앞에 다섯 마리의 중형 홀랜프가 도망치고 있다.

"저것들은 어빌리스도 약해졌는데 왜 저러고 돌아다니는 거야?"

두 번째 전사가 짜증 섞인 목소리로 말한다. 앞에서 뛰어가던 중형 홀랜프 무리는 마치 뒤에 있는 페카터모리 무리를 보호하듯 하며 달린다.

"꼴에 또 뭘 하겠다고."

네 번째 전사가 조롱 섞인 투로 말한다. 그리고 다른 마일스 전사들과 함께 페카터모리 무리와 중형 홀랜프 무리의 위쪽과 양옆으로 나아가 대형을 만든다. 그렇게 서서히 포위망을 좁힌다. 어느새 울창했던 숲의 나무들이 현저히 줄어든 곳에 도착한 다섯 마리 중형 홀랜프 중 두 마리가 페카터모리 무리를 보호하려는 듯 그 뒤로 자리를 옮긴 후 같이 달린다.

앞서 달리던 중형 홀랜프 세 마리가 멈춘다. 뒤에서 페카터모리 무리와 그 뒤를 봐주던 두 마리의 홀랜프도 멈춘다. 자신들을 쫓아오던 마일스 전사들을 따돌렸나 싶어 주위를 둘러본다. 아무도 보이지 않는다.

그때 갑자기 앞에 마일스 전사 부대가 나타난다. 그리고 순식간에 앞에서 두리번거리던 중형 홀랜프 세 마리를 공격한다. 마일스 전사들은 페카터모리가 사용하던 모리스틱Moristick을 꺼내 마치 총처럼 변환시키더니 방아쇠를 당기듯 쏜다. 모리스틱에서 이그니스 럭스Ignis Lux라는 알 수 없는 빛이 나온다. 중형 홀랜프 세 마리 모두 뒤늦게나마 방어하지만 그중 한 마리의 목청이 이그니스 럭스에 맞는다. 목이 날아가 버리고 아담스 애플이 터지더니 아지랑이 연기가 되어버린다. 그 사이로 마일스 전사들의 목소리가 악마처럼 들린다.

"저건 내가 잡은 거다!"

"내가 옆으로 휘둘러서 가능했던 거지! 그리고 누가 모리스틱을 쓰랬나? 반칙이지."

"주어진 무기를 쓴 건데 어때? 잘 사용하는 사람이 임자지."

"그냥 두 사람 다 잡은 거로 해. 아직 더 남았잖아."

아지랑이 사이로 남은 네 마리 중형 홀랜프와 페카터모리 무리가 놀라 달리는 것이 보인다. 그 모습을 마일스 전사들은 비열하게 웃으며 쳐다본다. 도망치는 홀랜프 네 마리와 페카터모리 무리는 보기 안쓰러울 정도다.

그때 멘사보드에 탑승한 해든과 오웬이 나타나더니 손에 든 무기를 이용해 커다란 망을 만들어 빠른 속도로 페카터모리 무리를 생포한다. 갇힌 페카터모리들은 움직이지 못한다. 그러자 그 뒤에 있던 중형 홀랜프 네 마리가 해든과 오웬을 공격한다. 해든이 한 마리의 목청을 쳐내며 아담스 애플을 터트린다. 오웬은 다른 세 마리와 전투를 벌이다 심한 공격을 받고 쓰러진다. 때마침 니나가 나타나 중형 홀랜프 두 마리의 아담스 애플을 순식간에 부순다. 총 세 마리의 홀랜프가 연기가 되어 사라진다.

남은 중형 홀랜프 한 마리가 넘어진 오웬을 공격하려 하자 선우필이 나타나 막는다. 중형 홀랜프가 빠르게 공격하지만 선우필은 모조리 막아낸다. 죽일 의사가 전혀 없는 듯 선우필은 중형 홀랜프의 공격에 방어만 한다. 그러다 약속이라도 한 듯 오웬이 일어나 선우필에게 잡혀 있는 중형 홀랜프의 아담스 애플을 부수려 하는데,

"그냥 내버려둬! 내가 할 거야!"

하며 두 번째 전사가 투정 부리듯 말한다. 그가 빠른 속도로 멘사보드를 듀얼보드로 전환시키더니 모리스틱을 꺼내 남은 한 마리 중형 홀랜프의 다리에 쏜다. 날아오는 이그니스 럭스를 피한 선우필은 잡고 있던 중형 홀랜프의 두 팔을 놓아준다. 중형 홀랜프의 다리가 잘리더니 쓰러진다. 속도를 주체하지 못한 두 번째 전사는 다리가 잘린 중형 홀랜프를 지나 조금 떨어진 곳에서 멈춘다.

"아, 너무 빨랐네."

두 번째 전사가 당황한 듯 소리치고 오웬 앞에 쓰러진 중형 홀랜프는 고통스러운 듯 입을 쩍 벌린다. 오웬은 홀랜프를 보더니 아담스 애플을 쳐내려 한다.

"기다려! 그건 내 거야!"

첫 번째 전사가 외치며 다른 전사들과 함께 빠른 속도로 다가온다. 그리고 쓰러져 있는 중형 홀랜프의 팔다리를 잔인하게 베고 자르기 시작한다. 잘려 나간 중형 홀랜프의 팔다리는 연기가 되어 사라지지만 시간이 지나면서 팔다리가 다시 자란다.

"징그러운 놈들."

"어차피 이렇게 재생되는 육체인데 잡아가서 우리 훈련용으로 쓰면 되잖아."

마일스 전사들은 웃으면서 번갈아 중형 홀랜프의 몸을 자르며

괴롭힌다. 마치 도마뱀의 꼬리처럼 자르면 다시 자라는 육체지만 고통에 몸부림치며 괴성을 지른다. 보다 못한 니나가 멘사검으로 중형 홀랜프의 아담스 애플을 쳐낸다.

"더 고통을 줘야지. 너무 쉽게 끝내면 어떡해?"

마일스 전사가 말하지만 니나는 연기만 쳐다본 채 대답하지 않는다. 니나는 울창한 숲을 보며 점점 커지는 마일스 전사들의 웃음소리가 거슬리는 듯 인상을 찌푸린다.

마일스 전사들은 벌벌 떠는 페카터모리들을 죽이는 대신 고통을 느끼게 해줘야 한다며 팔다리를 계속 벤다. 목청을 제외한 몸의 여러 부위를 마치 고기 썰듯 벤다.

"본부에서 페카터모리는 그대로 생포해서 데려오라고 했잖아요. 이렇게까지 안 해도 될 것 같은데요."

해든이 조심스럽게 말한다.

"어차피 아담스 애플만 남겨놓으면 재생하잖아. 상관없다고."

마일스 전사들은 히죽거리며 서로를 보며 고개를 끄덕인다. 해든과 오웬은 마일스 전사들을 쳐다보다가 미묘한 표정으로 서로를 본다. 뒤에서 마일스 전사들의 행동을 지켜보던 선우필 역시 해든과 오웬의 표정과 비슷하다.

생포한 페카터모리 무리를 데리고 돌아가려는데 아까 히죽거리던 마일스 전사들이 눈빛을 교환하더니 갑자기 페카터모리 두 마리만 남긴 채 모조리 아담스 애플을 쳐낸다. 연기가 차오른다.

운반을 담당하던 마일스 전사가 놀라 쳐다본다.

"뭐 하는 짓이야! 페카터모리는 죽이지 말고 데려오라는 명령인데."

"적어도 두 마리는 데리고 오라 했잖아."

첫 번째 마일스 전사가 히죽거리며 말한다. 옆에 있던 두 번째 마일스 전사가 페카터모리 두 마리를 가리킨다.

"저기 두 마리 남았잖아. 우리가 명령대로 한 거지?"

두 번째 마일스 전사가 다른 마일스 전사들을 쳐다본다. 그들은 웃으면서 고개를 끄덕인다.

"다시 우리 세상이 왔는데 왜 이런 것들을 살려두는 거야? 이런 것들로 실험해서 뭐 어쩌자는 거야? 그냥 없애버리지."

"아직 우리와 같은 사람이기도 해. 어떻게 해서든 다시 사람이 되게 할 방법을 찾아야지."

옆에서 운반을 담당한 마일스 전사가 말한다.

"연구에 필요한 페카터모리 몇 마리만 생포하면 되지 뭐 하러 인력을 이렇게 낭비해? 홀랜프도 쓸모없어진 세상에서."

여섯 번째 마일스 전사도 투덜거린다. 그는 남은 두 마리 페카터모리를 쳐다본다.

"죽여버리기 전에 빨리 인간으로 안 변해?"

눈치를 보던 두 마리가 인간 모습으로 변한다.

"우리를 너무 괴롭히지 마!"

"너무 아프단 말이다. 때리지 말아."

억울한 표정으로 말한다.

"뭘 잘했다고 큰소리야!"

일곱 번째 마일스 전사가 화를 내며 인간으로 변한 두 마리의 머리를 가격한다. 다른 마일스 전사들도 다가와 페카터모리를 때린다. 여덟 번째 마일스 전사가 페카터모리 인간에게 날아 차기를 한다.

"배신자 주제에 도망 다니다 잡혀놓고 아프다고? 뭘 잘했다고 이제야 딴소리야!"

화가 난 두 마리는 다시 페카터모리로 변해 마일스 전사들을 공격하려 한다. 하지만 상대가 안 된다. 마일스 전사들은 페카터모리를 때리면서 점점 악에 받친다.

"죄를 뉘우쳐도 모자랄 판에 어디서 나대?"

아홉 번째 마일스 전사가 화를 내며 두 페카터모리 인간들을 더 심하게 가격한다. 페카터모리들은 수그리고 온몸을 감싼다. 선우필은 이전에 자신을 괴롭힌 급우들을 떠올리며 인상을 찌푸린다.

그때 어디선가 다른 중형 홀랜프가 나타나 페카터모리 인간들을 인정사정없이 내리치고 있는 아홉 번째 마일스 전사를 공격한다. 그는 갑작스러운 공격에 무리에서 떨어지며 바닥에 쓰러진다. 다른 마일스 전사들이 놀라 도와주려고 하지만 이미 거리가 멀어졌다.

중형 홀랜프가 아홉 번째 마일스 전사를 죽이려 달려들 때 선우필이 빠르게 날아가 아담스 애플을 부순다. 쓰러져 있던 아홉 번째 마일스 전사는 자신을 구해준 선우필을 아니꼽게 쳐다본다. 선우필이 손을 내밀지만 마일스 전사는 연기가 피어오르는 바닥에 침을 뱉으며 혼자 일어난다.

"재수 없게 정말……."

선우필에게 한 말인지 죽은 중형 홀랜프를 향해 한 말인지 모른다. 아홉 번째 마일스 전사는 선우필을 지나쳐 무리에 합류한다. 선우필은 뻘쭘해 있다가 무리에 있는 니나와 해든 그리고 오웬을 쳐다본다. 니나와 해든은 짧게 한숨을 쉰다. 선우필은 입술을 꾹 다물고는 그들 쪽으로 간다.

마일스 전사들이 다시 인간의 모습으로 변한 두 페카터모리를 때리면서 차에 태운다.

"확실히 페카터모리가 있는 곳에 홀랜프가 나타난다는 가정이 맞나 보네."

해든이 조용히 니나에게 말한다. 니나는 대답 대신 마일스 전사들과 두 페카터모리 인간들을 쳐다본다. 그러고는 선우필을 본다. 선우필은 별 반응 없이 고개를 푹 숙이고 있다. 그런 그의 머리카락은 이전의 붉은색에서 회색으로 변해가는 중이다. 아무 염색도 하지 않았는데 머리 색이 점차 변해가는 선우필을 보며 니나는 조용히 그리고 깊이 숨을 내쉰다. 군용차가 82 아믹달라 본부로 출발한다.

"여왕이 없어서 그런지 홀랜프의 어빌리스는 확실히 약해졌어. 그저 페카터모리를 보호하려는 습성만 남았나 봐. 언제부턴가 우리가 페카터모리를 잡으려 하면 중형 홀랜프가 꼭 나타났잖아."

한 마일스 전사가 말한다.

"젠장, 알고 있었는데 방심했어."

아홉 번째 마일스 전사가 분한 듯 선우필을 보더니 두 페카터모리 인간들을 쳐다본다.

"그래 봤자 오합지졸이야. 이제 우리가 더 강하니까 이런 것들은 다 사라지게 해야 해."

첫 번째 마일스 전사가 무기력해진 페카터모리 인간을 치며 말한다.

"하지만 홀랜프를 통해 많은 기술을 발전시켰잖아요. 이들도 분명 우리 기술력으로 되돌릴 수 있을 거예요."

오웬이 모리스틱을 집어넣으며 조용히 말한다. 총으로 변환된 모리스틱을 돌리자 다시 조그마한 스틱이 된다. 이제는 개조한 모리스틱이 삼단봉과 함께 마일스의 새 무기가 되었다.

"이것들이 무슨 인간이야! 거지 매국노들이지. 나대다가 패배한 실패작일 뿐이라고. 무슨 지네들이 새로운 진화 형태라고…… 미친것들. 이전에 당한 걸 생각하면 울화가 치미네."

두 번째 마일스 전사도 분한 듯 페카터모리를 힘껏 친다.

"그래도……."

"너희는 우리 전략에 도움이 되니까 데리고 나온 것뿐이야. 사람들이 신이라고 떠받쳐주니까 뭐라도 된 줄 알아? 편하게 사니까 너희들 세상인 것 같지? 벙커에서만 살던 아이들이 뭘 안다고 그래? 조용히 시키는 대로만 하지 왜 이리 나대?"

반박하려는 오웬의 말을 끊으며 두 번째 마일스 전사가 못 참겠다는 듯 말한다. 그러다가 움츠린 오웬 대신 선우필을 째려본다. 선우필은 계속 고개를 숙이고 있다. 마치 그들과 눈을 마주치지 않겠다는 의지 같다. 두 번째 마일스 전사는 선우필을 보다가 옆의 페카터모리 인간을 다시 친다.

"이게 다 너희 때문이잖아!"

세 번째 마일스 전사가 그만하라는 신호를 보내면서 선우필, 해든, 니나, 오웬을 쳐다본다. 아이들은 가만히 페카터모리 인간들을 볼 뿐 별다른 반응을 보이지 않는다.

"그냥 로마 시대처럼 이것들을 우리 노예로 만드는 건 어때?"

첫 번째 전사가 웃으며 말한다. 다른 전사들도 웃으며 동의한다.

"나쁘지 않아. 하늘의 도시도 결국 그럴 계획으로 이것들을 살려 두는 게 아닐까?"

"그럴지도 모르지."

"노예 주제에 자유를 원하니 이것들을 이제 리베르투스Libertus 라고 부르자."

"좋지! 우리는 인제누우스Ingenuus고."

마일스 전사들은 재밌다는 듯 크게 웃는다. 니나는 조용히 목에 걸린 뉴컨밴드를 머리에 장착한다. 뉴컨밴드에서 빛이 나고 외부 소리가 차단된다.

바퀴 달린 군용차는 새롭게 만든 길을 통해 천천히 가는데 어디선가 다른 중형 홀랜프가 나타난다. 아무래도 잡힌 페카터모리를 구하려 하는 듯하다. 네 번째 마일스 전사가 중형 홀랜프를 보고는 두 페카터모리 인간들을 쳐다보며 말한다.

"너희 후원자의 근성 하나는 인정해줘야겠다. 리베르투스 같은 노예 새끼들. 감히 인제누우스에게 덤비려 들다니. 홀랜프가 완전히 멸종되는 날, 너희도 끝인 줄 알아."

"우리 연구원들이 너희를 인간으로 되돌릴 수 있게 기도해라. 그 것만이 너희가 살길이니까. 아니, 기도할 대상이 있기는 한가?"

다섯 번째 마일스 전사가 덧붙인다.

"그래도 리베르투스로 놔둔 채 계속 사냥하고 놔주고 해서 재미를 좀 봐야지."

"아무럼."

네 번째 전사의 말에 다섯 번째 전사가 고개를 끄덕이며 호응한다. 오웬은 그들의 대화가 오글거린다는 표정으로 해든을 쳐다보지만 해든은 오웬의 손을 잡아주며 가만히 있으라는 신호를 보낸다. 이미 니나와 선우필은 마일스 전사들의 대화를 듣고 있지도 않다.

"아는 거 자랑하는 거야? 왜 저렇게 말을 해?"

"그냥 놔두자."

오웬의 질문에 해든이 고개를 끄덕이며 답한다. 선우필과 니나는 이미 다른 곳을 보고 있다.

"이것들을 살려주자고?"

첫 번째 마일스 전사가 얼굴을 찌푸리며 묻는 말에 오웬은 그를 쳐다보다가 가만히 고개를 숙인다.

"다시 인간으로 되돌릴 수 있다면 굳이 죽일 필요는 없잖아."

세 번째 마일스 전사가 말한다.

"정신을 되돌려놔야지 육체만 되돌려놓으면 뭐 하나."

네 번째 마일스 전사가 투덜댄다.

"되돌리든 말든 우선은 저거 먼저 해결하자고!"

첫 번째 마일스 전사의 말에 두 번째 마일스 전사와 네 번째 마일스 전사가 군용차에서 나간다. 군용차 아래에 배치되어 있던 멘사보드 두 대가 나온다. 두 전사는 멘사보드에 탑승한 후 듀얼보드로 전환시킨다. 각기 멘사검 하나를 잡고는 양쪽으로 날아가 달려드는 중형 홀랜프의 상체와 하체를 갈라놓는다. 중형 홀랜프의 상체가 가까스로 군용차를 잡으며 끌려간다. 차 안에 있는 페카터모리 인간들을 보호하려는 듯 그들을 향해 손을 내뻗는다. 그 모습이 애처롭다.

"거지새끼. 우리를 괴롭힐 때는 언제고 인제 와서 이런 짓을 해."

페카터모리 인간 앞에 앉아 있던 여섯 번째 마일스 전사가 가소롭다는 듯 말하면서 일어난다. 그러고는 군용차 끝으로 가 매달려 있는 중형 홀랜프를 발로 몇 번 밟다가 작은 칼을 꺼내 미소 지으며 천천히 아담스 애플을 끊어버린다. 아담스 애플이 터지고 순식간에 아지랑이 연기가 나온다. 나가 있던 두 번째와 세 번째 마일스 전사가 돌아오고 군용차는 아무 일 없다는 듯 다시 묵묵히 나아간다.

홀랜프 3차 전쟁 승리 후 초기에는 홀랜프와 페카터모리를 완전히 멸종시켜야 한다는 의견이 대부분이었다. 하지만 홀랜프의 뛰어난 기술력은 인간에게 큰 도움이 되기에 다 전수받기 전까지는 살려두자는 의견이 생기면서 대립했다. 결국 홀랜프의 기술력을 최대한 뽑아내고 멸종시키자는 의견에 대다수 사람이 동의한 후 2년 반이 지난 현재, 홀랜프의 기술력을 모두 뽑아냈다고 판단한 인류는 이제 홀랜프 멸종 작전을 펼치는 중이다.

페카터모리는 기간을 정해 인간으로 돌아올 수 있게 해야 한다는 의견이 반영되어 그 방법을 연구하기로 했다. 이 의견은 선우필을 신으로 숭배하는 집단에 의해 강력히 주장되었다. 그들은 선우필이 페카터모리여도 다른 페카터모리와 달리 강한 의지력을 가졌고 그 어느 생명체도 범접할 수 없는 어빌리스를 가졌다고 본다. 그리고 페카터모리가 되었어도 리브가 손을 대면 다시 인간이 된다는 점을 강조했다. 선우필의 강력한 어빌리스를 두려워하는 사람들이 반발했지만 선우필을 신으로 숭배하는 집단과 마일스 전사들이 선우필이 인간을 해치지 않는 조건으로 합의했다. 만약 선우필이 인간을 해친다면 그 자리에서 즉각 처단하기로 했다. 김 중령이 직접 나서 82 아믹달라 본부에 거주하는 민간인부터 설득했다. 하늘의 도시 사령관들은 다른 지역민들을 설득해 반발을 잠재웠다.

상류층, 중류층, 하류층으로 나뉘었던 페카터모리들의 모습이 점점 홀랜프로 변해가고 있다는 점과 홀랜프의 어빌리스가 급격히 낮아졌다는 점을 고려해 연구할 가치가 있었다. 인간이 한층 더 나아가기 위해 그리고 우주를 정복하려면 선우필의 강렬한 어빌리스가 중요하다는 결정이었다. 결국 선우필과 리브의 유전자를 연구하면 페카터모리가 다시 인간으로 돌아올 수 있는 방법을 찾을 수 있다고 보아 페카터모리 멸종 작전은 연기되었다.

최 박사의 예언서를 중심으로 하늘의 도시 통치 아래 전 세계 인류는 '벙커의 아이들'이라는 여덟 명 아이들을 기리고 숭배하게 되었다. 이는 각 아이를 책임지는 여덟 집단에 의해 관리된다. 선우필, 리브, 해든, 니나, 아라, 오웬, 레나까지 일곱 명의 아이를 사람들은 신처럼 숭배한다. 마지막 여덟 번째 집단은 선우희를 숭배하는 집단으로 이 모든 집단의 중심축으로서 운영된다. 그렇게 총 여덟 집단이 하늘의 도시와 전 세계에 위치한 지역의 본부를 연결하는 다리 역할을 한다. 그들은 나아가 세계 평화를 유지하기 위해 존재한다. 이 성직자 집단을 가리켜 '희망의 꿈 길드Guild'라고 부른다.

82본부는 일종의 성스럽고 거룩한 장소로 지정되었다. 사람들은 시간을 내 벙커의 아이들을 숭배하기 위해 방문한다.

하지만 82본부에 거주하는 대부분의 마일스 전사는 벙커의 아이들이 탐탁지 않다. 특히 페카터모리로 변할 수 있는 선우필을 눈엣가시처럼 본다. 그래서 마일스 전사들과 희망의 꿈 길드는 서로 대적하기도 한다. 하지만 마일스 전사들의 임무 중에는 희망의 꿈 길드의 경호도 있는 데다가 인류의 숫자가 많지 않기에 큰 마찰은 일어나지 않는다.

게다가 제3차 홀랜프 전쟁이 끝난 후 인류 간의 폭력이 사라졌고 그렇게 2년 반이 지났다. 이제 서로를 이해하려 노력하며 억지를 부리지 않는 사람들만 남았다. 마일스 전사들도 투덜대긴 하지만 필요할 때는 묵묵히 희망의 꿈 길드의 성직자들을 경호한다. 희망의 꿈 길드 성직자들은 하늘의 도시에서 82본부로 매달 한 번씩 나타나 전 세계로 생중계하는 벙커의 아이들 예배를 이끈다.

사람들이 벙커의 아이들 여섯 명과 지금은 없는 선우희를 신처럼 숭배하는 것과 달리 레나는 숭배보다 따름이 어울릴 것이다. 레나를 따르는 사람들은 어린아이들과 그들의 부모가 대부분이기 때문이다. 부모들은 그들의 자녀가 레나를 선생님이라 부르며 따르기에 본인의 의사와 상관없이 아이들과 함께 레나를 위한 집단에 가입되어 있다. 레나는 신보다는 유치원 선생님 같은 느낌이 강하다. 어린아이들에게 레나는 마치 동화 속 공주님처럼 비칠 뿐이다.

마일스 전사들 역시 다른 벙커의 아이들에게는 무례한 행동을 하지만 레나에게는 부드럽게 행동한다. 그녀의 천진난만한 순수함과 반박하기 힘들 정도로 착한 마음씨 때문에 그렇지만 리브를 사모하는 전사들이 많기에 리브의 여동생에게 함부로 대하지 못하는 이유도 있다. 다만 사모해도 리브에게 쉽게 다가가지 못하는 전사가 대부분이다. 마일스 전사들의 호감 순위를 따진다면 가장 많고 다양한 사람이 레나에게 호감을 가지고 있고 그다음으로는 크게 차이는 없지만 니나, 리브, 아라, 오웬, 해든, 선우필 순이다.

니나의 육감적인 몸매와 웃음기 없는 표정에 많은 사람이 넋을 잃는다. 리브는 아름다운 외모와 보호해주고 싶은 마음이 가득한 모습에 사람들이 좋아하고 아라는 냉철하지만 따뜻한 마음씨 그리고 천재성을 사람들이 좋아한다. 오웬은 싹싹해서 좋아하지만 해든은 그 리더십에 의해 호불호가 갈린다. 반면 선우필은 많은 남자 전사가 싫어한다. 선우필이 페카터모리이기 때문이기도 하지만 가장 큰 이유는 그가 리브의 남편이기 때문이다.

인류는 세상을 재건한다. 홀랜프 전쟁으로 얻은 기술력에 홀랜프의 기술까지 더해져 전보다 빠르게 성장하고 있다. 게다가 페카터모리에게 주어졌던 무기가 인간의 무기와 함께 개발되면서 마일스 전사의 무기가 한층 더 발전했다.

전사들은 멘사보드를 타고 줄을 이용해 건물을 세운다. 쉽게 더 높이 올라갈 수 있기에 높은 건물에 창문을 다는 일도 쉽다. 거기에 개발된 무기들을 이용해 보다 쉽고 안전하게 건물을 완성한다.

군용차가 벙커의 아이들 전용도로에 멈춰 선다. 마일스 전사들은 생포한 페카터모리 두 마리를 데리고 민간인의 눈을 피해 조용히 82본부 안으로 들어간다. 그 뒤로 벙커의 아이들이 차에서 내린다. 하늘의 도시 허가로 벙커의 아이들을 위한 전용도로가 82본부 건물 외부와 내부에 깔려 있다. 벙커의 아이들을 발견하면 민간인이 몰려들기에 82본부에서는 특별한 행사가 있지 않는 한 민간인이 나올 법한 장소에 아이들이 나오지 않게 한다.

전용도로는 여전히 공사 중이라 철조망과 천으로만 양쪽을 가리고 있다. 천장은 뚫려 있지만 이따금 불어오는 바람으로 천이 들리기도 한다. 민간인 역시 벙커의 아이들이 다니는 길이 따로 있다는 것을 알기에 가끔 철조망 안을 보려고 모이기도 한다. 전용도로 끝에는 82본부로 들어가는 문이 있다. 그 문이 열리고 연구실에 있던 리브가 전용도로로 나온다.

　"선우필은?"

　리브는 선우필을 찾는 듯 둘러보지만 보이지 않는다.

　"잠시 들를 데가 있다고……."

　눈치를 보면서 해든이 말하지만 리브가 대답이 없자 지레 겁먹고 말을 이어간다.

　"사령관님이 허락했다는데?"

　리브는 못마땅한 표정이다.

　"파티 전에는 돌아온다고 했어."

　해든이 말하지만 리브는 여전히 마음에 안 드는 듯한 표정이다.

　"지금 이런 상황에 혼자 자꾸 어딜 돌아다니는 거야. 아무리 허락받았어도 눈치를 좀 보면서 행동해야지. 안 그래도 사람들이 못마땅해하는데."

　리브가 속상한 듯 말한다. 리브의 말에 니나와 해든이 주위를 둘러본다. 리브의 말대로 마일스 전사들은 도중에 사라진 선우필의 행동이 마음에 안 드는 듯한 표정으로 벙커의 아이들을 쳐다보고 있다.

　"아무래도 이전에 숨겨놨다던 자기 꿈 일기장하고 박사님의 다른 문서들이 함께 사라진 게 마음에 걸리는 모양이야."

니나가 말한다. 리브는 니나의 말에 먼 파라다이스 쪽을 보며 한숨을 쉰다.

"할아버지가 그냥 마음대로 끄적인 외경 같은 문서일 수도 있는데……. 몇 부분만 공개하는 바람에 더 헷갈리겠네."

ACT 1

HOLLAND

1장 1절
외경

"인간은 크게 세 부분으로 나뉜다. 첫째는 가장 많은 연구와 발표가 있어온 동시에 우리 육신을 이루는 모든 것, 바로 육체라는 피지컬 바디Physical Body, 두 번째로는 연구할 주제가 여전히 차고 넘치는 우리의 생각 그리고 그 생각에 관련된 모든 것인 정신이라는 멘털 마인드Mental Mind, 그리고 세 번째로 가장 오래된 역사를 가졌을지도 모르지만 뚜렷한 결과가 전혀 없는, 그렇지만 우리 인간이 마음속 깊이 믿고 싶어 하는, 눈에 전혀 보이지도 만져지지도 않는 존재, 영혼이라는 스피리추얼 소울Spiritual Soul이 있다.

정신과 육체는 알겠다만 과연 정말로 영혼이 존재하는 걸까? 이세 부분을 완전히 알게 된다면 우리 인간은 결국 신의 영역에 들어갈 수 있지 않을까? 정말 홀랜프가 존재한다면 그로 인해 우리 아이들은 신적인 인류가 될 것이다. 000, 12, 12, 3, 144, 0, 0, 4, 0, 7……."

이전에 선우필이 본 최 박사의 또 다른 문서에 있던 글이다. 이는 기존의 매스클랜과 함께 보았고 최 박사의 예언서에 들어간 문서들 외 다른 여러 문서가 뒤늦게 발견되면서 하늘의 도시에서는 전 세계 지역 본부의 사령관들에게만 이 내용을 전했다고 한다. 그 문서들에는 글과 함께 알 수 없는 번호가 가득 적혀 있었다. 선우필은 예전에 뒤늦게 발견된 최 박사의 문서들과 함께 자신의 꿈을 기록한 일기장을 숨겨놓았다.

"여기다가 놔뒀는데……."

혼잣말을 하던 선우필은 이전에 파라다이스가 있던 장소를 돌아다닌다. 자신이 써놓은 꿈 일기와 최 박사의 외경이라 불리는 다른 문서들을 숨겨놓은 장소에서 흐트러진 장판들을 계속 헤집는다. 아무것도 남아 있지 않다.

아이들이 벙커에 숨어 지낼 때 선우필은 매스클랜과 생활하면서 최 박사의 외경이라 불리는 또 다른 문서를 발견한 후 홀랜프 지배 시대 6년 동안 자신의 꿈을 적은 일기장과 함께 이 장소에 숨겨놓았다. 홀랜프 전쟁 승리 후 마일스 전사들과 그 문서들을 찾으러 다시 왔을 때 종이 일부만 남은 채 다른 문서들은 없어졌다. 핵 폭발로 다 날아가 버렸을지 모른다는 생각에 이후에도 계속 주위를 돌아다니며 문서들을 찾고 있다.

선우필은 선우희, 리브와 함께 들어갔던 우주 다락방의 옛 장소에 가본다. 많은 것이 파괴된 채 홀랜프 여왕의 성 잔해와 이끼 그리고 풀숲으로 가득한 장소가 보일 뿐이다. 이전에 보았던 성스러우면서도 신비스럽고 웅장한 자태는 더 이상 볼 수 없다. 선우필은 주위를 둘러보며 한숨을 쉰다.

*

　82본부 마당에서 옷을 갈아입은 해든이 왼팔에 장착한 인공 팔을 돌려보고 있다. 뉴컨밴드를 이용해 해든의 상상력 어빌리스로 인공 팔이 총으로 변했다가 검으로도 변한다. 해든은 민간인이 없는 틈을 타 마일스 전사들의 건축 일을 도우러 왔고 오웬도 옆에서 거든다.

　"확실히 이 팔을 장착하고 나서 어빌리스가 더 높아졌어."

　해든이 자랑스럽게 말한다.

　"나도 하나 만들어달라고 할까?"

　오웬은 부러운 듯 해든의 인공 팔을 보며 말한다.

　"너는 다른 걸 만들어달라 그래. 그래도 팔이 있는 게 낫지. 그냥 인공 팔 몇 개를 날개처럼 달아달라 그러면 더 좋겠는데?"

　해든과 오웬은 킥킥댄다.

　"너무 나대지 마. 왜 오자마자 쓸데없이 힘을 써?"

　니나가 나타나 해든을 나무란다. 해든과 오웬은 니나의 눈치를 본다.

　"건물 올리는 일을 하는 전사들이 따로 있으니까 괜히 여기서 이러지 말고 그냥 들어가 있어."

　"그래도 우리가 도와주면 더 빨리 끝날 거 아냐? 내 어빌리스도 높아졌고 이 팔 무기도 지금 사용해봐야 나중에 필요할 때 제대로 써먹지."

　해든은 인공 팔을 들어 올리고는 자신의 인공 치아도 보여주려는 듯 입을 벌린다. 니나는 다른 전사들의 눈치를 보며 해든의 입을 가린다.

"야! 너 치아는 몰래 해준 거라고 그랬잖아. 우리를 위해 특별히 예산을 빼서 한 것들은 함부로 보이지 말라니까."

니나가 주위를 살피며 당혹스러워하자 해든은 재미난 듯 장난기 가득한 얼굴로 니나에게 말한다.

"그럼 한번 막아봐!"

해든의 뉴컨밴드에서 빛이 나오고 입을 벌리자 인공 치아에서 방어막이 나온다. 오웬은 그 모습에 인상을 찌푸리며 중얼댄다.

"저건 좀 별론데……."

니나는 놀라면서 해든의 입을 막으려고 한다. 그런 니나의 팔을 해든이 자신의 인공 팔로 막는다. 해든의 인공 팔이 두 갈래로 나뉘어 자신을 공격하려는 니나의 팔 윗부분과 아랫부분을 잡는다. 그러고는 다른 팔로 니나의 엉덩이를 살짝 친다.

"하하! 내가 이겼다!"

해든은 승리했다는 자세를 취하듯 팔을 들어 보인다. 니나는 화가 난 듯 해든의 인공 팔을 자신의 겨드랑이 쪽으로 끌어들여 꽉 잡은 후 입을 막고는 다리를 걸어 넘어트린다. 넘어진 해든을 보며 니나는 승리의 미소를 짓는다.

"뭐야! 반칙이잖아!"

넘어진 해든이 불평한다.

"누가 전투 중에 방심하래?"

니나가 웃으며 말한다. 해든이 일어나 공격하려 하자 니나 역시 방어 자세를 잡는다. 그때 레나가 본부 건물에서 나온다.

"해든 오빠가 계속 지지?"

옆에서 구경하던 오웬은 레나의 말에 고개를 끄덕인다.

"업그레이드돼도 니나 누나한테는 늘 똑같아."

레나와 오웬은 킥킥댄다.

아라가 손잡이가 달린 멘사 킥보드를 탄 채 간식을 먹으면서 본부 건물에서 나온다.

"이거 완성됐어."

아라는 레나에게 멘사 킥보드와 뉴컨밴드를 건네면서 간식을 레나 입에 넣어주고는 말한다.

"오! 손잡이가 있으니까 잘 탈 수 있겠지?"

레나는 아라에게서 간식을 받아먹으며 뉴컨밴드를 받아 머리에 착용한다. 그녀의 뉴컨밴드에서 빛이 나온다. 오웬은 그런 레나를 물끄러미 보며 아라에게 묻는다.

"어빌리스가 높은 선우필 형도 그렇고 어빌리스가 낮은 레나도 훈련을 그렇게 같이하는데 왜 멘사보드를 못 타는 거지? 균형감각이 형편없어서 그런가?"

"선우필에게는 페카터모리의 유전자가 있어서 그럴 거야. 뉴컨밴드를 이용하는 뇌의 전력이 이미 머릿속에 들어가 있는 셈이잖아. 그래서 그런지 모리스틱을 타라면 또 잘 타더라고. 지가 타지 않으려고 해서 그런 거지. 아마 예전 인간의 신체로 돌아와서 어빌리스를 조절하려면 시간이 꽤 걸릴 거야. 아니면 어리숙해서 못 탈 수도 있고. 뇌의 전력 회로를 다시 역전환시키는 어빌리스는 보통 힘든 게 아니니까. 하지만 우리 레나는 선우필하고는 달리 똑똑하니까……."

니나는 해든의 계속되는 공격을 막으며 말한다. 그리고 레나를 보고 싱긋 웃으며 말한다.

"곧 잘 탈 거야."

니나는 멘사 킥보드를 어설프게 타는 레나를 보며 해든을 다시 쓰러트린다. 그리고 레나에게 가서 가르쳐준다.

"그때 연습용으로는 해봤지? 여기 손잡이가 무기도 되는 거야."

레나가 멘사 킥보드의 손잡이를 뽑자 멘사검 두 개가 나온다.

"난 방패는 없나?"

레나는 멘사검 두 개를 쳐다보며 묻는다. 니나가 다가와 멘사 킥보드의 손잡이였던 멘사검을 레나에게서 받아 돌리자 한쪽 멘사검에서 방패가 나오고 다른 멘사검은 총으로 바뀐다. 레나가 놀란다.

"와!"

"좋지? 레나를 위해 특수 제작한 거야."

"뭐야? 우리한테 뭐 만들어준 걸로 나대지 말라며?"

쓰러져 있던 해든이 니나의 말에 불만스럽다는 듯 말한다.

"너처럼 나대면 안 된다고. 레나는 뭐든 해도 다 괜찮아."

니나는 다시 레나를 보며 상큼하게 웃어준다. 해든은 어이없다는 듯 니나를 보더니 일어난다.

레나가 멘사 킥보드를 수월히 타기 시작한다. 니나는 아라가 건네주는 간식을 먹으며 멘사 킥보드를 타는 레나를 지켜본다. 해든은 조용히 니나 뒤로 다가가 자신의 인공 팔을 이용해 니나를 골리려는 듯 엉덩이를 살짝살짝 계속 친다. 니나는 처음에 가만히 있다가 다시 해든의 인공 팔이 자신의 엉덩이 쪽으로 올 때 잡아서 비튼다. 인공 팔이 해든의 몸에서 떨어진다.

"어라? 저게 떨어질 수가 있어?"

오웬이 놀라 묻는다.

"어빌리스가 더 강한 상대라면 얼마든지 뺄 수 있어. 선우필의 글로버스 장갑을 보고 같은 원리로 만든 거야. 훈련을 더 해야지."

아라가 간식을 입에 잔뜩 넣은 상태로 오물거리면서 해든과 니나를 보며 대답한다.

"언니, 지금 첫 끼야?"

멘사 킥보드를 타던 레나는 급하게 간식을 먹는 아라를 보며 물을 건넨다. 아라는 물을 마시는 동시에 고개를 끄덕이며 대답한다.

"이거 맛있네. 리브가 만든 거야. 너도 먹어 봐."

해든에게도 주려고 하지만 인공 팔이 빠진 해든은 아랑곳하지 않고 다시 니나를 공격하려 한다. 니나는 인공 팔을 해든에게 던져 주고 해든은 바로 받아 착용한 후 다시 니나와 겨룬다. 니나가 해든의 공격을 모조리 막으며 여유롭게 아라에게 말한다.

"얘 이거 더 업그레이드해야겠는데. 괜히 이런 무기 가졌다고 잘난 척만 할 줄 알지 타격감이 없네."

"뭐야?"

니나의 말에 해든이 흥분하며 자신의 인공 치아에서 나오는 방어막을 쏜다. 방어막을 얼굴에 맞은 니나가 조금 뒤로 튕겨 나간다.

"이것 봐. 타격감 제로."

니나가 얼굴을 만지며 놀리듯 말한다. 해든은 분한 듯 씩씩대며 아라에게 말한다.

"이거 방어막이 뒤로도 나오게 하면 더 타격감이 좋을 텐데 말이야."

해든의 말에 아라가 어깨를 들썩이며 대답한다.

"다음에 예산 나오면 더 업그레이드해줄게."

해든이 투덜대며 따지려는 그때 마일스 아키텍트 리더가 다가온다. 해든과 니나는 겨루려다 멈춘다.

"민간인들이 볼 수 있으니까 장난치지 말아라. 관심 끄는 행동은 하지 말라고 하지 않았나? 들어가 있어라."

"네."

해든과 니나는 경직된 채 대답한다. 니나가 뒤에서 몰래 해든의 엉덩이를 발로 툭 친다. 툭 친 듯하지만 해든이 몇 발자국 앞으로 밀린다. 놀란 해든이 반응하려 하자 마일스 아키텍트 리더가 뒤돌아본다. 해든과 니나는 장난을 멈춘다.

리브가 먹을 것과 마실 것을 더 가지고 나온다.

"선우필 얘는 아직 안 온 거야?"

"응. 파티 전에 온다고 했다니까."

해든이 인공 팔을 들어 보이며 리브에게 말한다.

"야, 어때? 멋있지 않냐?"

"저번에도 보여줬잖아."

"더 업그레이드된 거야."

리브는 대수롭지 않은 듯 고개만 끄덕이고는 니나와 아라에게 음식과 음료를 건네준다. 해든은 무안한 듯 자신의 인공 팔을 장난스럽게 돌린다. 천천히 돌던 인공 팔이 마치 전기톱처럼 점점 빠르게 돌기 시작한다. 해든이 쳐다보지만 아이들은 그다지 신경 쓰지 않고 리브의 음식을 먹고 있다. 멘사 킥보드를 타던 레나도 와서 음식을 받는다. 오웬도 가서 받아먹는다.

"하늘의 도시에서 우리한테만 특별히 자금을 풀어 만든 건데 가

뜩이나 벼르고 있는 다른 전사들이 알면 뭐라고 할 거 아냐? 그러니 너무 자랑하지 마."

니나가 먹으면서 말한다. 해든은 인공 팔을 계속 움직인다.

"어차피 이건 프로토콜이잖아. 우리가 잘 사용하는 걸 보여줘야 예산을 더 풀어 다른 전사들에게도 제공하지. 게다가 웬만한 전사들은 다 알고 있어. 너무 걱정하지 마."

"예산을 너의 인공 무기에만 내준 게 아니라고. 이 바보야!"

니나가 해든에게 말하며 레나를 살짝 보더니 다시 해든을 보며 답답한 듯 말한다. 해든은 그제야 니나의 말뜻을 이해하고 고개를 끄덕인다.

"아! 우리 벙커 아지트……."

해든이 말하자 리브가 재빨리 먹을 것과 음료를 해든의 입에 넣는다. 음식으로 가득 차 말을 멈춘다.

"니나 말이 맞아. 지금은 튀지 않는 게 나아."

리브가 주는 음식을 받아먹던 해든은 잠시 생각하더니 아이들을 쳐다보며 말한다.

"그런데 내가 이런 무기를 잘 사용하고 있다는 걸 사람들한테 보여주면 너희에게도 원하는 재료든 예산이든 더 내주지 않을까? 그때까지 내가 열심히 해야지. 너희는 나만 믿고 하고 싶은 거 다 하면 돼. 예산은 내가 다 받게 해줄게."

레나는 웃으며 말한다.

"누가 보면 결정자인 줄."

해든이 웃으며 레나의 머리를 쓰다듬는다.

"그렇지. 결국 내가 우리 모두의 리더로서 결정해야 하는 위치가 되겠지. 지금도 거의 그러고 있잖아."

니나는 그런 해든의 말에 웃는다. 해든은 말재주가 더 좋아졌다. 니나는 해든의 말에 수긍하는 듯하지만 뭔지 모르게 못마땅하다. 아라 역시 음료를 마시면서 해든의 말을 곱씹는다. 리브는 작은 기계를 꺼내서 해든의 몸을 스캔하며 말한다.

"틀린 말은 아니지만 잘못했다가는 우리마저 실험체처럼 쓰이게 돼. 선우필을 봐. 그렇게 살고 싶어? 안 그래도 지금 우리 꿈 때문에 실험을 더 강행하네 마네 하고 있어. 아무쪼록 지금은 자제해."

아이들은 리브의 말에 먹먹해진다. 해든 역시 고개를 끄덕이며 음료를 마신다. 아라는 리브를 보고 해든을 보고 골똘히 생각하다가 니나에게 묻는다.

"해든보다는 리브가 리드하는 게 낫지 않아?"

해든은 그런 아라의 말에 웃으며 대답한다.

"리브는 모르는 사람을 만나는 걸 싫어하잖아. 세상이 변해도 그건 안 변하던데. 리더는 사람 만나는 것을 두려워하면 안 돼."

"리브가 사람 만나는 것을 싫어하거나 두려워하는 게 아니라 만날 필요가 없어서 그래. 얘도 만나면 얘기 잘해."

니나가 해든에게 대답한다.

"그래도 너희의 리더는 나야."

해든이 확신하듯 대답한다.

"선우필 형 아니었어?"

오웬이 옆에서 음식을 오물거리며 말한다.

"걔는 어수룩해서 안 돼."

리브가 대신 대답한다. 해든은 그런 리브와 다른 아이들을 보며 웃는다.

"이러고 다 같이 있으니까 이전에 학교 다닐 때가 생각난다."

레나가 미소로 답하려 하는데,

"우리는 이제 학생이 아니야."

하며 냉정하게 말하는 리브를 보고 그저 어색한 미소만 짓고 음식을 입에 넣는다.

"이제는 완전히 다른 시대에 살고 있다는 걸 잊지 마. 지금 우리 인생은 남은 민간인의 선택과 하늘의 도시 결정으로 이루어지고 있어. 우리는 그 결정에 따라야 하는 상황이고. 지금도 선우필은 나하고만 있으면 육체를 조절할 수 있는데도 불구하고 이미 하늘의 도시가 최종적으로 내리는 선택과 결정으로 인해 실험체가 돼서 고통스러워하잖아."

리브가 속상한 듯 말한다.

"뭐 그거야……."

해든은 뻘쭘한 듯 머리를 긁적이더니 혼잣말로 조용히 말한다.

"고통스러워하나? 나름 즐기는 것 같기도 하던데. 특히 너하고만 있으면……."

해든은 리브의 눈치를 보며 어쩔 수 없다는 듯 다시 말하다가 머리를 긁적인다. 자신의 인공 팔로 머리를 긁다가 팔을 더 늘려 등까지 긁는다. 시원해하는 해든의 표정은 쓸데없는 말을 하려는 듯한 표정으로 바뀐다. 리브는 걱정스러운 표정이다.

"우리 레나는 꿈도 안 꾸는데 불려 가잖아. 나중에 괜히 위에서 평계를 만들어 실험체로 쓰려 할까 봐 내심 조마조마한데……."

"우리 스위븐이 작동하지 않은 지도 꽤 된 것 같은데……."

리브의 말에 해든이 말을 멈춘다. 아라, 오웬, 니나는 가만히 생각하는 표정이다. 레나도 눈치를 보며 분위기를 살핀다. 그러다가 일어나서 멘사 킥보드를 이용해 멋지게 한 바퀴 회전한다. 그러고는 웃으며 리브에게 말한다.

"내 걱정은 하지 마, 언니. 나 이런 멘사보드라면 잘 탈 거 같으니까. 누가 나 건드리면 방어할 수 있어."

그런 레나가 귀여운지 리브는 레나에게 미소 지으며 고개를 끄덕인다. 레나는 오웬을 쳐다본다.

"나도 그럼 너 우주로 가려는 계획에 같이할 수 있는 거지?"

레나는 미소 지으며 말한다.

"아직 그 정도 어빌리스로는 어림없지만 조금 더 연습하면 가능하겠는데?"

니나는 오웬의 말에 코웃음 치며 묻는다.

"정말 우주 끝까지 나가 보려고?"

오웬은 니나의 말에 수줍게 고개를 끄덕인다.

"응. 나중에 패트롤러Patroller로 자원해서 우주 순찰에 관련한 내용을 좀 더 배우려고. 어차피 멘사보드를 더 개조하고 아라 누나가 뉴컨밴드를 계속 발전시키면 우주에서도 숨 쉴 수 있는 기술이 가능해질 거라고 하던데."

오웬이 말한다.

"뉴컨밴드를 이용하면 물속에서 어느 정도 잠수도 가능하잖아. 그럼 우주에서도 숨 쉴 수 있는 게 가능하겠지."

해든이 아는 척 말하면서 오웬에게 걸어간다.

"어차피 우리는 이곳에 오래 있지도 않을 거잖아. 나중에 자유의 몸이 되면 뭐 하겠어? 박사님이 늘 말씀하신 우주 탐험을 실제로 해봐야 하지 않겠어?"

해든이 오웬과 어깨동무하며 자랑스럽게 대답한다. 그리고 두 사람은 자연스럽게 니나를 쳐다본다. 니나는 그런 해든과 오웬을 보더니 정색하며 말한다.

"난 안 갈 건데."

해든과 오웬은 당황한다.

"뭐 소리야? 그때 다 같이 가자고 했을 때 누나도 좋다고 했잖아."

오웬이 말한다.

"아직 지구도 다 파악 못 했는데 뭐 하러 다른 행성을 찾아다녀? 귀찮게. 맛있는 것도 없을지 모르는데."

오웬은 해든을 보며 거의 울상을 짓는다.

"형……."

해든이 오웬을 보다가 니나를 본다. 그리고 서운하다는 듯 말한다.

"야, 우리가 그때 모여서 계획을 쭉 짰잖아! 너 의리 없게 정말……. 우리가 분명……."

"거짓말!"

해든의 말을 가로채며 멘사 킥보드를 타던 레나가 웃으며 빠르게 달려가더니 자신보다 큰 니나 뒤로 펄쩍 뛰어오르며 꼭 껴안는다.

"언니가 제일 가보고 싶잖아!"

니나는 레나를 업어주면서 빨리 앞으로 가버린다. 오웬은 그제야 안심인 표정이다.

"에잇…… 또 당했네……."

"쟤는 연기가 늘었네. 뭐 니나가 당연히 같이 갈 거라고 생각은 했는데…… 왜 당한 느낌이지?"

해든은 가버린 니나를 기분 나쁜 표정으로 쳐다본다. 그러고는 옆에서 전혀 신경 쓰지 않고 대화를 하는 리브와 아라를 쳐다본다.

"너희도 간다 안 간다 이랬다 저랬다 하지 말아. 우리는 다 같이 가는 거야."

리브와 아라는 대수롭지 않게 웃으며 고개를 끄덕인다.

"선우필 실험이 성공해야 가능한 얘기야. 너무 설레발치지 마."

아라가 말한다. 해든과 오웬은 서로 쳐다본다.

"당연히 성공하겠지!"

해든은 확신에 찬 목소리로 말한다. 오웬도 고개를 끄덕인다. 아이들은 82본부 안으로 들어간다.

*

마일스 내부에는 직업별로 구분되는 그룹이 있다. 그룹 명칭은 매스클랜에서 시작된 용어들로 헌터Hunter, 힐러Healer, 쿡Cook, 보타니스트Botanist, 피지션Physician, 아키텍트Architect, 엔지니어Engineer, 아티스트Artist, 스타게이저Stargazer, 거버너Governor, 레인저Ranger, 오셔널러지스트Oceanologist가 있다. 원하는 명칭을 만들 수도 있지만 현재 가장 보편화된 명칭들이다.

최 박사의 매스클랜 시절, 인간 생활을 영위하기 위해 기본적으로 필요하다고 생각되는 직업군을 그룹 지었다. 홀랜프 지배 당시 82지역에 있는 매스들은 82 헌터, 82 힐러, 82 오셔널러지스트, 82 피지션, 82 레인저가 있었다. 이전 2차 홀랜프 전쟁 때 82지역을 관할했던 매스클랜은 선우필을 제외하고 모두 사망했다고 알려져 있지만 그들에게서 훈련받은 82본부 마일스 전사들이 매스클랜의 정신을 이어받아 용어들을 그대로 사용하고 있다.

마일스가 아닌 민간인들은 이전 홀랜프 지배 때와 마찬가지로 별다른 일을 하진 않지만 필요할 때마다 마일스 전사들의 일을 돕거나 자녀가 있는 민간인은 자녀를 키우며 하루를 보낸다.

민간인도 원한다면 마일스에 들어갈 수 있으나 조건이 있다.

일정한 어빌리스와 잠재력을 가지고 있어야 하고 매일 새벽에 일어나자마자 어빌리스 훈련을 해야 하는 성실함과 근성은 기본으로 갖춰야 한다. 물론 이런 훈련을 한다거나 어빌리스를 가져야 하는 까다로움 때문에 민간인이 마일스에 들어가기는 쉽지 않지만 대부분이 마일스에 들어가지 않으려는 이유는 다음 조건 때문이다. 바로 말을 조심히 해야 하는, 일명 입이 무거운 사람이 되어야 가능하다. 마일스에 들어가면 다양한 이야기를 듣게 된다. 그 이야기는 뜬소문일 수도 있고 사실일 수도 있지만, 마일스는 어떠한 이야기도 입 밖으로 내 평가해서는 안 된다. 최대한 객관적인 시선으로 보고 들은 이야기가 밖으로 새 나가지 않게 책임을 져야 한다. 말을 하더라도 객관적으로 해야 한다. 주관적인 자신의 의견을 민간인에게 전해서는 안 된다. 마일스 내부에서야 편하게 말할 수 있지만 마일스에 들어온 전사들은 냉정하고 객관적인 관점을 가지도록 훈련받는다.

"모든 불행의 시작은 말에서부터지. 그래서 말을 조심해야 해. 죄라는 것은 속으로만 놔둬야지, 그 죄가 밖으로 나오면 위험해져. 죄가 밖으로 나오는 행위가 '말'이거든. 죄가 말을 통해 나오는 순간 다른 사람에게 전파되지. 그리고 죄는 빛의 속도만큼, 아니 어쩌면 더 빠르게 온 세상에 전파된단 말이야."

최 박사가 한 말이다.

그 외에 의지력을 비롯한 상상력, 창의력, 실행력 등 각종 어빌리스 테스트에도 합격해야 마일스에 남아 있을 수 있다.

민간인은 벙커의 아이들을 신으로 숭배하기에 하늘의 도시에서는 아이들이 평상시에는 민간인과 접촉하는 일을 피하게 한다. 벙커의 아이들을 만나는 일은 큰 행사가 있을 때만 가능하게 했고 계획에 맞춰야 만날 수 있다는 규정을 만들었다. 하지만 벙커의 아이들에게는 늘 바쁜 일이 있다고 하여 민간인이 따로 접촉할 일은 거의 생기지 않는다. 하지만 벙커의 아이들에 대한 믿음은 날로 커져만 갔다. 일명 '신 놀이'라고 불리는 이 현상은 최 박사의 예언서, 하늘의 도시 사령관들의 계획으로 일반 사람이 자연스럽게 벙커의 아이들을 신처럼 생각하게 만들었다. 마일스 내부에서는 벙커의 아이들이 진짜 신이 아니라는 것을 알지만 마일스에 들어온 이상 '신 놀이'에 관련된 어떠한 말도 외부에 발설할 수 없다.

하지만 선우필이 하늘을 난다거나 다른 벙커 아이들에게서 나오는 특출난 아우라는 마일스 전사들로 하여금 그들이 정말 신이 아닐까 하는 착각이 들게 할 때도 있다. 이 모든 것이 만들어진 현상이라는 것을 알고도 마음 한구석에 정말 신이었으면 하는 기대감을 가진 마일스 전사도 많다.

자신과 가장 가까웠던 성철을 잃은 형진은 아이들을 가까이서 지켜본다. 홀랜프 전쟁이 종결되고 30개월간 벙커의 아이들이 했던 행위들을 옆에서 지켜보면서 형진은 성철의 믿음을 생각하며 되새기는 시간을 자주 가졌고 깊이 고민하게 되었다.

　형진은 벙커의 아이들을 만나기 위해 전 세계 지역에 퍼져 있는 본부에서 수많은 민간인이 몰려오는 모습을 보면서 신을 갈망하는 사람들의 생각을 한층 더 이해하기 시작했다. 이전 세상과 다른 점이 있다면 새롭게 만들어지는 세상에서는 마일스뿐만 아니라 대부분 자신의 일을 새로 개척하려는 사람들만 남았다는 것이다. 상대방과 의로운 비교를 하면서 점점 나아지는 세상을 만들려고 할 뿐 미움, 다툼, 시기, 질투 같은 부정적 감정은 표면적으로 보이지 않는다. 그러기에 벙커의 아이들을 신으로 생각하며 살아가는 민간인들이 과연 마일스 전사인 형진 자신보다 더 아는 것이 무엇일까 하는 궁금증도 생긴다.

　벙커의 아이들은 지금 세상에 존재하는 최고의 아이돌이라고 해도 무관할 정도로 인기가 많고 많은 사람이 만나고 싶어 한다. 하지만 그러기에는 현재 아이들의 삶에 자유가 배제되어 있다. 자유가 배제되었다는 건 어딜 나갈 수도 없다기보다 나갈 때마다 상부의 허락을 받아야 한다는 것이었다. 하지만 상부에서는 아이들이 부탁할 때 거절한 적이 없다. 그럼에도 불구하고 벙커의 아이들은 언제나 하늘의 도시 사령관들과 박 사령관, 김 중령의 감시를 받아야 했다.

　감시는 아이들이 늘 착용해야 하는 뉴컨밴드를 통해 이루어진다. 그러기에 뉴컨밴드를 착용하지 않는다면 하늘의 도시에서의 간섭을 벗어날 수도 있다. 그럴 때 하늘의 도시에서는 뉴컨밴드 대신 박 사령관과 김 중령에게 감시를 맡긴다. 그리고 벙커의 아이들은 그런 감시와 간섭에 생각 이상으로 잘 맞춰주고 있다.

박 사령관과 김 중령은 이제 벙커의 아이들이 가족처럼 생각할 만큼 가까워져 그렇게 불편하지는 않다. 하지만 아이들이 하늘의 도시 사령관들을 여전히 만나보지도 못한 데다 그들을 픽셀 모양으로만 봐왔기 때문에 불편해하고 있다.

선우필과 레나는 다른 아이들에 비해 더 자유롭다. 우선 선우필은 하늘을 날기에 뉴컨밴드를 착용하지 않고 가버리면 뭐라 할 수가 없다. 하지만 선우필은 말을 잘 듣는 아이여서 하늘의 도시 사령관들이 크게 제재하지 않는다. 그리고 늘 행선지를 말하기에 하늘의 도시 사령관들이나 박 사령관과 김 중령 또한 선우필에게 뭐라고 하지 않는다. 게다가 선우필 자신도 여전히 페카터모리가 될 확률 때문에 민간인과의 접촉을 지극히 두려워한다.

레나는 꼬마 아이들을 가르치는 교사 역할을 하는데 벙커의 아이들 중에서 유일하게 스위븐에 대한 평가와 테스트를 받지 않고 밖으로 나가는 것에 대한 자유가 허락되어 있다. 굳이 보고하지 않고 나가도 된다는 의미이다. 하지만 레나는 벙커의 아이들과 다니는 것을 유독 좋아하기에 굳이 혼자 나가지 않는다. 가끔 선우필의 능력이 신기하다며 선우필에게 하늘 구경을 시켜달라고 할 뿐 웬만해서는 다른 아이들과 본부 안에서 생활한다. 밖으로 나갈 때면 다른 아이들과 함께 나가려고 하지 혼자 나가려 하지 않는다.

82 아믹달라 본부 연구소에서 리브와 아라는 다른 마일스 연구원들과 함께 페카터모리를 다시 인간으로 만들려는 실험에 푹 빠

져 있다. 여러 실험을 거듭하면서 모니터와 페카터모리의 상태를 보던 연구원들은 페카터모리가 다시 인간으로 변하는 모습을 지켜본다.

연구원들은 실험이 성공한 듯 좋아한다. 잠시 고통스러워하다가 이내 잠잠해지던 페카터모리는 사람으로 변하다가 결국 다시 페카터모리의 모습으로 변하고는 폭주를 시작하더니 곧 발작한다. 뒤에서 지켜보던 마일스 전사가 나타나 발작하는 페카터모리의 아담스 애플을 베어버린다.

"안 된다니까! 계속 실패잖아."

마일스 전사가 말한다.

"죽이면 안 돼요! 실험 중이란 말이에요."

연구원이 다급하게 말리려 하지만 이미 발작하던 페카터모리의 몸에서 연기가 피어오르더니 죽는다.

"저 녀석이 여기를 쑥대밭으로 만들려고 했잖아!"

"여기서 실패한 페카터모리는 하늘의 도시로 데려가야 해요. 그렇게 함부로 죽이면 어떻게 해요."

"그럴 거면 내가 여기 왜 있어? 나한텐 저것들이 위험한 짓을 하면 즉각 처형하라고 했단 말이야!"

"우리를 해치려고 하지 않았어요. 그냥 발작만 했을 뿐이라고요."

마일스 전사는 할 말이 없다는 듯 혼자 불평하면서 다른 연구원들과 아라를 쳐다본다.

"한번 다시 크게 당해봐야 정신을 차리지."

마일스 전사는 아지랑이 연기를 걷어내려는 듯 손으로 공중을 휘저으며 혼잣말을 한다. 아라는 옆에 앉아서 모니터로 무엇을 읽고 있는 리브를 보더니 다시 움스크린으로 고개를 돌린다.

"선우필 님에게 했던 처방을 그대로 한 건데."

"리브 님이 만져보기도 했어요."

옆에 앉아 있던 연구원의 말에 세 번째 연구원이 대답한다.

"선우필은 다른 페카터모리와는 다른 신체 구조를 가지고 있어. 선우필에게 했던 행동이나 처방이 저들에게는 안 통하는 것 같아."

연구소 소장이 말한다.

"하지만 선우필 님과 방금 그 페카터모리에게서는 서로 비슷한 유전자가 나왔어요."

두 번째 연구원이 말한다. 소장은 고민하며 아라와 리브를 쳐다본다. 아라는 리브의 혈청을 다시 뽑는다. 리브가 따끔한 듯 눈을 찌푸린다. 다시 연구원들의 토론이 시작되고 그 앞에 서 있던 마일스 전사는 투덜대며 나간다. 나가면서 리브와 아라를 슬쩍 곁눈질한다.

"저 여신들만 아니었으면 여기 있지 않을 텐데……."

82본부 중앙에 위치한 본당에서 연구원이 움스크린과 자신의 개인 모니터를 번갈아 보며 열심히 키보드를 두드린다. 움스크린에서 보이던 약통이 움직이더니 이내 실제 82본부 본당 움스크린 밑에 있는 구멍으로 약통 가방이 나온다. 본당의 연구원이 그 가방을 들고 연구소로 향한다. 그녀는 연구소 안으로 들어온다.

"신약이 지금 도착했어요."

들어오는 본당의 연구소를 보던 연구소 소장이 아라와 리브를 보며 말한다.

"자네들이 사흘 전에 꿈의 방에 들어갔었지?"

아라는 고개를 끄덕인다. 소장은 신약을 꺼내 보며 말한다.

"이번에는 꽤 빨리 만들어 왔네."

두 번째 연구원은 미소를 지으며 흥분한 듯 대답한다.

"하늘의 도시도 기술이 더 발전했나 봐요."

두 번째 연구원의 말에 소장은 조용히 혼잣말을 한다.

"발전했다기보다는……."

아라와 리브가 그 말을 들은 듯 소장을 쳐다본다. 소장은 그런 아라와 리브를 의식한 듯 겸연쩍게 웃는다.

"아니, 하도 진행이 안 되는 것 같아서 이것저것 생각해보는 거야. 하늘의 도시에서도 최선을 다하고 있겠지."

소장의 말에 아라와 리브는 서로를 보다가 아지랑이 연기가 거의 다 걷힌 침대를 쳐다본다. 방금까지도 페카터모리라고 불리는 생물체가 인간의 모습으로 저 자리에 누워 있었다.

"그런데 실험에 실패한 페카터모리를 데려가서 하늘의 도시에서는 뭘 하는 걸까요?"

두 번째 연구원이 묻는다. 그의 말에 다른 연구원들과 리브, 아라는 궁금하다는 듯 소장을 쳐다본다.

"글쎄…… 하늘의 도시가 가지고 있는 기술이 우리보다 많으니 뭔가 우리가 못하는 시도를 해보는 게 아닐까? 그래도 한때 페카터모리도 우리와 같은 사람이었는데 함부로 죽이기는 그렇잖아. 인간으로 되돌릴 수만 있다면 가진 기술을 총동원해서 시도하겠지."

소장은 자신 없는 소리로 대답하며 리브와 아라를 다시 힐끔 쳐다본다. 리브와 아라는 그저 커다란 눈망울로 소장의 말을 듣고 있을 뿐 아무것도 모르는 눈치이다.

"선우필 님은 페카터모리가 되어야지만 하늘을 날잖아요? 그럼 다른 페카터모리도 그러한 기술이 가능한 걸까요?"

또다시 두 번째 연구원이 묻지만 소장은 답답한 듯 한숨을 쉴 뿐 별다른 말이 없다.

하늘의 도시에서는 리브와 선우필을 비롯한 벙커의 아이들 유전자를 이용해 약을 개발해왔다. 개발된 약은 각기 본부에 설치한 대형 움스크린을 통해 전달된다. 본래 페카터모리를 사람으로 돌아오게 하는 목적이지만 개발된 약들 중에는 사람들의 질병을 예방하는 약도 있다. 이전에 존재했던 아스피린을 더 발전시킨 약도 개발했다. 홀랜프의 기술력으로 핵 잔해의 방사능이 없어지고 공기가 맑아졌다. 게다가 질병을 조절할 수 있게 되어 감기나 몸살 같은 바이러스 질환에 걸린 사람은 더 이상 생겨나지 않지만 만일에 대비해 다양한 약을 개발하고 있다고 하였다.

그 외에도 82본부에는 벙커의 아이들을 실험하기 위한 방이 따로 차려졌다. 그곳은 '꿈의 방'이라고 불리는데 벙커의 아이들이 꾸는 꿈과 그들의 육체, 정신 등 모든 것을 연구하고 실험하는 장소이다. 특히 선우필에 대한 연구는 혹독하다. 꿈의 방에서 선우필은 고통 속의 실험체가 된다. 그의 육체 다양한 부위에 자극을 주어 그가 어떨 때 페카터모리로 변하는지 알아보는 실험이다. 그리고 어떻게 중력을 극복해 날아다닐 수 있는지 연구한다. 움스크린을 통해 하늘의 도시 연구진들과 사령관들을 비롯해 많은 사람이 관찰한다.

실험 중에는 리브의 혈청을 이용해 선우필의 상태를 보는 연구도 있다. 리브에게서 뽑은 혈청으로 선우필의 머리, 눈, 팔, 배, 엉덩이, 다리 등 부위별로 넣어보면서 선우필의 상태를 확인한다. 선우필은 늘 괜찮다고 하지만 리브가 봤을 때는 선우필이 상당히 고통스러워 보였다.

"너 엄청 아파 보이는데?"

리브가 누워서 인상을 잔뜩 찌푸린 선우필을 쳐다보며 묻는다. 선우필은 식은땀을 흘리며 억지로 미소를 지어 보인다. 그다지 좋아 보이지는 않는 표정이다. 선우필은 고통스러워하며 손을 살짝 리브에게 뻗는다. 리브는 잠시 머뭇거리다가 손을 잡아준다. 선우필은 그제야 고통에서 해방된 듯 진실한 미소를 짓는다.

"네가 잡아주면 이상하게도 괜찮아져."

일부러 그러는 건지 아니면 손을 잡으려고 고통을 참는 건지 알 수 없지만 리브는 선우필이 실험 대상이 될 때마다 옆에서 손을 잡아준다.

"그냥 손잡으려고 연기하는 것 같은데?"

옆에서 지켜보던 김 중령이 한마디 하지만 선우필은 아랑곳하지 않고 리브가 잡아주지 않을 때마다 페카터모리 모습이 되어 괴성을 지른다.

어느 때는 선우필의 상태를 온전히 보기 위해 리브가 손을 못 잡아줄 때가 있다. 그럴 때면 선우필은 고래고래 소리를 지르며 페카터모리로 변했다 말았다 하기를 반복한다. 리브가 손을 잡아주거나 선우필의 신체 어디든 만지기 전까지는 페카터모리의 모습을 유지한다. 선우필의 어빌리스 또한 받아들이기 힘들 정도로 높아지기도 한다. 지켜보던 모두가 의아해하며 계속 기록을 해나간다. 김 중령은 만일의 사태를 대비해 늘 멘사검을 손에 쥐고서 지켜본다.

1장 2절
숭배

　선우필은 파라다이스 지역을 계속 돌아다닌다. 파라다이스는 우거진 숲으로 변했다. 남겨진 예전 모습에 더해 다양한 초록빛이 지면을 덮고 있다. 하늘의 도시에서는 파라다이스 지역에 대한 개발을 논의 중이라고 했다. 이전 홀랜프 시대의 환상적인 날씨나 지형적인 모든 이점이 여전히 파라다이스에 남아 있기에 굳이 이곳을 당장에 어떻게 사용할지는 모른다고 했다. 어빌리스가 현저히 낮아진 홀랜프나 페카터모리가 가끔 출몰하기에 우선은 민간인 출입을 금지해놓았다. 다른 지역에도 존재하는 홀랜프의 도시들을 연구하며 앞으로 홀랜프의 기술력을 이용해 지구 전체를 인간에게 이로울 지형과 날씨로 바꿀 계획이라고 전했다.

　홀랜프가 세운 파라다이스와 같은 홀랜프의 도시를 통틀어 홀랜퍼스HOLLANPUS라고 부른다. 전 세계 여러 지역에는 저마다 다른 명칭이지만 이러한 홀랜퍼스가 존재했다. 82지역의 홀랜퍼스가 파라다이스Paradise라는 명칭을 가진 것처럼, 제1지역은 헤븐

Heaven이라는 명칭이 주어졌다. 이런 식으로 여러 지역에 홀랜퍼스를 지칭하는 명칭이 있다. 홀랜프의 기술력으로 세워진 홀랜퍼스는 인간이 살기에 최적화된 공간으로 변해 있었기에 파괴보다는 어떻게 하면 잘 사용할 수 있을지 고민하는 단계이다.

자신에게 부여된 멘사 오토바이를 타며 선우필은 파라다이스의 이곳저곳을 돌아다니지만 뉴컨밴드를 이용한 멘사 오토바이를 그다지 잘 타지 못한다. 그래서 빠르게 타기보다는 천천히 유람하듯 타다가 다시 멘사 오토바이에서 내려 걷기를 반복한다. 바퀴가 멘사 오토바이 속에 탑재되었지만 울퉁불퉁한 땅에서는 사용이 어렵다. 멘사 오토바이는 지면에서 떠서 다니기에 이동이 더 편하지만 선우필은 바퀴가 지면에 닿아 울리는 진동과 엔진소리가 그립다. 선우필은 아쉬워한다. 그러고는 황폐해진 파라다이스 땅을 보며 천천히 멘사 오토바이를 조종한다. 선우필은 없어진 문서를 찾아보는 중인데 여전히 뉴컨밴드 사용이 힘든지 숨을 가쁘게 내쉰다.

잠시 멘사 오토바이를 멈춘 후 뉴컨밴드를 벗고는 어깨가 뻐근한지 고개를 돌리면서 머리를 흔든다. 점점 회색으로 변해가는 머리카락 한 가닥이 손에 떨어진다. 그러한 자신의 머리카락을 잠시 쳐다보다 땅에 버린다. 그리고 다시 뉴컨밴드를 착용하고는 멘사 오토바이를 타고 출발한다. 날씨는 좋지만 뉴컨밴드를 이용해 조종해야 하는 멘사 오토바이를 타니 땀에 흠뻑 젖어버렸다. 뉴컨밴드에서 빛이 나오더니 이내 흐르던 땀이 마른다.

화창한 날씨를 가진 파라다이스에 살면서 페카터모리가 되고 싶어 하던 인간이나 페카터모리가 된 인간들은 이제 모두 떠나고 없는 듯하다. 사람이 없는 이곳에는 초소형과 소형 홀랜프가 마치 산짐승처럼 자연의 일부분이 된 듯 파라다이스를 돌아다니고 있다. 이따금 나뭇잎이나 풀잎을 뜯어 먹다가도 선우필을 발견하면 경계하듯 잔뜩 긴장된 모습으로 가만히 지켜보기도 한다.

선우필은 홀랜프가 자신을 공격하지 않는 이상 굳이 공격하지 않는다. 심경의 변화가 생겼는지 웬만하면 생물체를 죽이는 행동을 피한다. 홀랜프에게서는 이전처럼 높은 어빌리스가 감지되지 않는다. 저들은 죽을 날만 기다리며 지구의 자연을 마음껏 만끽하며 돌아다니고 있다.

선우필은 조금 더 깊은 숲속으로 들어간다. 풀잎에 이슬이 맺히기 시작한다. 이내 습한 숲과 쾌청한 날씨가 동시에 터져 나온다. 선우필의 손에는 다양한 식물이 들려 있다. 시원한 여우비도 내린다. 선우필은 가방에 식물을 넣고는 숲속을 거니는 초소형과 소형 홀랜프를 잠시 구경하다가 다시 멘사 오토바이를 타고 82 아믹달라 본부로 방향을 튼다.

가는 길에 몸이 이상한 듯 잠시 멈춰 서서 자신의 어빌리스를 감지해본다. 하지만 이내 대수롭지 않게 생각하고 다시 멘사 오토바이를 본다. 뉴컨밴드 사용이 서툴러 멘사 오토바이가 휘청거린다. 결국 넘어진다. 일어나서 왼쪽 가슴을 어루만지다가 날아가려는 듯한 모습을 취한다. 그런데 왼쪽 가슴이 심히 아픈 듯하다. 그러다 다시 오른쪽 가슴이 아픈 듯 번갈아 만져본다. 잠시 자신의 가슴을 주무르던 선우필은 앞에 길게 뻗은 길을 쳐다본다.

멘사 오토바이에서 바퀴가 나오게 한 후 머리에 장착한 뉴컨밴드를 빼서 시계처럼 손목에 착용한다. 이제는 바퀴가 달린 오토바이에 시동을 걸려는 듯이 혼잣말로 소리를 낸다.

"부릉부릉……."

마치 모터 달린 오토바이를 운전하듯 오토바이를 움직이더니 다시 뉴컨밴드를 머리에 착용하고 출발한다. 뉴컨밴드에서 빛이 나오면서 오토바이 바퀴가 구르기 시작한다. 울퉁불퉁한 길이기에 바퀴가 있는 오토바이로는 가기 힘들지만 그게 더 좋은 듯하다. 하지만 얼마 못 가 바퀴가 터져버린다. 선우필은 잠시 고민에 빠진다.

"리브가 화내진 않겠지?"

선우필은 페카터모리로 변하려는 듯 몸에서 연기가 나오면서 모습이 조금씩 바뀐다.

*

82본부 한쪽 구석에 있는 아이들의 전용도로에는 벙커의 아이들과 마일스 연구원들이 모여 있다. 도로에 그림자가 드리우고 아이들은 무슨 일인가 싶어 고개를 든다. 아이들은 공중에서 멘사 오토바이를 들고 하늘을 날고 있는 선우필을 발견한다. 선우필의 모습은 페카터모리의 모습을 최소화한 듯하다. 태양 빛에 의해 얼핏 보면 사람이 하늘을 나는 듯하다.

"또 저런다. 힘 자랑하는 거야 뭐야? 몰래 오라니까. 저렇게 마음대로 괴생물체처럼 변하면 사람들이 또 뭐라 그럴 텐데……."

리브가 하늘에 떠 있는 선우필을 보며 불만 섞인 소리로 말한다.

82본부 안에서는 아이들의 길 반대쪽에 있던 민간인들과 형진을 비롯한 마일스 전사들 그리고 박 사령관이 하늘에서 비행하는 선우필을 쳐다본다.

"강림하고 계신다!"

한 민간인의 외침에 박 사령관은 조용히 한숨을 내쉰다. 사람들은 마치 신을 숭배하듯 날아오는 선우필을 보며 절하기도 하고 인사를 하거나 소리를 지르기도 한다.

하늘을 날며 배회하던 선우필은 리브를 발견하고는 아이들의 전용도로로 날아간다. 벙커의 아이들이 서 있는 지면에 도착한 선우필은 멘사 오토바이를 땅에 내팽개친다.

"어우, 무거워."

선우필은 자기도 모르게 숨을 크게 내쉬며 팔을 돌린다. 길 반대쪽에서 벙커의 아이들을 보려는 듯 민간인들이 모여든다. 그들 앞에는 철창이 있어 벙커의 아이들이 제대로 보이지 않지만 마일스 전사들은 일제히 약속이라도 한 듯 민간인들을 막아선다.

선우필은 리브를 반갑게 쳐다보며 다가가는데 리브는 불만 섞인 표정으로 선우필을 본다. 리브는 고장 난 멘사 오토바이를 보면서 선우필에게 한소리 하려는 듯하고, 아라는 이런 일이 늘 있다는 듯 멘사 오토바이를 들어서 연구원에게 전달한다. 연구원이 혼자 들다가 무거운지 다른 연구원을 부른다. 두 연구원이 함께 멘사 오토바이를 들고 본부 건물 안으로 들어가려 한다. 리브는 그들을 보다가 자신 앞에 서서 어정쩡하게 웃고 있는 선우필을 쳐다본다. 선우필은 파라다이스에서 가져온 다양한 식물을 리브에게 건넨다.

"자꾸 다른 사람들한테 피해줄 거야? 훈련을 더 해서 제대로 타든지 아니면 네가 직접 고장 난 물건을 고치든지 해. 왜 관심을 끌어?"

리브는 식물을 건네받으며 말한다.

"아, 괜찮아요. 저희는……."

멘사 오토바이를 들고 가던 연구원이 괜찮다는 듯 말하는데 다른 연구원이 그냥 들어가자고 한다. 또 다른 연구원들도 아이들의 길에 나와서 재미난 구경이라도 생긴 듯 선우필과 리브를 본다.

선우필은 자신의 가슴을 쓸며 아픈 표정을 짓는다.

"아니, 나 여기가 너무 아파서……. 그리고 뉴컨밴드가 잘 안되니까……."

선우필이 불쌍한 표정으로 말하며 리브에게 더 가까이 다가간다.

"그래서 조금씩 적응하면서 적절히 훈련하라는 거잖아."

리브는 자주 있는 일이라는 표정으로 선우필을 보며 말한다. 그때 레나가 달려와 선우필에게 안긴다.

"형부!"

레나의 외침에 리브의 얼굴이 빨개진다.

"레나야! 그렇게 부르지 말랬잖아."

선우필은 좋아하면서 얼굴이 빨개진다.

"응…… 처제……."

선우필은 부끄러운 듯 안겨 있는 레나를 떼어놓는다.

"넌 또 뭐가 처제야?

리브가 당황해하며 나무란다. 그때 선우필은 자신의 가슴을 가리키며 아픈 표정을 짓는다.

"또 발작할 것 같아?"

레나가 묻는다. 이번에는 리브가 걱정되는 듯 선우필에게 다가간다. 그 순간 선우필이 주체 못 하고 완전한 페카터모리의 모습으로 변한다. 선우필은 이성을 잃고 발작한다. 흡사 아까 연구실의 페카터모리와 비슷하다.

박 사령관은 벙커의 아이들 길로 들어오며 페카터모리로 변한 선우필의 모습을 보자마자 함께 있던 형진에게 민간인들이 모여든 곳을 가리킨다. 형진은 구경하는 민간인들이 선우필을 보지 못하게 재빠르게 전용도로로 넘어가 커튼을 치려고 한다. 민간인들은 웅성거린다.

"뭐야? 왜 가리는 거야? 구경 좀 하자!"

한 민간인의 소리에 니나가 빠른 속도로 페카터모리가 된 선우필에게 다가가 힘껏 발로 차 구석으로 보낸다. 형진이 친 커튼이 때에 맞게 모두 펼쳐져서 민간인들에게는 페카터모리로 변한 선우필이 보이지 않는다. 리브가 다가와 만지자 선우필은 다시 사람으로 변한다. 이런 일이 늘 있다는 듯 벙커의 아이들이나 마일스 전사들의 행동이 자연스럽다. 형진은 그제야 커튼을 다시 걷는다.

"아, 죄송해요. 지금 이 커튼이 오작동되었나 봐요."

형진이 웃으며 철조망 반대편에서 웅성거리는 민간인들에게 말한다. 민간인들은 벙커의 아이들을 쳐다본다.

"건강히 잘 있는 거지? 우리 아이님들은?"

"네, 그럼요. 보시다시피. 곧 파티 준비 때문에 그러는 거니까 이제……."

형진이 한 민간인의 말에 대답하며 다시 커튼을 치려 한다. 벙커의 아이들을 구경한 민간인들은 알았다며 돌아간다.

"선우필은 확실히 분노조절장애도 있는 것 같아. 그 분노를 페카터모리로 변함으로써 푸는 거지."

해든이 본래 자리로 돌아가는 민간인들을 보며 말한다.

"에이 설마? 리브 누나만 보면 좋다고 저러는 거 같은데."

오웬이 고개를 숙이고 식은땀을 흘리는 선우필을 가리키며 말한다. 리브가 등을 토닥이자 선우필은 좋아한다.

"그렇기도 하고. 감정 때문이든 또 다른 이유가 있든 어.쨌.든. 저 녀석이 빨리 해결되어야 우리가 뭘 하든 할 수 있지."

해든은 선우필을 보면서 옆에 있는 아라와 니나에게 묻는다.

"감정 조절이 해결된다면 페카터모리를 벗어날 수 있을까? 아니면 다른 무언가가 있는 거야?"

아라와 니나는 해든의 말에 선우필을 보며 골똘히 생각한다.

"글쎄. 감정 때문인지 다른 이유가 있는지는 모르겠지만 왠지 선우필과 리브의 유전자를 이용하면 페카터모리를 분명 인간으로 돌아오게 할 수 있을 것 같은데……."

아라가 말끝을 흐리며 대답한다.

1장 3절
신 놀이

저녁이 되고 82본부에서는 홀랜프 전쟁 종료 30개월 기념행사를 연다. 맛있는 음식이 잔뜩 나오고 음악이 흐르는 연회이다. 사람들은 춤도 추고 떠들면서 저마다 분위기를 내며 즐거워한다.

본당에서 약간 높은 층에 위치한 본부 사령탑 안에는 박 사령관과 김 중령 그리고 벙커의 아이들이 움스크린 앞에 모여 있다. 움스크린에는 하늘의 도시 사령관들이 픽셀 형태로 나오고 있다. 마치 예식을 준비하고 있는 듯한 아이들의 복장은 '신'의 분위기를 풍길 정도로 특이하고 정교하며 아름답다. 박 사령관이 아이들에게 말한다.

"내일은 하늘의 도시 연합군단 알파 부대가 지금까지 너희들의 스위븐을 통해 얻은 자료를 전달하러 온다고 한다."

아이들은 고개를 끄덕이고 그 뒤에서 이 상황이 마음에 안 드는 듯 김 중령이 팔짱을 낀 채 생당근을 씹으며 어정쩡하게 서 있다. 김 중령은 움스크린에 나오는 픽셀 사령관들을 가리킨다.

"저 인간들이 직접 말 못 해? 굳이 왜 알파 부대까지 보내는 거야? 지금 여기서 알려주면 되잖아."

박 사령관은 김 중령의 말에 난감해하며 말린다.

"이보게…… 아직 안 껐어."

"아닐세, 사령관.

빨간 픽셀 사령관이 말한다. 그리고 김 중령을 보며 말을 이어간다.

"자네 말이 맞네. 전쟁이 끝난 후 너무 바빠서 자네들에게는 제대로 전달 못 했으니까."

빨간 픽셀 사령관은 아이들을 둘러본다.

"우리는 지난 2년간 자네들의 스위븐을 신중히 조사해왔어. 자네들의 프라이버시도 챙겨주지 못한 채 실험을 강행했지. 또다시 나타날지 모르는 기이한 현상을 막기 위해서는 자네들의 스위븐에 전적으로 의지해야 했지. 자네들이 잘 따라와 준 덕에 우리는 앞으로 인류가 올바르게 나아갈 방향을 정할 수가 있었지. 명분상 자네들에게 '신 놀이'를 시킨 것이지만 자네들의 스위븐이 정말 신처럼 우리 인류의 방향을 정한 꼴이 되었으니 최 박사의 예언대로 되어갔어. 우리 인류가 살아남았으니 자네들에게 고마워해야 하는 것이 맞아. 영원히 사람들에게는 자네들을 신으로 남길 계획일세."

아이들은 별 반응이 없다. 빨간 픽셀 사령관은 말을 이어간다.

"고마움에 대한 보상으로는 소소하지만 우리는 직접 최고의 정예부대를 통해 앞으로 인류의 미래에 관련된 조사 내용을 자네들에게 직접 전달해주고 싶은 거라네. 이렇게 스크린을 통해 전달하는 것보다 직접 전하는 것이 예의라고 생각해서 말일세. 게다가 스위븐의 내용만 알려주는 게 아니야. 자네들의 미래 행보와 계획 또한 알려주겠네."

김 중령은 다시 한번 콧방귀를 낀다. 오웬은 그런 김 중령이 멋있는 듯 쳐다본다. 다른 아이들은 여전히 별 반응이 없다. 해든이 혼자 중얼거리는 것 말고는 빨간 픽셀 사령관의 말에 크게 신경 쓰지 않는 것 같다. 누군가 문을 두드린다. 신복을 입은 희망의 꿈 길드 성직자가 문 앞에 서 있다.

"준비되었습니다."

움스크린에서 빨간 픽셀 사령관이 성직자에게 가볍게 인사하듯 고개를 끄덕이고는 아이들에게 말한다.

"그래. 오늘은 마음껏 즐기길 바라네. 내일부터는 당분간 실험이 없을 테니 말이야."

빨간 픽셀 사령관의 말에 아이들의 표정이 밝아진다.

"진짜요? 이제 실험은 끝난 거예요?"

해든이 흥분한 목소리로 묻는다.

"당분간만일세. 선우필 군만 한 번 더 실험할 걸세."

선우필의 실망한 표정을 발견한 빨간 픽셀 사령관이 곧바로 말을 이어간다.

"아, 그건 자네가 오늘 갑자기 변했으니까 어쩔 수 없이 하는 거라네. 이 모든 것이 자네를 통해 잘못된 선택을 한 인간들을 다시 본연의 인간으로 되돌리려는 거니까. 대신 너무 일찍 안 일어나도 되네. 내일은 선우필 군만 준비해주고 나머지 아이들은 내일 아침 꿈의 방에 안 들어와도 된다네."

선우필은 여전히 실망한 듯한 표정이다. 해든은 그런 선우필의 어깨에 팔을 두르고 꾹 눌러주며 말한다.

"그래도 내일은 아침에 늦잠 자도 되는 거잖아! 오늘은 실컷 먹고 마셔보자!"

해든과 오웬의 표정은 사뭇 밝아 보인다. 니나와 아라, 레나와 리브도 좋아하는 듯하다. 리브는 선우필의 모습을 본다. 뭔가 아쉬운 표정이다. 박 사령관은 벙커의 아이들을 데리고 신복을 입은 성직자와 함께 본부 본당으로 이동한다.

82본부 본당으로 가는 길에도 벙커의 아이들만을 위한 길이 따로 있다. 사령탑에서 아이들을 데리러 온 성직자가 선우희를 상징하는 깃대를 들고 걷고 그 뒤로 아이들 앞에 각기 한 명씩 희망의 꿈 길드 성직자가 걸어간다. 마치 가문을 대표하듯 아이들의 문양이 하나씩 깃대에 새겨져 있다. 이런 일에 익숙한 듯 아이들의 걸음걸이도 자연스럽다. 곳곳에서 마일스 전사들이 긴장된 표정과 불만 섞인 표정으로 아이들의 행진을 지켜보고 있다. 그 뒤에서 김 중령은 마음에 안 들어 하는 표정이다. 박 사령관은 김 중령의 어깨에 손을 대며 가만히 있으라는 제스처를 하고는 아이들의 행진을 지켜본다.

파티가 열리는 본당에서 민간인들이 벙커의 아이들을 보자 신을 본 것처럼 숭배하기 시작한다. 82본부의 본당에서는 희망의 꿈 길드 성직자들의 안내에 따라 민간인들이 아이들에게 허리를 숙여 인사한다. 본당 중심에 있는 대형 움스크린에서는 이 장면을 전 세계에 생중계 중이다. 선우희 깃대를 든 영적 리더가 앞에 선다.

"우리는 아이들의 희망과 꿈으로 그리고 인류의 아버지와 어머니 사이에서 태어난 아이의 희생으로 구원받고 택함받은 족속입니다. 힘든 나날을 버티고 전에 없던 초일류로 우리 모두가 거듭났습니다."

민간인들은 기뻐하지만, 벙커의 아이들은 이 상황을 불편해한다. 뒤에서 김 중령은 술을 마시며 고개를 절레절레 흔든다. 박 사령관 역시 이 상황이 편하지 않은 듯 들고 있던 술잔을 비운다.

82본부는 일종의 세계 신전이 되었다. 하늘의 도시에서 특별히 지정한 곳으로 세상의 중심이 되어 모든 소식을 전 세계 본부에 전달한다. 하늘의 도시가 82본부에 소식을 전하면 82본부가 다른 본부로 소식을 전하는 시스템이다. 82지역 내에서도 아믹달라 외에 다른 명칭의 본부들이 세워졌다.

신 놀이 관례식이 끝나고 마치 팬 사인회를 하듯 벙커의 아이들은 사람들에 둘러싸여 여러 질문을 받는다. 각기 아이들에게 전담된 성직자들뿐만 아니라 마일스 전사들도 두 명씩 각기 아이들을 경호하며 사람들을 통제한다. 마일스 전사들은 아이들을 불편하게 쳐다보고 박 사령관은 그런 마일스 전사들을 찾아다니며 술을 따라주고 격려해준다. 특히 선우필을 전담하는 마일스 전사들은 심하게 아니꼽다는 표정으로 선우필을 쳐다본다.

한 마일스 전사가 민간인들이 아이들에게 정신 팔린 틈을 타 박 사령관에게 대놓고 불평한다.

"솔직히 아이의 아버지는 엄밀히 따지면 페카터모리 아닙니까? 아무리 그 본능을 조절할 수 있는 첫 페카터모리라지만 아이의 어머니가 없다면 그것도 불가능한 거잖아요? 게다가 저 아이의 어머니는 어빌리스가 형편없고요."

선우필을 욕할 때 동의하던 다른 남자 마일스 전사들이 리브에

관한 말에는 고개를 갸우뚱거린다. 마치 선우필에 대해서 욕해도 되지만 리브에 대해서는 욕하지 말았으면 하는 표정이다. 박 사령관은 난감해하는 표정으로 다른 민간인들의 눈치를 살핀다. 다행히 시끄러워 마일스 전사의 불평이 들리지는 않는다. 게다가 사람들은 지금 벙커의 아이들에게 푹 빠져 있다.

"그럼 네가 가서 선우필을 이겨봐. 지금 저 사람들에게서 희망도 함께 뺏어보라고."

김 중령이 박 사령관 뒤에서 말한다. 불평한 마일스 전사는 다른 마일스 전사들을 쳐다보지만 모두 딴청을 피운다.

"죄송합니다, 중령님. 저희는 그저……."

불평했던 마일스 전사는 김 중령에게 고개를 숙인다.

"이해는 한다만 마일스 전사가 된 이상 너희도 아이들을 감싸주도록 노력해야지. 따지고 보면 우리가 이렇게 사는 것도 선우필의 저 페카터모리 어빌리스 덕분 아니겠냐? 딴짓 안 하고 우리에게 협조해주는 것만으로도 많은 도움이 되고 있잖아."

박 사령관의 말에 불평했던 마일스 전사를 비롯한 다른 마일스 전사들까지 마지못해 고개를 끄덕인다. 박 사령관은 다시 사람 좋게 웃으며 마일스 전사들에게 술을 따라준다.

"자, 자, 오늘 같은 날은 내가 열심히 빚은 이 술로 즐겨보자고. 오늘만큼은 하늘의 도시에서도 마음껏 쉬라고 했으니까."

마일스 전사들은 박 사령관이 따라준 술을 마시며 금세 좋아한다. 분위기가 화기애애해진다. 김 중령은 그런 모습을 보며 씁쓸한 듯 혼자 조용한 데로 가서 아이들을 지켜본다.

약간 불편해 보이는 아이들과 그들에게 다가가며 좋아하는 사람들의 모습이 김 중령의 눈에는 그다지 편해 보이지 않는다. 이에 반해 레나를 쳐다볼 때는 김 중령의 표정이 편안해진다. 레나에게는 어른들 대신 꼬마 아이들이 잔뜩 몰려들어 이것저것 재잘대며 떠들고 있다. 마치 예쁜 유치원 선생님을 둘러싼 아이들이 선생님이 좋아 어쩔 줄 몰라 하는 모습이다. 김 중령은 자기도 모르게 레나와 꼬마 아이들을 보며 흐뭇하게 미소 짓는다. 박 사령관 역시 그런 레나의 모습에 흐뭇해하며 김 중령에게 윙크한다. 김 중령은 술이나 마저 따르라는 시늉을 하고는 자신의 술을 마신다. 리브와 아이들도 정신없는 와중에 레나의 모습을 보며 흐뭇해한다.

박 사령관과 김 중령은 성직자들을 따라가는 벙커의 아이들과 함께 본당에서 나간다. 민간인들은 벙커의 아이들이 시야에서 사라질 때까지 인사하고는 다시 연회를 즐긴다. 다시 사령탑으로 가는 길에 선우필은 리브를 계속 힐끗힐끗 쳐다본다. 오늘따라 리브의 모습이 더 아름다워 보인다. 예복과 그 색감이 잘 어울린다. 다른 아이들은 선우필이 리브를 보는 모습이 웃긴 듯 서로 쳐다보며 낄낄댄다.

"사람들이 볼 때는 엄숙하게 행동해라."

김 중령이 한마디 한다. 아이들은 웃음을 멈추고 엄숙한 표정을 짓는다. 김 중령은 가만히 선우필을 쳐다보다가 말한다.

"선우필 너도. 사람들 있을 때 리브를 너무 그렇게 보지 마."

"네? 제가 뭘……?"

김 중령의 말에 당황해하며 얼굴이 빨개진다. 리브는 그제야 선우필이 자신을 보고 있다는 걸 알고는 역시나 얼굴이 빨개진다. 아이들이 다시 웃는다. 박 사령관도 웃기는지 미소 짓는다. 그 모습에 엄숙한 표정으로 긴장하고 있던 레나도 웃는다.

벙커의 아이들은 다시 사령탑으로 들어온다. 그리고 탈의실에 들어가서 옷을 갈아입고 나온다. 해든은 예복을 개는 리브를 보며 선우필에게 조용히 말한다.

"야, 오늘따라 우리 리브 너무 예쁘지 않냐?"

선우필은 음료를 마시다 놀라더니 이내 쑥스러운 표정을 지으며 고개를 끄덕인다. 해든도 옆에 놓인 음료 잔을 들고 마신다.

"아무래도 오늘 밤이 기회인 듯하다. 오늘은 푹 쉬어도 된다니까. 내가 사령관님이 혼을 갈아 넣어 만드셨다는 스파클링와인을 찾았거든? 샴페인 만드는 지역에서 직접 배웠던 기억을 되살려 만들어보셨다는데 어디 있는지 알려줄 테니까 가지고 가서 고백해봐."

선우필은 해든의 말에 들뜬 표정을 짓는다.

"다른 음료도 많으니까 몇 병 더 챙겨 와. 우리 것도. 알았지? 지난번처럼 리브 것만 살짝 가져오지 말고."

해든의 말에 선우필은 고개를 끄덕이더니 해든을 쳐다본다.

"뭐라고 말해야 하나?"

선우필이 해든에게 묻는다. 해든은 잠시 고민하더니 입을 연다.

"리브는 공동체의 평화를 중요시해. 그리고 자기 사람이라고 생각하면 정말 잘해주지. 언제나 사랑을 받고 자랐지만 현실감각도 뛰어나다고."

선우필은 고개를 끄덕인다.

"우선 사랑한다는 말을 자연스럽게 곁들여. 늘 함께 지내면서 세상을 평화롭게 만들자. 뭐 이런 식으로 말을 꺼내봐. 맛있는 음료와 음식이 있으면 여자는 살살 녹게 되어 있어. 우선 스파클링와인을 같이 마시면서 분위기를 만들어. 그다음에 사령관님이 알려준 포도주 맛있게 먹는 법 기억하지? 치즈에 김을 싸서 입에 넣고 포도주 한 모금. 그렇게 먹이면서 고백을 하라는 거야. 그리고 뭔가 리브가 감동해서 눈물을 흘린다거나 하는 상황으로 간 다음에 그대로 그냥 확! 알겠지?"

"그냥 확? 뭘 그냥 확?"

선우필은 계속 고개를 끄덕이다가 해든이 마치 여자를 품에 안고 뽀뽀하려는 행동을 보며 되묻는다. 해든은 고개를 끄덕일 뿐 다른 대답을 하지 않는다. 다만 해든의 표정은 상당히 자신감이 넘쳐 있다. 오웬은 그저 옆에서 묵묵히 쳐다보고 있다.

"나중에 보면 알게 돼. 그런 상황을 만들기만 하면 본능적으로 움직이게 된다고. 그렇다고 이상한 타이밍에 고백하면 안 돼. 인생은 타이밍이야. 타이밍을 잘 봐서 고백하라고. 아무리 서로 좋아하는 사이라도 때가 맞지 않으면 깨지는 법이야."

선우필은 그런 해든을 보며 알아들었는지 못 알아들었는지 들뜬 표정으로 고개를 끄덕이고 니나와 뭔가를 얘기하는 리브를 쳐다보며 옷을 갈아입으러 들어간다. 그런 선우필을 보며 해든은 걱정스러운 표정이다.

"쉽지 않겠는데."

"뭐가?"

오웬이 묻는다. 해든은 선우필을 가리킨다.

"저 녀석 말이야. 너무 리브 앞에서 자신감이 없어. 남자는 자신감인데 말이야. 저런 식으로 하면 이상한 타이밍에 고백하고 결국 실패하게 되어 있거든."

"상대가 리브 누나면 더 그렇겠지. 세상이 아무리 바뀌어도 리브 누나는 언제나 최정점인 거 같아."

오웬의 말에 해든은 다시 고민하는 듯하다.

"그런 리브가 지금 같은 세상에서도 선우필에게 마음이 갈까?"

해든과 오웬은 서로를 보다가 니나와 아라까지 합세하여 조잘대며 떠드는 리브를 쳐다본다. 리브의 외모는 성숙미까지 더해져 이전보다 더 아름다워졌다.

*

지구는 안정이 되었고 세상은 마치 지구가 처음 창조되었을 때처럼 맑은 공기를 갖게 되었다. 전 세계 본부에서는 인류에게 정말 필요한 건물만 건축할 뿐 대부분 자연 그대로 놔둔다. 이전보다 모든 면에서 더 나은 세상을 만드는 중이다. 마치 노아의 방주에서처럼 창공에서 한 차례 거세게 비가 내리고 난 후의 환경인 듯 상쾌함이 느껴진다. 이전 벙커에서 최 박사가 개발한 정원의 원리에 홀랜프의 기술력을 더해 세상을 새롭게 제작한다.

"신기한 일이야. 땅이 벌써 움직이다니."

박 사령관이 말한다.

"홀랜프 때문이라고 생각했는데 그게 아닌 건가?"

"그건 아직 모르겠지만 이렇게 가다가는 빠른 시일에 모든 대륙이 다 붙어버리겠어."

김 중령의 질문에 박 사령관은 움스크린으로 세계지도를 보면서 대답한다. 움스크린에는 홀랜프 침략 이전 지도와 현재 대륙이 붙어 있는 지도가 나와 있다.

"어쨌든 맑은 공기로 바뀐 건 좋잖아."

김 중령의 말에 박 사령관은 의아하다는 표정을 지으며 고개를 끄덕이면서 움스크린의 지도 두 개를 쳐다본다.

82본부 본당에서 연구원이 버튼을 돌리면 본부 건물 내부와 외부가 맑은 공기로 정화된다. 인공과 자연이 잘 연결되어 있다. 아라가 속한 마일스 엔지니어들이 번갈아 가며 공기 버튼을 돌리며 늘 주변 환경을 점검한다.

82본부 내부의 본당을 지나친 후 사령탑을 지나면 벙커의 아이들만을 위한 길이 또 있다. 해든과 오웬이 음식과 음료를 잔뜩 들고 '아이들의 길'을 걷고 있다.

"그래서? 그 여자도 네가 마음에 든대?"

해든이 오웬에게 묻는다.

"우선 내가 관심 있다고는 말했는데 좀 부담스러운가 봐. 아무래도 상황이 이러니까."

오웬은 아무렇지 않게 말한다.

"어차피 마일스에 속한 여자니까 상관없지 않나?"

해든은 오웬의 눈치를 보며 입에 음식을 넣고 묻는다.

"물론 연애를 못 하는 건 아니지만 아직 우리 상황이……."

방금까지는 아무렇지 않은 듯하다가 급히 시무룩해진 오웬을 보며 해든은 힘껏 오웬의 어깨를 끌어당긴다.

"걱정하지 마. 형이 말했잖아. 하고 싶은 거 마음껏 할 수 있게 내가 만들겠다고. 조만간 '신 놀이'도 끝난다니까 기다려보자. 선우필만 원상태로 돌아오면 함께 네 계획대로 다른 우주에도 가보고 행성마다 우리 아지트를 더 만들어버리는 거야! 그럼 네가 사랑하는 여자와 함께 장소를 골라서 살면 되잖아. 아니면 함께 돌아다녀도 되고."

해든의 말에 오웬은 고개를 끄덕인다. 김 중령이 아이들의 길 틈에 있는 공간에 서서 그들의 대화를 안타까운 표정으로 듣는다.

"여기서 뭐 하세요?"

김 중령이 뒤돌아보자 니나와 아라가 먹을 것과 마실 것을 카트에 잔뜩 싣고 서 있다. 해든과 오웬이 뒤돌아서서 김 중령을 본다.

"어? 중령님도 오늘 밤 저희하고 계시게요?"

오웬이 신난 듯 말한다. 김 중령은 헛기침을 한 번 한다.

"내가 왜 너희하고 같이 있냐? 이렇게 자유로운 밤에. 가서 너희끼리 놀아라."

김 중령은 니나와 아라 뒤로 가더니 본당으로 향한다. 그러다가 잠시 걸음을 멈춘다.

"조금만 더 버텨라. 조만간 너희의 신 놀이를 마무리 짓고 자유롭게 돌아다니게 해줄 테니."

김 중령은 뒤돌아보지도 않고 말을 한 후 성큼성큼 걸어간다. 그런 김 중령의 말에 감동받은 듯 오웬은 우러러본다.

"우와. 멋있어. 형이 말하는 것보다 중령님의 말씀이 더 신뢰가 가."

"음…… 아무래도 중령님이시니……."

해든도 김 중령의 뒷모습을 보며 인정하는 듯 고개를 끄덕인다.

"나 신 놀이 끝나면 중령님 같은 사람이 되고 싶어."

오웬이 말한다.

"그래? 우주 탐험가 안 할 거야?"

"김 중령님 같은 사람이 돼서 탐험할 거야. 우선 탐험 가기 전에 우리 다 같이 함께 '거기'에서 살아본 후에……."

"거기 어디? 다른 행성?"

해든과 오웬이 대화하다가 레나의 목소리에 돌아본다. 레나가 박 사령관과 함께 나타난다. 아이들의 길옆에 있는 샛길에서 나타난다.

"리브가 없으니까 우리 레나 인기가 제일 좋네. 물론 꼬마 애들 한테서만 말이지."

박 사령관이 놀리듯 말한다.

"뭐예요, 자꾸 놀리기만 하고. 이제 됐으니까 가세요. 나 이제 언니 오빠들하고 놀 거니까."

"허허, 또 날 따돌리네."

박 사령관은 껄껄대며 말한다. 레나는 덩치 큰 박 사령관을 미는 시늉을 한다.

"사령관님은 가서 챙겨야 할 사람들이 많잖아요. 가세요."

박 사령관은 레나가 귀여운 듯 허허 웃으며 억지로 가는 행동을 한다.

"섭섭하지만 레나가 가라면 가야지."

박 사령관은 다른 아이들을 보며 말한다.

"옥상에는 아무도 안 올라가게 할 테니까 오늘은 밤새 거기서 마음껏 놀아라. 잠자리도 준비해두었으니 편하게 있으면 된다."

박 사령관은 어디서 숨겨 왔는지 먹을 것과 마실 것을 잔뜩 가

방에 넣어 와서는 니나에게 건네준다. 레나와는 짧게 장난치더니 초콜릿을 잔뜩 건네준다.

"사령관님이 만든 거예요?"

"한번 시식해보고 어떤지 알려주면 고맙고."

박 사령관이 장난스럽게 말하고 레나는 좋아하며 초콜릿을 받는다. 박 사령관은 다시 본당으로 걸어간다.

"그런데 방금 어떤 곳을 말한 거야? 정말 다른 우주 행성에서 사는 걸 생각해보는 거야? 준비할 게 만만치 않을 텐데. 거리와 속도, 에너지 그리고 행성의 성질에 관해서도 많이 조사해야 해."

"오호라. 우리 레나. 아라하고 리브의 어시스턴트를 몇 년 하더니 전문가가 다 됐나 보네."

해든의 말에 레나는 손을 입으로 갖다 대면서 거만한 척한다.

"호호호. 이래 봬도 매일 2년 넘게 전문가들에게 교육받은 몸이라고."

그러더니 오웬의 어깨에 손을 올리며 말한다.

"만약 우주로 나갈 준비가 됐을 때 이 누나에게 다 말하거라. 내가 어떻게 하면 다른 행성에서 우리가 같이 살 수 있을지 다 알려주겠다."

레나의 장난스러운 말에 오웬은 어이없다는 듯 조아리는 시늉을 한다.

"네, 네. 선생님. 제가 다 여쭙겠습니다요."

레나와 오웬, 해든은 낄낄거리며 걸어가고 그 뒤로 니나와 아라가 걸어간다.

그런 아이들을 멀리서 지켜보는 김 중령의 표정은 어둡기만 하

다. 박 사령관은 본당으로 걸어가다가 그런 김 중령을 보고 어깨를
다독이더니 지나간다.

1장 4절
아버지와 어머니

아이들은 82본부 옥상에 있는 제한구역으로 들어간다. 평상시에는 본부 마일스 간부들에게만 열려 있는 장소이다. 해든, 오웬, 레나가 옥상에 도착하고 이미 도착한 아라와 니나가 옥상에서 각자의 위치에 앉아 자리 잡고는 어디를 보고 있다. 그녀들이 보는 곳은 더 먼저 도착한 리브와 선우필이다. 아라와 니나는 옥상에 세워놓은 전망대 위에, 해든, 오웬, 레나는 옥상으로 들어오는 입구 근처에서, 리브와 선우필은 아래쪽에 파티하는 사람들이 보이는 난간에 있다. 커다란 달이 리브 뒤로 뜬다. 무수히 많은 별빛과 커다란 달빛 아래에서 사람들의 웅성거리는 소리가 들린다. 그들의 소리는 즐거운 웃음소리이다. 리브는 그런 사람들의 웃음소리가 거슬리는 듯하다. 리브와 선우필은 아이들이 도착한 것을 모른 채 대화를 이어간다.

"난 아이가 셋이면 좋겠어."

리브가 잔에 든 와인을 마시며 말한다. 해든과 오웬은 리브의 말

76

에 놀란 표정으로 순간 레나를 쳐다보더니 이내 전망대에 앉아서 음식을 먹는 니나와 아라를 쳐다본다. 니나와 아라 역시 리브의 말에 놀란 표정이다. 레나는 해든과 오웬을 보며 '왜'라는 입 모양을 만든다. 해든은 아무것도 아니라고 고개를 절레절레 흔든다. 리브는 잔에 든 스파클링와인이 맛있는 듯 잔을 보더니 다시 마신다. 해든은 선우필이 박 사령관의 스파클링와인을 가지고 온 것을 보며 대견하다는 듯 고개를 끄덕인다. 선우필 옆에 잔뜩 놓인 와인병을 보면서 더 대견해한다. 그러고는 레나와 오웬에게 속삭이며 말한다.

"이것 봐라. 선우필을 다시 봐야겠는데."

레나는 코웃음을 치고 오웬은 선우필을 보며 고개를 끄덕인다. 해든이 선우필 옆에 놓인 와인을 가지고 오려고 일어나는데 전망대에 있던 니나가 가만히 있으라고 한다. 해든은 다시 수그린다.

리브와 선우필은 이미 한참 대화를 나눈 듯하다. 잠시 정적이 흐른다. 리브는 잔에서 입술을 뗀 후 선우필을 쳐다보며 심각하게 묻는다.

"선우희는 찾아본 거야?"

"없었어."

선우필은 고개를 흔들며 대답한다.

"제대로 찾아본 거 맞아? 시체도 못 찾았잖아. 어빌리스도 감지가 안 돼?"

추궁하듯 묻는 리브를 선우필은 대답 대신 지그시 쳐다본다. 그런 선우필을 보던 리브는 답답한 듯 다시 아래쪽 사람들을 쳐다본다.

"요즘 꿈에서 선우희가 자주 나와. 스위븐일 수도 있잖아."

"선우희의 존재는 인류를 구원하는 데에서 끝났어. 요즘 우리의 꿈은 스위븐이 아니라 그리움에서 나오는 꿈일 거야."

선우필의 말에 다른 아이들 역시 생각에 잠긴 듯하다. 레나는 고개를 여기저기 돌리며 아이들을 관찰한다.

"내가 또 아이를 가질 수 있을지 모르겠어."

생각에 잠겼던 아이들은 리브의 말에 다시 리브를 쳐다본다. 리브는 숨을 크게 내쉬며 머리가 아픈지 잠시 머리를 만지더니 말을 이어간다.

"막 태어난 선우희를 챙기면서 생전 처음으로 육신이 힘들다는 말이 어떤 의미인지 깨달았어. 처음에는 아기가 내 뜻대로 행동하지 않아서라고 생각했지. 나는 피곤한데, 그래서 제발 아기가 자면 좋겠는데 이상하게 그럴수록 아기는 더 안 자더라고. 그런데 재미난 사실이 뭔지 알아? 그렇게 나의 육신이 힘들고 고통스러울수록 아기와는 더 강렬한 유대관계가 생겼다는 거야. 더 예뻐 보이고 더 사랑스럽고. 보면서 처음으로 눈물도 흘려봤어."

선우필은 리브가 무슨 말을 하나 멍하니 쳐다본다. 리브는 말을 이어간다.

"레나가 도와주기도 하고 다른 아이들도 도와줘서 그럴지는 모르겠지만 내가 그 후로 겪은 육체적 고통은 정신적 고통에 비하면 아무것도 아니라는 걸 깨달았어. 앞으로 선우희가 어떻게 클지, 다치지는 않을지, 도대체 할아버지는 이 어린 아기를 통해 무엇을 하려고 하는지 불만투성이였어. 정신적으로 너무 고통스럽기 시작했으니까."

선우필을 보며 리브는 또 한숨을 내쉬며 회상하듯 눈을 잠시 감았다가 뜨며 말한다.

"하지만 우주 다락방에서 벽 안으로 들어가 버린 선우희가 인류의 구세주가 되어 죽었다고 생각했을 때는 육체의 고통도, 정신의 고통도 아무것도 아니었어. 그때 느낀 고통은 고통이라고도 표현하기 힘들 정도로 나의 무엇이 박살 난 느낌이었으니까. 잠시였지만 육체도 정신도 아닌 그 무엇이 절대로 끊어질 수도 없던 나와 연결된 선우희를 끊어버리는 고통."

리브는 불안한 표정의 선우필을 지그시 쳐다본다.

"스위븐에서만 선우희를 키워본 네가 현실에서의 이 모든 고통을 알지는 모르겠다만 고통 속에서 선우희는 점점 나의 모든 것이 되어버렸어. 내가 느낀 고통으로 인해 선우희를 사랑할 수 있는 원동력이 나온 거야. 그 원동력은 내 인생을 선우희의 인생과 연결시켜준 것이고. 그래서 내가 살아 있다고 느낄 때마다 나는 선우희가 죽지 않았다고 생각한다는 거야. 선우희의 육체는 인간을 위해 희생되어 사라졌을지도 몰라. 하지만 난 선우희가 죽지 않았다는 생각이 들어. 말로도 표현하기 힘들고 눈으로도 볼 수 없지만 선우희는 살아 있어."

선우필은 리브가 무슨 말을 하려는지 안다는 표정이다. 리브는 와인 잔을 쳐다보면서 천천히 잔을 돌리다가 말을 이어간다.

"할아버지의 또 다른 문서도 부분적이지만 찾았다고 했지? 그 내용에는 인간을 이루는 세 가지 요소가 적혀 있고. 할아버지가 나 어릴 때부터 자주 해주셨던 말씀이야. 인간은 육체Physical Body, 정신Mental Mind 그리고 영혼Spiritual Soul으로 이루어졌다고. 영혼만 과학적 증거를 찾을 수 없기에 외부에서 함부로 말하지 말라 하셨지만 분명 존재할 거라 하셨어. 과학자들이 해서는 안 되는 금기어 같은 거라고 하시면서. 하지만 그 영혼을 찾는 인간은 신의 경지에 이를 수 있다고 하셨어. 물론 할아버지가 장난스러운 말도 자주 하셨으니까 당연히 믿지는 않았어. 내가……."

와인 잔을 쳐다보며 흔들던 리브가 선우필을 본다.

"선우희를 낳기 전까지 말이지."

리브의 말에 선우필은 바닥을 보며 한숨을 옅게 쉰다.

"난 선우희가 영혼의 존재로라도 어딘가에 있다고 느껴."

리브의 말에 선우필이 고개를 들어 쳐다본다. 리브는 자신이 방금 한 말에 당황한 듯 다시 잔을 입으로 가져간다.

"영혼?"

레나는 아이들을 쳐다보며 말한다. 다른 아이들도 당황한 눈치이다. 레나는 그런 아이들을 보며 애써 미소 짓는다.

"우리도 힘들지만 언니는 더 힘들 거야, 그렇지? 저런 말을 할 정도면……."

레나는 이내 슬픈 듯 글썽거리다가 콧물이 나오려는 듯 코를 한번 들이마신다. 그리고 다른 아이들의 대답을 들으려는 듯 쳐다보지만 당황한 아이들은 이내 긴장된 모습으로 리브를 쳐다보고 있다. 레나는 뻘쭘한 듯 입술을 오므리며 리브와 선우필을 쳐다본다. 잠시 당황한 표정을 지었던 리브가 다시 선우필을 보며 확신하듯 말을 이어간다.

"어머니로서 아들을 잃었으니 그렇게 생각하는 거라고 말하지 마. 이건 그런 느낌이 아니야. 내가 몇 번이고 생각해보고 하는 말이니까. 너도 알잖아."

리브의 말에 레나는 숨겨놓은 뭔가를 들킨 듯한 표정을 짓는다.

"내가 영혼이라는 존재를 믿는다는 말이 아니야. 하지만 내가 느낀 이 직감이 뭔지 모르겠으니 알고 싶다는 말이야. 선우희의 육체는 이 세상에서 사라져 죽었을지는 몰라도 영혼은 살아 있을 거란 나의 직감. 이런 내 직감이 사라지지 않는 한 어떻게 둘째, 셋째를 생각하겠어?"

선우필은 리브의 말에 들고 있던 잔을 입으로 갖다 댄다. 놀라는 눈치이다. 선우필은 다시 리브를 쳐다본다. 무언가 말을 하려는 듯 입을 열려다 말고 달빛에 비친 리브의 모습에 그만 말문이 막힌다. 오늘따라 리브의 모습이 더 아름다워 보인다. 게다가 리브 뒤에 비치는 달빛과 수많은 별빛이 안 그래도 아름다운 리브를 더욱 빛나게 한다. 그런 아름다운 모습과 상반되게 리브는 아래쪽에서 즐거워하는 사람들을 보며 역겹다는 표정을 짓는다. 그들의 즐거워하는 소리가 듣기 싫은 잡음으로 들리는 듯하다.

"우리 선우희의 희생으로 자신들이 구원받았다는 둥 떠들며 저렇게 기뻐하는 사람들……. 나에게서 가장 소중한 존재를 가져감으로써 저 사람들은 모든 것을 얻었잖아."

리브는 다시 돌아서서 선우필을 본다. 선우필은 아니라는 말을 하려는 듯하다. 하지만 리브는 바로 말한다.

"완전한 세상을 만들 수 있다고? 그러기 위해서 우리가 신 놀이를 하면 가능하다고? 난 불안해. 아무리 선한 사람들만 남고 똑똑하고 지혜로운 사람들만 남았다 하더라도 너무 불안해. 우리에게 신 놀이를 시키는 것 자체가 이미 틀어진 것 같단 말이야. 전 세계 사람들이 우리를 떠받들게 만든 이런 처사는 불안한 행동이야."

선우필은 가만히 듣기만 한다.

"똑똑할수록 더 위험한 법이야. 할아버지를 봐. 세상에서 제일 똑똑한 사람 중 하나인 데다 엄청난 부까지 손에 넣었는데 결국 자신의 지식에 사로잡혀 버렸잖아."

리브는 선우필의 대답을 들으려는 듯 점점 흥분하며 말한다. 선우필은 묵묵부답으로 리브를 본다. 리브는 그런 선우필을 보면서 흥분을 가라앉힌다.

"내 어빌리스가 약하고 힘이 없으니까 그저 하라는 대로 따라 하는 거야. 선우필 너처럼 어빌리스가 높고 힘이 세다면 난 언제든지 이 세상을 떴을 거야."

선우필과 다른 아이들은 리브의 말에 긴장된 반응을 보인다.

"너도 알아둬. 우리가 믿고 함께해야 하는 존재는 우리뿐이야. 내 가족뿐이라고. 그 외 사람들하고는 상종하고 싶지 않아."

아이들은 리브의 말에 서로를 쳐다본다. 레나 역시 걱정스러운 표정으로 리브를 보다가 다른 아이들을 보며 말한다.

"어떡해, 우리 언니……. 언니는 다른 사람들에게 냉정해 보여도 속이 깊어서 늘 도움을 주려고 하는 사람인데. 저런 식으로까지 말할 정도면…… 생각보다 더 힘들 수 있어. 우리가 어떻게 해야 할까?"

아이들은 그제야 레나를 보며 씁쓸히 미소를 짓는다.

"지금은 우리보다 선우필이 리브를 가장 잘 위로해줄 수 있을 거야."

아라가 조용히 레나에게 말한다.

"운다…… 운다…… 자…… 자…… 내가 며칠 동안 연애 훈련시켜줬으니 지금이 기회야. 리브의 마음을 사로잡을 수 있는 그 한마디를 지금 써먹어야 해! 리브가 눈물을 보이면 바로!"

해든이 결심하듯 말한다. 니나는 해든을 어이없다는 표정으로 쳐다보다가 다시 리브와 선우필을 본다. 가만히 듣던 선우필이 입을 열려고 하고 그 모습을 지켜보는 아이들의 표정은 더욱더 긴장되어 보인다.

"저기, '리비Livi'…… 그…… 가족에…… 나도 포함된 거야?"

선우필이 궁금한 듯 리브를 쳐다본다. 리브는 잠시 선우필을 보다가 어이없다는 듯 코웃음을 칠 뿐 대답하지 않는다. 그러고는 머리가 다시 아픈지 눈을 천천히 감고 머리를 주무른다. 아이들은 탄식한다.

"뭐라 하나?"

"여전히 과거에서 못 벗어난 거 같아. 자꾸 소외감이나 느끼고."

"그러기에는 우리가 잘해주면 잘해줬지 그다지 소외시키지도 않았잖아?"

"그냥 저 형 성향이 저런 거지……."

해든과 오웬은 한숨을 쉬며 말하고는 다시 선우필과 리브를 지켜본다.

"난 형부가 가족이라고 생각하는데."

레나는 해든과 오웬의 말에 한마디 하더니 이내 무슨 생각을 하는 듯 다시 선우필을 쳐다본다.

"하늘의 도시도 그래. 전쟁이 끝났는데 왜 모습을 드러내지 않고 여전히 모니터로만 지시를 내려?"

리브는 선우필의 말이 대수롭지 않다는 표정으로 앞에 놓인 고기를 쳐다본다.

"중령님 말처럼 이상한 점이 한두 건이 아니야. 식물은 키우지만 동물이 보이질 않잖아. 하늘의 도시에서는 이런 고기 요리를 어디서 가져와 우리한테 제공하는 거야?"

선우필은 여전히 대답 없이 그저 리브의 말만 듣고 있다. 리브는 대답 없는 선우필을 보며 답답한 표정이다. 레나 역시 리브의 말에 다른 언니와 오빠들을 쳐다본다. 그들 역시 리브의 말처럼 현재 상황을 답답해하는 듯하다.

"넌 늘 뭔가를 나보다 더 알고 있잖아. 왜 나한테 솔직하게 다 말을 안 해주는 거야?"

선우필은 어리바리하게 리브를 쳐다볼 뿐 아무 대답을 하지 않는다. 리브는 답답한 듯 잔에 담긴 포도주를 다 마신다.

"좋아. 그렇다면 네가 생각하기에는 할아버지의 계획이 뭐라고 생각해? 정말 선우희를 희생시킨 다음 인류를 이런 식으로 구원시키는 것으로 결말이 난 거라고 생각하는 거야?"

리브의 직설적인 질문에 선우필은 표정 하나 안 변한 채 리브를 쳐다본다. 리브는 자신을 빤히 쳐다보는 선우필을 답답하다는 듯 쳐다보다가 이내 눈을 내리깐다. 그러고는 다시 한 손으로 머리를 천천히 주무른다. 선우필이 일어나서 포도주를 더 따라준다.

"계속 머리 아파? 그만 마셔야 하지 않을까?"

선우필이 포도주를 따라주다가 멈추고는 말한다.

"이것 때문이 아니라 너 때문에 편두통이 생긴 거 같아."

리브는 뾰로통한 표정으로 선우필을 보며 말한다. 그러고는 선우필에게 포도주를 더 따르라는 시늉을 한다. 선우필은 마저 따라 주고는 잘린 고기를 야채에 싸서 먹기 좋게 리브에게 건넨다. 리브는 선우필의 행동이 답답한 듯 쳐다본다.

"정말 아무 대답도 안 할 거야? 아무 말도 안 해줄 거냐고? 오늘 같은 밤에?"

리브의 추궁에 선우필은 잠시 머뭇거린다. 리브는 선우필이 주는 음식을 받아먹는다. 선우필은 머뭇거리다 말한다.

"혹시 지금 세상이 다 안정되어 완전한 세상이 오면 나랑 네가 다 함께 지내는 거야?"

지켜보던 해든은 선우필의 말에 한숨을 쉬며 오웬을 쳐다본다.

"뭔 소리를 하는 거야, 저 왕따 새끼, 정말 아직도 여전히 과거에서 못 벗어나는 찐따인 거야. 저딴 말만 하니까 저 모양이지! 대화나 질문의 의도를 전혀 파악하지 못하고 있어!"

해든은 울화가 치밀어오르는 듯하다. 오웬도 입을 열려고 하는데 리브의 말이 먼저 들려온다.

"어떨 것 같아?"

리브의 말에 선우필은 대답 대신 말을 끈다.

"어……."

리브는 질문을 한 것이 아니었다.

"넌 하늘을 날 수 있으니까 우리 모두를 데리고 우주 어디 먼 곳으로 데리고 가줄 수 있지 않아? 하늘의 도시 눈을 피할 수도 있고. 게다가 어디 먼 곳에서 우리가 다 함께 살 수만 있다면 그렇게 할 수 있는 거잖아?"

이 말도 질문이 아니다.

"모두를 데리고?"

선우필은 분명 리브의 억양에서 질문이 아닌 것을 알지만 리브의 표정을 보며 어떤 대답을 해야 할지 난감해하는 것 같다.

"저 멍청이."

보다 못한 해든에게서 혼잣말이 튀어나온다. 지켜보던 아이들도 선우필이 답답한 듯 고개를 절레절레 흔든다.

"형부는 우리가 생각하는 것보다 훨씬 더 생각이 깊은 사람일지도 몰라."

레나의 말에 아이들이 일제히 레나를 쳐다본다. 레나는 다른 아이들과는 다르게 선우필과 리브를 유심히 쳐다본다.

리브는 선우필의 질문에 대답 없이 선우필을 쳐다본다. 선우필도 잠시 리브를 보다가 다시 말한다.

"리비, 난 어차피 너 없으면 인간이 되어 살 수가 없을 거야. 페카터모리로 변하지 않으려고 의지력을 발휘하다가도 언제 또 발작할지 몰라. 내가 페카터모리의 성질을 조절할 수 있는 것도 네가 있어서 가능한 거잖아. 그냥 페카터모리로 변해서 살면 육체와 정신은 편하겠지만 잘못하면 영원히 인간의 기억을 잃어버린 채 끊임없이 계속 본질의 인간성과 다투다가 다른 페카터모리처럼 기화될 수도 있단 말이야. 아니면 결국 홀랜프가 되어 영원히 우주를 떠돌거나. 그러면 어떻게 해?"

"아오 병신, 저걸 말이라고. 내가 알려준 대로만 좀 하지 정말. 분위기 좋았는데……."

해든은 오웬을 쳐다보며 말하고 오웬도 어쩔 수 없다는 듯 어깨를 들썩거린다.

"그리고 잰 언제부터 자꾸 리비라고 부른 거야? 어디서 저런 단어는 배워가지고는."

"애칭이래. 리브가 별말을 안 해서 그냥 부른대. 리브도 크게 신경 쓰지 않는 것 같고."

아라가 시큰둥하게 대답한다. 해든은 레나를 쳐다보며 묻는다.

"넌 여전히 선우필이 생각 깊은 아이처럼 보여?"

레나는 해든의 질문에 대답 대신 짧은 한숨을 내쉴 뿐 아무 말도 하지 않고 선우필을 본다. 니나와 아라는 그런 레나의 행동이 새롭다는 표정으로 쳐다본다. 아이들은 다시 선우필을 본다. 선우필은 앞에 놓인 딱딱한 치즈 덩어리를 김에다 싼다. 그리고 포도주병을 들어 다시 잔에 따르더니 들어서 리브에게 다가간다. 바라보던 해든은 불안한 표정이다.

"설마…… 아니야. 하지 마. 이건 고백 타이밍이 아니야."

해든의 말을 들으며 오웬도 간절히 선우필을 쳐다본다. 리브는 선우필이 건네주는 김으로 싼 딱딱한 치즈 덩어리와 포도주를 받는다.

"이렇게 먹는 게 이 포도주하고 은근 잘 맞더라고. 짭짤함과 달콤함의 조합이랄까."

선우필의 말에 정적이 흐른다. 해든과 오웬은 조용히 한숨을 쉰다.

"지가 페어링에 대해 뭘 안다고……."

해든이 한심한 듯 말한다.

한참 흐르던 정적은 리브의 다음 말에 깨져버린다.

"내가 왜 너를 책임져야 하는지 모르겠어."

지켜보는 모두가 리브의 말에 불안한 눈빛으로 선우필을 쳐다본다. 특히 니나는 조용히 숨을 참고 본다.

"널 좋아해. 언제나 함께 있고 싶어."

지켜보던 모두가 선우필의 딱딱한 고백에 탄식한다.

"국어책 읽은 거야?"

오웬이 보다 못해 한마디 한다.

리브는 선우필이 들고 있는 김으로 싼 치즈를 한참 보더니 먹고
는 포도주를 마신다.

"선우희가 좋아했을 맛이네."

리브는 먹으면서 가만히 선우필을 보며 말한 후 뒤돌아서서 크
게 뜬 달을 쳐다본다. 입에 넣은 음식이 맛있는 듯 오물거리며 다
먹는다. 그러고는 조심히 입을 연다.

"아무리 강한 의지력을 가지고 인간의 모습으로 남을 수 있다
하더라도 너에게는 여전히 페카터모리의 유전자가 남아 있어. 내
가 만지면 인간으로 돌아온다 해도 그 유전자를 해결하지 않으면
함께 아이를 낳을 수 없다는 말이야."

"응? 그런데 네가 날 계속 만지고 있으면 난 페카터모리가 안 되
잖아. 그걸 이용해서 지금 약을 만들고 있는 거고. 우리가 늘 함께
있으면 되는……."

"선우필."

리브가 말을 끊는다. 선우필은 리브를 쳐다본다.

"나는 페카터모리의 아이를 낳아서는 안 돼. 너와 함께 아이를
낳을 수 없다면 굳이 내가 너와 함께할 이유가 없다는 거야. 그리
고……."

선우필은 안타까운 표정을 지으며 고개를 절레절레 흔든다.

"너와 내가 꿈속에서의 삶을 살았던 것처럼 현실 속에서는 함께 할 수 없다는 거야."

리브는 냉담하게 말한다.

엿듣던 아이들은 리브의 말투에 선우필이 상처를 심하게 받지 않았는지 지켜본다. 하지만 선우필은 무덤덤하게 받아들인다. 니나는 그런 선우필을 가리키며 아라를 쳐다본다. 아라도 니나를 보며 조용히 한숨을 내뿜는다.

"생각 깊고 남들의 인정을 받는 천재들보다는 저런 식으로 누가 뭐라고 생각하든 간에 무대포로 자기 의지로 세상을 지켜보고 나아가는 바보가 리브의 짝일지도 몰라."

니나가 우스갯소리처럼 말하고는 다시 리브와 선우필을 쳐다본다. 리브는 선우필에 대한 생각이 굳건한 듯하다. 아이들이 아는 한 리브는 한 번 마음을 먹으면 되돌리는 법이 없었다. 리브는 말을 신중히 하는 아이이기에 말 한마디를 꺼낼 때 수차례 생각해본다. 그걸 선우필이 모를 리가 없다. 하지만 리브의 냉담한 말은 리브를 생각하는 선우필의 마음에 어떠한 상처도 주지 않는 듯하다. 리브는 선우필에게 상처 줄 만한 이러한 상황이 처음이 아닌 듯 선우필의 무덤덤함에 눈썹을 치켜세우며 숨을 크게 내쉬더니 다시 무심히 달을 쳐다본다. 그런 리브를 보며 선우필이 입을 연다.

"난……."

아이들은 선우필을 쳐다본다. 리브도 고개를 살짝 돌려 선우필을 쳐다본다.

"네가 반드시 나를 치유해줄 거라 믿어."

리브는 포기한 듯 옅은 미소를 짓는다. 선우필은 그 미소가 좋은

듯 같이 미소를 띤다. 그때 음악 소리가 들린다. 변성기를 지나지
않은 고음의 소년이 부르는 소리다.

"누가 부르는 거지?"

리브가 둘러보며 말한다. 선우필은 리브가 무슨 말을 하는지 모
르겠다는 표정으로 쳐다본다. 지켜보던 다른 아이들도 무슨 일인
가 싶다.

"누가 노래 불러?"

선우필이 묻는다. 리브는 아래에서 술에 취해 기뻐하며 놀고 있
는 민간인들을 훑어본다. 그들도 노래를 부르지만 지금 리브가 들
은 소리의 주인공은 없는 것 같다. 노래는 이내 멀리서 다시 들려
온다.

"이 소리가 안 들려?"

리브가 답답한 듯 먼발치를 쳐다보며 다시 묻는다. 깜깜한 저녁
에 밝은 달 덕분에 꽤 멀리 지평선까지 보이지만 지평선 너머에는
아무것도 없다. 노랫소리는 이내 사라진다. 선우필과 지켜보던 아
이들은 리브처럼 노랫소리가 들리지 않는 듯하다. 레나는 조용히
흐느낀다. 해든과 오웬이 레나를 위로해준다.

"언니가 저렇게 힘들어하는 걸 본 적 없어. 형부의 진심도 받아
들이기 싫어할 정도로 마음을 속이고 있는 데다가 이제는 환청까
지 들리나 봐."

레나의 말에 해든과 오웬은 걱정스러운 표정으로 약간 떨어져
서 지켜보는 니나와 아라를 쳐다본다. 니나와 아라 역시 안쓰러운
표정으로 레나를 보다가 다시 리브와 선우필을 쳐다본다. 선우필
은 리브를 쳐다보며 생각에 잠긴 듯하다. 리브는 잠시 귀를 기울이

다가 더 이상 노랫소리가 안 들리는지 고개를 절레절레 흔들다가 다시 별이 잔뜩 핀 밤하늘을 쳐다본다.

"선우희가 살아 있었다면 지금쯤 일곱 살 하고도 반이 지난 거겠지? 시간 참 빨리 가네."

선우필은 그런 리브의 말에 일어서서 어떻게 할지 고민한다. 해든이 속삭인다.

"지금이야. 가서 그냥 안아줘! 차라리 남자답게 안아버려!"

선우필에게는 해든의 말이 들리지 않지만 마치 해든의 마음을 읽은 듯 천천히 리브의 뒤로 간다. 벌벌 떠는 선우필의 손이 리브의 어깨에 다가간다. 그리고 어깨에 닿으려는 순간 리브가 뒤돌아선다.

"난 네가 나를 생각하는 것만큼 너를 생각하지 않아. 그게 문제인 거야. 내가 약을 개발하려는 이유는 나만이 그 일을 할 수 있기 때문이지 너 때문이라는 착각은 하지 않았으면 좋겠어."

선우필은 리브의 어깨를 향해 손만 뻗은 채 가만히 서 있다가 다시 자기 자리로 돌아간다. 그리고 달빛에 비친 리브의 모습을 쳐다보더니 이내 황홀해하는 표정이다.

"그래도 난 네 옆에 있을 수 있으니까⋯⋯."

"알았어."

리브가 감정 없는 짧은 대답으로 선우필의 말을 끊는다. 해든은 그런 선우필의 모습에 포기한 듯 긴 한숨을 내쉰다.

"에휴⋯⋯ 어렵다."

다른 아이들도 해든과 같은 심정인 듯하다. 선우필은 포기하지 않은 듯 다시 말한다.

"내가 이성을 잃어 페카터모리가 될 때 네가 만지면 다시 사람이 되잖아."

"언제까지 가능할지도 모르잖아. 그리고 그런 건 스위븐 같은 거야. 이해하기 힘들고 저주받은 미지의 능력."

"아니야. 그게 왜 저주받은 능력이야? 아마 영원할지도 몰라. 그건 필히 우리 두 사람을 평생 인연으로……."

"선우필."

"응?"

"우리 그냥 친구로 남자. 전쟁 통에 어쩔 수 없이 너와 이런 인연이 있었지만 평화가 찾아온 만큼 이제는 아닌 거 같아. 다시 한 번 말하지만 네가 날 필요로 하는 만큼 난 네가 필요하지 않아. 그리고 너를 볼 때마다 선우희가 생각나서 미쳐버릴 것 같아. 너와는 사랑이라든지 좋아하는 그런 감정이 아니었단 말이야. 그저 선우희가 있었기에 나도 모르는 감정이 생겨났던 것뿐이야. 차라리 너를 안 보는 게 내 마음이 더 편할 것 같아."

리브는 쌀쌀맞게 선우필을 대한다. 하지만 섭섭한 일이 많은 듯 투정 부리는 소리 같기도 하다. 레나는 리브의 말을 들으며 고개를 갸우뚱거린다.

"이상한데……."

레나의 말에 다른 아이들은 레나를 쳐다본다. 이내 선우필의 말소리가 또렷이 들린다.

"그런데 난 유일하게 만나본 여자가 너여서 어떻게 해야 하는지 잘 모르겠어. 그냥 네 옆에 있고 싶다는 것 말고는 아무것도 생각이 안 나. 게다가 이제는 내가 널 가장 잘 지켜줄 수도 있고."

아이들은 선우필의 말을 들으며 답답해하지만 몰래 지켜볼 수밖에 없다. 그들 역시 연애를 모른다.

"아오! 뭔지 모르겠지만 그냥 답답해."

오웬이 답답한 듯 술병을 들고 그대로 마신다. 그리고 술맛이 쓰다는 듯 인상을 찌푸린다.

"답답한데 왜 답답한 건지를 모르겠어."

해든도 옆에서 말한다.

"그래도 대단한데."

레나의 말에 해든과 오웬 그리고 아라와 니나가 레나를 쳐다본다.

"언니의 저런 모습을 본 적 있어? 형부가 지금 언니를 다루고 있는 것 같지 않아? 형부는 언니 질문에 대답하지 않기도 하는데 언니는 짜증 섞인 소리긴 하지만 형부의 질문에 다 대답해주고. 예전에 할아버지가 하신 말씀 기억나? 언니는 형부 같은 남자가 잘 어울린다고. 잘나간다던 수많은 남자가 모두 언니 좋다고 별짓을 다해도 언니는 눈 하나 깜빡하지 않았어. 언니는 그때 미성년자였는데도 말이야. 그런데 지금 봐봐. 형부 말에 발끈하잖아. 난 언니의 저런 모습을 오늘 처음 본단 말이야. 마치 언니는 형부가 자신을 다뤄주기를 바라는 것처럼 보여, 내 눈에는."

레나의 말에 해든은 꽤 흥미로워한다.

"그러고 보니 일리가 있네."

해든은 리브를 다룰 수 있는 남자가 세상에 어디 있겠냐고 생각한 적이 있었는데 선우필이 그 남자가 될 수 있겠다는 생각을 해본다. 최 박사의 말이 생각난다. 왜 선우필 같은 아이를 리브와 엮으려고 하는지에 대해 설명했었다.

"선우필이 우리 리브 같은 애한테는 딱이라니까."

최 박사가 대수롭지 않게 아이들에게 말한 적이 있다.

오웬은 레나의 말에 다시 선우필을 보며 말한다.

"잉? 그런가? 하긴 내가 볼 때도 리브 누나가 선우필 형을 좋아하는 것 같은데, 또 어떻게 보면 아닌 것 같고. 솔직히 지켜보는 입장에서 너무 헷갈려. 저런 얘기는 우리한테 안 해주니까. 선우필형은 분명 리브 누나를 좋아하는데."

"아마 저기서 바로 키스를 해야 하는 건가?"

해든이 오웬의 말에 보탠다. 아라는 그런 해든에게 답답하다는 듯 말한다.

"야, 너 그만 말해. 너도 연애를 제대로 해본 적 없으면서 왜 그렇게 아는 척하는 거야? 네 말대로 했다가는 쟤네 둘이 싸움 날걸?"

"저 상황에서 키스한다고?"

니나가 선우필과 리브를 보며 심각하게 묻는다.

"아니야. 해든 쟤는 아무것도 모르면서 괜히 연애 조언한다고 상황을 더 어색하게 만들어."

아라가 대답한다.

"너네도 잘 모르잖아."

해든은 전망대에 앉아 있는 아라와 니나에게 퉁명스럽게 말한다.

"우리는 그래서 가만히 있잖아."

니나가 말한다. 해든은 입술을 내밀면서 니나에게 살며시 말한다.

"키스가 답이라니까."

니나는 그런 해든의 행동이 징그러운 듯 인상을 찌푸린다.

"어쨌든 내일 알파 부대하고 만나면 대책이 나오겠지?"

리브는 맑은 공기를 마시듯 크게 숨을 내쉬며 말한다. 리브의 등 뒤로 아름답고 맑은 달이 최고조로 빛을 내려는 듯 더욱더 찬란하게 떠오른다. 그 달빛 아래에서 파티에 취해 있는 사람들의 모습이 보인다. 다른 아이들은 이제 음식과 음료를 마시며 떠들기 시작한다. 선우필은 그저 바라보는 것만으로 좋은지 턱을 괴고 리브를 쳐다본다. 자신과 비슷한 붉은 계통이던 리브의 머리 색이 점점 더 자신과 다른 색으로 변해가는 것에 의문이 생긴 표정으로 리브를 바라본다.

아이들이 있는 옥상 옆 건물에서 지켜보던 김 중령과 박 사령관은 82본부 마당에서 파티를 즐기는 사람들을 지켜보며 술잔을 입에다 댄다.

2장 1절
새로운 현재

"아이들에게 너무 자유가 없는 거 아냐? 이제 겨우 평화가 찾아왔는데 저대로 그냥 신 놀이만 시키다가 말면 나중에 아이들이 뭐가 되겠어?"

김 중령이 불만 섞인 소리로 말한다. 아이들이 있는 옥상 옆 건물에서 김 중령은 박 사령관과 함께 술을 마시고 있다.

"그래서 오늘부터 자유를 준다는 거잖아."

"우리가 옆 건물에서 감시하고 있는데 무슨 자유야? 쟤네들이 알면 참도 자유롭다 하겠다."

김 중령이 옆 옥상 건물에 있는 아이들을 가리키며 말한다. 박 사령관은 김 중령이 가리키는 곳을 쳐다보며 술을 마신다. 아이들이 무엇을 하는지 너무나 잘 보이는 위치이다. 박 사령관은 난감한 듯 머리를 긁적이더니 말한다.

"모르니까 자유지. 알면 자유가 아니지 않겠어? 자네는 우리가 자유롭다고 생각하나?"

박 사령관이 하늘을 가리키며 하는 말에 김 중령은 인상을 찌푸린다. 박 사령관은 살짝 미소를 짓는다.

"니나가 이따가 '그곳'에 가본다고 하던데. 선우필은 우리가 종종 나가게 해주고. 다른 아이들도 원한다면 우리가 다 허락해주잖아. 예산도 잘 받아서 아이들을 위해 쓰고. 이제 곧 끝날 건데 왜 그러나? 자네는 너무 융통성이 없어. 신 놀이가 마무리되면 휴거 작전에 들어가고, 그게 무사히 성공한다면 아이들은 하늘의 도시에서 자유로이 살게 될 거야. 그때까지만이야."

박 사령관은 김 중령을 달래듯 말한다.

"아이들이 다 함께 살 것도 아니잖아."

"그건 그렇지만……."

김 중령의 쏘아붙이는 말에 박 사령관은 쓸쓸히 술잔을 기울인다.

"그때 가면 또 다른 방법이 생기겠지……."

박 사령관이 조심히 말한다.

"방법이 그런 것밖에 없나? 아이들은 지금 함께 '그곳'에 살 생각에 들떠 있는데 말이야. 게다가 오웬 저 녀석은 진심으로 우주로 나갈 생각인 것 같던데."

박 사령관은 대답 대신 술을 마시고 김 중령은 마음에 안 든다는 듯 고개를 절레절레 흔들며 잔을 기울인다. 파티가 무르익고 사람들은 날 좋은 밤의 바람을 이불 삼아 아무 곳에서나 잠든다.

*

하나둘 잠들어가는 민간인들이 눈치채지 못하게 아이들의 길을 조용히 지나간 후 아라는 나갈 채비를 마친 니나에게 여러 가지 물건을 건네준다. 커튼이 고장 났는지 작동되지 않는다.

니나는 건네받은 물건이 떨어지지 않게 단단히 묶고 그 묶은 물건을 멘사보드 뒤편에 연결한다. 니나가 떠나려고 할 때 레나가 앞에 서 있는 것을 발견한다. 레나는 뭔가에 토라져 있다. 아라 역시 본부 안으로 들어가려다 레나를 발견한다.

"왜 나와 있어?"

아라가 묻는다.

"내가 전쟁 중에는 그렇다 쳤지만, 전쟁이 끝났는데도 난 너무 몰라. 언니 오빠들은 다 아는데 나만 너무 모른다고."

레나가 많이 토라진 듯 말한다. 아라와 니나는 레나가 무슨 말을 하는지 모르겠다는 표정으로 쳐다본다.

"맨날 자유시간만 생기면 몰래 어디 나갔다 오는 거 내가 모를 줄 알아? 우리 살 행성 찾으려고 우주로 나갔다 오는 건 아닐 테고."

레나가 토라진 표정으로 말한다. 그제야 아라와 니나는 웃으며 레나한테 온다.

"그래서 저번에 그렇게 칭얼댄 거구나?"

"내가 뭐 아직도 어린앤 줄 알아? 칭얼대게?"

니나는 레나를 꼭 안아준다.

"레나는 우리에게는 영원한 어린애야."

니나가 말하며 레나를 더 꼭 안는다. 니나 품에 안긴 레나는 아라를 쳐다본다.

"우리가 레나한테 선물하려고 계획하고 있는 게 있었어. 일부러 숨기려던 건 아닌데 괜히 레나만 모르게 한 것 같아 미안하네."

아라가 미안한 듯 말한다.

"레나는 깜짝 선물을 좋아하니까 그런 건데. 언니들이 생각이 짧았네."

니나가 말한다. 레나가 니나의 품에서 나온다. 레나의 얼굴이 한층 밝아져 있다.

"깜짝 선물?"

"응. 선물이 완성되면 알려줄 테니까 기대해."

아라가 즐거운 듯 대답한다.

"완성된다니? 뭔데? 뭔데? 힌트만 줘봐. 오웬이 말한 것처럼 행성에 살 곳을 마련했다 하는 장난 말고. 진짜로."

조금 전과 다르게 레나는 좋은지 흥분하며 재촉한다. 니나는 출발하면서 뒤돌아 레나에게 말한다.

"오웬 말이 장난이 아닐 수도 있는데?"

아라는 니나의 말에 살짝 웃는다. 레나는 그런 아라와 니나를 번갈아 쳐다보며 칭얼댄다.

"또! 나 데리고 장난치는 거지!"

아라와 니나는 그런 레나의 반응이 귀여운지 크게 웃는다.

"아니야. 장난치는 거 아니야. 정말이야."

"우리끼리 어렸을 때 뭔 일이 생기면 사용하던 암호명 기억나?"

아라의 말에 레나는 잠시 생각하다가 기억나는 듯 말한다.

"풀잎?"

니나가 미소 지으며 고개를 끄덕인다.

"그렇지."

짧게 답하고 니나는 출발하려는 듯 뉴컨밴드를 머리에 착용한다. 레나는 무슨 말인지 모르겠다는 표정으로 아라를 쳐다본다.

"오랜만에 불러보네. 그런데 풀잎이 뭐? 우리 뭔 일 생겼어?"

아라는 레나에게 윙크하며 말한다.

"우리가 살 장소의 이름을 그렇게 부르기로 했어. 풀잎플래닛 Poolip Planet."

니나와 아라는 레나를 보며 흐뭇한 미소를 짓는다. 레나는 여전히 무슨 말인지 모르는 듯 헷갈리는 표정이다.

"풀잎? 새로운 벙커 공간 말이야?"

선우필 역시 어디를 가려는 듯 니나와 아라를 향해 멘사 오토바이를 끌고 나오며 대수롭지 않게 말한다. 니나와 아라는 선우필을 보면서 어이없다는 듯 쳐다보다가 한숨을 내쉰다.

"넌 그걸 말하면 어떻게? 레나를 위한 깜짝 선물이라고 했잖아."

선우필은 그제야 잘못했다는 표정을 지으며 레나를 쳐다본다.

"아 맞다……. 미안……. 난 그냥……."

"벙커? 우리만의 벙커를 다시 만들기로 한 거야?"

"풀잎플래닛이라고 이름 붙일까 하는데, 어때?"

니나의 말에 레나는 신이 나서 좋아한다.

"좋지!"

좋아하는 레나를 보며 니나는 웃어주더니 선우필을 쳐다보면서 정색한다. 선우필은 미안한 듯 머리를 긁적인다.

"바보 선우필 때문에 아무런 계획을 못 짠다니까."

리브가 먹을 간식들을 가지고 나오며 말한다. 그러고는 선우필을 쏘아보며 말한다.

"너도 같이 살려면 눈치 좀 챙겨. 누누이 말했지? 레나한테 잘하라고. 우리 레나는 예쁜 거하고 깜짝 선물을 좋아하는데 지금 너때문에 깜짝 선물을 망쳤잖아."

선우필은 머쓱한 듯 주위를 둘러본다. 민간인들은 깊이 잠든 듯하다. 리브는 레나를 뒤에서 꼭 안아준다. 레나는 그런 리브의 두팔을 잡으며 말한다.

"뭐야! 그런 걸 준비하고 있었으면 진작에 나도 알려주지 그랬어. 그럼 만드는 거 같이 도와줄 수 있었잖아."

레나가 섭섭해한다.

"당연히 우리 레나 할 일도 놔뒀지. 풀잎플래닛은 이제 레나가마무리하면 끝나."

뒤에서 레나를 끌어안은 채 리브가 말한다. 레나는 그런 리브의말에 얼굴이 한층 밝아진다.

"정말? 내가 그럼 끝내줄 정도로 예쁘게 마무리할게. 우주처럼은 모르겠지만 더 예쁘고 정교하게 만들 거야."

리브는 레나가 초롱초롱한 눈으로 하는 말에 아라와 니나를 쳐다보며 웃는다.

"신날 때 우리 레나는 눈이 저렇게 초롱초롱해져."

그렇게 말하고 리브는 레나의 얼굴을 두 손으로 잡으며 자신의얼굴에 가까이 댄다. 레나는 리브의 행동에 얼굴이 빨개진다.

"왜?"

"우리 레나는 참 예뻐. 특히 이 눈망울이. 마치 온 우주가 우리레나 눈 안으로 다 들어가 있는 것 같단 말이야."

리브는 레나의 왼쪽 눈에 살짝 뽀뽀를 해준다. 레나는 쑥스러운 듯 리브의 두 손을 꼭 붙잡는다.

"언니, 왜 그래? 오늘은 감성에 푹 빠진 날인가 보네."

레나의 말에 리브는 말없이 미소 짓는다. 선우필은 그런 리브와 레나를 쳐다보다가 잠들어 있는 민간인들을 쳐다본다. 박 사령관의 술 때문인지 모두가 깊이 잠들어 있다.

"나도 그럼 같이 사는 거야?"

선우필의 말에 니나와 아라는 답답하다는 듯 한숨 쉰다.

"좀 그만해, 너도. 어떻게 보면 일부러 그러는 것 같기도 하고."

아라가 보다 못해 말한다. 선우필은 머리를 긁적이며 리브가 가지고 나온 간식을 쳐다본다.

"그거 내 거야?"

"아니야."

선우필이 먹으려는 듯 손을 뻗지만 리브는 간식을 니나에게 주고 나머지는 레나와 아라에게 나눠 주고는 함께 먹는다.

"너는 이번에 나가면 확실한 단서를 좀 찾아와. 나한테 뭐 숨기고 그러지 말고, 알았어? 그리고 내일 너만 실험하는 거 알지? 늦어도 해 뜰 때는 들어와야 해."

"응…… 알았어."

선우필은 실망한 듯 간식을 맛있게 먹는 레나와 아라를 쳐다본다. 리브는 그런 선우필을 쳐다보더니 숨겨놓은 간식을 빼서 건네준다. 선우필은 간식을 받고 좋아한다. 선우필과 니나는 82본부를 떠난다.

*

니나가 멘사보드로 날아다니면서 조금씩 변해가고 있는 새로운 세상을 구경한다. 여전히 건물을 공사 중인 곳도 군데군데 보이지만 대부분이 넓은 평야인 곳도 보인다. 그리고 중간중간 마치 새로운 숲이 생긴 듯 나무들이 울창하다. 자유를 즐기듯 상큼한 저녁 바람을 쐬며 기분 좋게 멘사보드를 자유로이 움직이려다 뒤에 물건들이 많다는 것을 인지하고 떨어지지 않게 다시 조심히 움직인다. 그러다가 앞쪽 보드만 분리시켜 그 위에 서서 자유로이 움직이며 기분이 좋은 듯 공중에서 몇 번 돌아본다. 그러고는 다시 물건이 있는 뒷부분의 보드를 쳐다본다. 뒷부분 보드에 물건이 잘 묶여 실린 채 안전히 니나의 앞 보드를 따라와 주고 있다.

니나는 다시 아래를 내려다본다. 아래쪽에는 선우필이 멘사 오토바이를 어설프게 타며 이전 파라다이스가 있던 장소로 향하는 중이다. 위쪽을 쳐다보며 니나에게 가볍게 인사하며 방향을 튼다. 그러다가 넘어진다.

공중에 있던 니나는 그런 선우필의 행동에 고개를 절레절레 흔들며 풀잎플래닛으로 향하고, 지상에서는 선우필이 파라다이스로 향한다.

니나는 늦은 저녁 '풀잎플래닛'이라고 명칭을 붙인 장소로 들어간다. 커다란 미지의 숲에 들어가듯 입구에는 나무와 풀잎이 잔뜩 있어 얼핏 보면 들어가는 곳이 없어 보인다. 아까 보았던 숲보다 훨씬 울창한 나무들 사이를 비집고 한참 들어가면 시냇물 흐르는 소리가 들리고 폭포 떨어지는 소리가 잇따라 들린다. 그 소리를 따라 들어가면 아름다운 호수가 보이고 그 앞에는 여러 오두막집이 즐비하게 세워져 있다. 오두막집들 중앙에는 이 숲과는 어울리지 않은 세련된 집이 세워져 있다. 니나는 아라에게서 받아 온 물건들을 한 오두막집에다가 집어넣는다.

밖에는 널빤지들이 잔뜩 쌓여 있다. 니나는 널빤지를 집어 들고 아직 덜 완성된 오두막집을 수리한다. 그러고는 정원을 조금 가꾸더니 돌아다니며 숲을 꾸민다.

"이 정도면 이제 레나한테 마무리를 맡기면 되겠지."

니나는 잠시 고개를 들어 풀잎플래닛의 공기를 마시면서 아름다운 샘물과 조그마한 폭포를 바라본다. 예전에 최 박사가 땅속 벙커 안에 지어준 인공 야외정원과 비슷하다. 다른 점이라면 훨씬 더 넓은 데다가 인공이 아닌 실제 나무 재료와 물질로 집이나 창고를 지었다는 것이다. 정화시설이나 화장실 같은 것은 새롭게 개발된 인공재료로 만들었다. 깜깜한 저녁이지만 주위의 불빛으로 인해 마치 환상의 세계에 들어온 느낌이다.

니나는 무술훈련을 하면서 시간을 보낸다. 훈련으로 잔뜩 땀이 밴 니나는 옷을 다 벗는다. 그녀의 완벽한 나체는 풀잎플래닛의 호수와 폭포를 배경으로 더욱 빛난다. 하늘에 떠 있는 달빛이 강하다. 나뭇잎을 뚫고 지나 풀잎플래닛 안으로 들어온다. 자신의 알몸이 풀잎을 스칠 때마다 니나는 기분이 좋은 듯 숨을 크게 내쉰다. 시원한 바람도 맞으면서 니나는 샘물에 맨발을 담그며 호수로 들어간다. 그리고 폭포 아래로 들어가 몸을 씻는다. 한참을 씻고 호수에 몸을 담근 니나는 자신의 가슴팍에 깊이 팬 상처의 흔적을 보다가 살며시 만진다. 여전히 아픈 듯 살짝 인상을 찌푸리더니 머릿속이 복잡한 듯 한숨을 쉬며 고개를 들어 하늘을 쳐다본다. 무성한 나뭇잎들 사이로 저녁 하늘과 쏟아질 듯한 별들이 보인다.

니나는 최근에 꾼 꿈으로 괴롭다. 리브는 그녀 나름의 꿈이 따로 있는 듯하지만 선우필이 말했듯 스위븐과는 거리가 먼 그리움으로 인한 꿈인 듯하다. 니나는 이전처럼 꿈속에서 따로 리브와 선우필을 만난 지 오래되었다. 현실 세계에서 아이들은 여전히 꿈과 현실을 비교하는 대화도 나눠보고 테스트도 받아보지만 이전 스위븐의 느낌과는 전혀 다르다. 그래도 꿈이 기억날 때도 있었다.

하지만 최근 들어 꿈이 전혀 기억나질 않는다. 분명 꿈속에서 해든과 오웬에게 안 좋은 일이 생겼다는 건 알겠는데 꿈에서 깨고 나면 아무 기억도 나지 않는다. 이전에는 희미하게라도 기억난다거나 시간이 지나면 어렴풋이 기억날 정도는 되었는데, 이제는 아무리 생각해봐도 전혀 떠오르지 않는다. 그저 느낌만이 남아 있다. 아이들과 대화를 나눠봐도 다른 아이들 역시 니나와 마찬가지다.

벙커의 아이들이 잘 때 뉴컨밴드를 이용해 기록된 꿈과 아이들이 잠에서 일어나면 곧바로 향하는 희망의 꿈 방에서 치러지는 다양한 정신 테스트의 결과물은 하늘의 도시로 전달된다고 한다. 아이들이 꿈을 기억하지 못해도 기록은 남기에 내일 결과를 직접 알려준다는 말은 아이들에게 자신들의 기억나지 않는 꿈이 무엇인지 알 수 있지 않을까 하는 기대감을 가지게 한다.

선우필이 이전에 자신의 꿈을 기록해놓은 문서가 있었다는데 그 문서도 찾는다면 아이들의 꿈과 비교해 앞으로의 상황을 알 수 있을 것이라는 하늘의 도시 분석이 있었다. 김 중령은 앞으로의 상황을 아이들의 스위븐으로 굳이 알 필요 없이 그때마다 인류가 알아서 행동하면 된다고 했지만, 홀랜프의 침략을 경험한 인류로서는 미래에 대한 계획을 아이들의 스위븐을 이용해 만들지 않을 수가 없었다.

하지만 선우필은 꿈 문서를 놔뒀던 파라다이스를 아무리 뒤져봐도 찾을 수 없었다고 했다. 종종 마일스 전사들과 함께 파라다이스에 가서 선우희에 대한 흔적이나, 선우필이 숨겨놓은 문서를 찾으러 돌아다니지만 늘 허탕이었다. 더 이상 마일스 전사들은 가지 않지만 선우필은 시간이 될 때마다 종종 파라다이스에 가서 단서들을 찾는 듯했다. 여전히 문서를 찾는 것인지 아니면 리브를 위해 선우희의 흔적을 찾는지는 알 수 없다.

"저들의 말을 어떻게 믿어? 그런 식으로 해준다 하고는 임프랍이라면서 해주지 않은 일도 있잖아? 알파 부대가 와서 또 다른 소리 하는 거 아냐?"

아이들이 있을 때 박 사령관의 전달을 받은 김 중령이 말했다.

"그래도 아이들을 위해 예산을 내주거나 아이들이 하는 일에 대한 서포트는 아낌없이 해주잖아."

박 사령관은 하늘의 도시 사령관들이 하는 행동을 변호하듯 말했다.

"마음에 안 들어. 마치 이전 최 박사의 메시Mesh 같은 행동을 하고 있다는 느낌이 든단 말이야."

김 중령은 코를 찡그리며 입맛을 다신다. 뭔가 해답이 안 나올 때 하는 버릇이다.

"설마 그러겠나. 메시는 최 박사님만 할 수 있는 기술이야. 하늘의 도시에서 그런 기술을 쓸 수는 없어. 아마도 그저 예전보다 더 나은 사회를 만들려고 이리저리 계획을 짜고 상황에 따라 바꾸기도 하고 그러는 거겠지."

김 중령이 하늘의 도시 사령관들에 관련해서 부정적인 말을 하면 박 사령관은 늘 이런 식으로 긍정적인 말을 한다. 김 중령이 부정적인 사람은 아니지만 하늘의 도시에 대한 이야기만 나오면 심하다 싶을 정도로 의심을 많이 한다. 그런 김 중령을 박 사령관이 옆에서 늘 중재하며 달래는 편이다.

한참 이런저런 생각을 하던 니나는 더는 생각하기 싫은 듯 호숫물에 몸을 담근다. 상쾌한 비가 하늘에서 떨어지기 시작한다.

*

파라다이스는 폐허가 되었지만 '풀잎플래닛'처럼 자연으로 가득 차 있다. 점점 폐허가 되어가는 건물들 위로 수많은 식물이 뒤덮이며 마치 시간이 지나면 그러한 건물조차 자연의 일부가 될 것만 같다. 선우필은 아까 낮에 갔던 장소에 다시 가서 둘러본다. 시원한 밤비를 맞으며 기분 좋게 날씨를 만끽하다가 옆을 쳐다본다. 초소형과 소형 홀랜프 무리가 어디선가 나타나 선우필을 쳐다보고 있다. 본부에서는 홀랜프의 출몰로 사람들이 파라다이스에 가는 것을 자제시켰지만 선우필에게만은 예외였다.

홀랜프와 페카터모리가 이전에 공격할 때 사용했던 모리스틱에서 나오는 이그니스 럭스는 이제 어두운 곳을 비추는 불빛으로도 사용한다. 이그니스 럭스를 앞으로 발사할 수도 있지만 반딧불이나 손전등처럼 그 자리에서 빛을 뿜게도 개발하였기에 그들의 모습이 훤히 비친다. 하지만 뭔가 위험이 생길 때는 바로 빛을 뿜어 공격할 수도 있다.

홀랜프는 마치 순하게 길든 들짐승처럼 선우필을 그저 쳐다보다가 나뭇잎을 뜯어 먹는다. 이전에 부모님과 함께 갔던 국립공원에서 발견한 사슴이 떠오른다. 우거진 나무들이 가득한 숲속으로 들어갔다가 길을 잃었던 꼬마 선우필은 부모님을 아무리 불러도 소리가 밖으로 나가지 않는다는 것을 알게 되었다. 어쩔 수 없이 나무 사이를 돌아다니며 기다리던 선우필은 커다란 사슴과 마주쳤다. 사슴은 상상했던 것보다 훨씬 컸고 소리도 괴상했다. 한참 동안 선우필을 쳐다보던 사슴은 이내 옆에 있던 풀을 뜯어 먹기 시작했다.

과거의 기억을 상기하며 홀랜프를 쳐다보던 선우필의 머리 위로 비가 점점 더 세차게 내리더니 아지랑이가 피어나기 시작하고 이그니스 럭스 빛으로 인해 어둠과 빛이 맞물려 주위가 신비하고 아늑해진다. 깜깜하기만 했을 저녁 숲속의 모습이 마치 미지의 세상처럼 변한다. 홀랜프나 페카터모리를 죽였을 때의 아지랑이 연기하고는 또 다른 느낌이다. 선우필은 모리스틱을 옆에 꽂아놓는다. 이그니스 럭스 빛이 위로 향하며 주위가 환해진다. 게다가 선우필은 뉴컨밴드를 착용한 후 뉴컨밴드에서 나오는 빛을 이용해 앞을 둘러본다. 아무런 위험이 없다는 것을 알고는 그제야 리브가 싸준 간식을 꺼낸다. 다양한 재료가 가득 들어 있는 주먹밥이다. 입에다 쑤셔 넣고는 맛있는 듯 숨도 쉬지 않고 씹어 먹는다. 주먹밥에서 씹히는 음식 재료들은 심혈을 기울여 만든 맛이다. 리브 생각에 목이 막힌 듯 선우필은 고개를 들어 하늘에서 내려오는 빗물

을 마신다. 주먹밥의 맛과 잘 어우러지게 달달하고 맛있다. 목까지
축인 선우필은 뉴컨밴드를 손목에 찬 후 후드를 쓴다.

다른 장소로 이동하려고 할 때 인기척을 느낀다. 주위를 둘러보
지만 빛이 있는 곳에는 아무것도 없다. 전체적으로 어둡기도 하고
비가 더 많이 오면서 생긴 아지랑이 때문에 아까보다 더 잘 보이
지 않는다. 어빌리스를 감지해보지만 별다른 것이 없다. 손목에 차
고 있던 뉴컨밴드를 빼서 머리에 착용한다. 양쪽 머리에 둘려 있던
부분에서 레이저가 나오더니 선우필의 눈앞으로 홀로그램 안경이
나온다. 선우필은 뉴컨밴드에서 만들어진 홀로그램 안경을 착용하
고 주위를 둘러본다. 마치 야간 투시경Night Vision처럼 어두워서 안
보이던 숲속의 전경이 잘 보이기 시작한다. 어느 한쪽 구석 나무에
서 아이 모양의, 피부인지 잘 모르겠지만 회색의 얇은 막으로 덮
인, 초소형 홀랜프보다 조금 더 작은 크기에, 형태는 홀랜프 여왕
과 비슷하게 생긴 꼬마 홀랜프를 발견한다. 눈앞에서 순식간에 사
라진 꼬마 홀랜프를 보고는 헛것을 봤다고 생각한 선우필은 돌아
가려다 아무래도 꺼림칙해서 다시 꼬마 홀랜프를 찾아본다.

꼬마 홀랜프가 나무 뒤에 숨어서 선우필을 몰래 지켜보다가 깜
짝 놀라 도망가지만 선우필에게 잡힌다. 순간 비슷한 형태의 다른
두 꼬마 홀랜프가 같은 육체에서 동시에 튀어나오더니 도망간다.

그 두 마리가 뛰는 모습이 마치 막 걷기 시작하는 아기가 아장
아장 뛰는 듯 귀엽다. 넓적하면서도 동그란 버섯 갓처럼 생긴 머리
모양과 그 크기가 팔다리보다 커서 팔을 위로 뻗으면 머리둘레를
벗어나지 않는 데다 배도 볼록 튀어나오고 팔다리가 통통하고 짧
다. 여느 홀랜프처럼 목청도 튀어나와 마치 큰 머리와 작은 머리가

몸통 위에 달린 듯하다. 선우필은 도망간 두 꼬마 홀랜프는 내버려 둔 채 손에 잡힌 꼬마 홀랜프를 들어본다. 잡힌 꼬마 홀랜프는 조그맣고 피부가 투명해 혈관이 다 보인다. 선우필의 손에서 벗어나려 발버둥 치지만 짧은 팔다리가 허우적댈 뿐이다.

"넌 뭐냐? 아까 저것들은 뭐고?"

선우필은 고개를 갸우뚱거리며 눈을 몇 번 깜빡인다. 눈앞에는 우거진 숲이 보일 뿐, 아까 도망갔던 두 꼬마 홀랜프는 보이지 않는다. 잡힌 꼬마 홀랜프는 아기처럼 칭얼댄다.

"헛것을 봤나?"

주위에서 지켜보던 초소형, 소형 홀랜프 무리가 꼬마 홀랜프를 들고 있는 선우필을 지켜보면서 몰려든다. 선우필이 한 발짝 물러서다가 다시 겁을 주려는 듯 홀랜프 무리에게 다가가자 꼬마 홀랜프가 더 크게 소리내기 시작한다.

"끼끼…… 끼끼…….."

꼬마 홀랜프의 소리에 지켜보던 초소형, 소형 홀랜프 무리들은 도망간다. 꼬마 홀랜프는 선우필에게 벗어나려는 듯 발버둥 치며 울음 섞인 괴상한 소리를 낸다. 선우필은 꼬마 홀랜프를 근처에 보이는 자루에 넣고는 82본부로 향한다.

2장 2절
꼬마 홀랜프

선우필은 꼬마 홀랜프를 데리고 82본부에 도착한 후 아무도 모르게 조용하고 빠르게 사령탑으로 들어간다. 끼끼거리는 소리를 내려는 꼬마 홀랜프를 꽉 잡아서 소리가 새어 나오지 않게 한다. 소리는 내지 않지만 자루 속에서 불편한지 꼬마 홀랜프는 계속 꿈틀거린다.

박 사령관과 김 중령은 다른 본부 사령관과 사령탑에서 술을 마시는 중이다. 그들은 선우필이 들고 있는 자루를 쳐다본다.

"뭐냐, 그건?"

김 중령이 묻는다.

"아……."

선우필은 박 사령관과 김 중령이 다른 본부 사령관과 얘기 중인 것을 보고는 머뭇거린다.

"괜찮다. 내가 전에 얘기한 82 탤라무스Thalamus 본부 사령관이시다."

111

"아, 네, 안녕하세요. 말씀 많이 들었습니다."

선우필은 꾸벅 인사한다.

"그래. 자네 얘기도 매스 헌터 선생한테서 많이 들었다네."

선우필이 고개를 끄덕이고 82 탤라무스 본부 사령관은 선우필이 들고 있는 자루를 보며 묻는다.

"그건 뭔가?"

선우필은 자루에 든 꼬마 홀랜프를 꺼낸다. 자루에서 나오자 꼬마 홀랜프는 끼끼거리며 버둥댄다. 그다지 큰 움직임은 아니다. 꼬마 홀랜프를 본 박 사령관과 김 중령 그리고 탤라무스 사령관은 기이하게 생각한다.

"이건 뭐야? 이런 유형도 있었나?"

김 중령은 선우필에게 꼬마 홀랜프를 건네받는다. 82 탤라무스 본부 사령관은 꼬마 홀랜프를 살짝 만져보며 눈살을 찌푸린다.

"피부가 아닌가? 뭐로 덮인 거지? 게다가 아무런 어빌리스가 감지되지 않는데?"

옆에서 지켜보던 박 사령관은 움스크린을 한 번 쳐다보더니 82 탤라무스 본부 사령관에게 말한다.

"아무래도 자네는 돌아가 있는 게 좋을 듯하네. 나중에 다시 연락하겠네."

82 탤라무스 본부 사령관은 박 사령관의 말에 고개를 끄덕인다.

"그래."

82 탤라무스 본부 사령관은 선우필을 쳐다보며 반가워하는 표정으로 말한다.

"자네랑도 나중에 제대로 대화하는 시간이 있기를 바라네. 나 매스 헌터 선생하고 꽤 친한 사이여서 자네에 대해 많이 들었어. 우리 본부에 한번 놀러 와주게. 박 사령관만큼은 아니더라도 나도 꽤 술을 잘 제조하니까."

"네."

선우필은 짧게 대답하고 82 텔라무스 본부 사령관은 나간다. 김 중령은 선우필에게 말한다.

"너도 돌아가서 쉬어. 이 녀석은 뭔지 좀 알아볼 테니까."

선우필은 고개를 끄덕이며 나가려다가 다시 꼬마 홀랜프를 쳐다본다. 뭔가 꺼림칙하다.

*

김 중령과 박 사령관은 꼬마 홀랜프를 데리고 구치소에 들어온다. 구치소는 하늘의 도시로 옮기기 전에 심하게 난리 치는 페카터모리나 죽이지 못한 홀랜프를 가두는 용도로 만들어졌다. 현재는 비워진 상태이다. 구치소에 들어와서도 꼬마 홀랜프는 계속 버둥거린다. 김 중령은 꼬마 홀랜프를 구치소 철창 안에 집어넣는다. 꼬마 홀랜프는 엉덩이가 아픈지 뒤통수가 보이게 돌아서 볼록한 엉덩이를 조그마한 손으로 주무른다. 엉덩이가 포동포동해서 귀엽다. 김 중령과 박 사령관은 꼬마 홀랜프의 행동에 황당하다는 표정이다. 엉덩이를 주무르던 행동을 멈춘 꼬마 홀랜프는 뒤돌아 김 중령과 박 사령관을 쳐다본다.

"아저씨, 안녕? 나야 나. 선우희."

꼬마 홀랜프가 말을 한다. 박 사령관과 김 중령은 놀란 듯 쳐다

113

본다.

"네가 어째서 선우희야? 선우희는 없어."

김 중령은 이내 침착함을 되찾고 말한다.

"시체를 찾았어?"

"뭐?"

"선우희 시체를 찾았냐고?"

꼬마 홀랜프의 말에 김 중령은 박 사령관을 쳐다본다. 박 사령관은 여전히 놀란 표정으로 꼬마 홀랜프를 쳐다본다. 이제껏 박 사령관이 이렇게 놀란 표정을 본 적이 없었다. 박 사령관은 잠시 진정하고 꼬마 홀랜프에게 묻는다.

"선우희가 어디 있는지 아나?"

꼬마 홀랜프는 순진하다고 할 정도로 방긋 웃더니 손가락을 빨기 시작한다.

"죽었다며? 내가 어떻게 알아?"

"뭐야?"

김 중령이 짜증 난다는 듯 말한다. 그러고는 철창 앞으로 다가간다. 다가온 김 중령을 보며 꼬마 홀랜프는 빨던 손가락을 빼고 말한다.

"죽은 생물체는 그만 찾고 내 부탁만 좀 들어줘. 내가 원래 세 부분으로 되어 있거든. 근데 지금 나머지 둘이 흩어졌어. 찾아야 하는데 도와줄래?"

김 중령은 뒤돌아 박 사령관을 쳐다본다. 박 사령관도 철창 앞으로 다가간다. 김 중령과 박 사령관은 꼬마 홀랜프를 의심의 눈초리로 쳐다본다. 꼬마 홀랜프는 김 중령과 박 사령관의 행동을 따라

하듯 눈을 얇게 뜨고 쳐다본다. 그러다가 혼잣말로 이 말 저 말을 하며 횡설수설한다.

"뭐라는 거야?"

김 중령은 거슬린다는 표정으로 꼬마 홀랜프를 꺼내려는 듯 철창문을 열려고 한다. 그러자 꼬마 홀랜프는 철창문을 열지 못하게 하려는 듯 조그마한 두 손으로 철창을 꽉 잡고 말한다.

"중령님은 맨날 불평불만이시고 사령관님은 능글맞은 구렁이시잖아요. 헤헤헤."

꼬마 홀랜프의 말에 김 중령과 박 사령관은 서로를 쳐다보고는 다시 꼬마 홀랜프를 쳐다본다.

"도대체 넌 뭐냐?"

김 중령의 질문에 꼬마 홀랜프는 기다렸다는 듯 손을 번쩍 들며 말한다.

"저는 세 부분 중 하나인 정신mental mind; double M이라고 합니다."

김 중령은 눈살을 찌푸리며 말한다.

"뭐라고?"

꼬마 홀랜프는 김 중령의 말에 손을 번쩍 들며 마치 수업 시간에 발표를 시켜달라는 아이처럼 행동한다. 박 사령관의 표정은 놀람에서 두려움으로 바뀐다.

"지금 저의 다른 두 부분인 육체physical body; PB와 영혼spiritual soul; double S이 어디론가 떠돌고 있어요. 우리 셋을 합쳐야 하는데요."

"왜 합쳐야 하는데?"

박 사령관은 마치 꼬마 홀랜프의 말을 예상했다는 듯이 바로 질문한다. 꼬마 홀랜프는 질문하는 박 사령관을 유심히 쳐다본다. 그러고는 또 순진한 미소를 크게 짓는다.

"저는 만두도 좋아하고요, 엄마가 해준 볶음밥도 맛있어요."

"뭐야?"

박 사령관과 김 중령은 꼬마 홀랜프의 행동에 당황해한다.

"조현병인가?"

박 사령관이 김 중령을 쳐다본다.

"야, 뭔 헛소리를 하는 거야?"

김 중령은 꼬마 홀랜프에게 소리친다.

"저는 아빠의 손가락도 좋아해요. 엄마의 찌찌도 그리워요. 배고파요."

"쓸데없는 소리 하지 말고!"

김 중령이 또 한 번 소리치지만 꼬마 홀랜프 정신은 계속 중얼거린다. 김 중령은 보다 못해 철창을 열어 중얼거리는 꼬마 홀랜프 정신을 쳐서 기절시킨다. 쓰러진 꼬마 홀랜프 정신을 보는 박 사령관은 의아하다는 듯한 표정으로 말한다.

"강하지는 않은데 왜 어빌리스가 감지되지 않지?"

"모르지. 아마도 정말 선우희의 정신이 부활했다든지 그럴 수도 있지 않아? 선우필이 발견한 그 최 박사의 외경 일부분과 같은 말을 하잖아."

"각 지역 사령관들도 다 아는 내용이야. 저런 내용을 말하는 거야 어렵지 않겠지. 아마도 이 생물체가 남은 외경을 훔쳤을 수도 있고. 선우희라고 하기에는 좀 다른 것 같아. 선우희는 부끄러움이 많은 아이였잖아. 저렇게 깐죽거리는 스타일이 아니야."

"몇 년이 지났잖아. 우주의 방에서 사라진 거라며? 우리도 모르게 홀랜프 생물체와 합쳐졌을 수도 있지 않아? 솔직히 아무리 세상에 평화가 왔다 해도 홀랜프가 가만히 있는 게 이상했어."

"그럴 리가 없는데……."

"아직도 예언서 때문에 그러는 거야? 인간을 형성하는 세 부분 이야기는 평상시에 최 박사가 아이들한테 자주 떠들던 내용이라잖아. 과학적인 근거도 없고 그저 아무렇게나 말했을 때의 내용을 가지고 왜 그리 호들갑인 건지."

김 중령이 기절한 꼬마 홀랜프 정신을 보며 생각하기 싫다는 표정으로 말한다. 박 사령관은 그런 김 중령의 말에 꼬마 홀랜프 정신을 유심히 쳐다본다. 그러고는 옆에 놓인 모니터를 켜서 최 박사의 외경 중 발견된 다른 일부분을 읽어본다.

"아이는 죽지 않는다. 메시아가 목적을 달성했다 해서 죽는 경우를 보았는가? 나는 그렇게 생각하지 않는다. 아이도 죽지 않지만, 어머니도, 아버지도, 형제들도 모두 죽을 수가 없다. 죽지 않는 생명체는 신이다."

다른 내용이 더 있다. 한참을 반복해서 외경 일부분을 읽던 박 사령관은 조용히 김 중령에게 말한다.

"홀랜프 전쟁에서 승리했다고 예언서가 완결된 걸까? 지금 세상이 과연 박사님이 계획했던 그런 세상인 건가?"

박 사령관의 말에 김 중령의 눈은 꼬마 홀랜프 정신을 향한 채 대답한다.

"그냥 책이었을 뿐이야. 전쟁에서 승리한 건 우리가 직접 싸워서 이룬 거지 예언서 내용 때문이 아니라고. 하늘의 도시 사령관들이 최 박사의 일기를 제멋대로 해석한 거야. 자네도 일기 써봤잖아. 대충 머릿속에서 나오는 내용을 쓰지, 연구 결과를 발표하는 게 아니야. 검증해서 쓰는 게 아니라고. 게다가 이제는 외경까지 나왔다고 말하는 건 뭔가 의도된 게 아닐까? 이런 식으로 민간인의 생각을 뒤흔들려고 하려는 거 아니야?"

"그럼 아이들의 어빌리스는 어떻게 설명할 거야?"

"그냥 강한 아이들이지."

"아이들의 스위븐은?"

"우연의 일치라니까."

"선우필은……? 이 꼬맹이 생물체는?"

박 사령관이 기절해 있는 꼬마 홀랜프 정신을 가리킨다. 그제야 김 중령은 아무 대답을 못 한다. 박 사령관은 꼬마 홀랜프 정신을 잠시 쳐다보다가 모니터에 펼쳐진 외경의 일부분을 다시 읽더니 그 위로 연결된 움스크린 컴퓨터를 켜려고 한다.

"잠시만."

김 중령은 기절한 꼬마 홀랜프 정신을 쳐다보며 말한다. 박 사령관은 뒤돌아본다.

"잠시만 알리지 말고 우리끼리 해결해보면 안 될까?"

"우리가 이해를 못 하는데 하늘의 도시에 알리는 게 더 좋지 않을까?"

"만약 문제가 되면 그때 알리거나 위험해지면 그냥 이 녀석을 죽이면 되잖아. 어차피 이 녀석도 홀랜프 종인 것 같은데."

김 중령의 말에 박 사령관은 꼬마 홀랜프 정신을 다시 쳐다보며 말한다.

"이제 돌이 조금 지난 모양인데."

그러고는 김 중령을 쳐다본다.

"죽일 수 있겠어?"

박 사령관의 질문에 김 중령은 머뭇거린다. 꼬마 홀랜프 정신은 엄지손가락을 빨며 잠이 들어 있다. 마치 갓 돌이 지난 아기가 쭈그리고 누워서 손가락을 빨며 자는 모습이다. 안쓰러워 보이기까지 한다.

"쳇! 난 하늘의 도시 사령관들도 꺼림칙하단 말이야. 분명 전쟁이 끝났는데도 여전히 아이들에게 프라이버시를 안 주는 것도 그렇고 팔팔하게 세상을 자유로이 경험해야 할 나이에 신 놀이를 시키면서 이런 곳에 가둬놓는 것도 그렇고. 결국 하늘의 도시로 데려갈 거면서 무슨 계획을 꾸미는지도 모르겠단 말이야. 이젠 이런 것까지 튀어나오고."

"스위븐에 대해서 확실한 결과가 안 나왔다잖아."

"안 나온 거야, 아니면 안 알려주는 거야?"

박 사령관은 아무 말도 하지 않는다.

"게다가 여전히 하늘의 도시가 어디에 있는지도 모르잖아."

박 사령관은 고개를 끄덕인다.

"그나저나 풀잎플래닛이라고 부르기로 했었나? 아이들의 은신처는 어떻게 돼가고 있어?"

마치 하늘의 도시 얘기는 피하려는 듯한 박 사령관의 말에 김 중령은 고개를 저으며 말한다.

"비밀리에 진행하느라 고생을 좀 했지만 거의 마무리되어 가. 나도 한번 가봤는데 기가 막히게 잘 지었어. 확실히 애들의 센스가 남달라."

"그래. 역시 아이들은 뭐든지 쥐어주면 빨리 잘 짓는구먼."

박 사령관은 움스크린 컴퓨터를 켠다.

"쳇! 내 말은 귓등으로도 안 듣는 거야?"

김 중령은 짜증을 내며 밖으로 나간다. 박 사령관은 그런 김 중령을 쳐다보다가 움스크린으로 고개를 돌린다.

김 중령은 꿈의 방에 들어가 정리를 한다. 정리가 어느 정도 끝난 후 꿈의 방을 둘러본다.

*

2년 전부터 벙커의 아이들은 새벽에 일어나면 어빌리스 훈련 전에 바로 스위븐에 대한 검사와 신체 테스트를 받아왔다. 전쟁 이후 아이들에게는 프라이버시가 없어졌다. 화장실을 가든지 방에 가든지 늘 초소형 카메라로 감시를 당하거나 마일스 전사들에게 감시를 당했다. 김 중령은 내키지 않지만, 일부러 아이들에게 혹독하게 굴었다.

"이러려고 저런 카메라가 만들어진 건 아니지만 지금은 불평하지 말고 시키는 대로 해라. 내가 말했잖아. 전쟁이 끝나면 너희들의 프라이버시는 없을 거라고."

김 중령의 말에 해든과 오웬은 투덜댄다. 그들의 꿈을 조사하는 기관이 하늘의 도시에 따로 생겼다는 전달을 받은 후 매일 벙커의 아이들이 '꿈의 방'에 한 명씩 나체로 들어가 검사를 받는다. 처음에는 창피하기도 하고 부끄러워하기도 했지만 이내 아이들은 자연스럽게 받아들였다.

"온전한 육체에 무엇이 걸쳐지면 너희들의 신체 온도, 뇌의 움직임 등 많은 것이 바뀐다. 지금 이 방은 그런 너희의 바이오리듬 biorhythm을 최대한 유지시키려 만든 방이기에 바깥 환경과 차이가 날 것이다. 처음에는 어색하겠지만 적응되면 어빌리스를 가장 안정적으로 맞출 수 있는 데다 지금 너희의 생각과 꿈의 이미지가 가장 효율적으로 싱크가 되니 협조 바란다."

빨간 픽셀 사령관의 말이다.

"아무리 그래도 화장실까지 감시하는 건 너무하지 않습니까?"

다음 아이가 들어오기 전 꿈의 방이 비었을 때 김 중령이 불만 섞인 표정으로 묻는다.

"전쟁이 끝났다고 해서 또 다른 공격이 안 생긴다는 보장이 없지 않습니까? 지금 벙커의 아이들은 우리 인류의 존속과 발전을 위해 가장 필요한 생물체들입니다. 프라이버시를 안 지켜주는 게 아니라 모두가 살아야 하니까 우리가 이러는 건데 중령님이 그렇게 말하면 저희가 나쁜 사람 같잖아요? 아이들도 조금씩 적응해가고 계속 방법이 나오는 것 같은데 왜 그러시는 겁니까?"

노란 픽셀 사령관이 다그치듯 말한다. 김 중령은 아무 말도 하지 않는다. 그리고 자신의 자리로 가서 앉은 후 모니터만 쳐다본다. 순간 노란 픽셀의 말에서 한 단어를 떠올린다.

"생물체들?"

김 중령은 아무도 안 들리게 혼잣말로 중얼거린다. 다음 아이가 들어온다.

꿈의 방은 마치 이전에 홀랜프 여왕의 뒤에 있던 우주공간 같은 분위기이다. 벙커의 아이들이 잘 때마다 나오는 꿈을 녹화해놓은 영상과 함께 꿈의 방에 있는 움스크린으로 생중계처럼 아이들의 머릿속과 함께 시청하며 하늘의 도시 연구진들이 연구한다. 하늘의 도시 연구원들이 아이들과 대화를 하면서 계속 검사를 한다. 아이들의 꿈속 이미지는 흐릿하다. 빠르게 화면이 바뀌기도 하고 멈춰 있기도 하다. 윤곽이 보이다가도 다시 사라진다. 옆 화면에 보이는 아이들의 꿈에서 다양한 색감이 어우러진 선과 도형이 번갈아 가며 변한다. 아이들은 하나같이 자신이 꿨다는 꿈 이미지를 영상으로 확인하지만 무슨 내용인지는 아무도 기억을 못 한다. 오로지 가끔 리브의 꿈에서 과거에 선우희를 키운 장면만 희미하게 나온다.

"저건 스위븐이라기보다는 회상 정도로 봐야 하겠네."

움스크린을 보던 리브가 눈물을 글썽이자 빨간 픽셀 사령관이 말한다. 리브는 아무 말 없이 그저 흘린 눈물을 닦아낼 뿐이다. 손으로 나오는 눈물을 꾹 누르며 빠르게 닦아내는 리브의 모습이 애처롭다. 리브가 아무리 조용하고 성숙해 보여도 20대일 뿐이다. 게다가 다른 사람들처럼 여러 사회 경험이 있는 것도 아니고 벙커 속에서만 살고 나온 후에 전쟁을 겪으면서 아이를 잃었다. 이제는 사람들이 그녀를 신으로 받들고 있는 데다 어른들의 말에 휘둘리며 살고 있다. 분명 자신이 원하는 삶이 아니다. 그럼에도 그녀는 불평 한마디 없이 묵묵히 따라왔을 뿐만 아니라 불평하는 다른 아이들까지 달래주는 성숙함을 보였다. 그런 그녀가 이 방에서 선우희의 장면을 보면서 보여주고 싶지 않은 눈물이 어쩔 수 없이 흐르는 걸 손으로 힘껏 막으려는 모습은 김 중령과 박 사령관에게는 보기 힘든 장면이다.

"왜 기억이 안 나는 거지?"

자기 차례에 들어온 해든이 혼자 중얼거린다. 아이들의 꿈속 이미지를 함께 보는 동안 픽셀로 보이는 하늘의 도시 사령관들의 움직임이 분주하다. 연구원들 역시 계속 해든의 현재 생각의 움직임과 꿈의 움직임을 번갈아 비교해본다. 하지만 그 누구도 확실한 답을 못 찾고 아이들의 신체 테스트로 넘어간다. 꿈의 방에서 김 중령과 박 사령관 역시 자신들 앞에 놓인 모니터로 함께 관찰한다. 김 중령은 짧게 한숨을 쉬며 움스크린에 픽셀로 비치는 하늘의 도시 사령관들을 의심의 눈초리로 쳐다본다.

레나는 꿈을 꾸지 않지만 함께 검사를 받는다. 테스트를 마친 레나가 방에서 나간다. 모든 아이의 검사가 끝나고 레나가 나가는 것까지 확인한 김 중령은 움스크린에 비치는 하늘의 도시 사령관들에게 묻는다.

"저 친구는 꿈을 꾸지도 않았는데 뭐 하러 검사를 하는 겁니까?"

움스크린 안에서는 뭔지 모르게 번잡스러워 보인다. 잔뜩 쌓인 문서를 읽고 있는 모습의 빨간 픽셀 사령관이 고개를 들어 말한다.

"저 친구에게만 특이한 이미지가 자주 발견되어서다. 때가 되면 다 알려줄 테니 자네도 너무 성급하게 굴지 말게."

그 말에 김 중령은 열받은 듯 코를 찡그린다.

*

"오늘은 테스트가 없다."

이전에 테스트가 없던 하루, 김 중령이 아이들을 불러 말한 적이 있다. 김 중령은 좋아하는 아이들의 모습을 쳐다본다. 특히 해든이 유별나게 신나 한다.

"좋았어!"

해든이 외치더니 니나에게 말한다.

"훈련이다!"

"오늘은 쉬어도 된다니까."

김 중령이 의아하다는 듯 해든에게 말한다.

"아니에요."

해든은 자신의 미완성 인공 팔을 들어 올리며 말을 이어간다.

"제가 조금만 더 강했어도 민수가 살 수 있었어요. 더 많은 사람을 죽음에서 구해낼 수 있었다고요."

김 중령은 그런 해든의 말에 자랑스러운 듯 짧게 코웃음을 짓는다. 다른 아이들이 해든을 쳐다본다. 니나는 그런 해든을 진정시킨다.

"오버하지 마. 네가 그 정도 영향력이 있을 정도의 어빌리스가 아니야. 지금도 여전히 그렇고."

"그래 형. 니나 누나나 선우필 형 정도면 몰라도 형이 더 강해진다고 해서 민수 형이 살 수 있던 건 아닌 것 같아. 게다가 민수 형은 선우필 형을 대신한 거잖아."

오웬도 덧붙여 말한다. 하지만 해든은 확신하는 말투로 말한다.

"아니야. 내가 더 똑똑하고 강했으면 민수는 죽지 않았을 거야."

해든은 니나에게 손짓한다.

"빨리 훈련방으로."

"참 내."

니나는 웃긴 듯 미소와 함께 해든을 따라가고 그 모습을 지켜보던 김 중령은 생각에 잠긴다. 해든은 자신의 인공 팔을 검이나 총으로 변환시켜보면서 걸어간다. 그러더니 갑자기 멈춰 선다.

"이제 강한 무기가 생겼어. 난 더 이상 사람들이 죽는 꼴을 보지 않을 거야. 그리고 무엇보다⋯⋯."

니나는 그런 해든을 쳐다보고 해든은 니나를 쳐다보더니 뒤돌아 다른 아이들을 쳐다본다.

"너희의 대장으로서 모두를 지킬 거니까 아무 걱정하지 말아라."

니나는 해든의 오버스러운 말투에 어이없다는 표정이다.

"아무도 걱정 안 해. 왜 그러냐 갑자기?"

니나의 말을 들으며 레나 역시 궁금한 듯 묻는다.

"뭐야? 오빠. 왜 그러는 거야?"

"왜 그리 민수 형처럼 행동해? 전쟁도 끝났는데 군이 뭘 그렇게."

오웬도 다가와서 묻는다. 해든은 오웬과 레나 그리고 니나를 쳐다보며 말한다.

"이상하단 말이야. 우리가 분명 꿈을 매일 꾸는데 생각이 안 나는 것도 그렇고 그 꿈이 현실에서 일어나지 않는 것도 그렇고. 뭔가 꺼림칙해."

"난 선우필 형 말대로 일어나자마자 꿈을 적으려고 하는데도 바로 까먹어."

오웬의 말에 해든은 아라와 리브 그리고 선우필을 쳐다본다.

"너희도 그렇잖아."

아이들은 해든의 말에 대답 없이 가만히 있는다. 김 중령은 그런 아이들을 보며 옅게 한숨을 내쉰다. 오웬도 따라서 한숨을 쉰다.

"난 그냥 왜 하늘의 도시에서 우리 꿈에 대해 아무런 얘기가 없는 건지……."

오웬은 그렇게 말하고는 김 중령에게 묻는다.

"중령님은 뭐 아시는 거 없으세요?"

김 중령은 오웬의 질문에 무뚝뚝하게 말한다.

"그만해라. 다 이유가 있어서 그러지 않겠냐? 조금만 참고 기다려보자."

김 중령은 해든을 쳐다본다.

"너도 너무 과민반응하지 말고 훈련이나 열심히 해라. 지휘관은 높은 어빌리스를 갖고 똑똑하고 전투만 잘한다고 되는 것이 아니다. 지휘관의 조건을 충족하고 싶다면 더 많은 것을 배워라."

김 중령의 말에 해든은 고개를 끄덕인다.

"네. 그런데 저는 그냥 애네들 대장만 한다는 거지 마일스 대장은 아니에요……."

해든은 아이들을 가리키며 말한다.

"그건 네 생각이고. 내 후임 지휘관은 내가 정할 거다."

김 중령은 짧고 굵게 말하고는 떠난다.

"아니! 전 그건 싫은데……."

해든은 당황하면서 김 중령을 부르지만 어느새 사라졌다.

"형, 말 잘못한 거 아니야? 잘못하다가 여기에 발이 묶이겠는데?"

오웬이 말한다. 니나는 옆에서 눈을 감으며 고개를 옆으로 절레

절레 흔든다.

"나대지 말라니까."

니나의 말에 해든은 불안한 표정으로 다른 아이들을 쳐다본다.

"설마 아니겠지? 내 말의 요점을 중령님이 잘 파악하셨겠지? 난 그냥……."

"그러니까 그냥 조용히 할 일만 해. 괜히 대장이다 뭐다 나서지 말고."

해든의 말을 끊으며 니나가 다그치듯 말한다. 해든은 고개를 푹 숙인다.

2장 3절
완벽한 완전함

"김 중령, 다시 구치소로 좀 와봐."

생각에 잠겨 있던 김 중령은 박 사령관의 무전에 정신이 든다. 김 중령은 꿈의 방에서 나간다. 구치소에 들어가자 박 사령관이 움 스크린에 비치는 하늘의 도시 사령관들과 함께 꼬마 홀랜프 정신을 심문 중인 장면을 본다. 여전히 꼬마 홀랜프 정신은 '끽끽' 소리를 내다가 이해하기 힘든 말을 하면서 이제는 자신의 엄마를 내놓으라고 한다.

"엄마…… 내 엄마 내놔. 내 엄마는 내 거야."

움스크린에 비치는 빨간 픽셀 사령관은 가만히 꼬마 홀랜프 정신을 지켜보다가 박 사령관에게 묻는다.

"혹시 저 생물체를 아이의 어머니한테 보여줬나?"

"아직 안 보여줬습니다만……. 선우필이 데리고 온 생물체라 그녀도 곧 알게 될 겁니다."

빨간 픽셀 사령관은 잠시 생각에 잠긴 듯 아무 말이 없다. 박 사령관은 빨간 픽셀 사령관을 쳐다보더니 묻는다.

"아이의 어머니를 데리고 올까요?"

"아닐세. 상실감이 클지 모르니 아직 일부러 보여줄 필요는 없지."

"사령관님은 이 꼬맹이가 정말 선우희라고 생각하시는 겁니까?"

김 중령이 묻는다.

"그건 모르겠지만 지금 아이의 어머니는 정신적으로 불안한 상태이니 안정될 때까지는 위험 요소를 굳이 보여줄 필요가 없다고 생각하고 있네."

빨간 픽셀 사령관의 말에 김 중령이 무언가 질문하려는데, 갑자기 하늘의 도시 사령관들이 분주해진다. 잠시 후 파란 픽셀 사령관은 상당히 기뻐하는 말투로 박 사령관과 김 중령에게 말한다.

"좋은 소식 하나를 미리 전해주지. 위협적인 어빌리스를 가진 홀랜프는 모두 처리했다는 소식이다. 이제 지구에는 우리 인간을 위협할 만한 생물체가 모두 사라졌다."

박 사령관은 그런 파란 픽셀 사령관의 말에 김 중령을 쳐다본다.

"지구를 위협할 만한 생물체들?"

김 중령이 혼잣말로 중얼거린다.

그리고 이내 박 사령관은 움스크린을 다시 보며 묻는다.

"그럼 내일 오기로 한 알파 부대는……."

초록 픽셀 사령관은 질문을 채 끝내지도 않은 박 사령관의 질문을 이해한다는 듯 바로 대답한다.

"그 알파 부대가 마무리시켰다고 한다. 그래도 아직 페카터모리 수거 작전이 계속 진행 중이니 예정대로 내일 그들이 그곳으로 갈

것이다. 그들이 도착하면 별도 지시가 있을 것이니 잘 따라주길 바란다. 이제 모든 계획을 차질 없이 잘 진행시킬 수 있을 걸세."

움스크린이 꺼진다. 박 사령관은 김 중령을 쳐다본다. 김 중령은 뉴컨밴드를 착용한 후 눈을 감고 조용히 명상 중이다. 김 중령의 뉴컨밴드에는 환한 빛이 떠오른다. 잠시 후 눈을 뜬 김 중령은 박 사령관을 쳐다보며 고개를 끄덕이며 말한다.

"그다지 많지도 않았지만 불안했던 생물체들은 다 처리했군."

박 사령관은 그제야 안심하며 반가워한다.

"반가운 소식이 맞긴 하군. 난 나가서 사람들과 다른 본부 사령관들에게 이 소식을 알릴 테니 자네가 여기 좀 마무리하고 나오게."

박 사령관이 나간다. 김 중령은 그런 박 사령관과 움스크린 그리고 꼬마 홀랜프 정신을 불안한 눈빛으로 번갈아 쳐다본다. 꼬마 홀랜프 정신은 엄지손가락을 빨며 순수한 표정으로 넋 놓고 앉아 있다.

*

본당 위에 있는 사령탑 난간에서 박 사령관이 민간인들을 향해 승리 소식을 전한다. 박 사령관 앞에는 여러 카메라가 놓여 있다. 그 소식은 전 세계 본부에 전달된다. 82 아믹달라 본부에서는 또 다른 축제가 이어진다. 민간인은 모두 기뻐하며 술과 고기 그리고 준비된 여러 음식을 먹으면서 떠든다.

소식을 다 전한 박 사령관이 본당으로 내려오고 기분 좋게 술에 잔뜩 취한 민간인들이 박 사령관에게 술을 권한다. 박 사령관은 고맙다며 함께 술을 마신다.

"사령관님이 제조한 술은 어떻게 된 게 전쟁 이전에 제가 즐겨 마시던 술보다 맛있어요."

"전쟁 전보다 지금이 더 나은 삶이니까 그런 거지."

다른 민간인 역시 취한 상태로 박 사령관에게 엄지를 들어 올리며 말한다.

"아니야, 아니야. 내가 술맛을 잘 아는데 이건 역대급으로 맛있어."

처음에 말한 민간인이 확신한다는 말투로 말한다. 그는 잔에 든 술의 향을 맡더니 고개를 끄덕이며 마신다.

"정말 최고야.

"하하하, 뭔 상관이야! 이렇게 마음껏 취할 수 있는 게 어디야! 우리가 사령관님을 믿고 따른 결과인 게지!"

세 번째 민간인이 술잔을 높이 들며 박 사령관의 술잔과 부딪히며 호탕하게 웃는다.

"사령관님! 감사합니다! 술도 환경도 이렇게 잘 만들어주셔서."

박 사령관은 웃으며 '아닙니다'라는 제스처를 하며 같이 술을 마신다. 먼발치에서 지켜보는 김 중령의 표정은 어딘지 모르게 불안하다. 박 사령관의 표정을 관찰하던 김 중령은 불안한 표정으로 사람들의 축제를 지켜본다. 마일스 전사들도 함께 즐겁게 축제를 즐기는 중이다. 구석에 위치한 아이들의 길에서는 선우필을 비롯한 벙커의 아이들이 커튼 뒤에서 조용히 음료를 마시며 커튼 바로 앞에 서 있는 김 중령과 함께 사람들을 구경하고 있다.

"이제 남은 일은 비겁하게 숨어 사는 그 약해 빠진 페카터모리

놈들을 모조리 찾아 사람으로 갱생시키거나······."

"아니면 모조리 멸종시키거나 하는 거지?"

두 민간인이 번갈아 가며 말한다.

"그럼요!"

마일스 전사 한 명이 씩씩하게 대답한다.

"그래도 사람으로 되돌릴 방법이 있을 법하다던데 굳이 멸종시켜야 하나?"

또 다른 민간인이 술을 마시며 혼잣말하듯 말한다.

"아이의 어머니와 아라 님이 방법을 못 찾으면 그린 것들은 모조리 멸종시켜야지 뭐!"

옆에서 술을 두 잔에 채워 마시던 민간인이 당연한 말이라는 듯 다른 민간인의 술잔에 자신의 술잔을 부딪치며 외친다. 아이들 앞에 서 있던 김 중령은 살짝 뒤돌아 아이들의 표정을 확인한다. 아이들은 그저 묵묵히 사람들의 축제를 지켜보기만 하고 있다.

"그래! 하하하. 다 필요 없지! 우리 인간들이 이렇게 딱 버티며 살아 있는데 말이야."

여덟 번째 민간인이 건배를 외치듯 말하고 모두가 술에 취해 기분 좋은 듯 술잔을 부딪치며 떠든다. 은연중에 그들과 술을 마시는 마일스 전사들이 아이들과 선우필이 있는 커튼 뒤를 아니꼽게 쳐다본다.

*

다음 날, 구치소에 모인 김 중령과 박 사령관은 움스크린에서 픽셀 모양으로 나타난 하늘의 도시 사령관들을 쳐다보고 있다. 꼬마 홀랜프 정신은 철창 사이로 얼굴을 바짝 갖다 대고 있다. 움스크린은 꼬마 홀랜프 정신이 갇혀 있는 철창 옆 끝에 위치해 있다. 꼬마 홀랜프 정신은 마치 뚫고 나오려는 듯 철창 사이에 얼굴을 낀 채 멀뚱히 모두를 보려고 혼자 노력한다. 김 중령은 그런 꼬마 홀랜프 정신을 보며 어이없어한다.

"어빌리스가 감지되지 않지만 뭔가 찜찜합니다. 다른 형태의 홀랜프는 페카터모리가 나타나지 않은 이상 보이지도 않는다거나 나타난다 해도 잠시 서 있다가 도망가는 패턴인데 이 꼬마 홀랜프는 홀로, 그것도 갑자기 나타난 다음 이렇게 잡혀 있는 게 이상해요."

노란 픽셀 사령관이 말한다. 다른 픽셀 색의 사령관들 역시 꼬마 홀랜프 정신의 행동을 주시하면서 고민하는 모습이다.

"어빌리스가 감지되지 않는다는 것은 다른 의미로는 아주 강한 생물체이기 때문일 수도 있겠죠? 하지만 김 중령님이 충분히 상대할 수 있는 정도고요."

김 중령은 노란 픽셀 사령관이 말하는 의도를 이해 못 하겠다는 표정으로 움스크린을 쳐다본다.

"가능하면 지금이라도 저 생물체를 죽일 수 있다는 말입니다. 하지만 저렇게 특이한 생물체는 우리가 제대로 실험해볼 필요가 있어요. 정 위험하다 싶으면 그때 죽여도 된다는 말이지요."

"말하는 홀랜프도 처음이니까요."

보라색 픽셀 사령관이 노란 픽셀 사령관의 말에 보탠다. 김 중령은 하늘의 도시 사령관들에는 과학자 출신이 많다는 것을 새삼 깨닫는다. 그들은 모르는 상황이 생기면 어떻게 해서든지 연구해서 완벽한 해답을 찾으려는 최 박사와 같은 유형의 사람들이다. 지금 당장이라도 위험할 수 있으니 꼬마 홀랜프를 처리하는 것이 좋다는 김 중령의 의견도 완벽한 과학적 근거가 있어야 가능하다.

"완벽한 과학은 존재할지 모르지만 아쉽게도 완전한 과학이라는 것은 존재할 수가 없지."

최 박사가 한 말이 떠오른다. 김 중령 역시 최 박사의 매스클랜 일원으로서 많은 과학 실험에 참여했지만 자신의 감, 즉 선우민이 발견한 어빌리스를 믿는 면이 더 크다. 지금으로서는 더욱더 어빌리스를 토대로 한 자신의 감을 믿는다.

"완벽함이라는 것은 지극히 주관적인 의견이지. 과학이란 주관적인 의견을 가지고 그 의견이 맞는지 실험한 후, 그 결과에 설득당한 사람들과 함께 데이터를 모으는 공부이고 과학은 그것이 완벽하다고 정의할 거야. 처음에는 아니더라도 시간이 지나면서 점점 더 많은 과학자가 그 의견에 동의하면서 더 완벽함을 찾아가는 것이지. 어빌리스도 과학적 근거를 찾아서 그 근거를 토대로 계속 발전시킬 수밖에 없겠지. 눈에 보이는 결과가 나타난다면 그다음에 어떤 식으로 모두를 이해시킬 수 있는지에 관련된 근거들을 다 열거할 수 있어야 해. 감sense만으로는 부족하지. 즉 감을 실제로 눈으로 보여주면 되는 거야. 군대든 결정권이 있는 자들은 우리가 아무리 뛰어난 과학자이고 감이 있다고 해도 그것만으로는 쉽게 결정을 내려주지 않을 거야."

어빌리스에 관련된 기술을 감행할 때도 최 박사는 여러 사람을 설득시키기 위해 다양한 실험으로 결과를 내길 바랐다. 어느 정도 눈에 보이는 결과가 어빌리스를 이용한 멘사보드였다.

"하지만 만일 실제로 홀랜프가 존재한다면 말이지……. 그렇다면 우리가 예상할 수 없는 수많은 변수가 생길 거야. 우리는 그 변수에 대비할 수 있어야 해."

멘사보드의 성공적인 실험으로 모두가 기뻐할 때 최 박사는 차분히 다음 실험에 대해 말했었다. 홀랜프라는 단어는 당시만 해도 매스클랜만이 사용했던 약어였기에 김 중령은 최 박사의 말을 크게 신경 쓰지 않았다. 뛰어난 과학자이기도 했던 최 박사의 이러한 의견은 많은 과학자로 하여금 최 박사를 과학의 이단아로 몰기도 하였다. 어떤 이는 그가 종교에 빠져 과학을 거부하는 사이비 과학자라고도 불렀다. 하지만 최 박사의 인맥과 권력 그리고 그가 가진 인프라는 최 박사가 사회적으로 지탄받을지언정 그가 하는 일을 막지는 못했다. 적어도 김 중령의 눈에는 그렇게 보였다.

"과학이 마치 예전의 신을 대체한 것만 같아. 예전에는 신, 지금은 과학, 조만간에는 시대정신zeitgeist이라고 부를 건가? 그다음은? 우리가 부르는 단어들이 될 수도 있겠지. 과학자든 아니든 인간인 이상 무엇이든 강하게 믿고 싶어 하는 존재들이라는 사실은 변하지 않을 거야."

최 박사는 자신을 배척하는 기사나 소식을 들으면서 어느 순간부터 과학에 관련된 단어를 재열거하기 시작했다. 그래서 새로운 단어들을 매스클랜 사이에서만 사용하자는 말이 나왔다. 하지만 어디까지나 말장난인 줄 알았다. 홀랜프라는 단어 역시 당시 매스클랜만 사용하는 일종의 암호였기 때문이다.

하지만 홀랜프 전쟁을 경험한 후 세상을 과학적 근거만으로 이해하면 안 된다는 의견이 지배적이었다. 그런데도 과학자 출신들은 습관적으로 눈앞에 보이는 것을 우선으로 믿기보다 실험하려는 습관이 있는 것이다. 거기에다가 안 보이는 어떠한 '감'이 느껴진다면 의심해보고 연구하려는 자세가 더 강해졌다. 인류는 홀랜프 침략 후 수많은 사건을 처음 경험하고 있기 때문이다.

하늘의 도시 사령관들 말대로 말하는 홀랜프 역시 처음이다. 괴상망측한 소리만 지르는 생물체가 마치 유아기에 접어든 아기처럼 말하는 꼬마 홀랜프를 보자 연구하려는 습관이 도졌다. 보통 때면 위험하기에 바로 죽여야 하겠지만 이 생물체는 위협적이지 않을뿐더러 도리어 귀여운 짓만 골라 한다. 지금도 철창 사이로 얼굴이 낀 채 움스크린과 모인 사람들을 쳐다보는 꼬마 홀랜프의 순진무구한 표정에 지금 당장 죽이라는 명령이 떨어진다 해도 김 중령은 망설일 것이다. 인간을 위협하지 않는데 굳이 죽일 필요가 없다.

홀랜프 여왕을 제거한 후 남은 홀랜프는 이상하게도 인간을 공격하지 않았다. 그러기에 선우필과 마찬가지로 김 중령 역시 웬만해서는 죽이는 것을 피했다. 전투에 참여해도 홀랜프나 페카터모리는 김 중령이 굳이 죽이지 않고도 제압할 정도로 약해졌다. 게다가 이전보다 더 강해진 김 중령의 어빌리스에 전혀 미치지 못한다. 페카터모리도 그렇지만 홀랜프 역시 인간과의 전투를 피하려고만 했다. 그렇기에 김 중령은 전쟁이 끝난 후에는 인간 세상을 완전히 구현하자는 명목하에 전사들의 사기를 북돋는다는 목적으로 전투에 참여만 할 뿐 불필요한 살육은 하지 않는다.

불만이 있다면 하늘의 도시가 마치 세상을 지배하는 계층처럼 존재하고 신비주의 개념으로 세상을 대하는 행위뿐이다. 모두가 함께 어우러져야 하는 세상에서 그들은 여전히 전 세계 본부에 지시하기만 하는, 정확히 어디에 사는지도 모르는 존재들이라는 것이다. 실제로 하늘의 도시 사령관들이 최 박사에 의해 프로그래밍된 인공지능이 아닐까 하는 생각도 해보았다. 하지만 박 사령관은 자신이 사령관들을 실제로 만나봤기에 그럴 리 없다고 했다.

"완벽하게 완전한 세상이 오면 모습을 드러낼 거야."

박 사령관의 말이다.

하늘의 도시 사령관들은 벙커의 아이들에게 부여한 '신 놀이'가 끝나면 바로 은퇴하고 '통치'를 내려놓을 것이라 말해왔다. 그들은 겨우 되찾은 인간의 권리와 존엄성을 더 잘 지키기 위해, 올바르게 지키기 위한 기준을 제대로 세울 때까지만 통치할 것이라 말했다.

"사람이라는 생물체는 일정 기간 이상 권력을 가지고 있지 말아야 한다네."

빨간 픽셀 사령관이 말했다.

"아무리 정당하고 올바른 사람도 오랜 기간 권력을 가지면 부패해지는 법이지."

"물론 그때 가봐야 알겠지만 어쨌든 지금 세상에는 올바른 정신을 가진 사람만 남아 있지 않습니까?"

노란색 픽셀 사령관이 이어 말했다. 그러자 보라색 픽셀 사령관이 고개를 끄덕이며 말했다.

"지금 남은 사람들은 우리 인간이 평생 꿈꿔왔던 이상세계가 실현될지도 모른다는 기대를 갖고 살지요."

잠시 옛 생각에 빠져 있던 김 중령은 순간 무슨 생각이 난 듯 고개를 들어 움스크린을 쳐다본다. 생각대로 역시나 지금 굳이 저런 말을 하는 다른 색 픽셀 사령관들과는 다르게 빨간 픽셀 사령관은 말없이 묵묵히 꼬마 홀랜프를 쳐다보고 있다. 그리고 김 중령과 눈이 마주치자 입을 뗀다.

"선우필을 불러오게."

*

마일스 전사가 아이들의 길에서 선우필을 부른다. 리브와 얘기하고 있던 선우필은 대화에 정신이 팔려 부르는 소리를 듣지 못한다. 리브는 선우필의 말에 웃을 듯 말 듯한 표정이다. 선우필은 그런 리브의 표정에 신이 난 듯 어떻게 해서든지 리브를 웃기려는 듯 더 신나게 말한다. 리브가 웃음을 참지 못하고 웃으려는 순간 마일스 전사가 짜증을 내며 선우필에게 다가온다.

"내 말이 들리지 않나? 빨리 구치소로 오라는 명령이다."

마일스 전사의 말에 선우필은 당황해하며 리브를 쳐다본다. 리브를 보는 마일스 전사는 그녀의 외모에 반한 듯 웃어준다. 하지만 리브는 그 마일스 전사에게 눈길도 주지 않고 선우필을 퉁명스럽게 쳐다본다.

"갔다 와서 마저 얘기해 그럼."

마일스 전사는 괜히 선우필에게 짜증을 내며 앞으로 가라 하고 선우필은 마지못해 구치소로 향한다. 리브가 선우필을 약간 뾰로통한 표정으로 쳐다본다. 그리고 리브는 연구실로 향한다.

2장 4절
마무리

"나는 홀랜프가 아니라 선우희라고욧! 선우희는 만두를 좋아하는데 만두를 국수에 넣는 것도 좋아하고 그걸로 주먹밥 만들어 먹어도 맛있고……."

구치소에서 김 중령과 박 사령관은 움스크린에 비치는 하늘의 도시 사령관들과 함께 꼬마 홀랜프 정신의 말을 듣고 있다.

"도대체 뭐라는 거야?"

조잘대는 꼬마 홀랜프 정신의 말에 김 중령은 거슬린다는 듯 말한다. 그때 꼬마 홀랜프 정신이 조잘대던 말을 멈추고 구치소 입구를 쳐다본다. 꼬마 홀랜프 정신이 쳐다보는 곳에는 선우필이 서 있다.

"아빠! 손가락 주떼여. 선우희 배고파욧."

꼬마 홀랜프 정신은 선우필을 발견하자 아빠라고 부르며 선우필의 손가락을 빨고 싶은 듯 입술을 쭉 내민다.

"뭐?"

꼬마 홀랜프의 행동에 선우필은 잠시 감정이 요동치는 듯 그 자리에서 움직이지 못한다. 하늘의 도시 사령관들은 모두 가만히 선우필을 지켜본다. 그때 움스크린에서 아라의 목소리가 들린다.

"찾고 있던 페카터모리들을 발견했습니다."

움스크린에는 수많은 페카터모리가 무더기로 집결한 장소가 보인다. 빨간 픽셀 사령관의 모습이 움스크린 한쪽에 나온다.

"우선 저 생물체에 대해서는 우리가 더 연구해볼 테니 자네들은 나가보게. 연합군 알파 부대도 저곳으로 집결할 걸세."

김 중령과 박 사령관은 마일스 전사 두 명에게 꼬마 홀랜프 정신의 경비를 맡기고 여전히 군은 표정으로 꼬마 홀랜프를 쳐다보는 선우필을 데리고 나가려 한다.

"선우필과는 잠시 할 얘기가 있으니 얘기가 끝나면 보내주겠네."

빨간 픽셀 사령관의 말에 김 중령이 한마디 하려고 하자 박 사령관이 달래듯 어깨를 잡고 함께 나간다.

선우필은 꼬마 홀랜프 정신을 계속 쳐다본다. 꼬마 홀랜프 정신의 표정은 마치 악한 미소를 짓는 듯 보인다.

"선우필 자네는 이 생물체에 관련된 꿈을 꾼 적 있지?"

빨간 픽셀 사령관이 묻는다. 선우필은 질문에 대답하지 않고 그저 꼬마 홀랜프 정신만 쳐다본다.

"자네 스위븐을 분석했을 때 흐릿했지만 분명 이런 모양의 생물체와 만나는 장면이 여러 번 잡혔다. 이후 자네 스위븐의 이미지는 뒤죽박죽되었어."

빨간 픽셀 사령관은 선우필을 계속 보며 답을 기다린다. 참다못한 보라 픽셀 사령관이 말한다.

"이봐, 아이의 아버지! 우리에게도 아무 말 안 할 생각인가? 자네는 계속 스위븐의 꿈을 꾸고 기억을 다 하면서도 아무 기억도 안 난다고 했어. 거짓말을 하는 건가?"

움스크린에 보이는 픽셀 사령관들은 모두 선우필을 쳐다보며 기다린다. 꼬마 홀랜프 정신과 한참을 서로 쳐다보던 선우필은 자신의 손에 박힌 블랙코드Blackcode를 유심히 살핀 후 대답하려는 듯 고개를 든다. 그리고 움스크린의 픽셀 사령관들을 한 명씩 쳐다본다. 선우필은 고민하는 듯한 표정을 짓더니 마침내 입을 연다.

"그저 자식에 대한 그리움으로 생긴 꿈입니다."

*

본당에 위치한 하이퍼 컴퓨터 스테이션에 있는 모니터에는 무수히 많은 숫자의 페카터모리가 보이고 그에 비해 적은 숫자지만 중형 홀랜프 떼도 발견된다.

"홀랜프가 전멸했다며? 이럴 거면 왜 마무리됐다고 파티를 연거야?"

열세 번째 마일스 전사가 불평한다. 다른 마일스 전사들 역시 이 상황이 헷갈리는 듯 웅성댄다. 옆에서 지켜보던 형진이 말한다.

"지금 저들은 우리가 걱정할 정도의 어빌리스가 아니야. 위협적인 정도는 아니잖아. 어빌리스가 비교적 높은 홀랜프만 다 처리했다고 했으니까 전쟁이 끝난 거나 마찬가지인 거지."

마일스 전사들은 형진의 말에 동의하는 듯하다. 열네 번째 마일스 전사가 모니터를 보며 말한다.

"그래. 확실히 나 혼자서도 저기 홀랜프는 다 처리하겠는데."

"그렇다. 이제 홀랜프는 우리가 걱정할 수준이 아니다. 가서 남은 홀랜프를 다 처리하고 페카터모리는 모두 생포하라는 명령이다."

박 사령관이 말하며 뒤에서 나타난다. 그 뒤로 선우필이 나오고 함께 해든, 오웬 그리고 김 중령이 나온다. 김 중령은 아이들을 포함해 마일스 전사들과 함께 출동하려 한다.

"아니, 이번에는 중령님이 직접 가시는 겁니까?"

한 마일스 전사가 흥분하며 묻는다. 김 중령은 고개를 젓는다.

"아니다. 나는 다른 곳에 볼일이 있어서 나간다. 저기 홀랜프나 페카터모리는 너희끼리 가도 무난히 처리할 수 있을 것이다."

마일스 전사들은 아쉬운 표정이다.

"알파 부대 연합군도 저곳으로 올 테니 그리 어려운 미션은 아닐 거다."

박 사령관이 말한다. 마일스 전사들은 서로를 쳐다보며 웅성댄다.

"알파 부대장이 엄청 강하다면서요?"

한 마일스 전사가 묻는다. 박 사령관은 미소로 답한다.

"제프 대령을 말하는 건가?"

"네. 제프 대령이요. 우리 김 중령님보다 강할지도 모른다던데요. 인간 중에서 가장 강하다고 말하는 사람도 있던데요."

박 사령관은 다른 마일스 전사가 흥분하며 말하자 김 중령을 쳐다본다.

"글쎄 어빌리스는 두 사람이 비슷하긴 한데 겨뤄봐야 알겠지?"

박 사령관이 웃으며 말한다. 김 중령은 별 관심 없는 듯 재빠르게 멘사보드에 탑승해 본부를 떠난다.

"아, 두 분의 대결을 보고 싶은데……."

또 다른 마일스 전사가 아쉬워하며 말한다.

"전쟁 후에 중령님의 실력을 제대로 못 봐서 아쉬워요."

옆에서 마일스 전사들이 동의하며 고개를 끄덕인다.

"김 중령이 실력 발휘를 하지 않는 것은 그만큼 평화가 왔다는 의미이지. 자, 다들 출발해라."

전사들을 다독거리며 박 사령관은 말한다. 해든은 뉴컨밴드로 계속 니나와 연락을 하고 있다.

"풀잎플래닛에 들어가면 송신이 잘 안되던데……."

연결이 되지 않는 듯 뉴컨밴드를 손가락으로 건드리며 해든이 말한다. 박 사령관은 그런 해든을 보며 말한다.

"니나에게는 내가 따로 연락해서 알려주겠다. 자네들도 출발해라."

해든은 고개를 끄덕이며 오웬과 선우필 그리고 마일스 전사들과 모두 함께 출발한다.

*

풀잎플래닛에서 훈련 중인 니나는 뭔가 꺼림칙한 느낌이 드는지 고개를 돌려본다. 그리고 오두막으로 들어가 본부에 연락해본다. 박 사령관과 연락이 닿는다. 니나는 가만히 듣고 있다.

"네, 알겠습니다. 그럼 저도 그곳으로 바로 가겠습니다."

니나는 멘사보드를 고르다가 해든에게 연락한다. 해든은 멘사보드를 타고 나가면서 니나의 연락을 받는다. 대화를 주고받다가 해든이 고개를 갸우뚱거리며 말한다.

"아, 그리고…… 연합군 알파 부대도 그곳으로 온대. 제프라는 사람이 부대장이래. 이상하지 않아?"

니나는 전투복을 입으며 뭔가 생각하는 표정이다.

"예전에 꿨던 꿈이라고?"

니나가 묻는다. 니나의 뉴컨밴드에서 해든의 소리가 들린다.

"내가 너하고 그 제프라는 사람을 같이 만났던 꿈 있지 않았어? 얼굴은 잘 모르지만 이름이 제프라고 했잖아. 알파 부대라고 강한 사람들이 많이 모인 곳이라고 그랬는데 기억 안 나? 그 외에 제1본부 사람들도 만났고. 우리 중령님도 있었고. 그리고……."

해든의 말을 듣던 니나는 불안한 표정으로 자신의 멘사보드를 꽉 쥔다.

ACT 2

HOLLANP

3장 1절
알파 부대

선우필을 비롯한 해든과 오웬 그리고 마일스 전사들은 지정된 장소에 도착한 후 여유롭게 홀랜프와 페카터모리 부대를 상대한다. 페카터모리를 보호하려는 홀랜프를 죽이고 있는 마일스 전사들은 신나 보인다.

"정말 약해 빠졌네! 이것들."

열다섯 번째 마일스 전사가 뒤돌아보며 자랑스럽게 다른 전사들에게 말을 걸려는데 이상하게 갑자기 뒤에 있던 전사들이 하나둘 죽어 나간다. 그리고 열다섯 번째 마일스 전사도 앞에 있던 페카터모리에 죽임을 당한다.

쉽게 해치울 수 있는 홀랜프와는 다르게 페카터모리는 어빌리스가 그다지 높지도 않은데 죽이거나 생포하기가 쉽지 않다. 선우필은 계속해서 죽이는데도 오히려 숫자가 늘어나는 페카터모리와 그들의 어빌리스가 더 강해지고 있다는 것을 감지한다.

"왜 죽이는데도 계속 늘어나는 것 같지?"

오웬이 말한다. 해든은 들고 있던 모리스틱을 더 꽉 쥐고 자신의 인공 팔을 검으로 변환시킨다. 왠지 모르게 긴장된 표정으로 말한다.

"조심해. 뭔가 이상해. 야, 선우필⋯⋯."

그때 해든은 선우필의 몸 상태가 좋지 않은 것을 알아챈다. 선우필은 자신의 가슴을 움켜잡은 채 숨을 가쁘게 쉬고 있다.

"너까지 왜 그러는 거야? 정신 차려!"

해든은 주머니에서 선우필에게 줄 약을 찾아 건네주려 한다. 그때 어디서 꼬마 홀랜프 육체와 영혼이 차례로 나타나 선우필을 공격한다.

"저건 뭐야? 어디서 나타난 거야?"

해든은 오웬의 외침에 지금 장면을 미리 본 듯한 표정으로 꼬마 홀랜프 육체와 영혼을 차례로 상대하는 선우필을 본다. 해든은 재빨리 멘사보드를 타고 가서 선우필을 도와주려 하지만 이미 선우필은 심한 부상을 당한 후다. 오웬도 다가와 해든과 함께 꼬마 홀랜프 육체와 영혼을 상대한다. 선우필은 쓰러진 채 고통스러운 표정으로 자신의 가슴을 꽉 부여잡고 있다. 그때 꼬마 홀랜프 영혼이 순식간에 사라진다. 오웬은 도망치려는 꼬마 홀랜프 육체를 잡는다.

"다른 건 없어졌어⋯⋯."

오웬의 말에 잠시 생각을 하던 해든은 고통스러워하는 선우필을 쳐다본다. 오웬은 고통스러워하는 선우필을 보면서 자신이 붙잡고 있어 버둥대는 꼬마 홀랜프 육체를 본다. 꼬마 홀랜프 육체는 마치 모든 혈관이 없는 회색 껍데기와 같은 모습이다. 어찌 보면 지금 변화되고 있는 선우필의 회색 머리색과도 비슷한 듯하다.

"어빌리스가 감지되지는 않는데 엄청 약하네. 그런데 선우필 형이 어떻게 당한 거지?"

오웬이 묻지만 해든은 대답 없이 선우필에게 약을 먹이고는 일으켜 세운 뒤 부축한다.

"안 되겠다. 우선은 철수해야겠어!"

"생포하지 말고?"

"응. 지금은 선우필을 여기서 데리고 나가야 해."

오웬은 해든의 말에 자신이 잡고 있던 꼬마 홀랜프 육체를 쳐서 기절시킨다. 해든의 말을 들은 형진은 해든이 지금 상황을 마치 꿈에서 본 듯한 표정을 짓고 있다는 것을 알게 된다. 해든은 잠시 명한 표정으로 생각에 잠긴다. 벙커의 아이들이 꿈에서 본 장면이 현실에서 나올 때의 표정이다.

형진과 살아남은 마일스 전사들은 어쩔 수 없이 페카터모리와 홀랜프를 다 죽이기 시작한다. 오웬은 꼬마 홀랜프 육체를 해든에게 넘겼다. 대신 다친 선우필을 넘겨받은 오웬은 남은 마일스 전사들과 함께 본부로 돌아가려 한다. 선우필은 계속 고통스럽게 기침을 하다가 혈토를 한다.

"약 먹었으니까 정신 붙들고 있어. 지금 당장 리브에게 데려다줄 테니까."

선우필은 정신이 들락날락하는 듯 고개를 끄덕이다가 다시 혈토를 한다.

"아, 이 새끼 왜 이리 허약해졌어? 제일 강하다는 건 누구 말인 거야? 너 이래서 리브하고 잘할 수 있겠어? 이렇게 허약해서 리브를 어떻게 지키려고? 게다가 네가 죽어버리면 리브하고 아무 일도 안 생기잖아! 리브는 또 어떡하라고?"

선우필은 계속 수다 떨듯이 조잘대는 해든을 보며 고통스럽게 기침을 하다가 부여잡은 자신의 가슴을 보여준다.

"여기가 아파……. 숨이 잘 안 쉬어지고……."

선우필이 꽉 잡은 가슴을 보며 해든이 말한다.

"지금은 리브만 생각해. 내가 리브하고 잘되게 도와준다고 했잖아. 리브하고 잘되고 싶은 게 목표 아니었어? 목표가 있는 놈이 이런 일로 쓰러지면 어떻게 해?"

어떻게 해서든지 선우필을 살리려는 의지가 보인다.

"정 힘들면 괜찮으니까 그냥 변신해버려!"

해든이 선우필의 귀에다 대고 외친다. 선우필은 순간 눈을 뜨며 페카터모리로 변신하려다 고개를 흔들며 변신을 멈춘다.

"안 돼……. 변하면 안 돼……."

선우필은 중얼거리며 정신을 잃으려는 듯 눈이 뒤집히고 숨 쉬는 것이 더 가빠진다. 오웬은 그런 선우필을 보며 소리친다.

"형!"

"이 새끼, 또 리브가 그렇게 말했다고 참기는……."

해든과 오웬은 선우필을 들고 살아남은 다른 마일스 전사들과 함께 82본부로 급히 돌아간다. 페카터모리를 전혀 생포하지 못하고 선우필의 목숨만 유지한 채 돌아가기로 한다. 남은 페카터모리와 홀랜프는 어느새 도망치고 사라졌다. 전사들은 두 군용차에 몸을 싣는다.

　82본부로 가는 길에 아까 도망쳤던 페카터모리 무리가 갑자기 나타난다.

　"뭐야! 어디서 나온 거야!"

　마일스 전사 한 명이 외치자 전사들은 전투태세로 빠르게 전환하며 군용차 밖으로 나오지만, 순식간에 페카터모리 무리에 죽임을 당한다. 앞 군용차에서 형진을 비롯한 세 명의 전사만이 겨우 목숨을 유지한다.

　"아까보다 더 강해졌어."

　뒤 군용차에서 지켜보던 해든이 말한다.

　"그리고…… 홀랜프 없이 나타났어……."

　오웬은 페카터모리 무리를 보며 꿈에서 봤다는 표정을 지으며 말한다. 더욱 강해진 페카터모리 무리 주위에는 홀랜프가 보이질 않는다. 형진은 그런 오웬의 말에 긴장한 채 멘사검을 꽉 부여잡는다. 군용차에서 나오자 페카터모리 무리가 갑자기 선우필을 데리고 있던 해든과 오웬을 공격한다.

　"안 돼!"

　앞에 있던 형진이 소리치며 나아가지만, 해든과 오웬에게 다가가기엔 늦었다. 두 군용차 모두 페카터모리 무리의 공격에 폭발해 버린다. 해든과 오웬은 선우필을 보호하느라 미처 페카터모리 무리의 공격에 대비를 못 한 채 결국 선우필도 놓쳐버린다. 꼬마 홀랜프 육체는 다시 깨어나 해든의 손에서 벗어나려 하지만 해든의 인공 팔이 더 꽉 잡는다. 선우필은 땅에서 굴러다닌다.

그때 어디선가 여덟 명의 알파 부대 대원들이 나타나 해든과 오웬을 공격하려는 페카터모리 무리를 막아선다.

"알파 부대다!"

한 마일스 전사가 외친다. 알파 부대는 제1지역에 집결한 실력 파들을 모아 만든 일종의 연합군 부대이다. 일명 제프 군단이라고도 불리는 이 부대는 최정예 연합군 부대로 전 세계 지역에 퍼져 있는 사람들을 다양한 문화가 섞여 있는 제1지역으로 모이게 하여 훈련 끝에 하늘의 도시에서 구성하였다. 제프 군단이라는 명칭은 제1지역에서도 가장 중심이라 할 수 있는 히포캠퍼스 지역에 살던 제프에 의해 알파 부대를 형성했기에 그리 부른다고 알려져 있다.

페카터모리 무리를 상대로 알파 부대 대원들은 뛰어난 실력을 보인다. 그중 설리라고 불리는 귀엽고 깜찍한 외모의 여자가 다른 대원들의 도움을 받아 페카터모리의 목을 연달아 쳐 죽인다. 설리와 함께 등장한 하루카Haruka와 와타나베Watanabe는 이란성쌍둥이다. 귀엽고 우아한 외모의 여성인 하루카와 달리 와타나베는 인상이 강하고 마초같이 생겼다. 하루카는 빠르게 몸이 사라지는 은신 기술을 쓰며 쿠노이치가 사용하는 무기들을 이용해 땅에 떨어진 선우필을 죽이려는 페카터모리를 조용히 제압한다. 반면 와타나베는 가차 없는 사무라이처럼 멘사검을 손에 쥐고 사정없이 휘두르며 페카터모리를 제압한다. 멘사보드를 듀얼모드로 전환시키지만 앞쪽 보드와 연결된 멘사검은 그대로 놔둔 채 뒤쪽 보드에서 나오는 멘사검 하나만 꺼내 페카터모리를 베다가 순식간에 길이가 더 짧은 또 다른 멘사검을 꺼내 베기도 한다.

뒤에서는 중성의 매력을 가진 여성 칭시아Qing Xia가 화려하게 등장하고 마치 홍콩 영화에서 등장할 법한 다양한 무술을 구사하며 멘사보드를 이용해 페카터모리를 죽인다. 아프리카에서 맹수들을 상대하듯 거칠고 빠르면서 정교한 무술을 보여주며 나타나는 남성 맨들라Mandla는 지면을 이용해 마치 맹수가 사냥하듯 땅을 헤집고 다닌다. 자신의 멘사보드를 왔다 갔다 자유자재로 움직여 자신에게 다가오게 하여 그 멘사보드를 타고 공중에 떴다가 다시 멘사보드에서 내려와 지면을 쓸면서 페카터모리를 해치운다.

춤을 추듯 카포에라 무술을 포함한 각종 발재간을 이용한 기술을 쓰는 남성 디에고Diego와 눈빛이 마치 파충류같이 차갑고 강렬하며 삼백안이지만 왠지 모르게 예쁜 여성인 칸니카Kannika가 무에타이를 연상케 하는 무술을 하며 나타난다. 그들은 멘사보드와 가지고 있는 무기들을 무술과 혼합시켜 사용한다.

그리고 칸니카 뒤로 수도승처럼 생긴 남성 마테오Mateo가 멘사보드를 듀얼모드로 전환해 멘사검 두 자루를 가지고 정교한 펜싱 경기를 보듯 고요하지만 날카롭게 페카터모리를 죽인다. 이렇게 다양한 무술을 연마한 8명의 알파 부대원들은 페카터모리를 화려하게, 고요히, 거칠게 해치운다.

"제프 군단이라면서 제프 부대장은 어딨지?"

그들의 부대장인 제프Jeff가 마지막으로 할리데이비슨을 개조한 멘사 오토바이를 타고 나타난다. 그의 멘사 오토바이에는 커다란 바퀴가 두 개 달려 있어 거친 지면을 쉽게 달린다. 선우필의 멘사 오토바이와는 차이가 크다.

"와! 저게 뭐야? 바퀴로 움직인다!"

한 전사가 외친다. 이내 바퀴가 분리되면서 오토바이는 멘사보드처럼 변형된다. 일반적인 멘사보드는 전후 부분만 뉴컴밴드로 연결되고 움직이는 반면, 제프의 멘사 오토바이는 여러 부분이 뉴컴밴드로 연결되어 있다. 커다란 두 바퀴가 제프의 방패가 되고 발거치대가 듀얼보드처럼 움직인다. 그리고 두 손잡이는 멘사검이 된다.

"저 오토바이다. 어빌리스의 원동력이 한계를 넘으면 멘사보드 5대도 움직일 수 있다잖아! 제프 대령의 멘사 오토바이는 멘사보드 5대의 위력을 가지고 있댔어!"

감탄을 하며 다른 전사가 말한다. 제프는 시가를 입에 물고 싸운다. 제프 군단 대원들은 각자의 방법으로 페카터모리 무리를 상대하는데 모두가 뛰어난 실력인 데다가 합이 잘 맞는다.

"와……."

해든과 오웬은 제프 군단의 화려한 전투를 구경하며 놀란다. 알파 부대장 제프는 해든이 들고 있는 꼬마 홀랜프 육체를 보더니 시가를 길게 빨고 내뱉는다. 그리고 다시 눈을 돌려 달려오는 페카터모리 무리를 죽인다. 어디선가 계속 나타나며 숫자가 늘어나는 페카터모리는 점점 형태가 갖춰지면서 부대가 된다. 그리고 마침내 중형 홀랜프 무리가 나타난다.

"어디서 저렇게 나오는 거지?"

해든이 말한다. 제프 군단은 점점 늘어나는 페카터모리 부대를 보며 뒤로 물러난다.

그때 니나가 도착해 일렬로 서서 공격하려는 페카터모리 부대와 중형 홀랜프 무리의 목을 한 번에 쓸어버린다.

"역시!"

오웬이 자랑스럽게 외친다. 제프 군단 대원들도 니나의 실력에 감탄한다. 니나는 아지랑이 연기 사이로 사라지는 홀랜프와 페카터모리를 쳐다본다. 홀랜프보다 더 강해진 듯한 페카터모리를 보며 니나 역시 좋지 않은 느낌을 받는다. 니나는 그 와중에 페카터모리 몇 마리를 살려놓았다. 제프는 손뼉을 치며 감탄하고 마테오와 칸니카는 니나가 살려놓은 페카터모리를 건네받고는 신기한 듯 니나를 쳐다본다.

그때 꼬마 홀랜프 영혼이 다시 나타난다. 투명하기도 하고 빛이 투과되는 듯 다양한 색이 번갈아 보이는 꼬마 홀랜프 영혼은 마치 물방울을 공중에 띄워놓은 듯하다. 그 크기나 모양은 꼬마 홀랜프 육체나 정신과 비슷하다. 제프와 설리는 서로를 본다. 제프 군단 대원들 역시 놀라며 설리와 제프를 쳐다본다.

다시 나타난 꼬마 홀랜프 영혼에 놀라 해든은 꼬마 홀랜프 육체를 놓쳐버린다. 니나가 재빨리 멘사보드를 끌고 가 꼬마 홀랜프 육체와 영혼을 동시에 잡으려 하지만 쉽지 않다. 그러고는 도망가려는 꼬마 홀랜프 육체와 영혼과 전투를 시작한다.

"강하지는 않은데 쉽지도 않네."

제프가 니나와 두 꼬마 홀랜프의 전투를 지켜보며 시가를 빨면서 영어로 혼잣말한다. 하지만 결국 니나에 의해 꼬마 홀랜프 육체는 다시 생포되고, 옆에 있는 꼬마 홀랜프 영혼을 잡으려는데 갑자기 사라져버린다. 니나를 비롯해 제프 군단 대원들은 의아해한다.

"저게 저런다니까!"

오웬이 외친다. 니나는 오웬의 외침에 사라진 꼬마 홀랜프 영혼이 있던 곳을 보다가 꼬마 홀랜프 육체를 가지고 알파 대원들에게 다가간다.

모두가 알파 부대원들을 만난다. 알파 부대원들은 제1본부에서 사용하는 공통 언어로 대화한다. 그 언어는 다른 사람들의 뉴컨밴드를 통해 직접 머리로 인식되거나 귀로 들리거나 아니면 눈앞에 홀로그램이 자막처럼 나오기도 한다.

"저것이……?"

제프가 설리에게 묻는다.

"네. 저것이 우리가 지금까지 찾고 있던 거예요. 내가 말했잖아요. 우리 무기로는 잡을 수 없어요. 지금 연구원들이 개발하고 있기도 하고 그리고……."

설리는 해든과 오웬을 쳐다보며 의미심장한 미소를 짓는다. 해든과 오웬은 설리의 미소에 얼굴이 빨개진다.

"82지역 연구원들도 개발 중이에요."

"흥미롭군."

제프는 흥미롭다는 듯 해든과 오웬을 보더니 이내 자신의 두 대원을 부른다.

"칭시아, 맨들라! 너희 두 사람이 저 사라진 생물체를 붙잡아서 82 아믹달라 본부로 데리고 와라."

중성적인 이미지를 가지고 있는 아름답고 청아한 느낌의 칭시아와 눈빛이 깊고 매력적인 흑인 남자 맨들라는 고개를 끄덕이며 자신들의 장비를 재정비한다.

"때가 되었군."

맨들라가 설리를 보며 말한다.

"보통 때보다 더 조심해야 해, 알았지? 저 영혼처럼 생긴 생물체는 장난이 아니야. 우리는 저 생물체로부터 최대한 많은 정보를 구해야 한다고."

설리가 맨들라에게 당부하듯 말한다.

"너의 예상이 맞길 바란다. 모두를 위해 우리 선에서 마무리해야지."

칭시아가 머리를 묶으며 말한다.

"그래. 우리가 저것 때문에 지금까지 고생했는데 이제 마무리하고 고향으로 돌아가야지."

설리가 칭시아와 포옹하며 말한다. 다른 알파 부대원들도 칭시아와 맨들라와 작별 인사를 나눈다. 칭시아와 맨들라는 기절한 채쓰러져 있는 선우필을 쳐다본다. 칭시아는 설리에게 말한다.

"너도 꼭 저 아이의 아버지를 구하길 바라. 어찌 생각해보면 저남자가 마지막 희망일지도 모르니까."

설리는 고개를 끄덕이고 칭시아와 맨들라는 멘사보드를 타고떠난다.

제프와 설리는 쓰러져 있는 선우필에게 다가간다. 기절한 선우필을 보며 설리는 심히 반갑고 설레는 표정으로 제프에게 말한다.

"저 남자예요. 나의 선우필 오빠."

"아이의 아버지."

제프는 기절해 있는 선우필을 보고 선우필을 지칭하는 단어를 말하더니, 알파 대원들을 향해 말한다.

"우리도 82본부로 향한다."

"나의 선우필 오빠?"

해든은 자기도 모르게 말한다. 제프는 그런 해든을 포함한 벙커의 아이들과 마일스 전사들을 쳐다본다. 제프의 언어는 뉴컨밴드를 통해 바로 번역이 된다. 제프는 잡힌 페카터모리들을 자세히 관찰하더니 설리에게 말한다.

"확실히 진화를 했구먼. 너의 이론이 점점 더 구체적으로 맞아가기 시작하는군."

제프는 잡힌 페카터모리의 머리와 목을 만져본다. 그리고는 흥미롭다는 듯 살짝 목청을 쳐본다. 옆에서 역시나 페카터모리를 관찰하던 설리는 울상인 얼굴이다.

"난 가끔 내 이론이 맞을 때 너무 싫어. 특히 이런 기분 나쁜 느낌이 들 때는 더……. 그런데 대장, 저들은 지금까지 우리가 본 생물체와는 전혀 달라. 점점 더 강해지기도 하지만 서로가 더 연합되어가고 있어."

설리의 말에 디에고라고 불리는 남자가 옆으로 다가온다. 디에고는 기절해 있는 선우필을 쳐다본다.

"저들이 이 친구의 형상을 닮아가는 것 같은데?"

디에고의 말에 설리는 선우필을 쳐다본다.

"설마?"

해든과 오웬 그리고 니나는 알파 부대의 대화를 들으며 점점 표정이 굳어진다. 제프는 그런 아이들의 표정을 보더니 이내 출발한다.

형진을 포함해서 살아남은 마일스 전사들과 해든, 오웬, 니나 그리고 선우필을 이동식 침대에 실은 알파 부대는 82본부로 향한다.

지금 잡힌 페카터모리는 상류층이나 하류층 같은 기존의 파라다이스에서 보던 모습과는 조금 더 달라졌다. 점점 더 그들의 모습은 이전에 보았던 상류층이나 하류층의 모습이 아닌 통일된 하나의 모습으로 변형되고 있다. 선우필이 페카터모리로 변했을 때와는 다르게 생겼지만 뭔지 모르게 닮아가는 느낌도 받는다.

3장 2절
새로운 미래

"역시 듣던 대로 실력이 대단하군. 어빌리스만 강한 게 아니라 그 강한 어빌리스를 제대로 조종할 줄도 알고. 게다가 여전히 잠재력이 풍부해. 우리가 여기 온 가장 큰 목적은 자네를 데리고 가기 위함이라네. 내가 특별히 하늘의 도시 사령관님들에게 부탁했지. 우리 알파 부대에 자네를 영입할 걸세."

82본부로 향하는 도중 멘사 할리데이비슨을 타고 묵묵히 길을 가던 제프는 니나에게 다가와 전한다.

"뭐?"

"누나를 왜 데리고 가요? 우리하고 같이 있는데?"

해든은 의아하다는 듯 쳐다보고 오웬은 제프의 말에 놀라 묻는다. 제프는 아무 대답을 하지 않는다. 부탁하는 것처럼 말하지만 사실은 명령인 제프의 말을 오웬은 처음 듣는 듯한 표정을 지으며 니나를 쳐다본다.

"아직 저희는 본부에서 할 일이 더 남았는데요?"

반면 니나는 때가 왔다는 듯 묻는다. 오웬은 니나의 말에 해든을 쳐다본다.

"형……?"

옆에서 설리가 멘사보드를 타고 날아와 한국어와 영어가 섞인 언어로 말한다.

"여기 있는 사람들은 다 알고 있을 테니까 편히 말할게. 조만간 여러분은 신 놀이를 끝내고 휴거 작전에 투입될 거야. 니나 언니부터 말이지."

설리는 니나를 가리키며 해든과 오웬에게 윙크한다. 해든과 오웬은 설리의 윙크에 또다시 얼굴이 빨개진다. 심각하고 웃음기가 거의 없는 알파 부대원들과 달리 설리는 시종일관 얼굴에 웃음기와 장난기가 가득하다. 해든과 오웬은 니나를 쳐다본다. 니나는 예상했다는 표정이다. 형진은 그런 아이들을 보더니 제프 군단을 쳐다본다.

"정말 휴거 작전이라는 게 있던 거야?"

옆에서 한 마일스 전사가 형진에게 묻는다. 칸니카가 옆으로 다가온다. 너무 순식간에 와 형진을 비롯한 어느 전사도 눈치채지 못하고 놀란다.

"뭐야 갑자기!"

"마일스 전사들이라면서 미래의 계획들을 아직 다 파악 못 했단 말이야?"

칸니카의 말에 마일스 전사들과 형진은 당황한 표정이다. 그리고 이내 기분 나빠 하는 표정으로 바뀐다. 그 옆으로 마테오가 와서 말한다.

"너무 기분 나빠 하지 말아. 칸니카는 원래 말만 저렇게 하지 속은 착한 여자야."

칸니카는 마일스 전사들을 비웃듯 미소를 짓더니 앞으로 나간다. 전사들은 여전히 기분이 나쁘지만 칸니카에게 뭐라고 하지는 못한다. 그러기에는 그녀가 너무 매력적인 미소를 지었기 때문이다.

제프는 불안해 보이는 아이들에게 말한다.

"어차피 일어날 일이니까 빨리 끝내는 게 낫지 않겠어?"

*

홀랜프 전쟁 승리 후 하늘의 도시에서는 벙커의 아이들의 거처를 놓고 수많은 회의가 열렸다. 길고 많던 회의는 벙커의 아이들을 지구에서 사람들과 어울리게 하는 것보다는 따로 떨어트려 놓자는 결론으로 마무리되었다. 벙커의 아이들과 사람들이 함께 있으면 모두에게 안 좋을 것이라는 의견이 대다수였다. 몇 년 동안 남아 있는 사람들을 토대로 만든 데이터에도 충실하였다. 기본적인 지식이나 상식이 있다 하지만 민간인들은 여전히 벙커의 아이들을 메시아나 신을 대하듯 행동하고 그렇게 대하는 사람의 수도 점점 늘어났다.

사람들을 설득시키는 일보다 벙커의 아이들을 신비스럽게 놔둔 채 '신 놀이'를 계속 진행시키는 것이 낫겠다는 결론이었다. 벙커의 아이들 역시 모르는 사람들과 어울리는 일을 좋아하지 않기에 아이들의 의견도 반영하여 때가 되면 그 '신 놀이'를 마무리하면서 동시에 그들을 지구에서 이주시키는 방안을 생각했다. 그것은 벙커의 아이들이 한 명씩 휴거되었다는 명분하에 82본부에서 하늘의 도시로 이주하게 하는 것이다. 그러한 계획 때문에 박 사령관과 김 중령은 아이들이 하늘의 도시로 이주하기 전에 따로 있을 수 있는 공간을 만들어달라고 하늘의 도시에 부탁했다. 무슨 이유에서인지 하늘의 도시는 쉽게 허락했고 그렇게 해서 아이들은 하늘의 도시에서 지정한 땅에 풀잎플래닛을 만들기 시작한 것이었다. 풀잎플래닛에 관한 계획은 김 중령의 아이디어였다.

김 중령은 '그' 하늘의 도시가 정확히 어딘지 모르기에 벙커의 아이들 모두가 하늘의 도시로 들어가기 전에 그들만을 위한 은신처가 필요하다는 의견을 제시했다. 아이들에게는 차마 말하지 못했지만 김 중령은 아이들이 하늘의 도시에 가게 된다면 제각기 다른 구역으로 떨어질 것이라는 얘기를 들었기 때문이다. 하늘의 도시에서 지정한 연합군이 직접 찾아준 땅을 벙커의 아이들은 자신들의 새로운 은신처로 만들며 '풀잎플래닛'이라고 이름 붙이고 틈틈이 꾸며나갔다.

*

"그럼 제프 대령님이 우리 '풀잎플래닛'의 땅을 직접 찾아준 장본인인가요?"

오웬이 묻는다. 제프는 미소로 답한다. 그러고는 기절해 있는 선우필을 쳐다본다.

"하늘의 도시에서 지정한 연합군은 우리만 있는 것이 아니다."

제프는 오웬의 질문에 다른 대답을 한다. 오웬은 헷갈리는 듯 제프를 쳐다보더니 뜸을 들이는 제프를 보다가 해든을 쳐다본다. 해든은 제프의 다음 말을 기다린다. 제프는 한참 동안 기절해 누워 있는 선우필을 쳐다보다가 입을 연다.

"매스클랜에 대해서 들어봤지? 선우필이 매스클랜에서 활동하던 시절, 나는 그를 알고 있었지. 저 친구는 모르겠지만 난 저 친구한테 큰 빚을 진 적이 있어. 조금이나마 그 빚을 갚았다고 해두지."

말을 하면서 그는 왠지 모르게 선우필에게 미안한 표정이다. 제프는 상남자처럼 거칠게 보이지만 섬세한 남자다. 오웬은 고개를 갸우뚱거리며 제프를 쳐다본다.

"잉? 제프 대령님은 나이가 많아 보이는데요? 형이 몸담았다던 매스클랜은 우리 최 박사님 이후에 홀랜프를 타도하기 위해 새로 만든 거라던데요?"

제프는 오웬의 말에 헛기침을 한 번 한다.

"나 그렇게 나이 많지 않아. 수염 때문에 그럴지는 몰라도."

"우리 부대장도 알파 부대 들어오기 전에는 다른 지역에서 활동했던 매스클랜이었어. 매스클랜은 전 세계 어디서든 통했을 테니 선우필 오빠에 대해 잘 알겠지."

설리가 웃으며 말한다.

"왜 아까부터 반말을……."

오웬은 설리를 보며 말하지만 이내 설리의 미소에 좋다고 미소를 짓는다.

"아까 '설희'라고 부르는 것 같던데?"

오웬이 수줍게 묻는다. 설리가 대답하려는데 니나가 말한다.

"오빠라고?"

니나가 멘사보드를 타고 설리 옆으로 온다. 설리는 그런 니나와 오웬을 보며 말한다.

"응. 오빠! 아! 내 한국 이름이 설희야. 영어 이름은 Sulhee고. 그냥 설리라고 불러줘. 난 선우필 오빠를 아주 잘 알아. 예전에 만나기도 했거든. 이전에는 오빠가 나를 꼭 안아주며 함께 풍파를 피했었지."

설리는 정신없이 이랬다 저랬다 대답한다. 그 모습이 잔뜩 긴장되고 흥분한 표정이다. 해든과 오웬, 니나는 무슨 말인지 모르겠다는 표정이다.

"뭔가 뒤바뀐 이름처럼 정신없네……."

해든의 말에 설리는 세 아이를 쳐다보며 싱긋 웃고는 누워 있는 선우필을 쳐다본다. 그러고는 꼭 안으려는 듯 공중에서 자신의 멘사보드를 거꾸로 뒤집으며 입술을 내밀고 누워 있는 선우필 얼굴 앞으로 다가간다. 옆에서 대원들이 너무 흥분하지 말라며 설리를 진정시킨다. 그들이 설리를 대하는 모습은 마치 벙커의 아이들이 레나를 대하듯 아끼고 예뻐해주는 것과 비슷하다.

*

82 아믹달라 본부에 도착한다. 아이들의 길로 들어오는 제프 군단과 아이들을 보며 리브와 아라가 본부 건물에서 나온다. 그들이 아이들의 길에 도착하자 누워 있던 선우필이 잠시 깨어난다. 그러고는 제프를 보더니 페카터모리로 변해 공격을 시작한다. 제프는

165

여유롭게 선우필의 공격을 막는다. 제프와의 짧은 전투 후 오히려 선우필이 고통을 느끼는지 다시 가쁜 숨을 쉰다. 나이 든 민간인 몇 명이 멀리서 이 장면을 본다. 그들은 뭔가 싶어 다가온다.

"5, 2, 12……, 6, 7, 11……, $3\frac{1}{2}$, $3\frac{1}{2}$……."

혼자서 영어로 숫자를 읊는 하루카를 보며 오웬은 괴상하다는 표정을 짓는다. 이쁘장한 얼굴과는 다르게 엉뚱한 면이 보인다.

"120, 24, 606, 144, 1260, 7……."

옆에서 와타나베 역시 알 수 없는 숫자를 계속 읊는다. 이번에는 해든도 듣고는 괴상하다는 표정을 지으며 조용히 오웬에게 속삭인다.

"왜 저래? 뭘 읊는 거야?"

"아 저 둘은 이란성쌍둥인데 저렇게 숫자를 머릿속으로 그려. 아마도 지금 여기 본부와 관련된 숫자일 거야."

설리가 옆에서 끼어들며 말한다. 와타나베는 순간 해든과 오웬을 쳐다보더니 기분 나쁜 미소를 짓는다. 그리고 다시 숫자를 읊는다. 해든과 오웬은 당황하며 서로를 쳐다본다.

"쌍둥이가 엄청 다르게 생겼네……."

해든이 오웬에게 말한다.

리브는 선우필에게 뭔가 섭섭한 듯 선우필의 발작을 그저 지켜보다가 민간인들이 다가오는 것을 알고는 재빨리 선우필을 만져 인간으로 변화시킨다. 인간으로 변한 선우필은 기절한다. 박 사령관은 마일스 전사에게 소리친다.

"커튼을 쳤어야지!"

하지만 이미 늦었다. 민간인 네 명이 울타리 사이로 페카터모리로 변화되었다가 인간으로 변한 후 기절한 선우필을 보고 흥분해 있다. 그들은 심하게 취해 있기도 하다.

"뭐야! 아이의 아버지가 왜 저리 헉헉대!"

열 번째 민간인이 외친다.

"방금 인간을 공격한 거지?"

"저것 봐! 인간의 모습이 아니었잖아. 아이의 아버지면 뭐하냐고! 그래봤자 페카터모리인데!"

민간인들은 저마다 의견을 말하기 시작한다.

"지금 새로운 시대로 가는 중요한 시기인데 가장 신성하다고 여기는 우리 본부에서 저딴 종들이 활개를 치면 안 된다고 했잖아. 그냥 다 멸종시키라고!"

민간인들은 들고 있던 물건들을 선우필에게 던지기 시작한다. 기절해 있던 선우필이 날아오는 물건에 맞자 제프가 나서서 중재하려고 한다. 그런데 리브가 선우필을 보호하려다가 민간인들이 던진 물건에 얼굴이 긁힌다.

"왜 그러십니까? 저를 못 믿으십니까? 제가 잘 처리하니까 안심하고 이번에 새롭게 제조한 술맛 좀 봐주세요."

박 사령관이 나서서 말한다.

"이봐, 박 사령관. 이제 이곳은 예전 같은 세상이 아니잖아. 새로운 세상, 신세계라고. 우리가 지금 모두 힘을 합쳐 새로운 미래가 될 완전한 사회를 만들기 위해 노력 중이잖아. 겨우 주어진 이 기회를 망치려고 하는 거야? 역사를 또 반복시키려고 그러는 거냐고. 우리가 이해 못 하는 사람들도 아니란 걸 알면 자네도 융통성 있게 잘해야지. 평화롭게 잘살게 해준다면서. 각자 역할에 최선을 다하면 된다면서. 우리도 나름대로 노력하는데 자네들도 뭔가를 보여줘야지. 저런 괴물이 계속 설치게 놔두면 우리로서는 불안하단 말이야."

"잘 압니다. 조만간 다 마무리되니까 걱정하지 마시고 오늘 본 장면은 없던 일로 해주세요. 제가 준비한 자리에서 더 즐기시다 가세요."

"그래. 사령관. 우리가 나쁜 사람들이 아니잖아. 우매한 사람들도 아니고. 아이의 아버지고 아이들이고 다 이해한다고. 아이들이 진정한 신이 되어 우리를 잘 다스려야지 저렇게 괴물이 돼서 사람을 공격하는 모습을 보여주면 어떡하나? 자꾸 우리를 무시하는 듯한 기분 들게 할 거야? 자네들과 우리의 다른 점은 어빌리스가 높다 낮다 하는 것뿐이잖아."

"우리도 자네 같은 어빌리스를 가져볼까? 자꾸 이러면 우리도 어빌리스 훈련하고 마일스 전사 해버린다."

"아이고, 잘 알죠. 저희를 배려해서 이렇게 계셔주시는 거 누가 모릅니까?"

박 사령관은 그들의 비위를 맞춰주며 재빨리 그 민간인들에게 잘 차려진 술상이 있는 곳으로 데려간다. 제프는 그 모습을 보며 짧게 한숨을 내쉰다.

*

연구실의 문을 열고 들어가면 두 공간으로 나뉘게 되는데 치료실과 통유리 너머의 밀실이다. 치료실 가운데에는 침대가 있고 그 옆에는 연구원들이 일할 수 있는 작업 공간이 있다. 통유리로 된 밀실에는 움스크린을 비롯해 컴퓨터와 침대가 여러 개 놓여 있다. 또 페카터모리들을 가둬두고 변화시키는 실험을 하던 유리통도 함께 있다. 2년 동안 잡아 온 몇몇 페카터모리 인간들이 그곳에 누워 잠들어 있다. 마치 공사 중인 것처럼 보이는 공간도 있다.

치료실에 도착한 선우필은 숨을 헐떡이면서 고통스러운 표정이다. 선우필의 치료 방식은 다른 페카터모리 치료 방식하고 비슷하다. 다른 점이라면 리브의 손길이다. 여전히 인간으로 변하지 않는 페카터모리에 비해 선우필은 리브의 손길이 닿으면 쉽게 인간으로 돌아온다.

리브는 다급히 선우필에게 치료제를 투입한다. 선우필의 손이 리브를 붙잡는다. 리브는 그런 선우필과 자신의 손을 쳐다보더니 그대로 선우필을 쳐다본다. 움스크린에는 파란 픽셀 사령관, 초록 픽셀 사령관, 보라 픽셀 사령관, 노란 픽셀 사령관이 차례대로 보이면서 그들의 소리가 들린다.

"아무래도 선우필은 처단해야 할 것 같네."

"중요한 인물이지만 살려두기에는 너무 위험해요."

"선우필의 행동은 지금 너무 불안해."

"지금 페카터모리들에게 일어나는 기이한 현상이 선우필과 관련됐을 수도 있고요"

선우필을 죽여야 한다는 결정을 내리는 하늘의 도시 본부 사령관들의 말에 리브는 앞으로 나선다.

"안 됩니다. 저희가 계속해서 해법을 찾고 있습니다. 선우필이 변화한다고 해서 인간에게 해를 끼친 적은 없어요. 제가 옆에 있으면 돼요."

리브가 사정한다.

"자네의 그 얼굴에 난 상처는 어떻게 설명할 건가?"

파란 픽셀 사령관의 말에 리브는 그제야 자신의 얼굴을 만진다. 리브의 손에는 피가 묻어 있다. 리브는 힘들어하는 선우필을 쳐다본다.

"아이의 어머니 마음은 잘 알겠지만 이대로 놔두면 자네도 그렇고 아이의 아버지도 힘들어질 거예요."

노란 픽셀 사령관이 다정한 말투로 말한다. 아이들은 리브가 무슨 일인지 선우필에게 집착하는 모습을 보이는 행동에 의구심을 가지면서 움스크린을 쳐다본다. 그때 제프가 나서서 리브의 편을 들어준다.

"사령관님들 그리고 참사관님들. 저도 리브 양의 말에 동의합니다. 조금 더 선우필의 변화를 지켜봐야 할 것 같습니다. 말한 것처럼 리브 양이 선우필과 함께 있는 한, 선우필은 괜찮을 겁니다."

선우필이 발작을 일으킬 때마다 리브가 선우필을 만지면 다시 사람으로 변하면서 잠잠해지더니 잠시 기절한다. 그 행동이 반복된다. 보라 픽셀 사령관이 그 모습을 보며 말한다.

"저것 봐! 갑자기 저렇게 변하는데……."

리브가 손을 떼면 선우필이 다시 발작을 일으키며 페카터모리로 변한다. 그러자 리브가 선우필의 손을 잡고 놓질 않는다. 하늘의 도시 사령관들은 그런 리브의 모습을 보다가 자기들끼리 뭔가 회의를 하는 듯 수군댄다. 인간의 모습이 된 선우필은 마치 깊은 잠이 든 듯 깨어나지 않는다. 옆에 잘 보이지도 않던 빨간 픽셀 사령관이 비로소 입을 연다.

"지금 나온 결과를 말해주자면, 어차피 선우필은 이대로 가다간 결국 죽을 것이다."

빨간 픽셀 사령관은 말을 멈추고 리브의 반응을 살피는 듯 턱을 괸다. 그러고는 아무 반응 없이 선우필을 쳐다보는 리브를 보면서 다시 말을 이어간다.

"자네의 유전자에서 어떤 무엇인가가 페카터모리를 인간으로 되돌릴 수 있다 생각했지만 그건 선우필에 한해서만인 것 같다는 말이다. 자네 두 사람만이 가진 어떤 특별한 연결고리가 있을 거라는 말이지. 하지만 어떻게 될지 모르는 상황에서 선우필이 인간으로 되돌아가는 것만을 기다릴 수 없지 않겠나? 언제 폭발할지도 모르고 지금 나타나는 기이한 현상도 마음에 걸리고. 게다가 인간으로 돌아간다면 더는 저렇게 높은 어빌리스를 못 만들지도 모르는데 말이야. 선우필을 인간으로 완전히 변하게 하면 다시 민간인 세상으로 보내야 하는데 그렇게 되면 자네하고도 어차피 이별일세."

아라가 리브의 혈청으로 만든 치료제를 보여준다.

"그래도 이 혈청으로 만든 치료제가 잠시 동안은 진정시켜줍니다. 이 치료제를 조금 더 발전시켜본다면 분명 완전한 치료제가 나올 것입니다."

가만히 지켜보던 설리가 아라를 쳐다보며 입을 연다.

"한번 페카터모리가 된 사람은 의지력을 점점 잃고 괴생물체가 되었다가 다시 사람이 되기를 반복해요. 그런 과정에서 어빌리스의 급격한 변화가 생기고 반복성이 지속되면 결국 목숨이 끊

171

어지는 것……. 그것이 하늘의 도시에서 찾은 페카터모리의 반복
성이에요. 처음에는 대수롭지 않겠지만 점점 그 강도가 세질 거예
요. 젊은 사람 몸속에 암이 발견되면 더 빠르게 퍼지는 것과 비슷
한 경우이지요. 페카터모리는 홀랜프가 되지 않으면 결국 죽을 수
밖에 없는 운명이라는 말이에요. 죄송하지만 페카터모리에게는 희
망이 없어요. 굳이 살리고 싶다면 차라리 홀랜프가 되게 놔두는 게
나을지도 모르죠."

"그건 안 된다고 하지 않았습니까?"

설리의 마지막 말에 노란 픽셀 사령관이 단호하게 말한다.

"홀랜프의 주목적이 인간을 홀랜프화하는 거였는데 다시 홀랜
프 세상으로 만들고 싶어서 그러는 건가?"

파란 픽셀 사령관이 설리에게 말하자 설리는 뻘쭘한 듯 어깨를
한 번 으쓱 들며 말한다.

"그냥 그렇다는 거예요. 그러니까 죽일 수밖에 없다는 말을 하는
거죠. 제가 더 의견을 보태드렸는데 왜 그러세요?"

억울하다는 투로 대답하는 설리가 아라와 리브를 쳐다보더니
대수롭지 않은 듯 속삭인다.

"한 번 페카터모리가 된 인간에게는 희망이 없대요."

그녀는 페카터모리에 대해 잘 알고 선우필에 대해서는 더 잘 아
는 듯한 말투로 말한다. 해든과 오웬 그리고 니나는 갑자기 달라진
듯한 설리의 태도에 당황한다.

"형을 좋아하는 줄 알았는데……."

오웬이 조용히 해든에게 속삭인다.

알파 부대와 박 사령관 그리고 김 중령은 구치소로 들어온다. 구치소 철창 안에는 잡힌 꼬마 홀랜프 정신이 새로 잡혀 온 꼬마 홀랜프 육체를 보자마자 합체하려는 행동을 한다.

"정말 존재하는 생물체였네."

마테오가 말한다. 그러고는 들고 있던 꼬마 홀랜프 육체를 옆 철창으로 집어넣는다. 구치소도 그렇고 철창도 그다지 크지 않다. 꼬마 홀랜프의 정신과 육체는 철창으로 막힌 사이로 팔을 뻗어 서로 잡으려고 하지만 팔이 너무 짧다.

"내가 말했잖아. 마테오는 내 말을 너무 안 믿어."

설리가 섭섭한 듯 마테오의 어깨를 툭 치며 말한다. 마테오는 별 반응 없이 합체하려는 꼬마 홀랜프 육체와 정신을 보면서 말한다.

"의심해서 나쁠 건 없잖아. 그리고 너의 가설은 영혼을 믿는 나조차도 믿기 어려울 정도로 판타지야."

"지금 저걸 보는데도?"

설리가 꼬마 홀랜프 육체와 정신을 가리킨다.

"아직 네가 말하는 영혼이 없잖아."

"아까 영혼도 봤잖아."

"여기 없잖아."

"그럼 여기 나타나면 믿어준다는 거야?"

"응."

"참 내. 무슨 논리야?"

"아까 본 생물체도 영혼이라는 증거가 없잖아."

"그렇게 사라졌는데도? 귀신처럼?"

설리의 말에 마테오는 뒤에 서 있던 하루카를 가리킨다. 하루카는 순식간에 닌자처럼 자신의 몸을 사라지게 한다.

"저건 은신 기술이잖아."

하루카는 어느새 구치소 반대편에 서 있다. 마테오가 다시 오라고 손짓한다. 하루카가 다시 자신의 몸을 사라지게 한 후 설리 옆으로 온다. 마테오는 이겼다는 표정이다. 설리는 한숨을 크게 쉬며 졌다는 듯이 말한다.

"맘대로 해. 어차피 내 가설이 맞는다는 건 시간 문제니까."

설리는 마테오를 한 번 더 툭 치고는 고개를 절레절레 흔들며 철창 앞으로 가서 꼬마 홀랜프의 육체와 정신과 함께 장난친다. 꼬마 홀랜프의 육체와 정신은 설리를 보며 좋다고 아기처럼 팔을 흔든다. 김 중령은 알파 대원들의 행동이 황당하다는 듯 짧은 미소를 짓는다.

"만약 이 생물체가 설리가 말한 대로라면 이 생물체의 세 부분을 다 죽여야 하겠네."

제프는 설리와 장난치는 꼬마 홀랜프의 육체와 정신을 보며 말한다. 설리는 아무 대답 없이 그저 장난만 친다.

"최 박사의 외경이 맞는다고 보는 겁니까?"

박 사령관이 제프에게 묻는다. 제프는 박 사령관을 보며 말한다.

"글쎄요. 그건 좀 더 지켜봐야죠."

그러고는 김 중령을 보며 말을 이어간다.

"하지만 나는 하늘의 도시 사령관들의 말에 동의한다. 이 생물체가 지금 일어나는 현상의 모든 이유일지도 몰라."

제프의 말을 뉴컨밴드로 듣고 있던 김 중령은 자신의 뉴컨밴드를 툭툭 치며 박 사령관에게 묻는다.

"내 뉴컨밴드가 이상한 거야, 아니면 쟤네 언어가 원래 저런 거야? 언제부턴가 나한테는 반말처럼 들리는데? 자네에게는 존댓말처럼 들리고?"

*

바깥에서 조사하고 있던 맨들라는 앞에 나타난 페카터모리 변형체들을 쳐다본다. 그리고 그 뒤로 중형 홀랜프가 천천히 나타나는 것을 본다. 칭시아는 뉴컨밴드로 알린다.

"페카터모리가 변형체로 되는 것은 확실한 것 같아. 꽤 자주 나오고 있어. 중형 홀랜프도 같이 나타나는데 어빌리스가 낮아서 걱정할 정도는 아니야. 그런데 이상한 건 지금 중형 홀랜프는 페카터모리 변형체보다 어빌리스가 낮은 듯하다는 거야."

3장 3절
위험한 만남

제프와 설리는 구치소에서 나와 선우필이 누워 있는 연구소로 향하면서 함께 칭시아와 맨들라의 보고를 듣는다. 보고가 끝나자 설리는 연구소에 들어가기 전 단호히 제프에게 말한다.

"지난 2년 넘게 초소형과 소형 홀랜프는 인간을 공격하지도 않았고 중형 홀랜프도 페카터모리를 보호하기만 할 뿐 인간을 직접 공격하지 않았어. 그래서 우리는 어빌리스가 높은 순서대로 홀랜프를 해치웠지. 어떤 상황이 생길지 모르니까 말이야. 이제는 홀랜프든지 페카터모리든지 모두 싹을 없애는 것이 안전할 듯해."

조용히 말한다 했지만 연구소 안에서는 설리의 목소리가 다 들린다. 두 사람의 대화를 듣고 있던 해든과 오웬이 정신없다는 듯한 표정으로 제프와 연구소 안의 움스크린을 번갈아 쳐다본다.

"저 사람들은 자꾸 어딜 저렇게 왔다 갔다 하는 거야?"

오웬이 조용히 해든에게 묻는다. 옆에서 사무 책상에 앉아 있는 리브와 니나도 이상하다는 듯 제프와 설리를 쳐다본다. 제프와 설리가 들어온다.

아라는 혼자 답답한 듯 조용히 고개를 숙이고 아무도 안 들리게 한숨을 내쉰다. 움스크린에서 초록 픽셀 사령관이 제프에게 대답한다.

"그래. 결국은 그래야겠지. 하지만 우리는 조금 더 인류의 존엄성을 생각해야 할 듯해요. 인간에게 피해를 주지 않았던 데다 도리어 그들의 기술력으로 인해 우리가 이전 세상보다 더 발전된 삶을 사는 데 도움을 주었으니 조금만 더 지켜보자고. 지금은 쓸데없는 살상은 하지 말아야 합니다."

하늘의 도시 초록 픽셀 사령관의 말에 제프는 아무 말도 하지 않는다. 설리는 순간 당황하는 표정으로 아이들을 쳐다본다.

"다 들렸어?"

오웬은 설리가 당황하며 제프를 붙들다가 옆의 연구원을 붙들다가 정신없는 행동을 하는 것을 보며 조용히 해든과 니나에게 속삭인다.

"근데 저분들 아까만 해도 선우필 형을 죽여야 한다고……."

"그러게."

"물론 같은 의미로 한 말은 아니겠지만……."

해든과 니나는 오웬의 말에 조용히 말한다. 니나는 하늘의 도시 사령관들을 의심의 눈초리로 본다. 김 중령이 팔짱을 낀 채 뒤에서 말한다.

"선우필은 죽여도 되고 홀랜프나 페카터모리는 살려두라는 겁니까?"

김 중령의 말에 해든과 오웬은 반가운 표정으로 김 중령을 우러러본다. 파란 픽셀 사령관이 말한다.

"그런 의미가 아니지 않나? 선우필을 죽이는 것이 아니라 저 페카터모리의 유전자를 없애자는 뜻이야. 자네는 항상 왜 말을 그런 식으로 비꼬는가?"

"제가 비꼰 거라고요?"

김 중령은 황당하다는 듯 고개를 들어 움스크린을 쳐다본다. 박 사령관은 올 게 왔다는 듯 한숨을 푹 내쉰다. 미리 도착해 있던 다른 제프 군단 대원들은 이 상황이 재미난다는 듯 쳐다본다.

"저래서 하늘의 도시 사령관과 참사관들이 분통이 터졌구나. 말 안 듣는 부대장이 하나 있다더니만."

디에고가 웃으며 말한다. 움스크린에서 노란 픽셀 사령관이 연구소에 있는 사람들을 의식하며 김 중령을 향해 말한다.

"아이의 아버지는 지금 제어하기가 힘들지 않나요? 어떻게 행동할지 예상하기도 힘들고요. 죽이기보다는 무기력화시킨 후 제프 대령이 직접 그를 이곳으로 데려오세요."

김 중령이 더 말하려는데 움스크린에서 칭시아와 맨들라의 말소리가 들린다.

"아직 그 영혼은 못 찾았는데 지금 여기 상황이 이상합니다."

칭시아의 목소리다. 그러더니 싸우는 소리가 들리고 조금 있다가 다시 칭시아의 목소리가 들린다.

"페카터모리가 점점 더 변형되고 어빌리스도 더 강해집니다. 그런 반면에 홀랜프의 어빌리스는 점점 더 약해지고 있습니다."

칭시아의 말이 끝남과 동시에 맨들라의 전투 소리가 들린다. 제프가 짧게 대답한다.

"알았다. 조심히 그 영혼을 잘 찾아보도록."

제프가 짧게 대답한다. 칭시아와 맨들라의 소리가 꺼진다.

"점점 더 약해진다고……?"

김 중령이 조용히 혼잣말한다. 제프는 그런 김 중령을 쳐다본다.

"나의 어빌리스가 더 높아지고 내가 더 강해진 건지는 모르겠지만 시간이 지날수록 홀랜프를 상대하는 것이 점점 더 수월하다고 느꼈어. 3차 전쟁 때부터 말이지."

김 중령의 말에 제프는 고개를 끄덕이더니 이내 생각에 잠긴다.

"가서 도와줘야 하지 않을까요?"

오웬이 제프에게 말한다. 제프는 오웬의 말이 들리지 않을 정도로 심각하게 생각에 잠겨 있다. 그러더니 오웬을 쳐다보더니 미소를 지어 보인다. 가식적인 미소이다.

"우리 대원들은 쉽게 당하지 않아."

그러고는 제프는 설리를 쳐다본다. 설리는 밝은 표정이지만 이내 고민이 생긴 듯한 얼굴이다.

"나 다시 그 꼬맹이 보러 갈래. 도저히 안 되겠어. 너무 귀여워서 자꾸 생각나."

설리가 나간다.

"꼬맹이?"

아라가 묻는다.

"꼬맹이가 뭐야? 영혼은 무슨 말이고?"

옆에서 리브가 다시 묻는다.

"아, 아까 그 꼬마 홀랜프를……."

해든이 대답하려는데 홈스크린에 비치는 파란 픽셀 사령관이

179

말을 가로챈다.

"빨리 선우필을 이곳으로 데리고 오도록."

제프는 대답 대신 움스크린을 쳐다본다.

"그 꼬맹이를 보면서 얘기하시죠."

제프가 김 중령과 박 사령관을 데리고 서둘러 구치소로 가려 한다.

"또 나가네."

해든이 의아해하며 따라나서려 한다. 다른 아이들 역시 나가려고 한다. 리브도 나가려는데 디에고가 저지한다.

"자네와 형제들은 여기 남아서 선우필을 간호해라."

리브가 박 사령관을 쳐다보자 박 사령관은 시키는 대로 하라며 김 중령을 포함해 제프와 세 사람만 나간다. 알파 대원들도 나간다.

"왜 저러는 거야? 사령관님까지. 이상하네."

리브가 그들을 따라가려 한다. 그때 레나가 들어온다.

"언니! 그때 만들어보라고 한 음식 다 만들었어! 밥 먹자!"

"어, 그래. 잠시만. 언니 잠깐 어디 갔다 올 테니까 그 뒤에 같이 먹자."

리브가 레나의 얼굴을 한 번 어루만져주면서 나간다.

"어?"

레나는 당황한 듯하다. 아라 역시 레나의 얼굴을 만져주고는 리브를 따라간다.

"여기 있으랬는데요……?"

밖에서 보초를 서던 형진이 말하지만 막지는 않는다. 레나는 자신을 지나쳐 가는 아라를 보더니 고개를 갸우뚱한다. 그리고 이내 혼자 씩 웃으며 니나와 남자아이들에게 조용히 하라고 손가락을 입술에 대고는 아라와 리브 뒤를 몰래 따라간다. 형진이 당황해하며 말한다.

"아니, 다들 여기 있으라고 그랬는데……?"

레나가 뒤돌아 형진을 보며 싱긋 웃으며 말한다.

"어딜 그렇게 중요한 곳을 가야 하길래 내가 만든 음식을 뒤로 미루는지 궁금하잖아요."

형진은 레나의 말에 어쩔 수 없다는 듯 레나 뒤를 따라간다.

*

"아무래도 이 두 꼬마 홀랜프를 죽여야 할 것 같습니다."

구치소에 도착하자마자 그곳 움스크린에 비치는 하늘의 도시 사령관들에게 제프가 말한다. 그때 리브와 아라가 구치소 문 앞에 나타나고 그 뒤로 레나가 리브의 팔짱을 끼며 들어온다.

"어? 저건 뭐야? 귀여워."

레나의 소리에 박 사령관은 함께 온 형진을 쳐다보며 나무라는 표정이다. 형진은 어쩔 수 없었다는 표정이다. 그 뒤로 알파 대원들도 도착한다. 제프가 알파 대원들을 똑같이 나무라는 표정을 짓지만 알파 대원들은 도리어 제프를 나무라는 표정이다. 제프는 당황해한다. 설리와 놀던 꼬마 홀랜프의 육체와 정신은 리브를 보자 반갑게 손을 흔든다.

"엄마! 나야 나! 선우희!"

"뭐? 엄마? 선우희?"

레나는 놀라 꼬마 홀랜프의 육체와 정신을 빤히 쳐다보더니 이내 고개를 갸우뚱거린다. 그러고는 리브를 쳐다본다. 리브는 약간 충격을 받은 듯한 표정이지만 이내 곧 냉정하게 꼬마 홀랜프 육체와 정신을 쳐다본다.

"넌 선우희가 아니야."

리브의 말에 꼬마 홀랜프 육체와 정신은 실망한 듯한 표정으로 주저앉는다. 아라는 안심하는 표정이다. 리브는 냉정하게 움스크린을 보며 하늘의 도시 사령관들에게 말한다.

"이건 도대체 뭐죠? 왜 저에게 이 사실을 숨기려 한 거죠?

그러고는 곧바로 제프를 쳐다보며 말한다.

"지금 제 여동생이 있어요. 죽이는 건 안 됩니다."

"그게……."

리브는 제프가 뭐라고 말도 하기 전에 다시 움스크린을 쳐다본다.

"차라리 이 생물체는 저와 아라에게 맡겨주세요. 저희가 연구해보겠어요."

리브가 말한다.

"불안한 상황에서 악의 뿌리는 미리 싹을 잘라놓는 게 좋다."

제프가 재빨리 말한다. 리브는 그런 제프의 말에 꼬마 홀랜프 육체에 다가가며 말한다.

"악의 뿌리?"

가까이 온 리브를 보며 꼬마 홀랜프 육체는 반가운 듯 손을 위로 들어본다. 뻗친 팔의 길이가 짧아서 채 머리끝에도 닿지 않는다. 그 모습을 지켜보던 알파 대원들은 귀엽다는 표정이다. 리브는 잠시 머뭇거린다. 그 뒤에서 아라가 불안한 표정으로 리브를 쳐다본다. 리브는 다시 제프를 쳐다보며 말한다.

"그럼 죽여보세요."

"뭐?"

제프는 리브의 말에 약간 놀란 듯 리브를 쳐다보다가 꼬마 홀랜프 육체와 정신을 쳐다본다. 꼬마 홀랜프 육체와 정신은 다시 아기가 할 법한 행동을 하고 있다. 제프는 망설인다.

"오호! 소문으로만 듣던 우리 이쁜 여신 언니의 도발."

설리가 쭈그리고 앉아 꼬마 홀랜프를 구경하다가 뒤돌아 리브를 쳐다보며 재미있어한다.

"좋아 대령! 보여줘! 죽여봐! 대령이 얼마나 극악무도한 사람인지 보여주라고!"

알파 대원들은 뒤에서 응원하듯 소리를 지르며 제프를 자극한다. 제프는 어쩔 줄 몰라 하고 그 모습에 알파 대원들은 재미있다는 듯 웃는다. 그때 와타나베가 칼을 뽑는다.

"그럼 내가 죽이지."

와타나베는 꼬마 홀랜프를 죽이려는 듯 칼을 휘두르며 다가오다가 앞에서 멈칫한다. 꼬마 홀랜프가 계속 아기처럼 행동하고 있다. 그리고 그 옆에서 리브가 째려보고 있는 것을 본다.

"젠장, 너무 귀엽잖아……."

와타나베의 말에 다른 알파 대원들이 신기한 듯 그를 쳐다본다.

"네 눈에도 저게 귀여워?"

하루카마저 신기한 듯 와타나베에게 묻는다.

"아이의 어머니가 무서워서 그런 게 아닐까?"

칸니카가 시큰둥하게 말한다. 와타나베는 헛기침하더니 칼을 집어넣는다. 알파 부대원들은 신기하다는 듯한 표정을 짓는다. 어느새 도착한 해든과 오웬은 장난스러운 알파 부대 대원들을 보다가 리브를 쳐다본다.

"지금 아무것도 확실치 않잖아요?"

리브가 말한다. 그러고는 움스크린을 쳐다보며 말을 이어간다.

"저희 꿈을 해석했다는 게 결국 저희를 이 세상에서 휴거로 사라졌다 말한 다음에 하늘의 도시로 데려가는 거라면서요? 저희를 데리고 몇 년간 실험한 결과로 생각해낸 게 그런 거죠? 게다가 인간은 존엄성을 지켜야 한다고 하셨죠? 이런 식으로 저희를 포함한 이런 조그마한 생명체를 마음대로 한다거나 죽이고 말고를 쉽게 결정하는 것이 인간의 존엄성을 지키는 겁니까?"

아무도 아무 말을 못 한다. 움스크린에서 하늘의 도시 사령관들은 꼬마 홀랜프 육체와 정신이 서로의 손을 붙였다가 떼었다가 장난치듯 노는 것을 쳐다본다.

"확실한 분석이 더 필요하긴 하지."

남색 픽셀 사령관이 조용히 말한다. 가만히 듣던 빨간 픽셀 사령관이 아라와 리브에게 말한다.

"그럼 자네들이 알파 부대와 함께 저 생물체에 관해 연구해본 후 우리에게 알려주게. 모든 연구는 기밀 사항으로 하고 우리에게만 보고하도록."

움스크린이 꺼진다.

"오! 똑 부러져."

마테오가 재미있다는 표정으로 리브를 보며 말한다. 가만히 꺼진 움스크린을 쳐다보던 김 중령이 혼잣말한다.

"기밀을 심히 좋아해, 저 사람들은"

그러고는 제프를 보며 말한다.

"이봐. 다른 건 차차 알아가기로 하고. 저기 사령관들이 있는 하늘의 도시는 도대체 어디 있는 곳이냐?"

김 중령의 질문에 모든 사람이 제프에게 집중한다. 제프는 잠시 김 중령을 쳐다보더니 살짝 미소를 짓는다.

"그건 기밀 사항이다. 때가 되면 알게 된다."

제프가 대답한다. 김 중령은 짜증 난다는 말투로 말한다.

"거참, 정말 하늘의 도시에는 하나같이 짜증 나는 인간들만 모아 놨나."

그러고는 리브를 보며 칭찬한다.

"잘했다. 네가 한 번 꽃힐 때 쏘아대는 거는 아무도 못 이기겠다. 더 몰아세우지 그랬냐."

해든과 오웬은 레나와 함께 김 중령의 말에 웃지만, 리브는 별대꾸 없이 꼬마 홀랜프 육체와 정신이 장난치는 것을 본다. 김 중령은 무안한 듯 나간다. 아라가 리브를 쳐다보며 걱정스럽게 말한다.

"저건 선우희가 아니야."

리브는 그제야 웃으며 아라를 쳐다본다.

"알아. 내가 그것도 분간 못 하겠어? 그나저나 선우필이 애 꽤 씸하네. 저거 선우필이 잡아 온 거라며? 나한테 또 말을 안 해줬단 말이지? 그리고 너희들…….."

리브는 해든과 오웬 그리고 어느새 그들 뒤에 서 있는 니나를

185

쳐다본다.

"언제 온 거지? 인기척도 없이?"

설리가 놀라며 뒤에 서 있는 니나를 보며 말한다. 그러고는 하루카를 쳐다본다. 하루카 역시 놀란 듯 니나를 본다.

"저 친구도 은신 기술을 사용하나 봐."

하루카가 말한다.

"선우필도 그렇지만 너희는 왜 나한테 말 안 해준 거야?"

리브의 말에 해든과 오웬은 니나를 쳐다본다. 니나는 꼬마 홀랜프 육체와 정신을 쳐다보느라 정신이 없는 듯하다. 해든이 엉겁결에 말한다.

"응? 아니…… 우리가 저런 거 잡아 온 게 한두 번도 아니고 저건 페카터모리도 선우희도 아니니까 그냥……."

"됐어. 이건 선우필 잘못이야. 저런 걸 잡아 왔는데 나한테 또 말을 안 했어."

리브는 해든의 말을 끊고는 화난 듯 성큼성큼 나가 버린다. 해든과 제프가 리브의 말에 동시에 대답한다.

"저 꼬마 홀랜프 육체는 내가 잡은 거야."

"저 꼬마 괴생물체는 내가 잡았다."

해든과 제프가 자신들이 잡았다고 동시에 말하려다가 서로를 쳐다본다. 니나는 나가는 리브를 보고는 아라에게 묻는다.

"리브가 왜 저렇게 흥분하는 거야? 선우필이 말해주지 않아서야, 아니면 저 꼬마 홀랜프를 정말 선우희와 닮았다고 생각하는 거야? 선우희일 리 없지만, 전혀 닮지도 않았잖아."

"잉? 난 한 번도 저게 선우희라고 생각해본 적 없는데? 어떻게 그런 생각을 할 수 있어?"

니나의 질문에 레나가 대신 말한다. 아라는 생각에 잠겨 있다가 리브가 나간 방향을 쳐다본다. 설리가 천천히 일어서서 제프를 쳐다보며 신호를 준다. 제프가 설리의 신호를 받고 아이들을 보며 말한다.

"선우필도 그렇지만 리브는 특히 자신의 아들을 잃은 충격이 예상보다 클 것이다. 그렇기에 저 꼬마 괴생물체가 자신이 선우희라고 하면 순간 선우희인가 하고 착각할 수도 있지. 마치 사람의 손을 보고 자신의 모자라고 착각했다는 사람처럼 환각 현상이 있을지도 모른다는 말이다."

해든과 오웬은 제프의 말이 무슨 뜻인지 모르는 듯하고 아라는 조금 더 심각한 표정으로 제프를 쳐다본다.

"리브가 정신질환이 있는 건 아니잖아요."

"아, 그런 뜻으로 한 말은 아니야. 오해는 말게. 그저 자식 잃은 부모는 충격을 심하게 받는다는 뜻에서 하는 말이야. 특히 우리가 지금 사는 세상에서는 더더욱 말이야."

아라가 발끈하면서 말하자 제프는 미안한 듯 손을 흔들며 설명한다. 발끈했던 아라는 이내 더 심각한 표정이다.

"왜?"

니나가 아라에게 묻는다. 아라를 쳐다보던 해든은 뭔가 눈치를 챈 표정이다.

"리브가 충격에 헛것을 보고 헛것을 진짜라고 착각할 수도 있다는 거예요?"

해든이 제프에게 묻는다.

"그러지 않기를 바라자."

제프가 꼬마 홀랜프 정신과 육체를 보며 말한다.

"에이, 리브가 어떤 앤데요. 잘 몰라서 그러시는가 본데 쟤 엄청 독한 아이예요. 냉정한 아이라고요. 아까 말하는 거 보셨잖아요. 자기가 맞는다고 생각하면 거침없어요. 게다가 감정도 잘 숨겨요."

해든이 말한다. 제프는 해든의 말에 별 대꾸 없이 고개만 끄덕인다.

"형부 때문에 처음 감정적인 모습을 보이긴 했지."

레나가 아무렇지도 않게 말한다. 레나의 말에 설리는 뭔가 고민하는 듯 아이들을 쳐다본다. 레나는 그런 설리를 보고 다시 제프를 보며 미묘한 표정을 짓는다. 흡사 자신의 기억에서 무언가를 찾으려는 표정이다.

"아직은 잘 모르겠지만 리브의 상태가 이상해진 건 확실해. 내가 알던 리브하고 많이 달라졌어. 아무리 선우필이라 해도 누구한테도 투정 섞인 말은 하지 않잖아."

니나가 아라에게만 들릴 정도로 속삭인다. 아라는 그런 니나를 보며 나가버린 리브를 쳐다본다. 그리고 고민이 깊은 듯 한숨을 쉰다.

"게다가 선우필은 말이 더 없어졌어. 마치 일부러 그러는 듯 바보 같은 말만 골라서 해. 뭐, 원래 생각이 단순해서 그럴 수도 있지만 확실히 뭔가를 더 알고 있는 건 확실해."

니나가 아라에게 말한다.

"여전히 리브에 대해 더 고민하는 거겠지."

아라가 대답한다.

3장 4절
삼각 구조

리브는 씩씩대며 치료실에 들어온다. 그리고 아무도 없는 것을 확인한 후 잠들어 있는 선우필을 한 대 친다.

"야, 일어나 봐. 너 내가 여태껏 한 말을 듣긴 한 거야? 나한테 숨기지 말라고 했잖아. 일부러 바보 같은 소리나 하고. 이러니까 내가 너하고 함께하기 힘들다는 거야. 네 멋대로 하니까 힘들어. 알아듣기는 한 거야? 너 정말 나를 생각하는 건 맞아? 내 부탁은 제대로 듣지도 않으면서 순전히 네 마음대로 하는 거잖아."

치료실에 홀로 서서 리브는 선우필의 몸을 흔들며 투덜댄다. 그녀는 상당히 섭섭한 마음을 가지고 있다. 선우필은 기절한 채 아기처럼 입을 헤 벌리고 잠든 상태에서 리브가 계속 흔들어도 미동을 안 한다. 리브는 깨지 않는 선우필의 모습에 더 약이 오른 듯 주위를 살피더니 벙커의 아이들이 치료실로 들어오려는 것을 보고는 있는 힘껏 선우필의 뺨을 치고 자신의 자리로 돌아간다. 벙커의 아이들이 들어온다.

"뭐 부러지는 소리 들렸는데?"

"엄청 찰진 소리였어."

해든과 오웬이 들어오면서 리브에게 묻지만 리브는 여전히 화가 풀리지 않은 듯 씩씩대며 모니터에서 눈을 떼지 않는다. 니나가 아라를 쳐다보며 자신이 아까 했던 말이 맞는다는 표정을 짓는다. 아라는 답답하다는 듯 입술을 오므리며 자신의 책상이 있는 리브 옆으로 간다. 해든은 선우필과 리브 사이에 서서 리브한테 말한다.

"네가 답답한 건 알겠는데 요즘 너의 행동들이 신기하게도 선우필한테만은 다른 거 알아?"

"그게 뭐?"

리브는 여전히 모니터에서 눈을 떼지 않은 채 뾰로통하게 대답한다. 해든은 머리를 긁적이며 선우필을 쳐다본다.

"아니, 그냥 내가 아는 리브가 맞나 싶어서……."

해든은 잠든 선우필의 부어오른 뺨을 보면서 안쓰럽다는 표정을 지으며 말을 이어간다.

"물론 저렇게 기절해 있는데 네 말이 들리냐 이거야……. 어? 뺨이 많이 부어오르는데?"

해든이 선우필의 뺨을 자세히 살피며 말한다.

"바보는 더 맞아서 정신 차리게 해야 해."

리브의 말에 해든이 고개를 절레절레 흔든다. 다른 아이들은 리브의 말에 동의하듯 고개를 끄덕인다. 그런 벙커의 아이들과 선우필을 치료실 밖에서 쳐다보던 설리는 흥미로워하며 조용히 들어간다. 입을 헤 벌리던 선우필의 입에서 침이 흐른다. 그 모습을 보는 아이들은 더럽다는 표정을 짓는다.

"형 볼따구에 감각이 사라졌나 봐!"

오웬이 외치자 리브는 할 수 없다는 듯 한숨을 짧게 내쉬며 일어나 수건을 들고 선우필의 침을 닦아주려 한다. 그때 설리가 재빨리 다가와 자신의 손으로 선우필의 침을 먼저 닦아준다. 리브와 아이들은 놀라 설리를 쳐다본다.

"이 정도쯤이야 뭐. 이 오빠는 내가 제일 좋아하는 사람이거든."

설리의 갑작스러운 행동과 말에 리브는 당황스러워한다. 설리는 그런 리브의 모습이 재밌다는 듯 웃으며 말한다.

"언니, 솔직히 선우필 오빠한테 그렇게 관심 없는 거지? 우리끼리만 있으니까 말해줘 봐. 그냥 사람들이 아이의 아버지다 어머니다 하니까 장단 맞춰주는 거잖아? 언니는 착하니까. 원래는 연애에 그렇게 관심 없다고 들었는데 아니야? 특히 이렇게 어벙한 오빠한테는 더 관심 안 가지 않아? 언니는 더 괜찮은 남자를 기다리고 있는 거 아냐?"

리브는 놀란 표정으로 설리를 쳐다본다. 설리는 그런 리브를 쳐다보며 계속 재촉하듯 말한다.

"아니, 그러지 말고. 어차피 휴거 작전이 성공하면 이제 언니랑 언니 가족들은 다 자유란 말이야. 같이 안 있어도 되고 하고 싶은 거 다 하고 마음대로 돌아다녀도 아무도 신경 안 쓰는 날이 올 거란 말이지. 결국에는 풀잎플래닛에 가서 살든 하늘의 도시에 가서 살든 마음대로 결정할 수 있다는 거야. 그걸 원하는 거 아냐? 그러니까 선우필 오빠는 내가 가질게. 그래도 되지?"

설리의 말에 리브는 황당한 듯 아무 대꾸를 하지 않는다. 설리는 잠시 뒤로 물러서서 당황한 표정의 다른 아이들도 쳐다본다. 그러더니 다시 리브를 쳐다보며 재밌다는 듯 깔깔거리며 말한다.

"농담인데 삐졌어? 아니면 진짜로 내가 가져도 돼?"

설리는 리브의 표정을 보며 농담인 듯 진담인 듯 헷갈리게 말한다. 리브는 짧게 한숨을 쉬며 설리를 피해 자기 책상으로 가서 하던 연구를 계속한다. 설리는 그런 리브 옆으로 가서 부담스러울 정도로 얼굴을 들이댄다.

"진짜 이쁘다. 언니보고 여신이라고 부르는 이유가 있었네. 피부도 너무 좋은 데다 어떻게 코가 이렇게 오똑해? 이목구비가 정확히 여신이라는 정의를 내리기 위해 또렷이 나열되어 있는 것 같아. 게다가 언니 눈을 쳐다보고 있으면 너무 황홀해지고 언니 입술도 도톰해서 보면 볼수록 키스하고 싶어."

설리가 계속 리브에게 말을 건다. 설리는 밝고 귀엽고 농담을 잘하는 여자아이다. 갑자기 리브에게 키스하려는 듯 입술을 가져가자 리브가 깜짝 놀라 뒤로 물러선다.

"언니, 그럼 선우필 오빠하고 키스해봤어? 응? 응? 어땠어?"

설리가 웃으며 묻는다. 그런 설리가 부담스러운 듯 리브는 고개를 돌려 책을 들고 다시 모니터로 눈을 돌린다. 어떻게 해서든지 설리와 눈을 마주치지 않으려 한다. 그럴수록 설리는 더 웃으며 리브 옆으로 얼굴을 가져간다.

"게다가 여신의 최종조건인 성격도 너무 좋은 것 같단 말이지. 여자인 나조차도 언니를 알수록 더 옆에 있고 싶은데 남자들은 오죽하겠냐고."

설리의 장난 섞인 말에 리브는 부담스러운 표정이지만 해든과 오웬은 그런 설리가 귀여운 듯 미소 짓는다. 레나가 옆에서 두 사람을 팔로 툭 친다. 아라와 니나는 서로를 쳐다보다가 설리를 함께 쳐다보며 어이없다는 표정을 지으며 웃는다. 설리가 부담스러운 행동을 하는 것 치고는 꽤나 사랑스럽다.

*

칭시아와 맨들라는 비가 오자 잠시 동굴로 몸을 피한다. 그때 이상한 소리가 나 그곳으로 향한다.

*

선우필이 깨어난다. 설리는 그런 선우필을 보자마자 달려가서 안긴다.

"오빠!"

놀라는 선우필은 자신에게 안겨 매달린 설리를 어찌할 줄 모른 채 리브를 쳐다본다. 리브도 설리의 행동에 놀란 듯 쳐다본다.

"나 못 알아보겠어? 오빠가 나 살려줬잖아. 우리 꼭 껴안고 빌딩에서 같이 떨어졌는데, 기억 안 나? 물론 떨어지면서 날 놓치긴 했지만."

설리가 눈웃음을 지어 보이며 말한다. 선우필은 설리를 잠시 보다가 생각난 듯한 표정을 지으며 말한다.

"아! 그때 그 꼬마!"

선우필은 설리가 홀랜프 1차 공격 때 함께 빌딩 아래로 떨어진 꼬마였던 것을 알고는 반가워한다. 그러다가 리브와 눈이 마주친

다. 리브의 표정을 읽은 선우필은 설리를 자신에게서 떨어트리려
는 행동을 한다. 설리는 떨어지지 않고 싶은 듯 선우필에게 꼭 붙
어서 애교를 부린다. 그러자 갑자기 선우필이 다시 발작한다. 그때
설리가 선우필의 몸을 마치 멘사보드 타듯 두 발로 짚고는 뒤로
공중제비를 해서 떨어진다. 선우필이 페카터모리로 변했지만 리브
는 페카터모리 선우필을 가만히 놔둔다. 선우필은 괴로운 듯 자신
의 머리를 쥐어 잡으며 난리를 치려 한다. 설리는 리브를 쳐다보며
뭐 하고 있냐는 표정을 짓는다.

선우필이 옆의 침대와 의자를 내려치며 리브에게 다가온다. 리
브를 치지 않기 위해 대신 주위의 것을 치려는 듯 허공에 헛손질
과 헛발질을 한다. 한참을 쳐다보던 리브는 선우필을 있는 힘껏 때
린다. 선우필은 다시 사람의 모습으로 변한다. 그러고는 맞은 부위
를 만지며 얼떨떨해한다.

"그냥 만져도 되는데 왜 굳이……."

"그렇게 조절 못 할 거면 그냥 괴생물체가 돼서 나가 살면 돼."

리브가 선우필을 다그치듯 말한다.

"응? 왜? 어떻게 나가서 살아? 그러면 너하고 같이 못 있잖아."

선우필은 리브의 말이 이해되지 않는 듯 쳐다보고 리브는 선우
필이 답답한 듯 자신의 책상으로 돌아가 앉는다. 선우필은 어찌할
줄 모르고 설리는 이 상황이 재미난 듯 다시 선우필에게 다가가
팔짱을 끼며 기댄다. 어느새 나타난 제프 군단은 리브의 행동이 신
기한 듯 쳐다본다. 칸니카가 와타나베와 하루카에게 말한다.

"아이의 어머니도 상당한 어빌리스 잠재력이 있는 듯한데? 왜
약하다고 보고되었지?"

"아이의 아버지를 다루고 우리 인류의 여신인데 상당해야겠죠. 전 잠재력이 감지되는데요."

하루카가 리브의 어빌리스를 감지하는 듯 그녀의 뉴컨밴드에서 강한 빛이 나온다.

"난 어머니가 되어본 사람은 그냥 다 강하다고 봐."

디에고가 말한다. 옆에서 마테오는 니나와 선우필을 번갈아 보며 머뭇거리다 말한다.

"그럼 니나도 어머니가 되어봤나? 엄청 강하잖아. 리브는 선우필 때문에 강해지는 거 아니야? 아이의 아버지가 하도 답답하니까?"

제프 군단 대원들은 계속 농담한다.

"뭐 어때요, 아무렴. 난 저 언니 너무 좋아. 완전 내 스타일이야."

설리가 어느새 선우필에게서 떨어져 제프 군단 대원들 옆에 서서 밝은 표정으로 대화에 참여한다.

"뭐야? 언제 저기로 갔어?"

설리가 움직인 방향을 보며 해든은 놀라 말한다.

"귀여운 데다가 엄청 빠르네? 아까도 순식간에 선우필 형 침을 닦던데?"

오웬도 눈이 동그랗게 된 채 말한다.

"게다가 저들 모두 어빌리스를 감지하는 능력이 남다른 것 같아."

해든이 덧붙인다. 선우필 역시 자신 옆에 있던 설리가 순식간에 사라진 것에 놀란 망아지처럼 서 있다. 리브는 그런 선우필을 보다가 속상한 듯 뒤돌아서 다시 모니터를 보며 연구한다. 선우필은 리브를 쳐다보다가 어지러운 듯 다시 침대에 눕는다.

"나 잠깐만 어지러워서 누워 있을게."

뒤돌아서 컴퓨터를 하는 리브가 들었으면 하는 소리로 선우필이 말한다. 리브는 무시한 채 컴퓨터 모니터만 본다.

"그나저나 어떻게 된 거야? 선우필은 리브가 만지면 사람이 되지만 또 리브 때문에 괴생물체로 변하기도 하는 거야? 상호작용인가?"

마테오가 묻는다.

"맞아. 늘 그러는 건 아니지만 종종 선우필 오빠는 리브 언니에 의해 고통도 느끼다가 치유도 되다가 하는 사이인 거지. 아, 너무 로맨틱해."

설리가 누워 있는 선우필과 그 옆에서 컴퓨터 모니터를 보고 있는 리브를 쳐다보며 두 손을 얼굴에 대면서 황홀하다는 듯 말한다. 니니와 해든은 그런 설리와 제프 군단 대원들의 대화가 어이없다는 듯 쳐다본다.

*

선우필을 포함해 다른 아이들과 알파 부대원들, 형진과 다른 두 마일스 전사는 연구실 내의 치료실에서 아라와 리브가 페카터모리들에게 치료제를 투입하고 있는 밀실을 쳐다보고 있다. 밀실은 통유리로 되어 있어 보기도 쉽고 문제가 생길 시 금방 들어갈 수 있는 문이 있다. 치료실에 누워서 옆방의 경과를 함께 지켜보는 선우필은 사실 리브를 쳐다보고 있다. 마치 용서를 바라는 표정으로

196

쳐다보지만 리브는 아랑곳없이 치료제를 받은 페카터모리의 상태를 쳐다본다.

페카터모리들은 다시 인간의 모습으로 변한 후 한동안 무기력하게 앉아 있다가 서서히 기력을 회복한다. 하지만 어빌리스가 급격히 떨어진다. 그중 한 페카터모리 인간이 자신의 주먹을 쥐었다 폈다 하더니 한숨을 쉰다. 그러더니 아라와 리브를 향해 갑자기 화를 내며 소리를 지른다.

"우리는 페카터모리일 때가 더 좋았어! 왜 자유를 주지 않는 거냐고! 우리 마음대로 좀 살게 내버려둬!"

"너무 그렇게 흥분하시면 안 돼요. 조금만 감정을 조절하면서 기다리시면……."

아라가 타이르듯 말하지만 그는 다시 페카터모리로 변하며 울화통을 터트리듯 말한다.

"기다리긴 뭘 기다리라는 거야! 왜 흥분하면 안 되는 건데? 왜 내 감정을 네가 마음대로 조절하려는 거야? 우리는 다시 인간으로 돌아가고 싶지 않아! 너희가 뭔데 옳다 그르다를 판단하는 거야? 우리에게는 판단해주는 홀랜프가 있었어! 잘 살도록 필요한 건 무엇이든 다 제공하고 해결해주었다고! 잘났다는 인간들이 무기처럼 쓰던 사적 소유도 철폐하고 생산수단도 다 공유화시켰잖아! 계급이 없는 평등한 사회로 가고 있었단 말이야! 그런데 너희 인간들이 뭐라고 그런 완전한 사회를 막는 거야? 인간 따위가 뭔데 같은 인간을 지배한다 통치한다 하면서 같잖은 소리를 지껄이는 거냐고! 인간을 통치하는 건 홀랜프여야 해! 오직 홀랜프가 지배해야 세상은 평화로워지는 거야! 인간이 아니라고! 알아? 너희가 뭔데 우리가 선택한 평화를 깨는 거야?"

그의 말에 아라는 말을 못 하고 리브를 쳐다본다. 리브는 당황한 표정으로 페카터모리들을 본다. 말하던 페카터모리의 어빌리스가 급격히 올라간다.

"그래! 이거야! 이 힘! 이런 어빌리스를 원하는 거야!"

페카터모리로 변한 사람은 자신의 어빌리스가 자랑스러운 듯 팔을 높이 세우다가 천천히 아라와 리브를 쳐다본다.

"너희 때문에 우리가 이렇게 된 거잖아!"

그가 외치자 지켜보던 페카터모리 인간 중 몇 명이 페카터모리 변형체로 변한다.

"어? 다른 모양이다."

"변형체."

치료실에서 지켜보던 오웬의 말에 설리는 진지하게 밀실을 쳐다보며 말한다. 밀실에 있던 페카터모리들이 그 방에 있는 연구원들을 공격하려는 듯한 자세를 취하자 그들의 팔꿈치에서 검이 나온다.

"저 기술은?"

오웬이 놀란 표정으로 말한다. 설리를 포함한 알파 대원들이 페카터모리의 팔꿈치를 주시한다. 페카터모리들이 갑작스럽게 리브를 공격하려고 방향을 틀자 선우필이 일어나 재빨리 밀실로 들어가 그들을 막아선다. 밀실에서는 선우필과 페카터모리들 간에 전투가 벌어진다.

"선우필!"

선우필도 페카터모리로 변하면서 다른 페카터모리를 죽이려고

하자 리브가 급히 부른다. 선우필은 공격을 멈춘다. 그때 불만을
터트렸던 페카터모리 인간이 선우필의 목을 노리듯 팔꿈치에서
나온 칼을 휘두르는데 동시에 그의 몸에서 아지랑이 연기가 나온
다. 선우필이 그의 아담스 애플을 떼지도 않았는데 이내 그 페카터
모리 인간은 아지랑이 연기가 되면서 죽어버린다.

벙커의 아이들과 제프 군단 대원들이 그 장면을 지켜본다. 특히
설리는 꼼짝하지 않고 이 모든 장면을 유심히 지켜본다.

"다들 멈춰요! 스메이즈smaze가 나오잖아요!"

설리가 밀실에 대고 외친다. 밀실 연구소에서 리브를 공격하려
던 다른 페카터모리들도 고통스러워하더니 모두 아지랑이 연기가
되어 사라진다.

"그런 용어가 있었어?"

해든이 고개를 갸우뚱거리며 말한다.

"내가 방금 만들어낸 용어야!"

설리가 옅은 미소를 띠며 말한다. 해든은 너무 상황과 맞지 않는
설리의 행동에 오웬을 쳐다보며 고개를 절레절레 흔든다.

선우필의 몸에서도 아지랑이 연기가 나오기 시작한다. 선우필은
고통스러운 증상이 생긴 듯 가쁘게 숨을 내쉬며 호흡이 곤란해진
다. 선우필의 상태 역시 더 악화하는 듯하다. 리브가 재빨리 선우
필을 만지자 다시 인간으로 돌아온다. 동시에 그녀는 선우필에게
치료제를 투약하며 말한다.

"함부로 변하지 말라고 했지? 차분히 명상하듯 심호흡하면서 내
목소리를 따라와."

리브는 투덜대는 말투지만, 옆에서 떨어지지 않고 선우필을 안

정시킨다. 선우필은 자신의 몸에서 피어오르는 아지랑이 연기를
보며 리브의 말에 따라 심호흡을 한다.

"이번에 새로 만든 신약이야."

아라가 업그레이드된 신약을 선우필에게 다시 투여하자 선우필
은 이내 편안한 얼굴로 기절한다. 설리는 그 모습을 지켜보다가 제
프에게 말한다.

"대령. 페카터모리는 다 죽여야 해. 어차피 죽을 생물체들이야.
인간을 한 명이라도 더 살리려면 지금 처리해야 해. 아무리 선우필
오빠라 할지라도."

제프는 그런 설리의 말에 기절한 선우필과 그를 부축하는 리브
를 쳐다보며 말한다.

"지금은 성급히 판단하지 말고 그냥 지켜만 봐. 아이의 어머니가
저렇게 옆에 있는데 함부로 행동하면 안 돼. 내가 말했듯이 아이의
어머니를 되도록 자극하지 마."

제프가 조용히 설리를 비롯한 자신의 대원들에게 말한다. 아라
는 그런 제프의 말이 수상하다는 표정으로 제프와 알파 대원들을
쳐다본다. 그리고는 이내 누워 있는 다른 페카터모리에게도 신약
을 투입한다. 헐떡대며 누워서 페카터모리로 변해 있던 그들은 다
시 인간의 모습으로 돌아오고 편안히 잠에 든다.

리브는 선우필을 자신의 치료실로 데리고 와 침대에 눕힌다. 선
우필 역시 편안히 잠들었다. 설리는 그런 두 사람을 유심히 지켜본
다. 니나가 그런 설리를 보며 말한다.

"선우필을 좋아하는 거 아니었어? 그런데 죽여야 한다고?"

모두가 니나와 설리를 쳐다본다. 설리는 대답 대신 리브와 선우

필만 쳐다본다. 그러고는 고개를 돌려 니나를 쳐다본다.

"사적인 감정과 공적인 일은 달라야 하니까요. 하지만 만약 신약이 성공한다면 그럴 필요가 없겠죠. 난 신약이 꼭 성공하길 바라요. 내가 제일 좋아하는 선우필 오빠가 죽지 않으면 좋겠거든요."

아라는 설리의 말에 선우필을 쳐다본다. 하지만 곁눈질로 살짝 설리를 쳐다본다. 설리는 아라를 의식하는 듯 살짝 아이들 모두를 쳐다보며 웃는다. 설리의 웃음에 아라는 오싹한 느낌을 받는다.

잠든 페카터모리 인간들을 보며 연구원들은 신약이 드디어 성공했나 싶다. 연구원들은 분주히 움직인다.

니나는 설리의 말에 설리를 비롯한 알파 부대원들을 아니꼽게 쳐다본다. 설리는 아까 애교를 부리던 것과 달리 완전히 다른 사람인 듯 감정이 없어 보인다. 그저 선우필과 리브를 냉정하게 주시하고 있다. 다른 알파 부대원들도 마찬가지 눈빛이다.

4장 1절
홀랜프의 선물

연구실에는 설리, 리브, 아라가 제프를 포함한 알파 대원들과 함께 남아 있다. 아라는 꼬마 홀랜프의 정신과 육체에서 채취한 혈청을 연구하며 페카터모리나 이전 홀랜프와의 연관성을 찾고 있다. 설리는 잠든 선우필의 상태를 살펴본다.

"언니들."

리브와 아라는 설리를 쳐다본다.

"안 좋은 말만 계속하는 것 같아서 미안한데, 선우필 오빠……. 다시 페카터모리로 변한다면 아까 그 페카터모리처럼 죽게 될 거야."

리브와 아라는 잠든 선우필을 쳐다본다.

"이 오빠는 페카터모리로서 어빌리스 잠재력을 끝없이 가지고 있어. 그 잠재력이 계속 폭발하면서 점점 더 강해지는 거야. 결국 중력을 거스를 수 있는 어빌리스로 인해 하늘마저 날 수 있는 거지. 문제는 그 잠재력을 사용하면서 목숨도 짧아진다는 거야. 홀랜프가 되면 몰라도 인간으로 살아가려면 평생 변신하지 말아야 해."

"우리가 개발한 신약이 성공한다면?"

아라가 묻는다.

"응. 그렇다면 다행이지만 지금은 신약 개발이 계획대로 잘 안되고 있잖아. 경과를 더 지켜봐야 알 것 같기는 한데 아직은 모르는 일이니까. 그러니 나중에 오빠가 깨어나면 꼭 알려줘. 절대 페카터모리 어빌리스를 쓰지 말라고. 이 오빠가 어빌리스를 쓰는 이유가 단 하나잖아."

설리가 리브를 쳐다보며 말한다. 리브는 설리가 뚫어지게 쳐다보자 창피한 듯 고개를 돌려 선우필을 본다.

"아무리 언니들이 천재고 기이한 현상을 바꿀 수 있다 하더라도 변하지 않는 게 있어. 페카터모리로 한 번 변해본 사람은 살아남기 위해 평생 인간이 되어서 살든지 그냥 괴생물체가 돼서 결국 홀랜프의 모습으로 살든지 결정해야 해. 아까도 죽은 페카터모리 인간이 말했듯 그들은 짧을 수도 있는 홀랜프 지배 시대를 그리워하고 있어. 홀랜프가 인간에게 준 이 페카터모리는 끊을 수 없는 마약 그리고 죄와 같은 거야."

뭔가를 자세히 알고 있는 듯한 설리를 쳐다보며 아라와 리브는 더 묻고 싶어 한다. 설리 역시 더 말하려 하지만 제프가 눈치를 주기에 더는 말하지 않는다. 리브는 그런 설리를 쳐다보며 선우필에 대해 더 듣고 싶은 눈치이다. 제프 군단 대원들은 하나같이 말이 많지만 지금은 이상하리만큼 조용히 설리의 말을 듣고 있다. 리브는 제프를 유심히 쳐다보다가 설리에게 말한다.

"넌 뭔가를 알고 있구나? 더 자세히 좀 말해봐. 그래야 신약 개발에 도움이 되지."

리브는 기다리다 못해 답답한 듯 설리를 추궁한다. 아라 역시 궁금한 듯한 표정이지만 이내 알파 부대원들을 쳐다보며 뭔가 눈치를 챈 듯한 표정이다. 그때 마테오와 칸니카가 뭔가를 감지한 듯자신들의 뉴컨밴드에 손을 대고 눈을 감는다. 이내 눈을 뜬 칸니카가 제프에게 말한다.

"칭시아와 맨들라의 어빌리스가 사라졌어."

칸니카의 말에 제프 군단 대원 모두가 어빌리스를 감지해본다. 제프는 자신의 대원들에게 말한다.

"마지막 교신 장소로 향한다."

제프 군단 대원들 모두가 연구소에서 나간다. 설리는 나가다가 리브와 아라에게 눈을 찡긋하며 말한다.

"내가 하는 연구가 따로 있는데 완성되면 가장 먼저 언니들에게 알려줄게."

알파 부대와 함께 본부 본당에 위치한 하이퍼 컴퓨터 메인 스테이션으로 향하던 제프는 니나를 발견하고는 부른다. 니나가 다가온다.

"전에 말했듯이 자네는 오늘부로 82본부의 마일스 전사가 아닌 우리 알파 특수부대 대원이다. 이제 세상이 곧 완전한 평화를 얻을 것이니 자네도 더 큰물에서 실력을 뽐내기를 바란다."

"저는 실력을 뽐내고 싶은 생각이 없는데요."

제프가 근엄하게 말하지만 니나는 내키지 않은 듯 말한다. 다른 대원들이 킥킥거리며 웃는다.

"모두가 대령처럼 그렇게 자랑질하면서 뽐내고 다니지는 않아."

마테오가 제프를 살짝 치고 웃으며 말한다. 제프는 헛기침하면서 당황한 기색을 최대한 들키지 않으려는 듯 니나에게 말한다.

"그럼 뽐낼 필요 없다. 어쨌든 자네도 이제 알파 특수부대원이다."

제프는 알파 부대 유니폼을 건넨다.

"이것으로 갈아입게."

거의 명령이다. 니나는 엉겁결에 알파 부대 유니폼을 받는다. 레나가 다가온다.

"언니 우리랑 헤어지는 거야?"

레나는 슬픈 듯 니나를 보며 말한다. 니나는 레나의 말에 우물쭈물한다. 설리가 레나에게 다가간다.

"걱정하지 마, 언니. 이건 다 휴거 작전의 일부니까. 이런 식으로 벙커의 아이들을 한 명씩 하늘의 도시로 데려가는 거지. 레나 언니도 결국 데려갈 거니까 힘내. 조만간 다 함께 만날 수 있을 거야. 미래의 만남을 위해 지금 잠시 이별하는 거니까."

설리가 위로하듯 말한다.

"우리는 함께 따로 갈 곳이 있었는데……."

레나가 시무룩하게 말한다. 제프가 그런 니나와 레나를 쳐다보며 말한다.

"우리는 지금 칭시아와 맨들라의 마지막 교신 장소에 갔다가 제 1히포캠퍼스 본부로 갈 예정이다. 자네가 옷을 갈아입고 오면 바로 출발할 거야."

"제1히포캠퍼스?"

뒤에서 오웬이 찾던 보물을 발견한 듯 반응하며 되묻는다. 어느새 해든과 오웬이 뒤에 서 있다.

"왜? 거기 알아?"

해든이 오웬에게 묻는다.

"최정예 마일스 전사들이 모이는 곳이야. 전 세계에서 더 강해지기를 원하는 전사들이 모두 그곳으로 가서 훈련받는다고 들었어. 이전 홀랜프 전쟁 때도 유일하게 버틴 곳이야. 하늘의 도시에서 특수부대원들을 뽑을 때 가장 먼저 찾는 곳이지."

오웬이 말한다. 해든은 신기하다는 듯 오웬을 쳐다본다.

"너 엄청 잘 안다."

오웬은 자랑스럽게 말한다.

"김 중령님처럼 되고 싶어서 마일스에 대해 좀 알아봤지."

해든은 오웬이 자랑스러운 듯 웃으며 머리를 쓰다듬어준다.

"잡지식의 천재네?"

해든의 말에 오웬은 자랑스러운 듯 고개를 끄덕인다.

"내가 얕고 넓게 아는 건 또 자신 있잖아."

제프는 웃고 떠드는 해든과 오웬을 보고는 니나를 쳐다본다. 니나는 머뭇거리면서 레나의 표정을 살핀다.

"왜 그러나?"

제프의 질문에 니나가 레나를 쳐다보며 말한다.

"그전에 레나하고 따로 어디 갈 데가 있는데요. 이제 헤어지면 한동안 못 보니까 같이 갔다 오면 안 될까요?"

레나는 좋아하는 표정을 숨기지 못한다. 제프는 레나와 니나를 쳐다보고 해든과 오웬 그리고 어느새 레나와 니나 옆으로 다가온 김 중령을 쳐다본다. 그러고는 다시 니나를 보며 고개를 끄덕인다.

"풀잎플래닛을 갔다 오겠다는 건가? 알겠다. 그럼 갔다가 바로 제1본부로 와라. 다만 가는 길이 위험할 수 있으니……."

제프는 말을 흐리면서 잠시 김 중령을 쳐다본다. 김 중령은 인상을 찌푸린다.

"김 중령과 그의 전사들이 함께 동행할 걸세."

"뭐? 니나가 얼마나 강한데 뭐가 위험하다는 거야? 그리고……."

김 중령이 황당하다는 듯 따지는 말투로 제프를 쳐다본다. 제프는 그런 김 중령의 말을 끊으며 말한다.

"그래야 레나 양을 다시 본부로 무사히 데려올 수 있지 않은가? 니나는 이제 우리 알파 특수부대원이기 때문에 다시 이곳으로는 안 올 거야."

"그게 아니라 네가 뭔데 나한테 명령이야?"

"따지고 보면 내가 너의 상관이다."

"여기는 82본부야."

제프와 김 중령은 싸울 듯한 분위기다. 박 사령관도 어느새 해든과 오웬 옆에 나타나 두 사람의 긴장된 대화를 지켜본다.

"참, 정말. 김 중령……."

박 사령관이 부르려다 만다. 뭔가 기대하는 표정이다. 그러다가 두 사람이 정말로 전투를 하려는 듯 주먹을 쥔다. 그들의 뉴컨밴드가 온 세상을 다 비칠 정도로 강한 빛을 내는 것을 보고는 박 사령관이 가서 말린다. 박 사령관을 쳐다보며 김 중령은 고개를 옆으로 절레절레 흔들더니 제프에게 말한다.

"우리 전사들은 지금 이곳에 있어야 하니 대신 해든과 오웬이 나와 함께 가겠다."

제프는 박 사령관을 잠시 보고 해든과 오웬을 쳐다본다.

"더 낫다."

제프는 허락한다는 듯이 말한다. 김 중령은 웃기지도 않는다는 듯 코웃음을 치고 해든과 오웬은 좋은 구경을 놓쳤다는 듯 아쉬워한다. 박 사령관은 제프와 김 중령을 달래듯이 말한다.

"자, 그 정도면 된 거 같고 테스트도 해볼 겸 우리 이동 수단을 이용해보시죠."

"아, 그 새로운 이동 수단 말이죠?"

박 사령관의 지도하에 아라와 연구원들은 뉴컨밴드를 이용한 민간인의 이동 수단을 만들고 있었다. 뉴컨 지하철, 뉴컨 비행기 등을 계속해서 개발 중이다. 박 사령관은 아직 완벽한 건 아니나 테스트도 할 겸 지하철이나 비행기 중 제프에게 하나 선택하라고 한다. 제프는 박 사령관의 얘기를 듣더니 단호하게 거절한다.

"둘 다 싫소. 난 폐소공포증이 있소."

김 중령은 그런 제프의 말이 흥미롭다는 듯 쳐다본다.

"뭐야? 저 의외의 대답은?"

리브와 아라도 본당에 나와 제프의 말을 들었다. 다른 아이들도 서로를 쳐다보며 살짝 웃는다. 설리는 그런 아이들을 보며 말한다.

"대령이 2차 홀랜프 전쟁 때 크게 당한 게 있거든."

제프는 아이들을 보며 과거 지하철로 이동 중 자신의 사령관과 팀원들이 초소형 홀랜프 무리에 죽임을 당한 기억을 잠시 떠올린다. 자신의 아들과 딸도 포함되어 있었다.

모두가 82본부 지하에 위치한 지하철에 도착한다. 지하철을 보는 제프의 이마에서 식은땀이 흐른다.

"난 밖이 뚫려 있거나 언제든지 내가 밖으로 나갈 수 있는 이동 수단을 타야 해."

제프는 지하철을 보다가 도저히 안 되겠는지 빼냈던 뉴컨밴드를 다시 착용한다.

"안 되겠는데. 비행기를 시도해볼 수 있나요?"

지하철에 들어가려 시도하던 제프는 도저히 안 되겠는지 밖으로 나간다.

"아, 그것도 있죠."

박 사령관이 나가는 제프 뒤로 외친다. 제프는 박 사령관의 말에 뒤돌아서서 잠시 쳐다보더니 그대로 나간다.

"제프 대령은 자신의 할리데이비슨 아니면 아무것도 타고 싶지 않아 해요."

설리가 말한다.

"꽤나 섬세한 부분이 있었네, 제프 대령은."

오웬이 말한다. 설리가 오웬의 말에 대답하려는데 김 중령이 가로채며 말한다.

"멘사보드로 아무리 빨리 가도 지금 너희 대원들이 있는 곳에 모두가 제때 도착하지 못해. 제1본부에도 가야 한다며?"

김 중령이 말한다. 설리는 동의하듯 고개를 끄덕인다.

"그럼 자신의 공포심을 이겨내서라도 가야지."

김 중령이 말한다. 뭔가 승리를 쟁취한 말투이다. 설리는 어쩔 수 없다는 표정으로 어깨를 들썩인다.

외부에 위치한 아이들의 길에 도착하자 제프는 곧바로 자신의 멘사 할리데이비슨을 부른다. 멘사 군용기가 세워져 있는 것을 보면서도 제프는 투덜댄다. 설리가 뒤에서 제프의 어깨를 툭 친다.

"미안해 대령. 어쩔 수 없잖아. 빨리 가야지."

"뭐 적어도 내가 뛰어내릴 수는 있으니까……."

제프는 일어나지도 않은 일을 상상하듯 가쁜 숨을 내쉬며 허리를 숙이고 설리는 그런 제프의 등을 두드려준다. 리브와 김 중령은 제프의 섬세한 모습에 흥미를 느끼는 듯 제프와 그의 대원들을 쳐다본다. 알파 부대를 싣고 갈 멘사 군용기에 제프는 자신의 멘사 할리데이비슨 오토바이를 싣는다. 알파 부대원들도 멘사 군용기에 탄 후 자신들의 뉴컨밴드와 멘사 군용기를 페어링시킨다. 제프는 밖에서 지켜보는 김 중령에게 말한다.

"잘 사용하고 돌려주겠다."

"어차피 하늘의 도시 예산으로 만든 군용기다. 알아서 잘하겠지."

김 중령은 시큰둥하게 대답한다. 제프는 그런 김 중령을 잠시 관찰하듯 쳐다보다가 한쪽에 팔을 올리고는 말한다.

"자네가 하늘의 도시 사령관들과 참사관들을 싫어하는 건 잘 안다. 하지만 그들은 너희 본부를 위해 엄청나게 많은 예산을 투자했다."

"누가 뭐랬냐? 말이 앞뒤가 안 맞아서 그러는 거지. 게다가 참사관들도 있는지는 자네 때문에 처음 알았다. 이게 말이 된다고 생각하나?"

"그래. 말이 안 되지. 자네 말이 맞아. 앞뒤가 안 맞는 분들이지. 조만간 네가 궁금해하는 것을 알려줄 예정이니 인내심을 갖고 기다려라."

"내가 널 왜 기다려?"

김 중령은 제프의 말에 발끈한다.

옆에서 아이들의 전용기도 나온다. 아이들에게는 특별한 전용기가 부여되어 있다. 이것 역시 시험용으로서 조종석을 포함한 최대 8명까지만 탑승 가능한 조그마한 전용기이다. 김 중령은 아이들 전용기가 나오는 것을 보며 박 사령관에게 말한다.

"이건 왜?"

"너희들도 빨리 갔다 와야 하니까. 아이들하고 타고 오라고."

박 사령관이 대답한다.

"그리 멀지도 않은데 멘사보드 타고 후딱 갔다 오면 되지……."

김 중령은 말하다가 멈추고는 옆에서 자신을 빤히 쳐다보는 레나를 본다.

"내가 평상시에 빡빡하게 훈련하랬잖아. 어빌리스 훈련은 네가 앞으로 뭘 하든지 도움이 될 거라고. 네가 느리게 타서 괜히 군용기를 사용해야 하잖아. 너랑 선우필하고는 훈련 태만이 문제야."

레나는 김 중령의 말에 울먹이며 말한다.

"열심히 해도 잘 안되는데 어떡해요?"

김 중령이 황당하다는 듯 레나를 쳐다본다.

"열심히 안 했잖아. 연습 때 계속 선우필하고 장난만 치고 그런 거 다 아는데. 그러니까 멘사보드를 여태껏 못 타는 거 아니야."

김 중령이 나무라자 리브가 다가와 레나를 안아주면서 김 중령에게 말한다.

"레나는 전사가 아니에요. 그리고 이제는 어느 정도 탄다고요."

"빨리 못 타잖아."

김 중령이 리브와 레나를 쳐다보며 말한다. 리브에게 안긴 채 레나는 대들 듯 말한다.

"중령님처럼 타라는 게 말이 돼요?"

리브와 레나는 마치 기회를 얻었다는 듯 반박하고 김 중령은 어이없다는 표정으로 두 자매를 쳐다본다. 박 사령관과 제프는 그 광경이 재미있는 듯 웃으며 쳐다본다.

"재밌네."

"응. 가끔이지만 아이들이 김 중령을 놀릴 때가 있거든. 그때는 놓치면 안 돼."

박 사령관과 제프는 웃으며 짧은 대화를 나눈다.

"알았으니까 보드나 실어라. 출발하자."

김 중령은 포기한다는 듯 고개를 절레절레 저으며 말한다. 제프는 그런 김 중령을 보며 설리에게 말한다.

"역시 82본부는 정이 가는 사람이 많다니까."

제프 군단 대원들도 재미있다는 듯 웃는다.

제프 군단은 칭시아와 맨들라가 사라졌다는 장소로 이동한다. 군용기가 하늘 위로 날아오른다.

설리는 아라와 리브와 함께 페카터모리를 더 자세히 조사하기 위해 82본부에 남기로 한다. 니나, 레나, 해든, 오웬 그리고 김 중령은 풀잎플래닛으로 향하는 아이들의 멘사 전용기를 타고 간다.

4장 2절
제1히포캠퍼스 본부

아이들을 태운 전용기가 풀잎플래닛 입구 앞으로 도착한다. 니나와 해든 그리고 오웬은 레나의 눈을 가린 채 풀잎플래닛 안으로 들어간다. 김 중령은 풀잎플래닛 밖에서 기다린다. 풀잎플래닛으로 들어가는 입구는 온갖 나무와 풀숲으로 우거져 있다. 나무와 풀숲을 헤집고 들어가야 실제 입구가 나오고 그 입구를 들어가면 또다시 깊은 열대우림지역으로 들어가는 듯한 인상을 준다. 처음에는 무수히 많은 나무로 인해 깜깜해서 잘 안 보이더니 이내 열대우림에서나 볼 법한 시원한 폭포와 샘물 그리고 맑고 청아한 정원이 보인다. 니나는 레나의 안대를 풀어준다. 풀잎플래닛을 본 레나는 행복한 표정으로 주위를 둘러본다.

"와……."

"우리 레나 생일 선물이야."

니나가 말한다. 레나는 많이 감동받았는지 눈물을 글썽거리며 좋아한다.

"오랫동안 준비했다는 거잖아."

"2년 정도 걸렸다."

오웬이 자랑스럽게 대답한다.

"아직 미완성이니까 우리 레나의 실력으로 마무리해 봐. 레나가 마무리하면 다 같이 와서 함께 정원을 더 꾸며보자."

니나의 말에 레나는 더 좋아한다.

"너무 좋아. 여기 너무 이쁘다. 우리 그럼 다 같이 여기서 사는 거야?"

"그럼! 휴거 작전이 끝나면 하늘의 도시에서 우리를 이곳으로 이주시켜준댔어. 여기를 아는 사람은 거의 없으니까 우리가 살기에도 적합하고."

해든이 말한다.

"하늘의 도시로 가야 한다며?"

레나가 기억난다는 듯 묻자 오웬과 해든은 서로를 쳐다보며 씨익 웃는다.

"이건 우리와 대장님 그리고 몇몇 지역의 사령관님들만 아는 사실인데, 대외적으로는 우리가 하늘의 도시로 이주한다 하고는 여기로 몰래 데려다줄 거래. 마일스 사이에서도 이건 비밀이니까 발설하면 안 돼."

레나는 오웬의 말에 고개를 끄덕인다.

"이전에 우리가 살던 벙커와 비교하면 열 배는 더 큰 데다 아직 만들지 못한 곳이 더 있어. 우리가 다 같이 여기 살면서 계속해서 만들어가면 돼."

오웬의 말에 레나는 신나 하며 풀잎을 만져본다.

"진짜 살아 있는 풀이네?"

레나는 풀잎 향을 맡아본다. 향이 좋은 듯 미소가 번진다. 그런 레나를 보며 니나, 해든, 오웬은 만족스러워한다. 김 중령은 언제 들어왔는지 조용히 뒤에서 나무를 만지고 있다. 김 중령은 뭔가 숨길 수밖에 없는 불편한 표정을 안 들키려는 듯 뒤돌아 서 있다. 그런 김 중령을 레나가 발견한다.

"그럼 중령님도 놀러 올 거예요?"

김 중령은 나무를 만지다가 헛기침하며 말한다.

"뭐 너희가 필요한 재료가 있다 하면 내가 갖다주러 오긴 하겠지."

김 중령의 말에 레나는 반가워한다.

"그럼 사람들 불러서 맛있는 거 해 먹고 그러면 좋겠다. 중령님이 의외로 요리 잘한대."

"잉? 진짜?"

레나의 말에 해든이 놀랍다는 듯 김 중령을 쳐다본다. 오웬과 니나도 예상 못 했다는 표정이다.

"이전에 최 박사도 내 요리를 맛있어하셨다."

김 중령이 아닌 척하지만 자랑스러운 듯 말한다.

"엥? 박사님 입맛 엄청 까다로우셨는데, 진짜요?"

해든의 말에 김 중령은 다시 짧은 헛기침을 한다. 레나는 흐르는 샘물에 손을 담가보기도 하고 호수 끝에 있는 폭포 바람을 맞아보기도 한다. 그리고 잘 만들어진 통나무집을 보면서 니나가 가져다주는 과일도 먹어본다.

"와 맛있다. 직접 재배한 거야?"

니나는 웃으며 고개를 끄덕인다.

"저 물에서 수영도 할 수 있어."

니나의 말에 레나는 더 밝은 표정으로 호수를 쳐다본다.

*

니나는 멘사보드를 타고 제1 히포캠퍼스 본부로, 나머지 아이들은 김 중령과 함께 전용기를 타고 다시 82 아믹달라 본부로 향한다.

*

제프 군단 대원들은 칭시아와 맨들라와의 교신이 끊긴 곳에 도착한다. 그들은 기분 나쁜 아지랑이 안개만 잔뜩 핀 장소를 둘러본다. 비가 보슬보슬 내리고 있어 페카터모리가 죽어서 생긴 아지랑이 안개인지 비 때문에 생긴 안개인지 분간이 안 간다. 마테오가 인상을 찌푸리며 말한다.

"어빌리스가 전혀 감지되지도 않고 뭔가 기분 나쁜 느낌만 들잖아."

옆에서 디에고도 한마디 한다.

"페카터모리가 변형되는 것도 기분 나빴어. 홀랜프 모습 그 이상으로 간 것 같기도 하고. 왜 변종처럼 형태가 바뀌는 거야? 홀랜프를 다 무찔렀잖아."

"아마 그들이 모두 변종으로 바뀌는 게 아닐까?"

칸니카가 말한다. 다른 대원들 역시 주위가 음습한 듯 잔뜩 긴장해 있다.

"칭시아와 맨들라는?"

와타나베가 칸니카에게 묻는다.

"전혀 감지되지 않아."

칸니카가 말한다.

"죽은 건 아니겠지?"

하루카가 걱정스러운 듯 말한다. 칸니카는 고개를 절레절레 흔들며 말한다.

"아니야. 분명 살아 있다니까. 하지만 그들이 어디 있는지 모르니까 더 기분 나빠. 이런 적이 한 번도 없었는데 말이야."

그때 그들의 뉴컨밴드로 연락이 온다.

"제1본부가 공격당하고 있다. 즉시 지원 바란다."

제프가 다른 대원들을 쳐다본다. 디에고가 말한다.

"아무래도 설리 말대로 제프 대령의 고향에 정답이 있으려나 보네."

"설리의 예언이 찝찝하지만 걔 말대로 여긴 아무것도 없으니 가볼 수밖에 없네."

칸니카가 말한다.

"하지만 칸니카의 직감은 틀린 적이 없잖아."

마테오가 이상하다는 표정으로 말한다.

"여길 뜨게 되면 더 이상 돌아오지 못할 거야. 우린 칭시아와 맨들라를 잃게 될 거고."

칸니카의 말에 모두가 심각하게 주위를 둘러본다. 제프는 떠나기를 망설인다. 그런 제프를 보며 마테오가 말한다.

"우린 선택권이 없어."

"어쩔 수 없네. 때가 되면 알겠지."

제프가 말하고 알파 부대원들은 멘사 군용기에 타고 떠난다.

한참 뒤에 칭시아와 맨들라가 알파 부대가 떠난 자리를 쳐다보며 나타난다.

"나 우리 부대의 어빌리스를 감지했었는데."

"어디로 간 거야? 문제가 없어야 할 텐데."

칭시아와 맨들라가 걱정스러운 듯 말한다. 그들 뒤로 뭔지 모를 괴생물체들의 형태가 안개 속에서 나타나 두 사람을 주시한다.

*

제1히포캠퍼스 본부에는 페카터모리 변종이 떼거리로 모여 있다.

"저렇게 바뀐 모습이 기분 나쁘다는 거야."

멘사 군용기에서 내릴 준비를 하며 디에고가 말한다. 페카터모리 변종 무리는 제1히포캠퍼스 마일스 전사들과 전투 중이다. 제1히포캠퍼스 본부 마일스 전사들은 다른 본부의 마일스 전사들보다 강하다. 그들은 이전 서 집사의 실력을 보는 듯한 강한 어빌리스를 가진 전사들이다. 하지만 그들조차 페카터모리에 점점 죽어나간다. 제프는 그런 전사들을 보면서 자신의 멘사 할리데이비슨에 올라타면서 말한다.

"페카터모리가 변종이 되면서 확실히 훨씬 강해졌군."

제프는 군용기에서 내려 제1히포캠퍼스 본부에 나타난 페카터모리 변종을 무자비하게 죽인다. 그의 섬세함과 부드러움이 느껴지지 않을 정도로 강하고 무자비하다. 그는 인정사정없이 죽이기 시작한다. 그가 휘두르는 두 멘사검에 페카터모리 변종들이 아지랑이 연기가 된다.

"더 강해졌다는 말을 굳이 왜 강조한 거야?"

전용기에서 제프의 전투를 지켜보던 마테오가 다른 대원들에게 묻는다.

"그래서 자기가 훨씬 더 세다는 걸 알려주려 그런 거지."

"하여튼 잘난 척하는 거 엄청 좋아하는 부대장이야."

디에고의 말에 하루카가 장난스럽게 말하고 마테오는 웃으며 군용기 밖으로 나간다. 알파 대원들도 모두 나간다. 다른 제프 군단 대원들 역시 뛰어난 실력의 소유자들이다. 개인의 무술 능력과 팀워크 모두 뛰어나다. 군용기를 조종하면서 그들은 개인 멘사보드도 함께 조종한다. 페카터모리 변종들과 전투 중에 뉴컨밴드의 불빛이 더 밝아지자 군용기에서 포가 발사되면서 정확히 지면에 있는 페카터모리 변종 부대를 처리한다. 페카터모리 변종 부대가 순식간에 다 정리된다.

"어째서 홀랜프가 보이지 않지?"

디에고가 말한다. 마테오가 사방을 둘러보더니 말한다.

"그러고 보니 언제부터인가 홀랜프의 어빌리스가 전혀 감지되지 않아."

*

페카터모리 변형체들을 거의 다 해결하고 남은 페카터모리 변형체들은 도망갔다. 마일스 힐러Healer들이 나와 부상당한 전사들을 돌본다. 제프는 본부를 걸어다니며 둘러본다. 그러더니 페카터모리 변형체들이 모두 사라진 것을 알고는 멈춰 서서 눈을 감고 숨을 들이마신다.

"아, 고향의 공기만큼 좋은 게 없지."

"사람이 늙으면 고향을 찾는 게 다 이유가 있는 거지."

제프가 눈을 뜬다. 제1아믹달라 본부 사령관 존John이 옆에 서 있다. 두 사람은 반가운 듯 악수를 하고는 껴안는다.

"존! 마이 맨! 좋아 보여서 다행이네."

"자네가 저 변종들을 재빨리 처리해줘서 그런 거지. 정말이지 난 자네 알파 부대를 적으로 전혀 두고 싶지 않아."

제1아믹달라 본부 사령관 존이 대단하다는 듯 제프에게 말한다. 존의 말에 제프는 미소를 지으며 말한다.

"우리는 형제나 다름없어. 자네와 우리가 어떻게 적이 되겠나. 이제 세상이 바뀌었잖아. 새로운 세상에서 쓸데없는 정치색은 없어져야지. 게다가 나는 하늘의 도시를 떠나면 여기로 와서 살 건데. 그때 되면 잘 봐주게. 부탁해."

"내가 도리어 부탁해야지. 자네가 온다면 나는 사령관직을 그만둘 거야. 패트롤러가 되어서 전 세계와 우주를 돌아다닐 거야."

제프는 존의 말에 신기하다는 듯 웃으며 고개를 끄덕인다.

"좋은 생각이야. 자네와 함께할 친구도 내가 한 명 알아."

제프가 말하자 존도 웃으며 본부 건물을 쳐다보더니 제프에게 묻는다.

"하늘의 도시 생활은 어떤가? 지금 당장 돌아오고 싶지 않아?"

존이 묻는다. 하늘의 도시에 대해 어느 정도 아는 듯한 말투이다.

"당연히 돌아오고 싶지. 일만 다 마무리되면 돌아오려고 했는데, 끝났다 생각하면 또 일이 생기네."

제프의 말에 존은 페카터모리가 죽어 생긴 연기를 보며 고개를 끄덕인다.

"저들의 모습이 변종이 되는 것만이 문제가 아니야. 지금 저들의 모습조차 점점 더 통일되어가고 있어. 자네도 감지했겠지만 어빌리스도 점점 더 높아지고 있고. 비밀리에 저들이 뭔가를 꾸미고 있는 건 확실해."

제프는 존의 말에 가만히 생각한다.

"우리가 한 번은 당했어도 두 번은 당하지 않아."

제프가 구호를 외치듯 하는 말에 존은 미소 지으며 입을 꾹 다문다.

"우리가 한 번은 당했어도 두 번은 당하지 않아."

존 역시 구호를 외치듯 말하고는 잠시 아무 말 없이 본부를 쳐다본다. 제프도 본부 건물을 쳐다보더니 조심히 입을 연다.

"설리의 예상대로 꼬마 홀랜프가 우리에게로 왔어. 선우필이 데려왔지. 내 이 두 눈으로 직접 보고 왔다네. 게다가 우리는 칭시아와 맨들라와도 연결이 끊겼어. 제시간에 그 장소에서 찾을 수가 없었어. 이 모든 현상 때문에 하늘의 도시 사령관들도 하루속히 벙커의 아이들을 휴거시키려고 해. 이제는 우리 모두가 그 꼬맹이 홀랜프의 존재가 뭔지 알아내야 해."

제프의 말에 존은 예상했다는 듯 한숨을 크게 쉬며 묻는다.

"역시나 최 박사의 외경대로란 말인가?"

"내가 지금까지 아는 한은 그래."

"외경에 쓰인 대로 죽이기 힘들던가?"

"아무래도 아기의 모습이니까."

"아기 모습이라서가 아니라 자네 자식들 생각이 나서 그런 거겠지."

"그래."

"그것도 우연이라고 생각하나?"

제프는 아무 말도 못 한다.

"하지만 어떻게 해서든지 처리를 해야 하지 않겠나?"

존이 조용히 제프의 눈치를 보며 묻는다. 제프는 크게 숨을 쉬더니 시가를 꺼내 물고는 불을 붙인다.

"우리는 새로운 세상과 새로운 시대에서 살면서 완전한 인간성을 추구하고 있어. 인간의 존엄성이 무엇인가? 우리보다 약한 존재는 보호하고 모두를 존중하고 소통을 하는 것 아니겠나? 나는 한때 정부가 썩을 대로 썩어서 가난한 자는 더 가난하게 만들고 부자는 더 부자로 만들고 있다고 생각했어. 그래서 그렇게 썩어 빠진 사람은 모두 사라져야 한다고 생각했지. 그런데 아닌 것 같아. 자네 생각이 옳을지도 몰라. 아무리 적이어도 함부로 생명을 뺏으면 안 된다는 말이야. 우리의 생명이 위협당할 때 스스로를 보호할 수준이어야지. 보호를 할 수 있다는 어빌리스가 주어진 것이 우리 인간에게는 특권 아닌가? 우리 인간은 얼마든지 더 강해질 수 있는 존재이고. 강함은 훈련을 통해 얻을 수 있잖아. 그래서 인간은 언제나 늘 어빌리스 훈련을 통해 더 강해져야 하는 거야. 육체적으로, 정신적으로, 그리고 영적으로 말이야. 이 우주의 지배자가 되려면 우리는 보호자가 돼야 하고 그러려면 강해져야만 하지."

존은 제프의 말에 피식 웃으며 말한다.

"마치 누구처럼 얘기하는구먼. 나도 매스클랜 시절이 그립긴 하던데."

존의 말에 제프도 웃는다. 존은 제프의 말에 자신의 시가도 꺼낸다. 제프가 토치를 빌려준다. 존은 시가에 불을 붙이며 묻는다.

"그럼 하늘의 도시에서는 선우필의 스위븐 일기를 풀이하는 데 성공한 건가?"

제프는 뻐끔뻐끔 시가를 피우며 대답한다.

"그건 아직 못 한 듯해. 그들이 모든 서류를 다 가졌는지도 모르겠고."

"뭐, 그들은 어차피 예언서와 안내서를 편집할 때 최 박사의 모든 문서를 사용한 것도 아니잖아. 인위로 편집한 거지."

존이 대답한다. 제프는 아무 대꾸 없이 그저 시가를 빨며 연기를 뱉어낸다.

"그냥 선우필에게 물어봐도 되잖아."

존이 다시 묻는다. 제프는 길게 뻗어나가는 시가의 연기를 쳐다보며 고개를 갸우뚱거리며 한 번 더 시가를 빼며 연기를 내뱉는다. 존이 또 묻는다.

"선우필이 하늘의 도시에서 그의 일기장을 가져간 걸 아는가……?"

제프는 자신의 손가락 사이에 끼워진 시가를 보며 잠시 머뭇거리다가 그제야 대답한다.

"선우필이라는 아이도 제 아비처럼 역시나 입이 무겁더군. 본인도 하늘의 도시가 뭔가 수상하다는 것을 아는 거야."

제프의 말에 존은 그제야 시가를 뻐끔거리며 말한다.

"본인도 아직 답을 못 찾았을 수 있겠지."

제프는 별 대꾸 없이 계속 시가만 피운다.

"그럼 꼬마 흘랜프는?"

존이 묻는다.

"한 마리가 아니라 세 마리더군. 그 녀석조차도 육체, 정신, 영혼이라고 부르더군."

제프가 별일 아니라는 듯 시큰둥하게 대답한다.

"그 용어를 최 박사가 자신만의 해석으로 만들었다는 건 우리가 이미 다 아는 사실이잖아. 그럼 칭시아와 맨들라가 사라진 이유는?"

존이 예상했다는 말투로 묻는다.

"어떻게 해서든 영혼을 찾아오라 그랬지. 그렇다면 아마 미래가 바뀔 거지만 아무래도 당한 것 같아."

제프는 말하고 나서 고민이 되는 듯 잠시 시가를 입에서 떼며 길게 숨을 내쉰다. 존 역시 고민인 듯하다.

"칭시아와 맨들라는 매스클랜 시절에도 전투 실력이 다섯 손가락 안에 들 정도였어. 그런 전사들이 당할 정도라면……."

"그래. 나 역시도 뭔가 꺼림칙해."

제프가 존의 말을 끝까지 듣지 않고 시가의 불을 끄며 말한다.

"그럼 지금 빨리 출발하게. 우리 마일스 최고의 전사들도 좀 데려가고."

존이 말한다.

"여기는 어쩌려고?"

제프가 묻는다.

"급한 불부터 꺼야지. 여기는 걱정하지 마. 우리도 나름대로 방어벽을 만들어놨으니까. 최소한의 전사들로 여기는 지킬 수 있어. 82본부 근처에서 불길한 어빌리스가 감지돼."

존이 제프를 쳐다보며 말한다.

"그래. 알았네."

제프는 불이 꺼진 시가의 앞을 자르고는 호주머니에 넣으며 말한다.

"매스클랜이 멸망한 것처럼 지금의 세상이 멸망해서는 안 돼. 마일스로 우리의 정신이 잘 계승되었으니 이어나가야지."

"그래. 나도 그러면 좋겠어. 그러려면 선우필 실험이 성공해야 해."

"설리가 옆에 있지 않은가?"

"그래. 앞으로 설리를 선우필 옆에 붙여놓으려고."

제프의 말에 존이 다시 대답하려 할 때 본부 건물에서 부사령관이 나온다. 존은 말을 멈추고 시가의 불을 끈 후, 태운 시가의 앞쪽을 잘라 가슴팍의 주머니에 집어넣는다. 부사령관은 제프에게 짧게 인사한다.

"조던."

"제프."

조던이라고 불리는 부사령관과 제프 역시 서로 잘 아는 사이인 듯하다. 조던은 심각한 표정으로 존에게 조용히 말을 전달한다. 조던의 말을 다 듣던 존은 잠시 생각하다가 본부로 가려고 한다. 그러고는 돌아서서 제프에게 묻는다.

"아까 꼬마 홀랜프가 세 부분이었다 그랬나? 그중 하나가 '영혼'
이라고?"

"최 박사의 외경대로."

제프는 존의 질문에 고개를 끄덕이며 대답한다. 존은 조던 부사
령관을 쳐다본다. 조던은 짧은 한숨을 내쉰다.

"아까 전투 때는 신경 쓸 겨를이 없었는데 홀랜프가 전혀 보이
질 않아 이상하다 생각했어. 그러다가 조던 부사령관과 함께 크기
가 매우 작은 홀랜프를 잠시나마 발견했다네. 금방 사라진 데다가
생전 처음 본 거라 내가 헛것을 봤다고 생각했는데 조던이 아까
전투를 다시 돌려봤는데 카메라에는 이상한 빛이 아기 모양으로
잡혔다고 하더군. 설마 그게 그 영혼이라는 생물체가 아닐까?"

제프는 존의 말에 정신을 차린 듯 곧바로 자신의 뉴컨밴드로 교
신해본다.

"칭시아, 맨들라! 만약 들린다면 잘 들어. 만약 영혼 생물체를 발
견하더라도 생포할 생각 말고 바로 82본부로 돌아와라. 너희는 퇴
각한다. 우리가 굳이 찾을 필요가 없는 것 같다."

교신을 마친 제프는 심각한 표정이다. 존도 역시나 옆에서 심각
한 표정이다.

*

"방금 들었어?"

칭시아가 맨들라에게 묻는다. 맨들라는 다시 뉴컨밴드에 손을

대고 말한다.

"들리는가? 들리는가? 대령! 제프! 우리 소리가 안 들려? 감도가 떨어지니 다시 한번 말해줄래?"

그들의 뉴컨밴드에서는 소리가 전송되지 않는다.

"도대체 이게 왜 오작동하는 거야?"

맨들라는 자신의 뉴컨밴드를 빼서 만져본다. 칭시아는 어딘가를 쳐다보며 말한다.

"이제 어떻게 하지? 그냥 생포하면 되나?"

맨들라는 칭시아가 쳐다보는 곳을 본다. 그곳에 꼬마 홀랜프 영혼이 서 있다.

4장 3절
환각의 세상

풀잎플래닛에서 잠시 시간을 보낸 후 다시 82본부로 가는 길에 김 중령과 해든, 오웬, 레나가 페카터모리 변종들을 만난다. 변종들은 전용기에 탄 아이들을 향해 높게 뛰어올라 공격한다. 꽤 높이 뛰어오르는 그들은 모리스틱을 타고 있지도 않다. 하지만 그들이 뛰어오르면 김 중령이 손쉽게 해치운다. 다른 곳에서 또 다른 페카터모리 변종이 떼를 지어 나타난다. 그냥 무시하고 가려던 김 중령은 그들이 모리스틱을 이용해 따라오자 수상함을 느낀다.

"정말 뭐지?"

김 중령은 멘사보드를 타고 전용기 밖으로 나가 페카터모리 변종들을 재빨리 물리친다. 굳이 죽이려 하지 않지만 페카터모리 변종들이 심하게 공격적일 때는 어쩔 수 없이 죽인다. 오웬도 이상하다는 듯 고개를 갸우뚱거린다.

"뭔가 이 괴생물체들이 선우필 형처럼 하늘을 날려는 시도를 하는 것 같아요. 비행 자세가 선우필 형하고 비슷해요."

김 중령은 페카터모리가 죽어서 생긴 연기를 쳐다본다.

"그 꼬마 녀석…… 확실히 이상해. 없애는 게 맞아."

페카터모리 변종들이 어느새 전용기 바깥에 붙어 있다가 들어와 레나를 죽이려는 듯 공격한다. 그 공격에 레나가 전용기 밖으로 떨어진다. 김 중령은 해든과 오웬에게 말하며 밖으로 나간다.

"그냥 해치워라. 생포하지 않아도 된다."

김 중령이 재빨리 멘사보드를 타고 밖으로 떨어지는 레나를 잡은 후 들어온다. 김 중령, 오웬, 해든은 페카터모리 변종들을 죽인다. 김 중령은 남은 두 페카터모리 변종들은 죽이려다 만다. 그리고 그들을 생포하는 조그맣고 동그란 모양의 무기를 꺼내 그들의 두 손과 두 발에 던지자 레이저가 나와 전용기 벽에 붙게 한다. 페카터모리 변종들은 꼼짝없이 전용기에 붙어서 함께 간다.

"이것들은 연구소로 데리고 가라."

*

김 중령과 해든, 오웬 그리고 레나는 82본부에 도착하고 김 중령은 바로 구치소로 향한다. 해든과 오웬은 잡은 두 페카터모리를 데리고 연구소로 간다.

김 중령은 구치소에 들어가자마자 꼬마 홀랜프 육체와 정신을 죽이려 한다.

"힉!"

꼬마 홀랜프 육체와 정신은 자신의 온몸을 가리려는 듯 두 팔로 머리를 감싸지만 가려질 리가 없다. 박 사령관이 놀라며 옆에서 말린다.

"잠깐만!"

김 중령은 박 사령관을 쳐다본다.

"지금 죽여야 해. 불안한 싹은 미리 잘라야 한다고!"

"아직 확실하지 않잖아. 섣불리 행동하지 말자고."

꼬마 홀랜프 육체와 정신은 아기처럼 짧은 팔로 큰 머리를 가리지만 하나도 가려지지 않는다. 옆에서 지켜보던 두 마일스 전사들이 눈치를 본다. 박 사령관은 김 중령을 진정시킨다.

"하늘의 도시로 이 생물체를 데리고 가 제대로 연구하기로 했다네. 리브와 아라도 함께 갈 거야. 그러니까 조금만 기다리자고."

"홀랜프를 멸종시키자면서 왜 이런 건 살려두려는 거야?"

"살려두는 게 아니라 잠시만 지켜보자는 거지. 무엇보다 아이들이……."

박 사령관은 구치소 입구를 가리킨다. 해든과 오웬이 어느새 입구에 서 있고 그 뒤로 레나가 헐레벌떡 들어온다. 김 중령은 아이들을 쳐다본다. 아이들은 불안한 눈빛이다. 특히 레나는 겁을 잔뜩 먹은 듯하다. 김 중령은 꼬마 홀랜프를 죽이려던 행동을 멈춘다. 그리고 꼬마 홀랜프 육체와 정신을 쳐다보며 말한다.

"도대체 너의 목적이 뭐야? 무슨 계획을 가지고 있는 거야?"

꼬마 홀랜프 육체와 정신은 두 팔을 뻗어 서로 합쳐지더니 김 중령을 보고 말한다.

"저는 엄마 찌찌와 아빠 손가락이 좋아요. 이모 삼촌들하고 매일 놀고 싶어요."

꼬마 홀랜프 육체와 정신의 팔이 합쳐지고 다른 부위는 따로 놀면서 꼬마 홀랜프 육체와 정신이 동시에 말한다. 그러고는 해든과 오웬, 레나를 쳐다본다. 세 아이는 놀라는 눈치이다. 특히 레나는 꼬마 홀랜프를 자세히 쳐다본다. 그리고 해든과 오웬을 쳐다본다. 두 남자 아이는 옛 기억에 젖은 듯한 표정이다.

"선우희……?"

해든이 조용히 속삭인다.

"아니야 오빠! 저건 선우희가 아니야."

레나가 깜짝 놀라 해든의 팔을 잡으며 말한다.

"아, 그래. 미안. 잠깐 헷갈렸다."

해든이 레나의 말에 정신을 차린 듯 머리를 흔든다. 하지만 해든의 눈에는 눈물이 고인다.

"너도 정신 차려!"

레나가 오웬에게 말한다. 오웬도 글썽거리며 고개를 끄덕인다.

"선우희하고 닮은 것 같잖아."

레나가 오웬의 말에 꼬마 홀랜프를 쳐다본다. 확실히 선우희의 형상이 어렴풋이 보이지만 선우희는 아니다.

"아니잖아. 왜들 그래?"

레나의 말에 해든은 숨을 길게 몰아쉬며 눈물을 닦고 말한다.

"레나 말이 맞아. 왜 이러지?"

김 중령과 박 사령관은 해든과 오웬을 보며 수상하다는 표정을 짓는다.

"혹시 스위븐이냐?"

김 중령이 묻는다. 해든과 오웬은 기억하려는 듯이 인상을 찌푸린다.

"모르겠어요. 그런 것 같기도 한데 확실히 제 꿈에서 본 건 선우희였어요. 저 생물체는 아니었어요."

해든이 말한다. 오웬도 동의하듯 고개를 끄덕인다.

"그냥 선우희 생각이 나서 그랬어요. 어딘가에서 살고 있을 것만 같았거든요."

오웬이 말한다.

"근데 레나 말이 맞아요. 저희가 잠시 착각한 것 같아요. 선우희가 너무 보고 싶어서……."

해든이 레나를 쳐다보며 말한다. 해든과 오웬은 레나를 보더니 놀란다. 레나도 어느새 눈물을 흘리며 훌쩍이고 있다.

"왜……? 왜?"

해든이 놀라 말한다.

"나도 선우희 너무 보고 싶단 말이야. 정말 몇 년 동안 잊어보려고도 했는데 그게 어떻게 돼? 그렇다고 저런 괴생물체를 보고 선우희라고 하면 우리 선우희는 뭐냔 말이야? 모두 환각이라도 걸린 듯 착각하면 안 되는 거잖아."

레나는 울분을 터트리듯 말한다. 해든과 오웬은 레나를 위로한다.

"그래. 우리가 잘못했다. 미안해."

김 중령과 박 사령관은 그런 세 아이를 쳐다본다. 김 중령이 다시 꼬마 홀랜프를 유심히 쳐다본다. 꼬마 홀랜프는 꿍꿍이가 있는 듯한 표정으로 세 아이를 쳐다보더니 이내 다시 육체와 정신으로 분리되더니 누워서 자기 발을 만지면서 옹알거린다.

"이봐, 김 중령."

박 사령관이 심각한 목소리로 조용히 부른다. 김 중령이 박 사령관을 쳐다본다.

"리브를 절대로 이 괴생물체와 단둘이 있게 하면 안 될 듯해. 리브 옆에는 우리 아니면 아이들이 함께 있게 하고 그게 안 될 시에는 믿을 만한 우리 전사를 늘 붙여봐."

박 사령관은 떨리는 목소리로 말하더니 불안한 눈빛으로 꼬마 홀랜프와 아이들의 반응을 살펴본다. 김 중령은 조용히 고개를 끄덕인다.

*

제프 군단은 제1본부 마일스 부대를 이끌고 함께 82본부의 구치소로 들어온다. 제프는 꼬마 홀랜프 정신과 육체와 이야기를 나눈다. 박 사령관과 김 중령도 함께 있다. 이야기를 마친 듯 제프는 박 사령관과 김 중령에게 말한다.

"확실히 이 생물체와 관련해서 페카터모리가 변종이 되는 것 같소. 그래서 내가 직접 하늘의 도시로 데려가겠소."

"그러면 정답이 나오나?"

김 중령이 비꼬듯이 묻는다. 제프는 이해한다는 듯 차분하게 말한다.

"그건 모르겠지만 적어도 여기보다는 더 다양한 의견이 있겠죠."

"다양한 의견이 중요한 게 아니라 맞는 의견이 중요하지."

"뭐, 나도 그 말에는 동의하오."

제프는 김 중령의 말에 고개를 끄덕이며 말한다. 김 중령은 뭔가 제프한테 말린 느낌이다.

"어디서 많이 느낀 기분인데. 왜 짜증이 나는 거지?"

김 중령이 불평한다.

*

연구소에 있던 리브가 재채기한다.

*

한 철창 안에 함께 있으면서 제프와 김 중령의 대화를 듣던 꼬마 홀랜프 육체와 정신은 합쳐졌다가 떨어졌다 하며 장난치듯 반복한다. 제프는 잠시 그들의 합체 놀이를 지켜보더니 꼬마 홀랜프 육체와 정신을 따로 떼어놓는다. 꼬마 홀랜프 육체는 디에고에게, 정신은 칸니카에게 맡기며 당부한다.

"이 두 생물체가 합치지 못하게 해라. 나머지 한 부분이 반드시 올 테니 특별히 더 조심해라. 셋을 언제나 떨어트려놓고. 우리는 그 영혼이 오는 즉시 체포하고 출발한다."

디에고와 칸니카는 그들이 맡은 꼬마 홀랜프를 각 철창 안으로 넣고 그 앞에 서서 지킨다.

"마음에 안 드는 결정이야. 이 생물체는 82본부에서 책임져야 말이 되지. 이곳에도 뛰어난 연구원들이 많은데 지금 저 생물체에 대해 연구 중인 우리 연구원들은 어떡하라는 건가?"

김 중령이 짜증 난다는 듯 말한다.

234

"동의하오. 하지만 지금 당신들은 페카터모리를 다시 완전히 인간으로 되돌리는 일로 바쁠 뿐 아니라 무엇보다 가장 중요한 일인 선우필에 대한 일을 해결해야 하지 않습니까? 하늘의 도시는 이곳뿐만 아니라 전 세계의 모든 본부를 제어하고 있어요. 그곳 참사관과 사령관님들도 다 합당한 이유가 있어서 데리고 오라 그러는 거 아니겠소. 다 완전한 세상을 만들려는 계획이니……."

"확실한 거야? 자네도 하늘의 도시에서 온 사람이잖아."

김 중령은 제프의 결정이 마음에 들지 않는 표정이다. 아니, 정확히는 하늘의 도시의 결정이 마음에 들지 않는다.

"그렇죠. 나는 하늘의 도시에서 왔지요. 그리고 나는 당신보다 상관이고요."

"이전 군대 문화는 끝났어. 위아래가 어딨어?"

"그래도 어느 정도 서열이 있어야 인간사회가 돌아가지 않겠습니까?"

계속 동의하던 제프는 김 중령의 마지막 말에는 동의하지 않는다. 두 사람은 또 한 번 신경전을 벌인다. 박 사령관은 난감한 듯 두 사람을 진정시키려 한다.

"자, 자, 또 왜 그러시나 두 분."

그러고는 제프에게 말한다.

"그럼 하늘의 도시로 데려가기 전에 한 번만 더 우리 연구원에게 저 생물체를 보여주면 안 되겠습니까? 안 그래도 뭔가 찾은 것 같다고 해서 같이 얘기를 좀 나누고 싶었는데."

"시간이 그렇게 여유롭지는 않소. 언제 영혼이 닥칠지 몰라요."

제프가 대답한다.

"아라가 해준 얘기라서."

박 사령관이 말한다.

"아, 그래요?"

제프는 박 사령관의 말에 잠시 생각하다가 고개를 끄덕인다.

"그럼 그렇게 하시죠. 다만 리브 양이 이 괴생물체들과만 있지 않게 한다면 가능합니다."

"동의합니다."

제프는 박 사령관이 순순히 동의하는 것이 흥미롭다는 듯 쳐다본다.

"사령관님도 뭘 감지했군요?"

"확실하진 않아요."

제프는 박 사령관의 대답에 잠시 생각에 잠기더니 김 중령을 쳐다본다. 그리고 살짝 미소 짓더니 다시 박 사령관을 쳐다보고 말한다.

"그리고 박 사령관님이 술을 잘 제조하시지요……?"

"아 네. 아주 맛있게 나온 게 있는데……. 안 그래도 조금 있다가 파티가 열립니다. 떠나기 전에 같이 조금만 즐기시지요?"

"네. 즐거운 일은 언제나 환영입니다. 그런 세상을 만들기 위해 우리가 노력하는 것 아니겠습니까? 사령관님의 제조 실력은 이미 모든 인류가 알 정도로 최고니까요. 가시지요. 맛볼 기회가 생겼는데 놓치면 바보지요."

김 중령은 황당하다는 듯 두 사람을 쳐다본다. 그러더니 뉴컴밴드에 대고 말한다.

"아라는 이곳 구치소로 잠깐 오거라."

4장 4절
환각의 현실

"아라 이모 맞지? 지금 내 눈이 조금 흐릿하거든? 그렇지만 나 기억나. 이모가 수학도 가르쳐주고? 내 천재 이모."

아라가 구치소에 들어와 붙잡힌 꼬마 홀랜프 정신과 대화를 나눈다. 꼬마 홀랜프 정신의 말에 옆에서 듣던 꼬마 홀랜프 육체가 말한다.

"아라 이모 맞아. 잘 보여, 나는."

순간 아라의 눈동자가 흔들린다. 하지만 이내 아라는 숨을 크게 내쉰 후 종이에 무엇을 적어서 꼬마 홀랜프 정신에게 준다.

"이거 풀어봐."

꼬마 홀랜프 정신은 아라가 준 종이를 들고 쳐다보고 육체는 뭔가 싶어 고개를 빼꼼 내민다. 꼬마 홀랜프 정신은 종이에다가 조그만 손으로 끄적끄적 적기 시작한다. 얼마 후 꼬마 홀랜프 정신은 아라에게 종이를 건네주면서 웃는다.

"이모가 벙커에서 매일 내준 문제잖아."

"이모의 수수께끼!"

꼬마 홀랜프 육체는 손가락 두 개를 허공에 대고 춤을 추며 소리친다. 그 모습을 바라보는 아라는 종이를 받아 들고 본다. 아라는 놀라지만 곧 다시 무엇을 적어 꼬마 홀랜프 정신에게 준다. 꼬마 홀랜프 정신은 종이를 받자마자 바로 적어서 건네준다. 아라는 그 해답을 쳐다본다. 꼬마 홀랜프 정신은 별거 아니라는 듯 어깨를 으쓱하며 말한다.

"몇 년 동안 매일 한 건데 내가 모르겠어?"

꼬마 홀랜프 육체가 철창에 얼굴을 박는다. 얼굴 살이 철창 사이로 삐져나온다. 꼬마 홀랜프 육체가 말을 보탠다.

"우리는 선우희가 맞다니까. 이모도 어릴 때 이모 할아버지하고 매일 수수께끼하며 놀았잖아."

아라는 그 말에 놀란 표정이다.

"그걸 네가 알 리 없잖아."

"나 미지의 세계에 들어갔다 왔잖아. 거기서 외할아버지도 만나고 친할아버지도 만나고 다 만났어!"

꼬마 홀랜프 정신은 자랑스러운 듯 고개를 치켜세우며 말한다. 머리가 커서 그다지 치켜세운 것 같지는 않다.

"맞아! 외할아버지 재미쪄!"

꼬마 홀랜프 육체가 계속 손가락과 엉덩이를 흔들며 말한다. 아라는 그런 모습을 보면서 꼬마 홀랜프 정신에게 묻는다.

"그럼 지금 이렇게 나타난 이유가 뭔데? 그것도 세 부분으로 나뉘어서."

"그거야 아빠가 날 붙잡았으니까. 그래서 날 여기로 데려왔으니까."

꼬마 홀랜프 정신이 말한다. 꼬마 홀랜프 육체 역시 뒤이어 말한다.

"그리고 이 모든 건 이모 할아버지의 계획이니까."

그때 아라는 자신의 스위븐 꿈이 어렴풋이 생각난다. 그리고 소름 끼친 듯한 장면을 봤다는 표정으로 꼬마 홀랜프 정신과 육체를 쳐다본다. 꼬마 홀랜프 정신은 미소 짓는다.

"이모는 알잖아. 모든 걸 다 아는 이모니까 앞으로 들어올 정보도 미리 예측할 수 있는 천재 이모잖아. 모르겠어? 왜 우리가 세 부분으로 지금 나타났는지?"

횡설수설하던 이전과는 다르게 꼬마 홀랜프 정신은 확신하는 말투다. 그러다가 이내 다시 혼잣말로 횡설수설한다. 아라는 꼬마 홀랜프 육체와 정신을 한참 동안 쳐다본다. 꼬마 홀랜프 육체와 정신은 아라가 무슨 말을 하기를 기대하는 눈빛으로 기다린다.

"때가 된 거야."

한참을 기다리던 꼬마 홀랜프 정신이 기다리지 못하고 말한다. 뒤에서 듣던 디에고와 칸니카는 긴장한다. 아라는 그제야 뭔가 깨달았다는 표정으로 입을 연다.

"메시Mesh인가?"

아라의 말에 꼬마 홀랜프 정신은 뭔가를 들킨 듯한 표정을 짧게 짓지만 이내 꼬마 홀랜프 육체처럼 엉덩이를 들썩이며 춤을 춘다. 그러고는 아라를 쳐다보며 조잘조잘 말한다. 아라는 가만히 듣고만 있다. 뒤에서 지켜보던 디에고와 칸니카는 서로를 쳐다보며 갸우뚱거린다. 그때 박 사령관과 제프가 들어온다.

"진전이 있는가?"

박 사령관이 말한다. 아라는 박 사령관의 질문에 여전히 생각하는 듯 꼬마 홀랜프 정신과 육체를 쳐다보다가 일어나서 대답한다.

"선우희가 아닙니다. 제가 낸 문제는 확실히 선우희와 함께 풀었던 문제입니다. 하지만 문제를 줬을 때 너무 당연하다는 듯이 풀었어요. 마치 인공지능이나 로봇처럼 모든 걸 다 외우고 있는 것처럼요. 진짜 선우희라면 잠시라도 생각하는 행동을 보여줬을 겁니다. 저 생물체는 메시 능력이 강한 홀랜프 변종인 듯해요. 어떠한 이유인지는 모르겠지만 저희의 과거까지 다 알고 있어요. 모두 외웠을 수도 있다는 거죠. 이대로 죽여도 되겠지만 그런다고 근본적인 문제를 해결할 수 있을 것 같지도 않습니다. 영혼이라고 불리는 나머지 한 부분을 찾아야 해요. 그것을 없애지 못하면 아무 소용이 없을 듯합니다."

"검사 결과 저 꼬맹이 생물체에서 너희 모두의 유전자가 나왔다는데."

박 사령관이 묻는다.

"네. 그 점이 저도 이상합니다. 한 가지 가능성이 있다면 선우희의 어떠한 유전자를 가지고 있을 수도 있습니다. 그렇다고 선우희가 저 생물체로 변했다고 단정은 못 합니다."

제프는 아라의 말에 골똘히 생각한다.

"조금 더 자세히 알아볼 수 있겠는가?"

"시간을 주신다면요."

"그래."

"그리고 이 괴생물체…… 특히 정신이라고 일컫는 저 괴생물체와 리브가 단둘이 대화하는 일이 없도록 해주세요.”

“역시 그렇군. 그럼 시간을 더 줄 테니 죽이지 않고서 해결할 수 있는 방안을 알려주게.”

“네.”

아라가 짧게 대답하고 나간다. 꼬마 홀랜프 정신과 육체는 ‘힝’ 소리를 내며 철창을 붙잡고 구슬픈 표정으로 구치소에서 나가는 아라를 쳐다본다. 박 사령관은 그런 꼬마 홀랜프의 행동을 무시한 채 나가는 아라를 보며 제프에게 묻는다.

“무엇을 알아낸 건가?”

“저 친구, 사령관님이 말씀하신 것보다 훨씬 더 인재일지도 모릅니다. 모르는 것 없이 모든 것을 다 파악하고 아는 그런 천재 말입니다. 우리가 가진 모든 질문을 끝낼 수 있는 천재. 지식의 여신.”

“오? 그래요? 대단한 인재라 생각했지만, 제프 대령이 그렇게까지 말할 줄은 몰랐네요. 이전 최 박사님의 뒤를 이을 수재였던 건 아시지요?”

“네, 그럼요. 하지만 제가 지금 말하는 것은 최 박사 정도의 수준이 아닙니다. 최 박사가 이룬 업적 그 이상으로 미래를 좌지우지할 수 있는 그런 인재 말입니다. 메시를 최대한으로 사용할 수 있는 인재란 말입니다.”

“네?”

“최 박사의 메시를 알고 있지요? 조금씩 사람의 마음으로 들어와 결국 원하는 대로 따라오게 했던 능력 말입니다. 아까 몇 분간의 대화로 이 꼬맹이 생물체가 메시 어빌리스를 쓰고 있다는 것을 알아낸 데다가 또 다른 무엇을 찾은 듯합니다. 게다가 지적인 분야의 어빌리스가 짧은 순간 급격히 높아졌어요. 이 생물체 역시 메시를 썼지만 저 아라라는 친구가 한 수 위이네요."

박 사령관은 꼬마 홀랜프 정신과 육체가 따로 놀고 있는 것을 본다.

"그럼 잘된 것 아닙니까? 굳이 이 생물체를 죽이지 않고서도 아라가 방법을 찾을 수 있을 테니까요. 더 이상 살생은 금하는 게 좋겠습니다."

"글쎄요. 그건 지켜봐야 알겠죠."

*

아라가 중얼거리며 연구소 병실로 들어온다. 선우필을 간호하던 리브와 설리는 신경전을 벌이는 중이다.

"그러니까 언니. 내가 선우필 오빠를 간호할 테니까 조금만 쉬라고."

"아니에요. 그럴 필요 없어요. 그리고 제가 왜 그쪽 언니예요."

"나보다 언니잖아. 난 언니가 너무 좋단 말이야. 내 친언니면 좋겠어."

설리는 리브가 너무 좋은 듯 계속 팔짱을 끼려 하고 리브는 피하려고 한다. 레나가 옆에서 뾰로통하게 서 있다.

"리브 언니는 제 친언니인데요?"

옆에서 레나가 귀여운 질투를 하듯 수줍게 말한다. 설리는 그런 레나도 쳐다본다.

"누가 그걸 몰라요? 나까지 셋이 친자매 하면 되지."

"그게 그렇게 마음대로 되는 게 아니잖아요."

리브가 단호히 말한다.

"어차피 완전한 세상에는 인류도 많지 않을 건데 모두 다 형제 자매 하면서 지내는 거지 뭐. 원래 인류가 그렇게 시작되었대. 게다가 신 놀이에 휴거 작전까지 이제는 나도 동참할 예정인데 어때? 내 언니 해."

설리는 그렇게 말하고는 리브에게 안긴다. 리브는 당황한다. 레나는 더 질투가 나는 듯 콧바람을 내뿜는다.

"그쪽은 하늘의 도시 사람이잖아요. 하늘의 도시에서 그렇게 마음대로 못 하게 할걸요?"

"아, 아니야. 나 이래 봬도 하늘의 도시에서 인정받아서 인간을 해치지 않는 선에서는 내 마음대로 해도 된다고 허락받았는걸? 내가 벙커의 아이들에 합류한다고 하면 오히려 좋아할걸?"

설리는 사교성이 엄청 좋다. 리브는 도와달라는 표정으로 아라를 쳐다보지만 아라는 아랑곳하지 않고 움스크린에 집중해서 무엇을 찾아보며 선우필의 유전자로 다양한 테스트를 하고 있다.

"무슨 일이야? 그 생물체는 어땠어? 뭔가 변화가 있었어?"

아라는 리브의 말을 듣지 못할 정도로 움스크린에 정신이 팔려 있다. 그러다가 설리를 의식한 듯 조용히 리브에게 자료를 건네준다. 리브가 그 자료를 읽는다. 그러고는 놀란 표정으로 아라를 쳐다본다.

"선우희의 정신이 홀랜프와 융합했을 거라고?"

"확실하지는 않아. 박사님이 쓰신 그 글들이 정말로 현실화된 거라면 말이야. 그렇다고 저 꼬마 생물체가 선우희라는 건 아니야."

아라는 강조하듯 말한다. 리브와 아라의 모습을 지켜보던 설리는 잠시 낯빛이 바뀌다가 다시 리브와 레나를 보며 활짝 웃는다. 설리는 리브에게 말한다.

"언니. 선우필 오빠하고 결혼 안 할 거면 나 줘."

"지금 바쁘니까 나중에 얘기해요."

설리는 말괄량이 행동을 하며 리브하고 친해지고 싶은데 리브는 거리를 두고 싶어 한다. 레나가 리브와 아라 사이에 들어와서 설리를 쳐다보며 말한다.

"지금 우리 바쁘다잖아요. 나중에 와요."

설리는 그런 레나를 쳐다보며 활짝 웃는다.

"아, 나의 가장 중요한 임무가 언니 오빠들과 선우필 오빠를 감시하는 거예요. 그래서 전 여기 언니들하고 계속 있어야 해. 말이 감시지 나는 언니 오빠들하고 친해지려는 거야."

반말인지 존댓말인지 설리는 활짝 웃으며 순진무구하게 대답한다. 레나는 할 말을 잃은 듯 아라와 리브를 쳐다본다. 리브는 그런 설리의 말에 크게 신경 쓰지 않고 아라와 대화를 이어간다.

"내가 그 생물체를 따로 만나볼까?"

아라가 정색하며 대답하려는 순간 설리가 오히려 정색하며 소리친다.

"안 돼! 언니는 절대 그 생물체와는 두 번 다시 만나면 안 돼요!"

레나와 리브는 깜짝 놀라며 설리를 쳐다본다.

"깜짝이야. 갑자기 왜 그래요? 지금 다른 생물체들의 상황을 더 자세히 이해하려고 그래요. 그리고 난 이미 만나 봤잖아요. 걱정할 일은 아니에요."

리브가 대답한다.

"걱정하는 게 아니라 그냥 안 돼요! 이건 명령이에요!"

설리가 외친다.

"거참. 알았어요."

리브는 대수롭지 않게 넘기지만 설리는 안 될 말을 들은 듯한 표정으로 리브를 쳐다본다. 아라는 그런 설리를 쳐다보다 리브를 걱정스럽게 쳐다본다.

"언니는 굳이 왜 리브 언니한테 그런 말을 한 거예요?"

설리가 아라를 나무라듯 말한다.

"왜 우리 언니들한테 그래요?"

레나가 옆에서 리브를 안아주며 말한다.

"나도 그냥 넘어가려고 했는데 우리 사이에는 비밀이 없어야 해서요."

아라가 설리를 쳐다보며 말한다. 설리는 뭔가 켕기는 듯 헛기침하며 말한다.

"저도 숨기는 게 없는데요?"

"그래요? 우리와 자매가 되려면 모든 것이 다 오픈되어야 하는데? 아시겠지만 리브는 특히나 비밀이 있는 관계를 심하게 많이 불편해해요. 선우필이 저렇게 누워 있는 것도 결국 리브한테 다 말을 안 해서 그런 거니까."

아라가 알 수 없는 미소를 지으며 설리에게 말한다.

"치."

설리는 그런 아라를 보며 졌다는 시늉을 한다. 그러고는 뒤돌아서 선우필이 누워 있는 곳으로 간다. 그곳에는 어느새 레나가 자리

를 차지하고 앉아서 설리를 약 올리듯 혀를 내밀고 있다. 설리는
어이없다는 표정으로 웃는다. 하지만 이내 리브를 살피다 불안한
표정을 보인다.

5장 1절
완전사회

박 사령관이 하늘의 도시 사령관들과 사령탑에 있는 움스크린을 통해 이야기를 나눈다. 그리고 하늘의 도시 사령부 명령에 따라 조사를 나가기로 한다. 김 중령은 심히 불만스러운 표정이다.

"지금 이런 시기에 박 사령관이 굳이 나가야 합니까?"

움스크린에서 빨간 픽셀 사령관의 모습이 나와 말한다.

"조사하러 나가는 것은 박 사령관의 임무일세."

"김 중령이 잘하는 건 알지만 요즘 들어 우리의 명령에 불만이 많으시군요."

보라 픽셀 사령관도 나타나 말한다. 김 중령은 사령관들을 향해 말한다.

"불만이 없게 생겼습니까? 전쟁이 다 끝났다면서 계속 전쟁 중인 듯 행동하지 않습니까? 아이들한테도 그렇고요."

파란 픽셀 사령관이 말한다.

"다 설명하지 않았나? 이해하고 있는 줄 알았는데. 우리는 완벽하고 완전한 인류사회를 만들기 위해 반드시 밟아야 하는 절차를 진행 중이라고."

파란 픽셀 사령관의 말이 끝나자 노란 픽셀 사령관이 나타나 말한다.

"김 중령의 생각도 잘 알겠고 이해합니다. 하지만 저희도 나름대로 최선을 다하고 있어요. 게다가 여전히 홀랜프와 페카터모리가 활개를 칩니다. 이상한 꼬마 홀랜프까지 나타났고요. 확실한 조치가 필요하지 않을까요?"

김 중령은 한마디 더 하려 한다.

"그러니까 왜 지금……."

박 사령관은 그만하라는 듯 김 중령의 어깨를 두드린다. 말을 하려다 포기한 듯 김 중령은 조용히 박 사령관에게 말한다.

"느낌이 안 좋아. 밖에서 더 조심하라고."

"그래. 더 조심하도록 하지."

김 중령은 움스크린을 한 번 쳐다보더니 사령탑에서 나간다. 박 사령관은 홀로 남아 움스크린에 비치는 하늘의 도시 사령관들을 쳐다본다. 픽셀 모양인 하늘의 도시 사령관들은 김 중령이 완전히 나가기를 기다리는 듯하다.

*

82본부 메인 홀에서는 또 다른 연회가 열리는 중이다. 마일스 전사들도 술을 마시며 흥에 겨워 있다.

"좋은 술은 아무리 마셔도 취하지 않는 데다가 다음 날에 숙취가 없다니까."

"사령관님이 제조하신 술은 정말이지 너무 맛있어. 오늘은 진짜 취할 때까지 마셔보자고!"

마일스 전사들은 즐겁게 술을 마신다.

"취하지 않을 정도로 마시는 것이 원칙이다. 긴장을 늦추지 않은 상태에서 즐기도록 해라."

김 중령이 뒤에서 나타나 말한다.

"아니, 중령님. 어차피 저희보다 강한 어빌리스를 가진 홀랜프가 모두 사라졌는데 좀 취하면 어떻습니까?"

"게다가 사령관님이 제조하신 술을 어떻게 취하지 않게 마십니까?"

"오늘은 좀 봐주십시오. 어차피 알파 부대도 있는 데다 하늘의 도시에서는 조만간 휴거 작전에 들어간다고 했다면서요? 그럼 완전한 세상이 되는 것 아닙니까?"

김 중령은 마일스 전사들의 말을 들으며 커튼 뒤에 서 있는 아이들을 쳐다본다. 아이들 역시 지금 상황을 즐기는 듯하다.

"아무튼 우리는 언제나 긴장을 늦추지 않는다."

김 중령은 말을 던지고는 자리를 뜬다. 마일스 전사들은 아무 말 없이 서 있다가 김 중령이 사라지자 다시 즐겁게 술을 마신다. 커튼 뒤에서는 레나가 해든과 오웬에게 꼬마 홀랜프와 설리에 대해 이야기한다.

"그러니까 그 설리라는 친구도 우리와 함께 풀잎플래닛에 들어간다는 건가?"

해든이 묻는다.

"그런데 풀잎플래닛은 우리끼리만 살려고 만든 거잖아."

레나가 싫다는 표정을 지으며 말한다.

"그런데 설리가 우리와 함께한다는 말은 앞으로 우리와 함께 산다는 의미 아냐?"

레나의 말에 해든과 오웬은 좋아한다.

"그런 거였어? 나쁘지 않은데? 이쁘고 귀엽고 착하던데. 그런 여동생 하나 더 생기는 것도 좋아."

"어빌리스도 높아. 아까 엄청 빠른 거 봤지?"

레나는 좋아하는 해든과 오웬을 보더니 뾰로통해한다.

"뭐야, 지금? 그래서 설리도 데리고 가자는 거야?"

레나의 말에 오웬과 해든은 웃는다.

"아이고, 우리 레나. 귀여움을 독차지하는 막내였는데 설리가 들어오면 자리를 뺏길까 봐 그러는 거구나?"

해든이 레나의 볼을 만지며 말한다.

"무슨 소리야. 설리는 우리를 감시하려고 함께 있는 거라니까. 하늘의 도시에서 보낸 사람이라고. 아까 리브 언니가 그 꼬마 생물체를 만나고 싶다고 말하니까 엄청 정색하면서 안 된다고 해서 언니들도 설리를 이상하다고 생각해."

레나가 일러주듯 말한다. 오웬은 그때 뭔가 생각났다는 듯 말한다.

"맞아. 그러고 보니 그 꼬마 생물체가 이상하긴 했어. 다른 사람들은 어빌리스가 감지되지 않는다고 했지만 나는 잠깐이나마 선우희의 어빌리스를 감지했단 말이야. 형도 그랬다며. 그럼 정말 선우희일 수도 있는 거 아닐까? 사라진 선우희의 분신 같은 그런 거?"

"그럼 우리 잠깐만 몰래 보러 갈까? 정말 선우희의 어빌리스가 확실한지 한 번 더 확인하러."

해든이 말한다. 마침 니나도 온다. 해든은 니나에게 말한다.

"야, 그 꼬맹이 생물체가 곧 떠난다니까 한 번만 더 보러 갔다 오자."

"아, 안 그래도 물어보려고 그랬는데."

니나는 해든의 말에 고개를 끄덕이며 레나에게 묻는다.

"설리가 리브에게 그 꼬마 생물체와는 절대로 단둘이 있지 말라 그랬다며?"

"그렇다니까! 완전히 다른 사람처럼 정색하면서."

레나가 또 일러주듯 말한다. 니나가 묻는다.

"리브는 지금 어딨는데?"

"아까 알파 부대원들하고 밖에 나갔어."

레나의 말에 니나는 골똘히 생각한다.

"백문이 불여일견이잖아. 우선 가보자."

해든은 생각에 잠긴 니나를 붙잡으며 오웬과 레나를 데리고 함께 간다.

"어디 가냐?"

김 중령이 사령탑 난간에 서서 물어본다.

"아…… 잠깐 옥상에 가려고요. 바람 좀 쐴까 해서."

해든이 어영부영 말한다.

"하늘의 도시에서 내일 아침 너희의 스위븐 테스트를 한다고 한다. 오늘은 적당히 놀고 푹 자라. 어떤 꿈을 꿀지 모르니."

"네!"

해든은 힘차게 대답하고는 아이들을 데리고 자리에서 뜬다. 김 중령은 시야에서 사라지는 아이들을 보면서 들고 있던 술을 마신다. 별생각 없이 마시다가 맛있는지 술잔을 쳐다본다.

82본부 바깥에 위치한 대형 마당에서도 파티가 진행되는 가운데 제프 군단 대원들 역시 파티를 즐기는 중이다. 그들은 사람들에게서 조금 떨어진 곳에 공사 중인 건물 위에서 술을 마시며 음식을 먹고 있다. 칸니카는 걱정스러운 표정으로 대원들에게 묻는다.

"칭시아랑 맨들라가 뭔가 잘못된 게 아니겠지?"

와타나베가 거칠게 술을 마시며 대답한다.

"걔네 가끔 연락 없이 사라질 때가 종종 있잖아."

디에고가 웃으며 와타나베와 하루카를 보며 말한다.

"너희처럼 말이지."

하루카는 디에고의 말에 찔리는 듯 고개를 흔든다.

"우리는 그냥 이전에 살던 동네가 어떻게 변했는지 가본 거고. 그리고 그곳 사람들도 우리의 도움이 필요했고."

"칭시아와 맨들라도 그런 걸 원했겠지. 아무래도 하늘의 도시에서 허락 안 해주니까 이런 식으로 잠깐 사라진 후 개인적 활동을 해보는 것도 나쁘지 않잖아. 걱정하지 마. 지금 세상에서 그 두 사람을 이길 만큼 강한 어빌리스를 가진 생물체는 없으니까."

디에고가 말한다. 설리는 그런 디에고를 보며 말한다.

"하지만 제프 대령은 그들이 죽었다고 생각하는 것 같은데."

"아니야, 죽지 않았어. 내가 그들의 어빌리스를 잠시지만 감지했잖아."

칸니카가 말한다. 설리는 그런 칸니카의 말에 잠시 생각하더니 디에고를 쳐다보며 의심스럽다는 듯 묻는다.

"너도 꼭 사라질 것처럼 말한다."

"그렇게 되면 잘 좀 커버해주라고. 알잖아. 그 많은 가족들이 나 하나만 바라보고 사는 거."

디에고가 부탁한다는 듯 손을 모으며 말하자 설리는 메롱 하며 혀를 내민다. 디에고와 다른 대원들은 웃는다. 설리도 웃으며 리브 와 제프 쪽을 바라본다. 제프와 리브가 대화를 나누는 중이다.

"그래서 어떻게 생각해?"

마테오가 설리에게 묻는다.

"저 아이의 어머니?"

"그래."

설리는 잠시 리브를 쳐다본다. 저녁 바람에 리브의 머리카락이 살랑거린다.

"그녀는…… 아름답지. 왜 그들이 나더러 벙커의 아이들에게 들 어가라 하는지 이해할 것 같아."

설리가 옅은 미소를 지으며 말한다. 디에고가 고개를 끄덕이며 말한다.

"그래. 나도 네가 그들과 있는 게 맞는다고 봐."

"그렇지만 난 너희가 너무 그리울 거야."

설리가 알파 대원들을 끌어안는 시늉을 하며 말한다.

"아닐 거야."

알파 대원들은 약속이라도 한 듯 다 같이 말한다. 설리는 삐친 표정을 짓는다. 알파 대원들은 모두 아쉬운 미소를 지으며 설리의 머리를 어루만진다.

"우리가 완전한 사회를 볼 때까지만이잖아."

칸니카가 말한다. 설리는 고개를 끄덕인다. 눈에서 눈물이 글썽이는 것 같기도 하다. 그들은 모두 제프와 리브가 있는 곳을 쳐다본다.

제프는 간직하고 있던 사진을 리브에게 보여준다. 죽은 자식들과 아내다.

5장 2절
같은 두 문양

"얘가 아들인데 나랑 많이 닮았죠?"

제프가 사진을 보여주며 말한다. 리브는 사진을 받아 들고 제프와 비교해본다.

"그러네요."

"어렸을 때는 제 엄마를 닮았는데 크면서 나를 닮더라고요. 불행히도 이 아이가 컸을 때의 사진이 없어서 못 보여주네요. 보통 첫아들은 엄마를 닮고 둘째 딸은 아빠를 닮는다고도 하더라고요. 자라면서 더 많이 보는 부모를 닮기도 하고요."

리브는 잠시 생각하더니 말한다.

"선우희는 저하고 선우필을 반반 닮았다고 하더라고요."

"아이는 자라면서 여러 번 생김새가 바뀝니다. 선우희도 어땠을지 궁금하네요."

"네."

리브는 제프의 가족사진을 들여다보며 대답한다. 제프는 사진을 골똘히 보는 리브를 보며 말한다.

"웃고 있는 그 아이가 내 둘째예요. 홀랜프 2차 전쟁 때 죽었죠. 베타 부대원이기도 했고요."

"아, 그러면……?"

리브는 다시 사진을 쳐다본다. 그리고 제프를 쳐다본다.

"그럼 가족 모두가 전쟁에서 죽은 거예요?"

제프는 고개를 끄덕인다.

"네. 저희는 대가족이었어요. 내 가족과 부모님 그리고 아내의 부모님과 형제들도 함께 살았지요. 하지만 제 아내와 우리 두 사람의 부모님들 그리고 모든 형제가 1차 홀랜프 전쟁에서 살해당했어요. 저와 애들은 살아남아 제1히포캠퍼스 본부 소속으로 들어갔고요. 그러다가 하늘의 도시에서 불러 그쪽에 속한 부대에 들어간 겁니다. 세상에서 가장 강한 사람들을 모은 부대에 들어간다면 적들을 다 쳐부술 거라 믿었죠. 하지만 그때도 여전히 홀랜프에 대한 정보가 부족해 당하고 말았지요."

"땅속에 서식하던 생명체에게 당한 거죠? 초소형이라고 불리는."

제프는 고개를 끄덕이며 답한다.

"언제나 그랬듯이 저희가 무지했지요. 자만하면 안 되는데 쉽지가 않았죠."

제프는 쓸쓸히 웃으면서 대답한다. 리브는 그런 제프를 쳐다본다. 제프는 자신을 쳐다보는 리브를 보며 말을 이어간다.

"우리는 이 세상에 대해 여전히 모르는 것이 많은 무지한 인간입니다. 그럼에도 불구하고 우리는 모든 것을 아는 체하며 행동하고는 하죠. 우주로 나아간다거나, 남을 정죄한다거나, 남을 위해 결정을 해준다거나 말입니다. 우리는 홀랜프에 대해 아는 것도 없는데 그 홀랜프를 다 없애면 구원을 받을 거라 생각하는 것처럼 말입니다. 이전에는 홀랜프가 우리를 구원했다고 믿기도 했죠. 아마 지금도 그렇게 믿는 자들이 있겠죠. 타의로 우리의 인생이 결정되길 바라는 인간의 무지성 때문이죠. 죄는 무지에서 옵니다. 아니, 죄가 곧 무지이지요. 그러기에 저는 저의 무지를 안 보여주려고 노력합니다. 하지만 그 역시 죄일 수 있다는 것을 배웠죠. 그리고 저의 죄로 제 가족이 모두 죽은 것이고요."

제프는 말을 하면서 점점 냉정함을 잃은 듯 억울한 감정이 복받친 말투로 리브에게 말한다. 뒤에서 알파 부대원들이 그런 제프를 말리려는 움직임을 보이며 리브의 눈치를 본다.

아무 말 없이 듣던 리브가 고개를 끄덕인다. 그러고는 동병상련을 느끼는 듯 잠시 고개를 숙이더니 말한다.

"저는 어빌리스가 약해서 제 아들을 잃은 거예요."

냉정함을 되찾은 제프가 리브를 쳐다본다. 리브는 말을 더하려다 멈춘다. 대신 제프가 말을 이어간다. 이번에는 감정을 싣기보다는 냉정하게 말한다.

"저의 무지는 홀랜프 여왕을 공격한 두 번 모두에서 도움이 되지 못했지요. 첫 번째는 아시다시피 초소형 홀랜프에 대한 정보가 없어서 지하에서 당하기만 했죠. 목적지에 가지도 못하고 자녀까지 잃었죠. 두 번째는 홀랜프 3차 대전이라 불리는 리브 양과 선우 필이 여왕과 싸울 때의 일이죠. 하늘의 도시에서 알려주지 않아서 못 갔습니다. 두 번 다 무지로 생긴 일입니다."

리브는 무슨 생각을 했는지 제프의 가족사진을 잡은 손에 힘이 들어간다. 그러더니 이내 정신이 드는 듯 구겨진 사진을 보며 제프에게 돌려준다.

"죄송해요."

"아들 생각을 하셨나 보네요. 만약 우리가 무지하지 않은 채 홀랜프 3차 대전 때 당신들을 도왔다면 선우희는 살았을 것입니다."

제프가 사진을 받고 시가를 피우면서 묻는다. 제프는 질문을 하는 동시에 리브의 눈치를 살핀다. 흡사 리브에게서 듣고 싶은 대답이 있는 사람처럼. 하지만 리브는 대답 대신 다른 질문을 한다.

"그럼 선우필은 어떻게 아신 거예요?"

제프는 리브를 잠시 보더니 자신들을 보는 대원들을 쳐다본다. 그리고 다시 리브를 보며 말한다.

"저와 제 아내는 홀랜프 침략 전에 최 박사의 매스클랜에 소속되어 있었답니다. 그래서 선우필과 그 아비를 잘 알았지요. 그리고 홀랜프가 세상을 지배했을 때 새로운 매스클랜과도 연이 있었고요. 저는 선우필과 그의 매스클랜이 홀랜프에게 당할 때 아무것도 할 수 없었어요. 그래서 큰 빚을 지고 있다고 생각합니다."

말을 마친 제프는 리브를 쳐다본다. 리브는 밤하늘을 보며 명상에 잠긴 듯하다. 제프가 이어 말한다.

"그냥 시시콜콜한 이야기를 하는 것뿐입니다."

리브는 밤하늘을 쳐다본 채 고개를 끄덕인다.

"나한테 이런 시시콜콜한 얘기를 자주 좀 해주지……."

리브는 혼잣말하고는 생각에 잠긴 듯 한참 동안 아무 말이 없다. 그 모습을 본 제프는 뒤에서 지켜보는 다른 대원들을 쳐다보더니 다시 리브를 힐끔 보며 시가를 길게 빤다. 짙은 시가 연기가 밤하늘로 올라가면서 리브가 쳐다보던 밤하늘과 겹친다. 리브가 그제야 제프를 쳐다보며 입을 뗀다.

"할아버지 예상대로 선우희는 인류를 구하기 위한 희생양이었기에 그 누가 와서 도와줬다 하더라도 같은 결과였을 거예요. 다만 여러분 같은 높은 어빌리스를 가진 부대가 도와줬더라면 다른 사람들의 생명을 더 살릴 수 있었다는 생각은 드네요. 제 아들뿐만 아니라 가깝게 지내던 사람들도 잃었거든요. 선우필도 그런 말은 하더라고요. 저희가 벙커에 있을 때 바깥에서 가깝게 지낸 사람들이 죽었는데 누가 와서 도와줬으면 결과가 달라졌을지 모른다고요. 하지만 결국 뭐가 정답일지 모르겠다고 말했어요. 걔는 늘 그런 식이에요. 답을 모르는 바보지요."

리브는 덤덤하게 말하고는 괴로운 기억을 지우려는 듯 밤하늘을 보려고 고개를 든다. 뒤에서 리브의 말을 듣던 설리는 잠시 생각에 잠긴 듯하다. 제프 역시 밤하늘을 보고 있는 리브를 한참 쳐다보더니 묻는다.

"리브 양은 선우필에 대해 어떻게 생각하는가요?"

리브는 놀란 토끼처럼 눈을 동그랗게 뜨고 제프를 쳐다본다. 설리가 뒤에서 무심하게 두 사람을 본다.

"무슨 뜻이죠?"

리브가 묻는다.

"제가 볼 때 리브 양은 선우필을 많이 생각하는 듯합니다. 하지만 어떤 무언가가 선우필을 사랑하고 싶은 리브 양의 마음을 막고 있는 것 같네요. 그것이 무엇이든 간에 리브 양이 빨리 떨쳐내길 바라요. 제가 아내와 아이들을 잃고 나서 깨달은 것이 있다면 사랑한다는 말을 더 자주 했으면 했다는 겁니다. 사랑하는 마음이 있다는 것은 서로가 알지만 말로 표현하지 않으면 아무 소용이 없다는 겁니다. 사랑한다고 몸으로 표현하는 것이야 다른 짐승들도 할 수 있지만 말로 표현할 수 있다는 것, 저는 그것이 인간만이 가진 특권이라고 생각합니다."

리브는 옆에 놓인 잔을 들어 음료를 마시면서 둥그렇게 뜬 달을 쳐다본다.

"제가 선우필을 생각한다면 그건 선우희의 부재 때문일 거예요. 저는 선우희가 여전히 자연의 일부가 되어 살며 저를 기다리고 있을지 모른다고 생각하거든요."

리브의 말에 제프는 뒤돌아 설리를 쳐다본다. 두 사람의 짧은 눈빛이 오간다. 설리는 긴장한다. 제프는 다시 돌아 리브를 쳐다보며 말한다.

"그래서 선우희가 초소형 홀랜프와 융합하여 저 꼬마 홀랜프가 나왔다고 가정했군요. 다른 의미에서 저도 선우희는 아마 자연으로 돌아갔을 거라 생각합니다. 제 가족처럼 한 줌의 흙이 되었겠죠. 홀랜프와 융합되었다고는 생각하지 않습니다. 다시 살아난 건 아닐 거라는 말입니다. 그러기에 저는 제 대원들을 특별히 아낍니다. 이제는 이 세상에 존재하지 않는 생명체가 아닌, 살아 있는 생명체를 더 챙기는 것이지요. 리브 양에게는 아직 선우필도 있고 형제자매도 다 살아 있어서 함께하고 있지 않습니까?"

리브는 대답 대신 고개를 수그리고 생각에 잠긴다. 잠시 후 고개를 들어 다시 밤하늘을 보면서 말한다.

"단순히 흙이 되어 자연으로 돌아간 게 아니겠죠. 영혼이 되어서 미지의 세계든 어디든 우리 인간이 이해 못 하는 세계에 있겠죠."

리브의 말에 제프는 가만히 리브를 쳐다보며 말한다.

"영혼이라고요?"

"말도 안 되는 소리를 잠시 했네요. 영혼은 과학적인 근거가 없지요. 눈에 보이지 않고 만질 수도 없으니까요. 전에도 없었고 지금도 없고 앞으로도 없을 거예요."

리브가 혼잣말인 듯 아니면 제프에게 말하는 듯 모르게 횡설수설한다. 리브는 약간 정신이 나간 듯 다른 생각을 하는 듯하다. 그런 리브를 제프는 가만히 지켜본다. 뒤에서 설리 역시 진지한 표정으로 쳐다본다.

"제가 더 젊었을 때 짧은 시간 동안 최 박사님을 만난 적이 있는데 지금 리브 양의 행동이 제가 기억하는 박사님의 행동과 많이 닮았네요."

"방금 제가 횡설수설한 것 같아서 그러시나요?"

리브는 대수롭지 않다는 듯 묻는다. 제프에게 하는 질문이 아닌, 혼잣말인 듯한 억양이다.

"최 박사는 세상에서 가장 똑똑한 사람으로 알려져 있었죠. 그는 진정한 천재였어요. 마치 신의 어빌리스를 가진 사람처럼요. 하지만 그러한 신적인 천재성을 보이는 어빌리스가 그의 삶을 삼켜버렸고 그를 미치게 만들었죠. 이제 와서 보면 그가 옳을 수도 있다고 하지요. 저 역시 그분의 뇌를 가졌다면 횡설수설했을 겁니다. 인간이 신의 능력을 가진다면 결국 미칠 수도 있다고 보니까요."

말을 마친 제프는 다시 리브의 행동을 관찰한다. 제프의 말이 들리는지 마는지, 리브는 마치 다른 세계에 있는 듯한 눈빛으로 먼 하늘을 쳐다본다. 불안한 듯 계속 자신의 손을 포개어 만지다가 무엇을 기다리는 듯 손을 펴고 자신의 두 무릎을 포개어 다시 몸을 동그랗게 말기도 한다.

"최 박사님은 영의 세계를 믿으셨나요?"

제프가 묻는다. 리브는 한참 동안 대답이 없다. 그러다가 자신의 손을 쳐다보더니 말한다.

"아닐 거예요. 할아버지는 과학자시잖아요. 언제나 자신의 공책에 낙서하는 걸 좋아하셨어요. 모든 분야를 석권하시길 원하셨거든요. 과학과 수학뿐만 아니라 기계, 기술, 공학, 종교, 철학을 포함한 모든 인문학, 연극, 영화, 미술, 체육까지 말이죠. 생명체, 무생물체 등 가리지 않으셨어요. 늘 수많은 생각에 사로잡혀 사셨어요. 맞아요. 그래서인지 몰라도 자주 횡설수설하셨죠. 그러기에 외경이라고 불리는 할아버지의 다른 문서들이야말로 진짜 낙서에 불과할 거예요. 세상 사람들이나 저희도 읽을 필요가 없는 그런 문서 말이에요."

리브의 말에 제프는 천천히 고개를 끄덕인다.

"모든 분야를 석권한다라……."

"인간사의 어느 것도 할아버지 자신과 무관한 게 없다고 생각하셨으니까요."

리브가 제프의 말을 안 듣는다 생각했지만 그건 제프의 착각이었다. 제프는 뒤돌아서 지켜보는 알파 부대원들을 쳐다본다. 모두의 표정이 굳어 있지만 특히 리브의 뒷모습을 바라보는 설리의 표정이 좋아 보이지 않는다. 잠시 맑은 밤바람을 맞고 있는 리브를 쳐다보면서 제프는 조심히 입을 뗀다.

"어찌 됐든 간에 선우희가 살아 있다고 믿는군요."

제프의 말에 눈을 감고 밤바람을 맞던 리브가 냉정한 눈빛으로
제프를 쳐다본다.

"그러면 안 되나요?"

눈빛뿐만 아니라 말투도 냉정해졌다. 마치 다른 사람이 앉아 있
는 듯하다. 방금까지 초점을 어디에 둬야 할지 모르던 눈빛과는 다
르다. 잘못 말하면 언제라도 죽일 수 있다는 살기 가득한 차가운
눈빛이다. 그런 리브를 쳐다보던 제프는 억지 미소를 지어 보이며
말한다.

"이 늙은이가 잔소리처럼 말이 너무 많은 것 같군요. 아까도 말
했지만 저는 다 알기에는 너무 무지합니다. 저도 과학자입니다. 제
가 만지지 못하고 보지 못한다면 못 믿지요. 그렇게 힘이 세지도
않고요. 저는 이렇게 사는 것이 우리 인간이 살아가는 방식이라 생
각한다고 말하고 싶었습니다. 죽은 사람을 기억 속에 묻은 채 살아
있는 사람들끼리 미래를 계획하며 살자는 겁니다."

리브는 가만히 생각하는 표정이다. 잠시 후 제프를 보며 묻는다.

"제가 어떻게 살기를 원하시는데요?"

"저는 리브 양이 다양하게 여러 의견을 듣고 리브 양만의 길을
잘 구축하기를 바랄 뿐입니다. 죽은 사람을 너무 그리워하거나 생
각하다 보면 현실이 헷갈릴 수 있어요. 우리는 죽음을 이해할 수
없는 존재니까요. 그런 의미로 우리는 다시 한번 무지한 죄인이라
고 할 수 있지요. 죽음을 안다고 한다면 착각일 것이고 죽음을 깊
이 파고들면 현실 세계에서 헷갈릴 수 있다고 생각해요. 그러니 현

실에서 살아남은 사람들과 이렇게 다양한 대화를 하는 것이죠."

제프는 잠시 말을 멈추고 살기 어린 차가운 눈빛으로 쳐다보던 리브의 표정이 조금은 부드러워진 것을 보며 말을 이어간다.

"어떤 길을 선택하든지 리브 양은 올바른 결정을 하리라 믿어요."

"올바른 결정이 뭐죠?"

"글쎄요. 지금 우리가 추구하는 완벽함을 갖춘 완전세계를 구축하는 데 자연스럽게 일부가 되는 것이 아닐까요?"

"제가 선우필과 함께하면 완전한 세계가 구축되는 건가요?"

"그건 잘 모르겠네요."

"저는 어빌리스가 약해요."

"하지만 리브 양 옆에는 늘 선우필이 있지 않나요? 선우필의 어빌리스는 '살아 있는' 생물체 중 최고일 것입니다. 선우필도 그렇고 리브 양도 그렇고 두 사람을 보면 정확히 들어맞는 문양 같다고 생각해요. 두 문양이 맞춰질 때 비로소 완성되는 작품 같아요. 예쁘거나 잘생기거나 착하거나 하는 그런 것을 보고 맺어진 커플이 아닌 문양이 완전하게 맞아서 완성될 수밖에 없는 커플 말입니다. 두 사람이 하나가 되면서 완전해진다는 거죠. 그렇게 두 분 사이에서 나온 선우희가 그 완전함의 결과물이 아니었나 생각합니다. 그래서 최 박사가 선우희를 구원자로 예언하지 않았나 싶습니다. 그리고 당신 두 사람을 그의 부모로 택했고요."

제프는 말을 마치고 시가를 다시 길게 빨더니 이전보다 더 멀리 연기를 내뿜는다. 리브는 고개를 들어 하늘을, 정확히는 멀리 뻗은 우주의 어느 공간을 쳐다본다. 완벽하게 보이는 하늘을 배경으로 별이 잔뜩 있고 커다란 달이 보인다. 날씨는 춥지도 덥지도 않고 기분 좋은 산들바람이 분다. 리브는 고개를 내린다. 아래에 있는 사람들은 모두 즐거워 보인다. 마치 매일이 오늘 같으면 하는 모습들이다.

리브는 크게 숨을 내쉬더니 눈을 감고 산뜻하게 불어오는 바람을 느낀다.

뒤에서 리브와 제프의 대화를 지켜보던 알파 대원들이 서로를 쳐다보며 안도의 한숨을 내쉰다.

"리브 양이 이해한 것 같지?"

하루카가 묻는다. 다른 대원들은 그녀의 말에 고개를 끄덕이며 다시 술을 조심스레 마신다. 설리는 여전히 표정이 굳은 채 깊은 생각에 잠겨 있다.

"이해만 했다면 큰일이지……."

설리는 리브의 짙은 붉은색 머리카락이 바람에 찰랑이는 모습을 보며 혼잣말한다.

5장 3절
비밀

    해든은 오웬, 니나 그리고 레나와 함께 꼬마 홀랜프 정신과 육체가 머무는 구치소에 도착한다. 꼬마 홀랜프를 감시하던 마일스 전사 두 명이 꼬마 홀랜프 정신과 육체를 데리고 장난을 치는 중이다. 술을 마시다가 꼬마 홀랜프 정신과 육체에게 주기도 한다. 그러다가 들어오는 아이들을 본다.

    "너희가 여기에 왜 온 거냐?"

    "쟤네도 구경하고 싶겠지. 이렇게 귀여운데."

    마일스 전사들은 취해 있다. 레나는 이런 상황이 이상한 듯 주위를 둘러본다. 니나 역시 약간 긴장한 듯하다. 꼬마 홀랜프 정신과 육체가 아이들을 보더니 취한 말투로 반가워한다.

    "와! 이모 삼촌들이다! 보고 싶었쪄!"

    "뭐지? 전혀 선우희가 아닌데……."

    "느낌이 선우희야."

    해든과 오웬은 꼬마 홀랜프 정신과 육체의 말에 의아해하며 다

266

시 헷갈린다. 니나와 레나는 꼬마 홀랜프 정신과 육체를 유심히 살펴본다. 특히 레나가 심각하게 쳐다본다.

"아니야. 그런 느낌이 들 뿐이지 이건 선우희가 아니야."

다른 아이들이 레나를 쳐다본다. 니나가 레나에게 묻는다.

"어떤 느낌이 드는데?"

"몰라. 나도 처음 느껴보는 거라서 헷갈려. 그런데 그냥 내가 생각하고 아는 그 선우희가 아니야."

해든은 레나의 말에 꼬마 홀랜프 정신과 육체를 쳐다보며 말한다.

"레나가 리브 다음으로 제일 많이 선우희를 키웠으니까……."

"형, 우리 꿈이……."

"그래. 분명히 이런 장면이 있었어. 레나가 어빌리스를 조금 더 잘 감지한다면 좋을 텐데……."

해든과 오웬이 번갈아 가며 얘기한다. 꼬마 홀랜프 정신이 해든과 오웬을 쳐다보며 반가운 듯 말한다.

"나도 이런 장면 꿈에서 봤어! 삼촌."

꼬마 홀랜프 정신의 말에 해든이 머뭇거린다. 니나 역시 이전 선우희를 생각하는 듯 눈에서 눈물이 글썽거린다. 레나는 그런 니나를 보며 팔을 살며시 만져준다.

"언니……."

니나는 눈물을 닦으며 레나를 쳐다본다.

"레나 말이 맞을 거야. 저건 선우희가 아닌데 왜 이러는지 모르겠네."

"자세히 말해봐라."

디에고가 니나와 레나에게 묻는다. 어느새 디에고와 칸니카가 뒤에서 지켜보고 있었다. 니나는 기척도 없이 들어와 있는 그들의 어빌리스가 놀라운 듯 쳐다본다. 칸니카가 어디에 연락하려고 한다. 디에고는 그런 칸니카를 말린다.

"잠시만. 저들의 스위븐을 먼저 들어보고 알리자."

꼬마 홀랜프 정신은 디에고와 칸니카를 보고 아이들을 쳐다보더니 말한다.

"나 여기에 가둬놓고 삼촌 이모들이 나 보러 와쩌. 그리고 나는 나가쩌. 선우희는 만두를 좋아해. 볼때기도 만두 같다 그리고."

횡설수설하듯 꼬마 홀랜프 정신이 오동통한 자신의 볼을 만지며 춤을 춘다.

"또 저런다."

"귀여워."

두 마일스 전사가 꼬마 홀랜프 정신이 귀여운 듯 술을 마시며 말한다. 칸니카는 꼬마 홀랜프 정신에게 다가가 묻는다.

"나간다니. 어디로 나간다는 거야?"

꼬마 홀랜프 정신은 대답 대신 춤을 추다가 다시 엎드려 엉덩이를 치켜들고는 잠든다.

"이봐! 장난하지 말고!"

디에고가 소리친다.

"잉, 무쪄워."

꼬마 홀랜프 육체는 쭈그린 채 눈을 비비며 징징댄다. 그 모습에 아이들의 표정이 변한다. 칸니카와 디에고가 그런 아이들의 모습을 유심히 보더니 서로를 쳐다본다. 꼬마 홀랜프 육체는 헷갈리는 표정으로 변한 해든과 오웬 그리고 니나를 쳐다본다. 그러고는 지금 상황을 이상하리만큼 냉정하게 보고 있는 레나를 쳐다본다.

"이모, 이제 나 재워줘."

꼬마 홀랜프 육체가 레나에게 손을 뻗는다. 레나가 머뭇거리다가 다가가려 한다. 니나가 레나를 붙잡는다.

"레나야."

냉정한 표정의 레나가 눈물을 글썽거린다.

"분명히 선우희가 아니야. 난 어빌리스 감지 능력이 약하니까 모르지만 선우희가 아닌 건 분명해. 아닌데 선우희였으면 좋겠어. 지금 당장 가서 안아주고 싶어. 왜 이러지 내가?"

레나가 니나를 보며 말한다.

"내가 선우희 늘 재워줬는데. 선우희는 내 품에서 자는 거 좋아했는데……."

레나는 니나 품에 안겨 운다. 그런 레나를 안아주며 니나는 꼬마 홀랜프 육체와 정신을 쳐다본다. 니나 역시 헷갈리는 표정으로 해든과 오웬을 쳐다본다. 해든과 오웬은 지금의 상황을 어떻게 해야 할지 골똘히 생각한다. 그 모습을 지켜보던 디에고는 칸니카를 보며 고개를 끄덕인다. 칸니카는 어디론가 연락한다.

*

마치 파티가 멈춘 듯 조용해진 늦은 저녁이다. 리브가 몰래 구치소로 들어간다. 구치소에 디에고와 칸니카는 없고 경비를 서던 두 마일스 전사는 잠들어 있다. 꼬마 홀랜프 육체는 마일스 전사 품에 잠들어 있다.

"엄마."

꼬마 홀랜프 정신이 철창 안에서 리브를 발견하고는 속삭인다. 리브는 홀로 꼬마 홀랜프 정신과 대화한다.

"그렇게 부르지 마. 너는 선우희가 아니야."

"하지만 엄마도 내가 선우희이기를 바라잖아."

"뭐?"

"내가 뭐든 간에 엄마는 내가 선우희이기를 바라고 있어. 이모 삼촌들도 마찬가지고. 그래서 모두가 엄마의 결정을 기다리고 있어. 엄마만 결정하면 내가 선우희가 될 수 있어."

리브의 눈동자가 흔들린다. 그녀의 눈빛에 지금 선우희를 너무 그리워하고 있다는 것이 보인다. 꼬마 홀랜프 정신은 순간을 놓치지 않고 말한다.

"그리고 실제로 나는 정말 선우희가 맞아, 엄마."

"거짓말하지 마. 도대체 뭐 하는 생물체야?"

꼬마 홀랜프 정신은 잠들어 있는 육체를 가리킨다.

"내 육체를 나에게 데리고 와줘. 그럼 엄마한테만 먼저 말해줄게."

리브는 마일스 전사 품에서 자고 있는 꼬마 홀랜프 육체를 쳐다본다.

"쓸데없는 행동하지 마. 조만간 너에 대한 실험 결과가 최종적으로 나올 거야. 그때까지 조용히 있어."

그때 일어나는 꼬마 홀랜프 육체가 리브를 보자 자신을 데려가라고 손을 뻗는다.

"나 엄마 찌찌."

그때 잠들어 있던 마일스 전사가 일어난다. 리브는 기둥 뒤로 숨는다. 마일스 전사는 비몽사몽으로 꼬마 홀랜프 육체를 철창 안으로 다시 집어넣는다. 마일스 전사는 다시 잠이 든다. 꼬마 홀랜프 육체는 누워서 옹알이한다.

"자네가 여기 왜 와 있는 건가?"

디에고가 구치소로 들어와 리브를 발견하고는 묻는다.

"아, 저 생물체에 대한 자료가 더 필요해서 내려왔어요."

"아라 양을 보내지, 왜 자네가 온 거야? 자네는 저 생물체와 단둘이 얘기하면 안 돼. 여기 오는 건 설리한테 허락받은 일인가?"

칸니카가 따라 들어오면서 묻는다.

"왜죠?"

리브가 되묻는다.

"뭐?"

"왜 제가 저 생물체와 단둘이 얘기하면 안 되는 거죠?"

"그건 설리에게 물어봐야 해. 우리는 설리가 하는 조사에 따라 행동하는 거야."

디에고가 대답한다.

"무슨 조사요?"

"그것도 설리한테 직접 물어봐. 설리의 스위븐에 의하면 자네는 저 생물체와 접촉하면 안 돼."

"스위븐이라고요?"

리브는 놀란 듯 묻는다.

"그래. 스위븐. 왜? 최 박사가 자네들에게만 스위븐을 부여한 줄 알았나?"

디에고는 당연하다는 듯 말하며 어딘가 연락하려고 한다.

"연락하실 필요 없어요. 별일 없었어요. 그냥 확인차 잠깐 내려온 거예요."

리브가 꼬마 홀랜프 정신을 살짝 쳐다보더니 구치소에서 나간다. 디에고가 알리려고 할 때 칸니카가 말린다.

"별일 없는 것 같은데 일 크게 만들지 말자. 무슨 일이 생겼다면 이미 늦었을 거야. 어차피 아이의 어머니도 냉정한 여자인 듯하니 공과 사는 구별하겠지."

"아무리 냉정한 여자도 자식에 관해서는 그러지 않기가 쉬워. 왜 그러나? 설리가 신신당부했는데 어떤 줄 알고?"

디에고가 묻는다.

"몰라. 그냥 놔두는 게 나을 듯해."

칸니카의 말에 디에고는 눈썹을 치켜세운다.

"뭔가 기억이 나는가?"

"데자뷔이긴 한데 저대로 놔두면 아이의 어머니가 수수께끼를 해결할 듯해."

디에고는 칸니카의 말을 듣고는 손가락을 뉴컨밴드에서 떼며 연락을 하지 않는다.

"전쟁이 끝났는데도 너무 많은 비밀이 여전히 존재해."

디에고가 말한다. 칸니카는 그런 디에고의 말에 동의하듯 고개를 끄덕이더니 묻는다.

"최 박사가 비밀스러운 사람이었다며?"

"그래. 그때 나는 최 박사를 이해하기에 너무 어렸지만 자신의 아이들에게도 다 얘기하지 않는 그런 사람인 것 같아."

"난 그런 관계는 동의할 수 없어. 가족은 언제나 모든 얘기를 나눌 수 있어야 해. 나는 내 가족들과 그랬으니까. 하지만 그래서 지금 내 가족이 모두 죽었다고 볼 수도 있어. 그래서 이제는 조금씩 이해는 할 것 같아. 완전한 사회가 만들어지기 전까지 최 박사의 최종계획은 소수만 알고 있어야 해. 그래야 인류가 유지될 수 있어. 외경이 세상에 알려지면 안 되는 이유이지."

칸니카와 디에고는 잠든 마일스 전사들을 보고는 혼자 누워 놀고 있는 꼬마 홀랜프 육체를 쳐다본다. 그러고는 꼬마 홀랜프 정신을 쳐다본다. 꼬마 홀랜프 정신은 아까 리브가 있을 때와는 다르게 사악한 미소를 띠고 칸니카와 디에고를 쳐다본다. 칸니카와 디에고의 눈은 마치 마약에 중독된 듯 넋이 나가 있다.

5장 4절
영혼의 무기

82 아믹달라 본부 연구소에서 선우필의 신체를 연구하는 데 온 정신을 쏟던 아라는 꼬마 홀랜프와의 연관성을 찾은 듯하다. 리브가 없어진 것도 모른 채 움스크린과 선우필을 번갈아 가며 뚫어지게 쳐다보고 있다. 뭔가를 발견한 듯한 아라는 리브에게 알리려고 하는데 그제야 리브가 없어진 것을 눈치챈다.

*

82본부 근처에서는 꼬마 홀랜프 형상이 짙은 어둠 속에서 서서히 82본부로 다가온다.

"누구냐?"

보초를 서고 있던 마일스 전사가 꼬마 홀랜프 형상을 보며 묻는다. 서서히 꼬마 홀랜프 영혼이 모습을 드러낸다. 꼬마 홀랜프 영혼은 순식간에 마일스 전사를 살해한다. 그리고 조용히 사라진다.

*

리브는 구치소 입구 앞에서 괴로운 듯 쭈그려 앉은 채 생각하고 있다. 그때 이전에 들렸던 노랫소리가 들린다. 리브는 고개를 든다. 리브 앞에는 어느새 꼬마 홀랜프 영혼이 서서 리브를 쳐다보고 있다. 꼬마 홀랜프 영혼과 리브는 서로를 한참 동안 본다. 꼬마 홀랜프 영혼은 미소를 지으며 리브를 지나쳐 구치소 안으로 들어간다. 리브는 자신을 지나쳐 구치소로 들어가는 꼬마 홀랜프 영혼을 따라간다.

"넌 뭐냐?"

잠에서 깬 두 마일스 전사가 놀라 꼬마 홀랜프 영혼을 쳐다본다. 디에고와 칸니카는 올 것이 왔다는 표정이다. 꼬마 홀랜프 영혼은 순식간에 꼬마 홀랜프 정신이 감금된 철창 안으로 들어가 합체한다. 선우희의 모습이 더 또렷해진다. 구치소 입구에서 지켜보던 리브는 놀란다. 합친 꼬마 홀랜프 영혼과 정신은 순식간에 디에고와 칸니카 그리고 마일스 전사 두 명의 뉴컨밴드를 뺏는다.

"뭐야!"

마일스 전사가 놀라 멍하니 쳐다보고 있고 디에고는 외친다.

"잡아라!"

연락할 방법을 잃은 네 사람은 합체한 꼬마 홀랜프 영혼/정신과 전투를 벌인다. 잡으려 하지만 꼬마 홀랜프 영혼/정신은 빠르게 도망간다.

"나도! 나도!"

옆에 감금된 잠들었던 꼬마 홀랜프 육체도 어느새 일어나 철창 안에서 손을 번쩍 들며 즐겁다는 듯 외친다. 리브의 눈에서 꼬마 홀랜프 육체와 꼬마 홀랜프 영혼/정신이 합쳐지는 모습이 그려진 다. 그러자 완전한 선우희의 모습이 보인다. 리브는 홀린 듯 꼬마 홀랜프 육체가 감금된 철창으로 가서 문을 열어준다. 칸니카가 그 모습을 발견한다.

"잠깐만…… 저게 아닌 것 같은데."

뭔가가 기억나는 듯 칸니카가 조용히 말한다. 디에고 역시 리브 를 쳐다본다.

"아……."

칸니카와 디에고는 서로를 쳐다보며 난감한 표정을 짓는다. 꼬 마 홀랜프 육체가 철창 밖으로 나와서 꼬마 홀랜프 영혼/정신에 합체하려 할 때 아라가 나타나 무기를 발포한다. 빛이 나온다. 그 무기에서 나온 빛이 망이 되어 잡으려 한다. 아라의 무기에 맞은 꼬마 홀랜프 영혼/정신이 다시 영혼과 정신으로 분리된다. 칸니카 와 디에고가 아라를 쳐다보며 다시 서로를 쳐다본다.

"설리 말대로 저 아이가 해냈어. 지금이라도 늦지 않았어."

디에고가 칸니카에게 말한다.

"우리가 한번 막아 보자!"

칸니카가 몸에 차고 있던 칼을 꺼내며 말한다. 아라는 디에고와 칸니카를 쳐다보더니 뭔가 기억이 난 표정이다. 디에고와 칸니카 그리고 마일스 전사 두 명이 다시 분리된 꼬마 홀랜프 정신과 영 혼이 꼬마 홀랜프 육체와 합치려는 것을 막는다. 짧은 전투가 벌어 진다. 꼬마 홀랜프 정신이 영혼과 합체했다 떨어지고 다시 육체와 합체했다 떨어지기를 반복한다.

꼬마 홀랜프의 세 부분은 번갈아 가며 두 부분이 합체하기를 반복하며 동시에 디에고와 칸니카 그리고 마일스 두 전사를 상대로 싸운다. 아라가 경보를 울리려고 할 때 사라졌던 두 알파 부대원인 칭시아와 맨들라가 페카터모리 변종이 되어 나타나 아라를 막는다. 아라의 무기가 손에서 떨어진다. 칭시아 페카터모리와 맨들라 페카터모리가 아라를 공격하려 할 때 디에고와 칸니카가 아라를 보호한다. 네 명의 알파 대원이 전투를 벌인다.

"이봐! 정신 차려! 자네들은 이러면 안 돼!"

디에고의 외침에도 칭시아 페카터모리와 맨들라 페카터모리는 대꾸 없이 디에고와 칸니카를 공격한다.

"너희의 어빌리스가 우리를 훨씬 뛰어넘잖아. 왜 우리 부대에서 이런 일이 일어나는 거야? 뉴트론 부대에서 일어날 일 아냐? 페카터모리 알파의 유전자는 우리가 아닌 뉴트론 부대로 들어갔잖아."

칸니카는 칭시아와 맨들라 페카터모리의 공격을 방어하며 안타깝게 외친다.

"그런 쓰레기들이 아닌 우리 알파 부대에 의해 인류 진화가 시작되어야 하니까."

맨들라가 말한다. 칸니카는 맨들라의 말에 아니라는 표정을 지으며 옆에서 공격하는 칭시아를 막는다. 그러다가 전투를 지켜보는 아라와 리브를 본다. 아라는 다시 무기를 장전하고 있고 리브는 그 뒤에서 뭔가를 기억해내려는 표정이다.

"설마 아이들 때문에 바뀐 거야……?"

칸니카는 아라와 리브에게서 눈을 떼지 못한 채 말한다. 디에고 역시 아이들을 쳐다보며 한숨을 크게 쉬며 말한다.

"무지가 죄라더니……."

디에고가 말하더니 눈빛이 변한다.

"하지만 난 지금 여기서 죽을 수 없어. 내…… 내 가족이 나만 기다리고 있어."

그렇게 말하는 디에고를 보고 리브는 기억이 떠오른 표정이다. 그리고 겁에 질린 칸니카를 쳐다보더니 리브는 떨어졌다 붙었다 하는 꼬마 홀랜프를 쳐다본다.

"선우희."

리브의 나지막한 소리에 칭시아 페카터모리와 맨들라 페카터모리가 살짝 리브를 쳐다보더니 다시 사정없이 디에고와 칸니카를 공격한다. 디에고와 칸니카는 잘 막아내지만 페카터모리 변종이 된 칭시아와 맨들라의 어빌리스가 점점 더 높아지는 것을 감지한다. 칸니카가 다른 무기를 꺼내 죽이려고 공격하지만 어느 새 뒤에서 공격하는 맨들라의 공격에 당한다. 디에고가 칸니카 대신 다시 공격하며 맨들라와 전투하는데 이번에는 칭시아가 속공으로 디에고의 목을 치려고 다가온다. 칸니카가 디에고 대신 칭시아의 무기에 가슴이 찔려 죽는다.

"칸니카!"

디에고가 쓰러진 칸니카를 부르며 화가 난 듯 칭시아를 공격하는데 다시 뒤에서 공격이 들어오는 맨들라를 막다가 그만 한쪽 팔이 잘리고 쓰러진다. 꼬마 홀랜프 영혼이 두 마일스 전사를 죽이려할 때 아라가 충전된 무기로 다급히 꼬마 홀랜프 영혼을 공격한다. 영혼을 잡는 강력한 무기이다. 멘사검처럼 휘두를 수도 있고 총처럼 쏠 수도 있다. 이그니스 럭스 빛이 망처럼 뻗어나가 공격하기도 한다. 꼬마 홀랜프 영혼은 쓰러지지만 두 마일스 전사는 결국 뒤에 있던 꼬마 홀랜프 육체에 의해 죽는다.

아라가 쏜 무기를 맞고 쓰러진 꼬마 홀랜프 영혼이 중얼거리면서 일어나 칭시아 페카터모리와 맨들라 페카터모리에게 무슨 말을 하고 사라진다. 그리고 꼬마 홀랜프 육체와 정신은 합체한 후 리브를 납치해 밖으로 나가려 한다. 아라가 다시 장전하고 꼬마 홀랜프 육체/정신 이중체를 막아서자 칭시아 페카터모리와 맨들라 페카터모리가 아라를 막는다. 그들은 죽이려는 듯 공격한다. 한쪽 팔을 잃은 디에고가 일어나 아라 대신 방어하지만 그들의 공격에 기절한다. 아라는 리브를 놓치고 자신의 펜던트로 방어막을 만들어 가까스로 칭시아 페카터모리와 맨들라 페카터모리의 공격을 방어하지만 충격으로 넘어진다.

방어막이 풀리자 넘어진 아라를 죽이려고 할 때 설리가 나타나 칭시아 페카터모리와 맨들라 페카터모리를 막으며 전투한다.

"왜 그랬어! 너희가 이러면 안 되잖아! 우리 부대에서 나가는 게 아니었어! 내가 모든 상황을 잘 파악하고 있었는데! 아니, 우리가 모든 상황을 잘 파악하고 있었잖아!"

설리는 예상했어도 야속한 듯 페카터모리 변종으로 변한 칭시아와 맨들라에게 외친다.

"설리. 이제는 계획도 우리가 마음대로 정할 수 있어. 이것이 답이다."

칭시아와 맨들라는 다시 사람으로 변하더니 설리를 설득하려는 듯 칭시아가 말하지만 설리는 멈추지 않고 들으려고도 하지 않은 채 계속 공격한다. 설리의 공격은 매섭다. 결국 칭시아와 맨들라는 설리와 전투하다가 죽은 칸니카의 육체를 가지고 도망친다. 깨어난 디에고가 쓰러진 상태에서 그들의 발을 잡아 보지만 도리어 발차기를 당하고는 다시 기절한다. 설리는 도망가 버린 칭시아와 맨들라를 보며 속상한 듯 중얼거린다.

"이런 예상이 맞는 건 너무 싫어."

설리가 넘어져 있는 아라를 일으켜 세워준다. 그리고 쓰러져 기절한 디에고에게 가서 피를 흘리는 팔을 붕대로 묶어준다.

"너도 그렇고 너의 대원들도 스위븐으로 이 장면을 꿈으로 본 거지?"

아라가 묻는다.

"안타깝게도 그랬네요. 원래 다른 부대에서 일어날 일이었는데…… 난 우리 대원들이 유혹을 이겨낼 줄 알았는데."

설리가 대답한다.

"그럼 진작에 왜 리브를 막지 않았어? 페카터모리 알파의 유전자는 무슨 말이야! 처음 페카터모리가 된 그 과학자를 말하는 거지? 그자와 그를 따르던 사람들이 모두 첫 페카터모리가 되었다던. 그들 유전자로 무슨 계획을 꾸민 거잖아. 그렇다면 왜 저 꼬마 생물체를 죽이지도 데려가지도 않으면서 우리가 실험해보겠다 했을 때 그냥 놔둔 거야?"

"언니가 더 잘 알지 않을까요? 저의 꿈에서는 어떻게 하든 간에 저 꼬맹이 생물체와 리브 언니를 어쩌질 못했어요. 페카터모리 알파도 선우필 오빠가 이전에 다 해결했어요. 우리 부대가 해야 할 일을 오빠가 했다고요. 그래서 우리는 다른 부대에서 일어날 일에 대비했던 거고요. 하지만 이 모든 일이 이미 지나간 일이 돼버렸지요. 그보다 지금 가장 중요한 건…….”

설리가 아라의 무기를 쳐다본다.

“결국 언니가 이런 무기를 만들었다는 거예요. 모리스틱으로도 잡히지 않는 저 영혼이 언니가 만든 무기에 휘청거렸어요. 제 목표는 잡히지 않는 꼬맹이 영혼을 잡는 방법을 찾는 거였고요. 언니가 만든 무기로 이제 저 꼬맹이 생물체 영혼을 잡을 수 있잖아요. 그리고 언니도 이 모든 사실을 알고 있었잖아요.”

설리는 다 알고 있다는 표정으로 아라에게 말한다. 아라는 잠시 숨을 고르더니 죽은 전사들을 본다.

“저 사람들은 살릴 수 있지 않았을까?”

“글쎄요. 저 사람들을 살렸으면 누군가가 죽어야 하지 않았을까요? 언니와 리브 언니에 의해 무언가가 바뀌었어요. 특히 언니가…….”

설리는 아라의 눈을 쳐다본다. 아라의 눈빛이 조금 흔들린다. 설리는 말을 이어간다.

“언니가 스위븐으로 바꿨잖아요.”

설리의 말에 아라가 한숨을 내쉰다. 아라는 아무 말도 못 한다. 설리는 알고 있다는 표정으로 말한다.

“언니 가족들을 죽게 놔둘 수가 없었겠죠.”

아라가 설리를 쳐다본다.

“너도 스위븐으로 조종할 수 있는 거니?”

설리는 고개를 돌려 죽은 전사들의 시체를 천으로 덮어주며 말한다.

“저 꼬맹이 정신이라는 생물체에게는 사람을 현혹하는 뭔가가 있어요. 디에고와 칸나카는 냉정하고 사리 분별이 분명한 강한 정신력을 소유한 전사들이에요. 그런 사람들이 제게 연락해야 하는데도 하지 않았다면 저 꼬맹이 정신한테 현혹된 거죠. 제 능력으로도 저들의 죽음을 막을 수 없었을 거예요. 저 역시 꼬맹이 홀랜프의 목적을 알기 위해서는 어쩔 수 없이 희생이 필요했다고요. 아니요. 저는 언니만큼 스위븐의 능력이 강하지 않아요. 지금 스위븐을 조종할 수 있는 사람은 언니밖에 없을 거예요."

아라는 자신이 만든 무기를 쳐다본다.

"아니야. 나 말고도 더 있어. 그리고 난 여전히 부족해. 정말로 내가 조종한 건지도 모르겠고."

아라의 말에 설리는 이해한다는 듯 짧게 고개를 끄덕인다. 그리고 아라의 무기를 쳐다본다.

"무기를 더 만들어주세요. 전쟁을 막으려면…… 무차별 살인을 막으려면 언니가 더 창의력을 발휘해주셔야 해요. 제가 무슨 말을 하는지 알죠?"

아라는 고개를 끄덕이더니 나가려 한다.

"그리고 아까 제가 말씀드린 대로……."

아라가 뒤돌아본다.

"절대로 선우필 오빠를 도와주지 마세요. 언니가 오빠를 도와주면 선우필 오빠는 반드시 죽을 거야. 선우필 오빠가 죽으면 언니의 스위븐이 아무리 강해져도 인류의 멸종을 막을 수 없을 거란 말이야. 전 선우필 오빠가 죽지 않아야 인류가 생존한다고 믿으니까. 언니가 냉정하게 행동해야 해요. 알았지?"

아라는 잠시 고민하는 듯하다가 말없이 나간다.

"말투가 정말 특이해."

아라는 혼잣말하며 잠시 고민하다가 뉴컨밴드로 해든에게 연락
한다.

ACT 3

HOLLAND

6장 1절
이해하지 못할 계획

"뭐라고?"

82본부 옥상에서 홀로 음식과 술을 먹으며 누워 있던 해든은 아라의 연락에 벌떡 일어난다. 그러고는 아래를 내려다본다. 해든은 육체와 정신이 합쳐진 꼬마 홀랜프 이중체와 그를 따라가는 리브를 발견한다. 리브는 공중에 몸이 뜬 상태로 마치 서서 날아가듯 빠르게 꼬마 홀랜프 육체/정신 이중체를 따라가고 있다. 해든의 뉴컨밴드에서는 강한 빛이 나온다. 해든이 옥상에서 뛰어내리자 아래에서 멘사보드가 나와 해든을 태우고 출발한다.

해든은 홀로 빠른 속도로 리브를 쫓아간다. 리브를 납치해 가는 꼬마 홀랜프 육체/정신 이중체의 속도가 더 빨라진다. 그리고 그 뒤를 리브가 자발적으로 따라가는지 아니면 끌려가는지 모르지만 역시나 같은 속도로 빠르게 가고 있다. 사람이 저런 자세와 속도로 공중에서 날면 공기 저항으로 허리가 부러진다. 하지만 리브는 이를 무시하듯 빠르게 앞으로 나아간다. 해든의 멘사보드 속도로도 못 쫓아갈 정도다.

"이런 젠장!"

해든은 소리치며 자신의 멘사보드를 더 빠르게 움직인다.

82본부 안에서 다른 알파 대원들과 얘기를 나누던 제프는 본부의 창문을 통해 해든이 멘사보드를 타고 리브와 이중체 꼬마 홀랜프를 따라가는 모습을 본다. 제프가 뉴컨밴드를 착용한다.

"젠장! 안 돼!"

제프의 뉴컨밴드에서 강한 불빛이 나온다.

"설리!"

제프가 설리를 부른다. 이미 제프는 와타나베, 하루카, 마테오와 함께 리브가 가는 곳으로 향할 준비를 마쳤다. 설리는 전투복으로 갈아입었고 한쪽 팔을 잃은 디에고와 나온다.

"설리 대원은 여기 남아서 선우필과 남은 아이들을 지킨다. 우리가 해든과 아이의 어머니를 데리고 온다."

제프가 말하면서 한쪽 팔을 붕대로 묶은 디에고를 본다.

"움직일 수 있어?"

디에고는 입술을 깨물며 말한다.

"빨리 가자. 죽일 괴물들이 있거든."

설리는 창문을 통해 해든의 모습이 점차 사라지는 것을 보며 놀란 표정으로 말한다.

"정말 냉정한 언니였네."

혼잣말하면서 설리는 제프를 쳐다보고 말한다.

"대령. 결국 스위븐대로 돼버렸어."

설리의 말에 제프는 눈을 감고 어빌리스를 감지해본다. 그의 뉴컨밴드에서 빛이 나온다.

"그럼 칭시아와 맨들라도······?"

"응, 결국 돌아섰어. 게다가 칸니카의 시체도 데려갔고. 칸니카의 육체를 시체라고 불러야 한다면 말이지. 죽었을지 몰라."

설리는 고개를 끄덕이며 짧게 대답한다. 난감해하는 제프는 다른 대원들을 쳐다본다.

"우리도 조심하자. 페카터모리가 되려는 유혹은 상당하다. 저 조그마한 정신의 어빌리스는 우리가 상상하는 것 이상이다. 절대 넘어가서는 안 된다."

제프의 말에 대원들은 긴장하면서 서로를 쳐다본다.

"어떻게 칭시아와 맨들라 같은 녀석들이 넘어갈 수 있는 거지?"

마테오가 믿기 어렵다는 표정으로 대원들을 쳐다보며 말한다. 설리는 제프와 대원들을 쳐다보며 웃음기 없는 표정으로 대답한다.

"그만큼 우리보다 어빌리스가 높다는 거야. 만약 아이의 어머니까지 돌아선다면 우리는 더 이상 지구의 어느 인간도 상대할 수 없는 수준의 어빌리스를 마주하게 될 거야. 아이의 어머니를 반드시 우리가 먼저 데리고 와야 해. 그 누구에게도 뺏겨서는 안 돼."

제프는 설리의 말에 고개를 끄덕이며 마테오에게 묻는다.

"그럼 하늘의 도시에서 핵을 쏠 확률은?"

"이렇게 된다면 이전보다 더 확률이 높아진 거야. 어쨌든 하늘의 도시에서는 설리의 이론이 맞는다는 것을 알았으니까 무슨 수를 써서라도 이제 이곳 전체를 멸망시키려 할 거야."

마테오의 말에 제프는 굳은 결심을 한 듯 도착한 멘사 할리데이비슨에 올라탄다. 뒤를 이어 와타나베, 하루카, 마테오 그리고 디에고도 자신들의 멘사보드에 탑승한다. 함께 온 제1히포캠퍼스 본부 마일스 전사들이 그 뒤에서 준비한다.

"모두 전속력으로 간다."

제프의 말에 대원들과 전사들 모두 각자의 멘사보드를 타고 빠르게 출발한다. 설리는 떠나는 그들을 지켜보며 생각에 잠겨 있는데 김 중령이 본부 건물 안에서 나온다.

"인원이 너무 부족하지 않나?"

"그런가요?"

김 중령의 질문에 설리는 시큰둥하게 답한다. 김 중령은 그런 설리 앞으로 와서 단호하게 묻는다.

"하늘의 도시에서 무슨 일을 꾸미고 있는 거야? 당장 말해."

설리는 김 중령을 쳐다본다. 이전에는 볼 수 없던 차가운 표정이다. 하지만 김 중령이 말없이 더 차가운 표정으로 쳐다보자 어쩔 수 없다는 듯 천천히 입을 연다.

"하, 중령님 같은 성격은 늘 피곤했는데……."

설리가 불평 아닌 불평을 하면서 자초지종을 설명한다.

*

제프를 선두로 빠르게 나아가던 알파 부대원들과 제1본부 마일스 전사들은 해든을 거의 따라잡았다.

"저것들은 뭐야?"

마테오는 옆에서 자신들이 있는 곳으로 먼지바람을 무자비하게 일으키며 다가오는 무리들을 보며 말한다.

"저건……."

와타나베는 자세히 쳐다본다. 그리고 그 먼지바람이 무엇으로 일어나는지 아는 듯 소리친다.

"페카터모리다!"

"어째서 우리가 눈치를 못 챈 거지?"

하루카가 말한다.

"저들도 어빌리스를 숨길 줄 알아!"

마테오가 외친다. 변종 페카터모리가 떼거리로 나와 제프 군단을 무참히 공격한다. 제프 군단이 더는 나아가지 못한 채 그들과 전투를 벌인다.

*

82본부에서는 김 중령이 설리의 얘기를 상세히 듣고 있다. 이야기가 끝나자 김 중령이 묻는다.

"스위븐 능력을 갖춘 사람들이 그렇게나 있으면서 왜 굳이 우리 아이들을 괴롭힌 거냐?"

"저는 안 괴롭혔는데요."

설리가 억울하다는 듯 대답한다. 김 중령은 코웃음을 치며 마치 하늘의 도시에게 말하는 듯 본당의 커튼 사이로 보이는 움스크린을 쳐다보며 말한다.

"다들 명분은 좋지. 하늘의 도시도 결국 자기네들이 원하는 답을 얻으려 억지를 부리는 거잖아. 완전한 세상 좋아하네. 완전한 사람이 존재할 수가 없는데 뭘 근거로 완전한 세상을 만들겠다는 건지……."

김 중령이 다시 설리를 쳐다본다. 설리는 훔친 음식을 먹다 들킨 아이처럼 놀란다.

"어쨌든 나도 나간다. 지금 나간 너희 대원들의 어빌리스가 급격히 높아졌어. 전투 중이라는 말인데 그럼에도 불구하고 적들의 어빌리스는 제대로 감지되질 않아."

"네. 아마도 변종 페카터모리는 저희처럼 어빌리스를 숨길 줄 알거나 누군가에 의해 어빌리스가 조종되고 있는 것 같아요."

설리의 말에 김 중령이 살짝 미소를 짓는다.

"꽤 많이 아는구나. 그렇다면 너는 외부로 나간 박 사령관이 지금 왜 연락이 끊겼는지도 알겠네."

"사령관님은 중령님과 절친 아니에요?"

설리가 묻는다.

"지금 같은 세상에 우정이 왜 필요하겠냐. 너는 알면서도 나에게는 말해주지 않겠다는 거냐?"

설리는 대답이 없다. 김 중령은 답답하다는 듯 한숨을 쉬며 말한다.

"성격이 아이들하고 비슷하구나. 확실히 모르면 대답조차 안 하고 묻는 사람 뻘쭘하게 만드는 게."

"나머지는 제프 대령한테 들으세요. 제가 해드릴 수 있는 얘기는 여기까지예요."

설리의 말에 김 중령은 어쩔 수 없다는 듯 고개를 절레절레 흔든다. 그러고는 손목에 착용했던 뉴컨밴드를 빼서 머리에 착용한다.

"그럼 내가 너희 부대장을 도와줄 테니 너는 나 대신 여기서 아이들을 지켜라. 그걸 원한다는 거지?"

"네. 어차피 김 중령님 아니면 우리 제프 대령을 도울 사람은 없어요."

대답하는 설리의 눈빛에는 김 중령에 대한 불안감과 안도감이 동시에 보인다.

*

김 중령과 설리가 연구소로 들어오고 아라는 급히 다른 연구원들과 영혼의 무기를 여러 대 만들고 있다. 들어오는 김 중령을 보며 아라는 기다렸다는 듯이 말한다.

"아무래도 지금 변종들이 계속 나타나는 것 같아요. 그들이 초소형 홀랜프처럼 땅속이나 우리가 못 보는 곳에서 서식하다가 자라서 나온 듯합니다. 그리고 이 모든 현상을 리브로 연결 지으려는 것 같아요."

아라의 말에 설리는 뭔가 깨달은 표정이다. 김 중령은 고개를 끄덕인다.

"알았다. 내가 나가면 바로 본부에 보호막을 치고 내가 돌아오기 전까지는 그 어떤 것도 들어오지 못하게 막아."

아라는 고개를 끄덕인다. 김 중령은 파티 소리가 들려오는 커튼 밖을 쳐다본다. 그리고 연구소 소장을 비롯해 연구원들에게 말한다.

"되도록 사람들에게 알리지 말라. 괜한 소란을 피우면 더 시끄러워질 뿐이다. 저 사람들이 저렇게 생각 없이 노는 듯 보이지만 사실 우리를 끊임없이 감시하고 있다는 걸 늘 명심해라. 너희의 판단하에 상황이 잘못되었다 싶으면 그때 모두 대피시켜라."

문밖에서 마일스 전사들이 준비 중이다. 김 중령은 마일스 전사들에게 말한다.

"어쨌든 아이의 어머니와 해든을 늦기 전에 이곳으로 데려오는 데 총력을 기울인다."

오웬이 옆에서 식겁한 표정으로 나타난다.

"형하고…… 누나가…… 다 어디로 갔다는 거예요?"

"너도 같이 간다. 어쨌든 어빌리스가 감지되는 쪽으로 가보면 알겠지."

김 중령이 침착하게 말하며 오웬을 안심시킨다.

"안 돼요. 오웬은 여기 남으세요."

설리가 단호하게 막아선다.

"우리 형과 누나가 없어졌어요. 내가 가야 해요."

오웬이 겁에 질린 채 말한다. 설리는 여전히 단호하다.

"안 된다고요."

"니나는 어디 있어?"

김 중령은 설리의 말을 무시한 채 오웬에게 묻는다.

"누나는 지금 풀잎플래닛에 가 있어요."

오웬이 말한다.

"즉시 우리가 있는 곳으로 오라고 해."

김 중령이 오웬을 포함한 모든 전사와 연구원에게 말한다. 설리는 답답한 듯 김 중령 앞에서 손을 흔들며 말한다.

"제 말 안 들리세요? 벙커의 아이들 모두 최대한 저와 함께 여기에 있어야 한다고요. 일이 잘못되면 바로 하늘의 도시로 대피해야 하고요."

김 중령은 침착성을 잃어가는 오웬을 쳐다본다.

"여기 남으라고 한다고 남을 아이가 아니다. 오웬은 내 소속이니 내가 데리고 간다."

"저더러 여기서 아이들을 지키라면서요. 오웬도 제가 지켜야죠."

설리가 답답한지 언성을 높이며 말한다. 김 중령은 대답 대신 아라가 건네는 영혼의 무기를 들고 테스트하듯 장전하더니 페어링을 시킨다. 김 중령의 뉴컨밴드에서 강한 불빛이 나온다. 오웬과 마일스 전사들에게도 영혼의 무기를 건네준다. 그들 모두 멘사보드에 탑승한다. 김 중령이 떠나기 전 아라에게 묻는다.

"레나는 어디 있나?"

"지금 자기 학생들하고 같이 있어요."

"그래."

김 중령은 잠시 생각하는 듯 고개를 떨구다가 설리를 쳐다본다. 설리는 김 중령을 쳐다보며 멈추라는 손짓을 한다. 김 중령은 어쩔 수 없다는 표정을 지으며 멘사보드를 타고 밖으로 나간다. 그 뒤로 전사들도 따라간다. 설리는 황당하다는 듯 그들을 쳐다본다.

"뭐야 저 표정은? 나보고 뭘 이해하라는 거야? 아, 정말!"

설리는 참아왔던 말을 토해내듯 아라를 쳐다보며 말하지만 아라는 아랑곳하지 않고 계속 연구원들과 무기를 만들고 있다.

"언니는 저 중령님이 무슨 뜻으로 저러는 줄 알아? 그냥 쳐다만 보고 출발해버리면 나보고 어쩌라는 거야?"

"아, 그럼 어디 가지 말고 그냥 여기 있어요."

아라는 어정쩡하게 대답하고는 이내 다시 영혼의 무기를 만드는 데 몰두한다. 설리는 못마땅한 듯 뾰로통하게 쳐다본다.

"나보고 언니하고 레나 언니만 지키고 있으라는 거야?"

설리가 여전히 이해하지 못한다는 표정으로 아라를 쳐다본다. 아라는 아랑곳하지 않고 계속 무기를 만든다.

6장 2절

지켜야만 사는 존재

  김 중령 부대는 제프 부대가 갔던 길을 따라가다가 또 다른 페
카터모리 변종 무리를 만나 전투한다. 사방팔방으로 모여드는 페
카터모리 변종을 보면서 김 중령은 멀리서 어렴풋이 보이는 성을
발견한다. 하지만 김 중령 부대가 나아갈 길이 페카터모리 변종 무
리에 의해 모두 막힌다. 형진을 비롯한 김 중령 부대 전사들은 난
감한 듯 점점 뒤로 빠진다. 김 중령은 같이 온 형진에게 말한다.

  "너희가 가서 알파 부대를 도와라. 내가 길을 터줄 테니."

  "네!"

  형진이 대답한다. 형진과 전사들은 약속이라도 한 듯 멘사보드
위에서 앞으로 나아갈 자세를 잡는다. 페카터모리 변종 무리는 순
간 멈칫한다. 김 중령은 멘사보드를 돌려 앞에 오는 페카터모리 변
종 부대의 아담스 애플을 쳐 모조리 죽이면서 길을 터준다. 진한
아지랑이 연기 사이로 형진을 비롯한 마일스 전사들은 멘사보드
를 빠르게 움직여 나아간다.

"중령님 혼자서 괜찮으실까? 이들이 점점 더 강해지기도 하지만 숫자가 너무 많잖아."

한 전사의 말에 형진이 뒤를 돌아본다. 김 중령 주위로 더 많은 페카터모리 변종들이 나타난다. 하지만 김 중령의 상대가 되지 않는다. 다만 페카터모리 변종이 계속 나타나 불안할 뿐이다. 어느 순간 형진 옆으로 오웬이 나타나 빠른 속도로 나아간다. 오웬은 겁에 질려 있고 불안해 보인다.

*

형진이 속한 마일스 전사 부대는 빠르게 알파 부대에 합세한다. 합세한 마일스 전사 부대의 도움으로 제프 군단은 탄력을 받아 점점 더 앞으로 나아간다. 오웬은 전투를 무시하고 지나쳐 해든이 있는 곳으로 향한다. 제프가 오웬을 발견한다.

"혼자서는 위험한데……."

제프는 조용히 말하다가 멈춘다. 홀로 빠르게 움직이던 오웬은 어느새 해든이 보이는 곳까지 다다른다. 오웬은 멈칫한다. 눈앞에는 다시 지어진, 작지만 견고해 보이는 홀랜프 여왕의 성이 있다. 오웬 뒤로 따라온 제프는 여왕의 성을 보고 놀라지만 이내 예상했다는 표정이다. 형진도 따라와 제프의 표정을 보며 의아하게 생각한다. 페카터모리 변종들은 다른 마일스 전사들과 알파 부대가 여왕의 성으로 다가가는 것을 막는다. 페카터모리 변종들이 어디선가 계속 나타난다.

"계속 나오는 것도 이상한데 이들은 싸울수록 어빌리스가 더 강해지고 있다."

제프가 페카터모리 변종의 어빌리스를 감지한 듯 말한다.

"모습도 더 변형되고 있어."

마테오가 말한다. 와타나베와 하루카도 옆으로 온다. 디에고가 뒤늦게 도착한다. 디에고는 힘든지 이마에 땀이 잔뜩 맺혀 있다. 와타나베는 공중으로 높이 뛰어오르는 페카터모리 변종 무리를 쳐다본다.

"더 진화하고 있다는 의미지. 하지만 지금 거슬리는 건 그게 아니야."

"뭐가 거슬리는가?"

와타나베의 말에 제프가 묻는다.

"페카터모리의 숫자야……. 1만, 1만, 1만 2000……."

"우리가 그들을 죽여도 14만 4000. 저것들은 늘어나고 있는 게 아니야. 죽이면 저 숫자만큼 다시 나타나는 거야."

하루카가 믿기 어렵다는 듯 와타나베의 말에 보탠다. 디에고는 쌍둥이의 말에 놀란 표정을 들키지 않으려 고개를 숙인다. 그리고 어떤 생각을 하는 듯 사방에 퍼져 있는 페카터모리를 본다. 그리고 잘려서 없어진 팔이 있던 부분을 본다. 제프는 그 숫자에 와타나베를 쳐다보며 말한다.

"최 박사의 외경에서 나온……."

와타나베는 고개를 끄덕이고 제프는 천천히 자신의 대원들과 함께 온 제1본부 전사들이 몇 명인지 세어본다.

"그런데 우리는 우리 대원들을 몇 명 잃었는데. 새라도 죽었고. 그런데 저들은 아직 살아 있고."

제프는 헷갈리는 표정으로 남아 있는 제1본부 전사들을 쳐다본다.

"저기……."

그때 하루카가 어디를 가리킨다. 제프는 가리키는 곳을 쳐다본다. 그곳에 페카터모리 변종이 된 칭시아와 맨들라가 나타난다. 그들은 제1히포캠퍼스 본부 마일스 전사들을 죽이면서 다가오고 있다. 제프가 전사들을 죽이는 그들에게 빠르게 다가간다.

"칭시아, 맨들라! 정신 차려! 넘어가면 안 돼!"

제프가 외치지만, 칭시아와 맨들라는 묵묵부답으로 제프를 죽이려고만 한다. 어쩔 수 없이 제프는 그 둘과 전투하고 다른 알파 대원들도 돕는다. 계속 정신 차리라는 말을 하지만 칭시아와 맨들라 페카터모리는 더욱 격렬하게 공격한다. 디에고의 공격은 아까와 달리 소극적이다.

"제발……. 이러지 마……."

제프는 칭시아와 맨들라의 형태가 점점 더 페카터모리 변형으로, 그리고 홀랜프로 가까워지는 것을 보면서 자신의 두 멘사검을 손에 꼭 쥔다. 칭시아와 맨들라 페카터모리의 아담스 애플이 점점 부풀어 오른다. 제프가 멘사검을 휘두르자 그들의 아담스 애플이 끊어진다. 아지랑이 안개가 피어오르고 칭시아와 맨들라는 죽는다. 디에고는 혼란스러운 틈을 타 아무도 눈치채지 못하게 여왕의 성으로 들어간다.

제프는 무릎을 꿇고 앉아 흐느낀다. 마테오는 그런 제프의 어깨에 손을 댄다.

"부대장."

제프는 앞을 쳐다본다. 앞에서 해든이 페카터모리 변종 무리를 상대로 전투하며 여왕의 성 위쪽으로 돌진하고 있다. 해든은 홀로 홀랜프 여왕의 성 위로 가면서 정신과 육체가 합쳐져 이중체가 된 꼬마 홀랜프와도 전투를 벌인다. 꼭대기로 올라가려는 듯 계속 위로 가지만 꼬마 홀랜프 이중체에 막힌다. 꼬마 홀랜프 이중체는 공중에 높이 오랫동안 떠오른 상태로 해든을 공격한다. 해든은 꼬마 홀랜프 이중체의 공격을 피해 멘사보드를 이용해 여왕의 성벽에 붙는다. 그리고 꼬마 홀랜프 이중체를 제치고 마치 전투를 피하려는 듯 다시 위로 올라가지만 꼬마 홀랜프 이중체는 끈질기게 해든을 따라다니며 공격하면서 함께 위로 올라간다.

여왕의 성 꼭대기로 올라간 해든은 어느새 다시 자신의 앞을 가로막고 서 있는 꼬마 홀랜프 육체/정신 이중체를 마주한다. 해든은 꼬마 홀랜프 이중체 뒤편에서 마치 기다렸다는 듯 대기하고 있는 페카터모리 변종 부대를 발견하고 끝자락에 서 있는 리브를 발견한다. 해든은 무아지경으로 적들을 다 죽이려는 듯 발작하던 선우필처럼 공격한다. 페카터모리 변종이 해든의 인공 팔을 잡고 뽑아내려는 듯 암바를 건다. 해든은 인공 팔의 주먹을 변환시켜 총으로 만들고는 자신의 팔을 뽑으려는 페카터모리 변종의 머리를 날린다. 그러고는 다시 검으로 변환시켜 페카터모리 변종의 아담스 애플을 날려버린다.

"내가…… 내가 다 지켜줄 거야. 내가 해야 해!"

해든은 짙은 연기 속에서 천천히 일어나며 혼자만의 공간에 있는 듯 혼잣말한다. 그리고 자신을 가로막는 페카터모리 변종 부대를 무자비하게 공격하며 꼭대기에 있는 리브에게로 향한다. 리브가 인질처럼 잡혀 있는 것으로 보인다. 리브는 무기력하게 갈팡질

팡하며 지금 상황이 헷갈리는 듯 그리고 마치 꿈을 꾸는 듯한 표정으로 주위를 쳐다보고 있다. 무엇에 홀린 듯하다. 해든은 그런 리브를 보며 외친다.

"정신 차리고 빨리 나한테 와!"

하지만 리브는 불안한 표정으로 해든을 쳐다볼 뿐 꿈쩍도 하지 않는다. 해든은 순간 꼬마 홀랜프 육체/정신 이중체가 리브의 손을 잡고 옆에 서 있는 것을 발견한다. 작아서 페카터모리 변종 부대에 가려져 있었던 것이다.

*

김 중령도 앞을 가로막던 페카터모리 변종 무리를 모두 뚫고 제프 군단과 만난다. 너무나 많아진 페카터모리 변종에 의해 고전하던 제프 군단과 힘을 합쳐 함께 전투한다. 오웬은 자신의 바람과는 다르게 더 앞으로 나아가질 못한다. 그때 니나가 나타난다. 니나는 현란한 실력으로 순식간에 여왕 성벽에서 가로막고 있는 페카터모리 변종들의 아담스 애플을 마치 피아노의 글리산도Glissando 주법을 사용하듯 터트리면서 죽이는 동시에 제프에게 길을 터준다. 니나 덕에 제프는 빠르게 여왕의 성 꼭대기에 도착한다. 그리고 해든을 뒤에서 공격하려는 페카터모리 변종을 제프가 막아주며 해든과 만난다.

여왕의 성 아래쪽으로 내려온 니나 역시 멘사보드로 페카터모리 변종들과 다시 전투하며 빠른 속도로 올라간다. 하지만 아까와 달리 페카터모리 변종들이 니나의 공격을 방어한다.

꼬마 홀랜프 육체/정신 이중체가 옥상에 올라온 제프를 보고 달려가 해든과 제프를 동시에 공격한다. 다른 페카터모리 변종 무리도 합세해 해든과 제프를 공격하지만 해든과 제프는 강하다. 동등하게 싸우면서 해든과 제프는 서서히 페카터모리 변종들을 해치우기 시작한다. 꼬마 홀랜프 육체/정신 이중체 역시 전투를 할수록 어빌리스가 높아지지만 아직 제프와 해든의 합동에는 못 미친다. 게다가 옥상에는 니나가 도착했다.

니나가 제프와 해든에게 합세하려는 그때 꼬마 홀랜프 영혼이 여왕의 성에서 나와 니나를 공격한다. 갑작스러운 공격에 니나가 멘사보드에서 떨어지지만 이내 니나의 뉴컨밴드에서 강한 불빛이 나오더니 멘사보드가 니나에게로 온다. 다시 탑승한 니나는 더 빠른 속도로 위를 향한다. 하지만 해든과 제프가 있는 곳으로 향하던 중 페카터모리 변종 무리들이 진형을 갖추더니 합을 맞춰 니나를 가로막는다. 그들 모두 모리스틱을 타며 공중에 떠 있다.

김 중령은 옥상으로 가려고 고군분투하는 니나를 발견한다. 그리고 니나 주위에 꼬마 홀랜프 영혼이 반복적으로 사라졌다 나타나며 니나가 옥상으로 가는 속도를 늦춘다. 김 중령은 형진을 비롯한 자신의 마일스 전사들에게 눈빛을 보낸다. 김 중령과 그의 전사들은 아라가 만든 영혼의 무기를 꺼낸다. 앞에서 고전하던 오웬 역시 아라가 준 영혼의 무기를 꺼낸다.

오웬은 니나 뒤에서 몰래 공격하는 꼬마 홀랜프 영혼을 향해 영혼의 무기를 발사한다. 빛이 터지더니 이그니스 럭스 빛이 그물이 되어 꼬마 홀랜프에 다가간다. 그 빛에 맞은 꼬마 홀랜프 영혼은 어지러운 듯 잠시 주춤한다.

영혼의 무기를 꺼낸 김 중령과 전사들 모두가 꼬마 홀랜프 영혼에게 발사한다. 꼬마 홀랜프 영혼이 놀란 표정으로 조그마한 손으로 막으려 하지만 이미 늦은 듯하다. 이그니스 럭스 빛이 영락없이 꼬마 홀랜프 영혼에 모두 맞으려는데 공중에 뭉쳐 있던 페카터모리 변종 부대가 대신 그 빛을 모조리 맞는다. 그들 모두 연기가 되어 사라진다. 지상에서 전투하던 알파 부대와 전사들이 모두 지켜본다. 김 중령은 방법을 찾은 듯 외친다.

"우리 부대가 저 영혼 꼬맹이를 상대하고 알파 대원들이 리브를 구해라! 절대로 저 꼬맹이들이 서로 합치지 못하게 해!"

모두가 김 중령의 명령에 따라 움직인다. 모든 전사와 대원이 하나로 움직이며 여왕의 성을 가로막고 있는 페카터모리 변종들의 아담스 애플을 베기 시작한다. 아지랑이 연기 사이로 여왕의 성벽을 타고 올라가는 전사들과 대원들이 보인다. 아예 공중에서 여왕의 성 꼭대기로 향하는 전사들도 있다. 하지만 결국 알파 대원들만 옥상에 다다른다.

"영혼의 무기 없이 저 영혼을 어떻게 잡아?"

와타나베가 묻는다.

"디에고가 어디 갔지?"

하루카가 사방을 둘러보며 묻는다. 알파 대원들 역시 없어진 디에고의 행방을 그제야 찾는다. 순간 마테오의 뉴컨밴드에서 빛이 난다.

"지금 그럴 시간이 없어. 내가 신호를 보낼게!"

마테오는 다른 누군가에게 전달하듯 말하고 알파 부대원들에게 눈빛을 보낸다. 와타나베와 하루카 그리고 제프와 해든이 마테오의 눈빛에 꼬마 홀랜프 육체/정신 이중체를 상대한다. 그리고 뒤에서 다시 나타난 꼬마 홀랜프 영혼을 발견한다.

"지금이야!"

마테오의 외침에 아래에 있던 제1본부 전사가 형진이 들고 있던 영혼의 무기를 쏜다. 형진은 제1본부 전사가 방해받지 않게 주위에서 공격해오는 페카터모리 변종들을 막아준다. 이그니스 럭스 빛이 빠르게 발사되면서 큰 그물로 변해 꼬마 홀랜프 영혼을 잡을 듯 오지만 이번에는 꼬마 홀랜프 영혼이 순식간에 사라지며 이그니스 럭스 빛을 피한다. 그 빛은 꼬마 홀랜프 육체/정신 이중체로 향한다.

"하나라도 죽일 수 있다면!"

하지만 꼬마 홀랜프 육체/정신은 분열되면서 빛을 피한다. 이내 꼬마 홀랜프 영혼이 다시 나타나 꼬마 홀랜프 육체와 정신 근처로 향하면서 합체하려고 한다.

"막아!"

마테오가 다시 외친다. 알파 대원들은 빠른 속도로 꼬마 홀랜프의 합체를 막으려 하지만 늦었다. 꼬마 홀랜프 영혼은 육체와 정신과 합체한다.

"리브!"

해든은 꼬마 홀랜프 옆에 서 있는 리브를 부르며 다가간다.

"안 돼, 기다려!"

마테오가 해든을 잡으려 하지만 해든은 이미 리브에게 다가가고 있다. 꼬마 홀랜프가 있던 자리에서 큰 빛이 터지고 아지랑이 연기가 피어오른다. 연기가 뜨거운 듯 모두가 멘사 방패를 들고 막아선다. 해든은 빛이 터지자 뒤로 날아간다. 마테오가 잡아준다. 해든과 마테오는 짙은 연기에서 완전체가 된 꼬마 홀랜프를 보게 된다. 밑에서 전투하던 모든 전사가 놀라 위를 처다본다.

"이건 뭐야?"

그중 한 전사의 뉴컨밴드에서 빛이 나오는데 그 빛이 떨리고 있다.

옥상에서 마테오는 다른 대원들을 보며 자신이 실수했다는 표정을 짓는다. 그리고 사방을 둘러보며 울부짖는다.

"그래서 디에고는 도대체 어디로 간 거야?"

그 소리가 들리지 않는 듯 다른 알파 대원들은 넋을 잃고 꼬마 홀랜프 완전체를 처다보고 있다.

"뭘 기다려! 일어났잖아!"

제프의 외침에 알파 대원들은 그제야 꼬마 홀랜프 완전체와 전투를 벌이지만 꼬마 홀랜프 완전체의 어빌리스는 알파 대원 모두를 뛰어넘는다. 알파 대원들은 꼬마 홀랜프 완전체를 둘러싸면서 공격하지만 그 속도와 힘을 따라가지 못한다. 결국 꼬마 홀랜프 완전체에 모든 알파 대원들의 멘사보드가 모조리 박살 나고 그들 모두 옥상에서 나가떨어진다. 제프마저 옥상 아래로 떨어지고 해든만 리브와 함께 옥상에 남게 된다.

제프는 떨어지면서 정신을 차린다. 그의 뉴컨밴드에서 강한 불빛이 나온다. 그의 멘사 할리데이비슨 오토바이는 여러 부품으로 나뉘어 떨어진다. 그러다가 발판 부분이 자신에게로 오게 하여 탑승한다. 떨어지고 있는 나머지 부품들은 기절한 채 추락하는 알파 대원들에게 보낸다. 가까스로 와타나베와 하루카는 제프의 오토바이 부품으로 충격을 덜 받은 채 지면에 떨어지지만 마테오는 강하게 지면에 부딪혀 피를 흘리고 쓰러진다.

"젠장!"

제프는 얼굴을 찡그리며 아래를 보지만 이내 다시 발판 부분을 타고 옥상으로 올라간다. 제프 위로 니나가 나타난다. 해든은 옥상에서 페카터모리 변종 부대와 전투 중이다.

*

82본부 연구소에서 설리, 레나, 아라 그리고 연구원들이 움스크린에 나오는 하늘의 도시 사령관들과 마주하고 있다. 암막 커튼이 쳐져 있지만 연구소 안에서 민간인들의 파티 소리가 들린다.

"어쩔 수 없네. 지금 핵으로 대응하지 않으면 앞으로 어떤 일이 벌어질지 몰라."

움스크린에서 빨간 픽셀 사령관이 말한다.

"그리고 레나와 아라는 이곳으로 데리고 온다. 지금부터 휴거 작전에 돌입한다."

빨간 픽셀 사령관이 설리에게 말하지만 설리는 고민스러운 표정으로 대답하지 않는다. 한참 아라와 레나를 쳐다보더니 빨간 픽셀 사령관에게 말한다.

"지금 핵을 사용하면 그곳에 있는 모든 사람이 죽습니다."

설리의 말에 빨간 픽셀 사령관이 대답한다.

"지금 꼬마 홀랜프의 어빌리스가 감지되지 않나? 이건 이전 홀랜프 여왕의 감지되지 않던 어빌리스와는 다른 차원이야. 알파 대원들이 조금도 힘을 못 쓰고 무참히 당했어. 제프 대령마저 상대가 안 된단 말일세. 게다가 페카터모리가 변종으로까지 변화된 이 시점에 그들이 집결했을 때 없애지 않으면 지구와 인류의 미래가 또 다른 파멸에 직면할 걸세."

설리는 대답 대신 묵묵히 옴스크린을 쳐다본다. 옆에 서 있는 레나의 표정은 불안해 보인다. 연구원들도 웅성댄다. 아라는 뭔가 결심이 서는 표정이다. 빨간 픽셀 사령관이 그런 아라를 쳐다본다. 아라는 빨간 픽셀 사령관의 시선이 느껴지는 듯 고개를 숙인다.

"이럴 때 사령관님은 어디 가신 거예요?"

한 연구원이 조용히 설리에게 묻는다. 설리는 아무 대답을 못 한다. 하늘의 도시 사령관들도 대답 없이 설리를 쳐다본다.

"민간인에게도 이 사실을 알려 대피시켜야 해."

연구소 소장 말에 설리가 고개를 흔든다.

"본부가 공격당한 것도 아닌데 굳이 패닉 상태를 만들 필요는 없어요."

설리는 하늘의 도시 사령관들을 쳐다보며 연구소 소장의 말에 대답한다. 소장은 황당하다는 듯 설리에게 따진다.

"무슨 소리야? 지금 저들이 언제 이곳을 공격해도 이상하지 않은 상황이잖아."

"그들이 공격하면 제가 막으면 됩니다. 걱정하실 일은 아니에요."

설리는 이전과 달리 차분히 대답한다. 아라는 설리를 쳐다본다. 설리는 아라를 쳐다보며 미소 짓는다.

"걱정하지 마, 언니. 이곳은 안전할 거예요. 전 페카터모리 변종들이든 뭐든 이곳에 나타나도 그다지 심각하지 않을 거라고 생각해. 도리어 지금 가장 심각한 건······."

설리는 잠들어 있는 선우필을 쳐다본다. 아라 역시 선우필을 본다. 그리고 뭔가를 깨달은 듯 다시 설리를 쳐다본다. 설리는 연구원들을 보며 말한다.

"여기 있는 82본부 민간인들은 고지식하고 순진하고 선한 사람들이에요. 하지만 그렇다고 우리 말을 순순히 따라주는 사람들은 아니에요. '신 놀이'가 거짓이라는 것을 알면서도 맞춰주는 거라고요. 자신과 가족의 신변이 위험하다고 생각하면 어떻게 변할지 몰라요."

설리의 말에 연구원들이 웅성거린다.

"무슨 말씀이에요. 민간인들이 신 놀이에 대해 어떻게 알겠어요? 마일스에서는 정보가 새어 나가지 못합니다."

젊은 연구원이 말한다. 설리는 대꾸하지 않는다. 옆에서 연구소 소장이 한숨을 크게 쉰다.

"소장님······."

소장의 큰 한숨에 모든 연구원이 쳐다본다. 그가 조심스레 입을 연다.

"설리 양 말이 맞아. 저들은 언제라도 우리 마일스, 정확히는 아이들의 행동이 자기들 마음에 들지 않으면 쿠데타를 일으키고도 남아. 몰라서 가만히 있는 게 아니라 선택적으로 가만히 있는 거지. 저들은 모르는 게 아니라 우리를 지켜보고 있어."

연구원들은 다시 웅성댄다. 설리는 소장의 말이 끝나자 말을 이어간다.

"그런데 지금 일어나는 상황을 굳이 알리면 반드시 우리에게서 등을 돌릴 거예요. 모두가 이곳을 떠날 것이고 자신들의 계획을 따로 세울 것이란 말입니다. 더 이상 협조는 없을 거예요. 그러면 정말 최악의 상황을 맞이할 거예요."

설리는 천천히 하늘의 도시 사령관들을 쳐다본다. 빨간 픽셀 사령관은 턱을 괸 채 설리를 쳐다본다. 그러다 빨간 픽셀 사령관이 말한다.

"그래서 자네들도 우리의 뜻에 반대하려는 건가? 우리의 계획을 막기 위해서……?"

설리는 말없이 쳐다본다. 레나는 무슨 일인지 헷갈리는 듯 설리를 쳐다본다.

"'자네들도'라니? 무슨 말이야? 누가 또 반대해?"

레나가 답답한 듯 묻자 아라가 살며시 레나의 팔꿈치를 어루만진다. 가만히 있자는 무언의 행동이다. 레나가 아라에게 물어보려하지만 아라의 시선이 누워 있는 선우필에게 고정되어 있어 더 이상 묻지 않는다. 대신 레나는 연구원들을 쳐다본다. 그들 역시 아라와 설리와 비슷한 표정으로 선우필을 보다가 옴스크린을 쳐다본다.

"박 사령관님도 저희와 뜻을 함께하기로 했습니다."

설리가 말한다. 옴스크린에서 하늘의 도시 사령관들이 픽셀 모양이어도 당황한 기색이 역력하다. 빨간 픽셀 사령관만 별 반응 없이 설리와 아라를 쳐다본다.

"그래서 아직 오지 않았나?"

파란 픽셀 사령관이 불만스러운 말투로 말한다. 빨간 픽셀 사령관은 여전히 설리와 아라를 쳐다보고 있다. 그리고 천천히 입을 떼며 말한다.

"자네들이 모르는 것이 한 가지 있네. 지금부터 그 얘기를 해줄 테니 들어보고 앞으로 일어날 일에 대해 잘 판단하게나."

6장 3절
임프롭 태세

　본당에서 민간인들은 여전히 즐겁게 파티 중이다. 그때 박 사령관이 도착한다. 뭔가 당황해하는 표정이다. 몇 명의 민간인이 박 사령관을 보고 반가워하며 다가간다.

　"아이고, 우리 사령관님 바깥일 보고 오셨구먼요."

　한 민간인이 박 사령관에게 술을 권하며 말한다.

　"역시 사령관님이 만드신 술이 최고구먼요. 같이 한잔 쭉 드시죠."

　그 민간인의 말에 박 사령관은 난감해한다.

　"아, 네. 제가 지금 잠깐 가야 할 곳이 있어서 있다가 와서 마시겠습니다."

　다른 민간인이 다가와 웃으며 말한다.

　"이런 좋은 파티를 놔두고 어디를 가십니까? 그러지 마시고 한잔 쭉 들이켜고 가시지요."

　자꾸 술을 권해도 박 사령관은 한사코 거절한다.

"아닙니다. 지금 제가……."

박 사령관은 거절을 하다 민간인들의 표정이 순간 바뀌며 자신을 쳐다보는 모습에 멈칫한다. 그들의 눈빛은 약속이라도 한 듯 의심의 눈빛으로 변한다. 그리고 주위에 있던 다른 민간인들도 웃음을 멈춘 채 일제히 박 사령관을 쳐다본다. 방금 전만 해도 화기애애했던 분위기가 순식간에 의심의 분위기로 변하고 장내가 조용해지고 싸늘해진다.

"아, 뭐 급한 일은 아니니까 그럼 한 잔 쭉 마셔보겠습니다. 감사합니다."

박 사령관은 애써 미소 지으며 그들의 기분을 맞춰주려는 듯 술을 들이켠다.

"어디를 그리 급히 가시려고 합니까? 아이들도 그렇고 아까부터 전사들이 많이 안 보이네요."

"아이들은 여전히 저기 뒤에서 저희를 지켜보고 있겠지요? 저희를 보호하지 않고 어디로 가버린 건 아니겠지요?"

술에 취했다고 하기에는 너무나 침착하게 질문한다. 박 사령관은 고개를 끄덕인다.

"그럼요. 아이들은 언제나 우리를 지켜보고 있습니다. 그리고 전사들은 제조할 술 재료가 떨어져서 구하러 갔고요. 좋은 술을 만들려면 좋은 재료가 있어야 하지 않습니까? 매달 열리는 파티지만 그래도 다음 달에 열릴 파티는 더 특별하게 준비 중이니까 기대하세요."

박 사령관의 말에 민간인들은 그제야 웃으며 다시 술을 마시고 논다. 박 사령관은 갔다가 다시 돌아오겠다고 한다. 민간인들이 권하는 술을 몇 잔 더 마시고서야 박 사령관은 나올 수 있었다. 박 사령관은 조용히 연구소로 향한다.

진땀을 닦으며 박 사령관은 연구소로 들어온다. 마침 하늘의 도시 사령관들의 형체가 나타났던 움스크린이 꺼진다.

"사령관님!"

연구원들은 박 사령관이 들어오는 것을 보며 움스크린을 쳐다보지만 이미 꺼져 있는 것을 보고는 의아해한다.

"하늘의 도시 사령관님들이 말해줬지? 휴거 작전을 실행한다. 레나를 먼저 데리고 간다."

"레나 님만 가시는 건가요?"

한 연구원이 말한다.

"그렇다."

박 사령관이 짧게 대답한다.

"하지만 하늘의 도시에서는 아라 님도 함께 데려오라고 하셨어요."

"원래 계획은 니나 님을 먼저 데려가는 것 아니었나요?"

"여기 있는 민간인들이 우리를 테스트하듯 지켜보고 있다는 걸 알고 계셨어요?"

계속되는 연구원들의 질문에 박 사령관은 분위기가 심상치 않음을 느낀다.

"질문은 아껴두자. 이제부터 임프롭Improv 태세로 전환한다."

그렇게 말하고는 박 사령관은 아라와 설리를 보며 말을 이어간다.

"내가 레나를 데리고 갈 테니 그동안 여기를 좀 맡아주게."

박 사령관의 빠른 대처에 연구원들은 가만히 쳐다본다. 심상찮

은 분위기에 박 사령관은 움스크린을 한 번 본 후 연구원들을 쳐
다본다.

"왜 그러는 건가? 지금 페카터모리 변종과 리브 때문에 전쟁이
한창인데 빨리 움직여야 하잖아. 다들 하늘의 도시에서 무슨 얘기
를 들은 건가? 우리 본부의 민간인들은 내가 알아서 하니까 걱정
하지 말게."

박 사령관이 말한다.

"사실입니까?"

연구소 소장이 묻는다.

"뭐가 말인가?"

박 사령관이 긴장한 채 되묻는다.

"하늘의 도시에서 선우필 님의 꿈을 해독하고 최 박사님의 잃어
버린 외경을 해석해보니 결국 우리 본부는 사라질 거라고 하네요.
아니, 외경대로라면 인류가 사라질 거라고요. 그래서 하늘의 도시
에서 또 다른 계획을 세우고 있었다고요."

연구소 소장이 말한다.

"그래. 하늘의 도시에 있는 연구원들이 그렇게 해석했다고 한다.
하지만 나는 그들의 말이 맞는다고 생각하지 않는다. 외경이라고
불리는 이유가 있지 않겠나?"

"선우필 님이 매일 그 문서들을 찾으러 나간 걸 아셨잖습니까?
선우필 님도 알고 있는 겁니까?"

박 사령관은 소장의 말에 아무 대답을 하지 않는다. 소장이 다시
묻는다.

"읽어보신 겁니까?"

"그래."

소장의 질문에 박 사령관이 짧게 대답한다.

"그럼 레나 언니를 제가 데리고 갈게요."

조용히 듣던 설리가 말한다.

"아니다. 내가 직접 간다. 내가 가야만 한다."

박 사령관이 설리를 쳐다보며 말한다.

"문서들을 다 빼 갔다고 진작 말해줬으면 선우필이 고생해서 찾지 않았을 텐데 말이야."

박 사령관은 허탈하게 웃으며 말한다. 설리는 뭔가 켕기는 게 있는 듯한 표정으로 선우필을 쳐다본다.

"과연 다 빼 간 걸까? 그리고 저 오빠도 나름 자기가 옳다고 생각하는 계획을 세우고 있을지 누가 알아."

설리는 조용히 들릴 듯 말 듯 말한다. 아라가 유일하게 설리의 말을 듣는다.

"언니…… 왜 이러는 거야? 마치 우리끼리 싸우는 거 같아. 리브 언니를 우선 구해야 하는 거 아니야?"

레나가 조용히 아라에게 말한다. 레나는 불안한 듯 몸을 떨고 있다. 아라는 그런 레나를 안아주면서 잠든 선우필을 쳐다본다.

"선우필. 선우필만이 지금 상황을 제대로 이해하고 있어. 리브가 아니라면 선우필이 유일하게 지금 상황을 본래대로 고쳐놓을 수 있으니까."

아라의 말에 방에 있는 모두가 아라를 쳐다본다. 그러고는 모두가 하나같이 잠들어 있는 선우필을 쳐다본다. 이 상황을 아는지 모르는지 선우필은 입을 벌리고 침까지 흘리며 깊이 잠들어 있다.

"그게 무슨 말이야, 언니? 뭘 고쳐놔?"

울먹이는 레나가 묻지만 아라는 대답 대신 각종 무기를 챙겨 레나가 걸치게 한다. 그리고 멘사 킥보드를 레나가 들게 하고는 뉴컨 밴드를 레나의 머리에 착용해준다.

"언니…… 정말 나 혼자 이렇게 가라는 거야?"

레나가 가기 싫은 듯 아라의 팔을 꼭 붙잡는다.

"잠시만 떨어져 있는 거야. 우리 곧 만나니까 걱정하지 말고. 알았지?"

레나는 울먹이며 고개를 끄덕인다.

박 사령관은 아이들의 길로 조용히 레나와 함께 나온다. 민간인 몇 명이 술잔을 들면서 무슨 일인지를 알고 싶은 듯 천막 커튼으로 덮인 아이들의 길을 훔쳐보려는 듯 커튼 끝을 들치려고 한다.

박 사령관은 재빨리 커튼 끝을 묶어버린다. 한참 천막이 펄럭거리더니 멈춘다. 박 사령관은 레나를 자신의 멘사 헬기에 태우고 바로 하늘로 뜨는 대신 전진한다. 그리고 마치 민간인들의 눈을 피하려는 듯 아무도 없는 곳에서 멘사 헬기를 띄운다. 박 사령관과 레나를 태운 멘사 헬기는 하늘의 도시 입구로 향한다.

6장 4절
이해하지 못할 해답

"이제 말해주세요. 사령관님도 하늘의 도시가 어딘지 아시는데 왜 중령님이나 저희에게는 알려주지 않은 거예요? 그리고 왜 임프롭 태세예요? 전쟁 중이 아니잖아요?"

멘사 헬기가 한창 가는 중에 뒤에 앉은 레나가 박 사령관을 째려보며 묻는다.

"인생이 임프롭이지 뭐……."

박 사령관이 중얼거린다.

"아까부터 자꾸 뭐라고 그러는 거예요? 사령관이면서 자꾸 길 잃은 양처럼 중얼거릴래요?"

레나가 다가가 화낸다.

"길 잃은 양이 중얼거리나?"

박 사령관은 마치 염탐하듯 사방을 계속 확인하며 또다시 중얼거린다.

"사령관님!"

레나의 소리에 귀가 아픈 듯 박 사령관은 얼굴을 찡그리며 대답한다.

"나도 지금 많이 헷갈려서 그래. 이해하고 싶어도 이해가 안 돼. 왜 다 끝난 전쟁이었는데 이렇게까지 됐는지 모르겠단 말이야. 여기서는 이게 옳다 그러고 저기서는 저게 옳다 그러고……. 이제 새로운 해답이 제시되는 것 같고……. 나보고 어쩌라는 건지. 다만 지금 이렇게 하는 행동이 맞는 건지……."

"또 말끝 흐리신다. 누가 이게 옳다는데요? 무슨 해답이요? 사령관님은 저한테 다 말씀해주셨잖아요. 뭔데 저한테도 말 못 해주시는 거예요?"

레나가 답답한 듯 묻는다.

"뭔지를 모르니까 말을 못 해주지."

박 사령관도 답답한 듯 레나를 쳐다볼 듯 말 듯하며 말한다.

"우리 언니 오빠들처럼 말하네요. 따라 하는 거예요, 지금?"

레나가 삐친 듯 따진다. 박 사령관은 그제야 몸을 돌려 레나를 쳐다보며 난감한 표정으로 말한다.

"아니, 그게 아니라……."

"사령관님! 앞에!"

레나가 멘사 헬기 앞쪽을 가리킨다. 앞에서 페카터모리 변종 부대가 빼곡히 공중에 모여 마치 대형 홀랜프의 모습처럼 박 사령관의 멘사 헬기를 공격하려 한다. 그들이 탑승한 모리스틱에서 이그니스 럭스 빛이 나온다. 박 사령관이 멘사 헬기를 옆으로 돌려 피한다.

"저기 둥근 문 보이지?"

공격을 피한 박 사령관은 덜 완성된 빌딩 사이로 보이는 둥근 문을 가리킨다. 레나는 둥근 문을 보고는 박 사령관을 쳐다보며 고개를 끄덕인다. 바깥에는 페카터모리 변종들이 다시 무리를 지어 대형을 만들면서 마치 대형 홀랜프처럼 하늘을 돌아다닌다. 두 번째 공격을 시도하려 한다.

"내가 이것들을 반대쪽으로 유인할 테니 너는 저곳으로 바로 들어가라."

박 사령관은 레나에게 펜던트를 건네준다.

"이게 열쇠야."

"사령관님도 같이 가야죠! 너무 많잖아요!"

펜던트를 받아 들고 레나는 푸른 하늘이 보이지도 않을 정도로 빼곡하게 하늘을 가려 박 사령관의 멘사 헬기를 공격하려는 페카터모리 변종 부대를 쳐다보며 말한다.

"나도 이것들 다 따돌리면 따라갈 테니 먼저 가 있어라! 지금은 제발 내 말 들어."

박 사령관은 사정하듯 레나에게 하늘의 도시 입구를 가리키며 말한다. 레나는 어쩔 수 없다는 듯 멘사 킥보드를 타고 헬기에서 나간다. 페카터모리 변형 부대가 레나를 공격하려는 듯 일제히 레나 쪽으로 날아간다. 마치 대형 날파리 떼가 시커멓게 무리 지어 다가오는 듯하다. 자세히 보니 탑승한 것이 아니라 모리스틱이 그들의 몸에 박혀 있다.

"꺅!"

레나는 다가오는 그들의 모습에 무서워하며 소리 지른다. 그리고 멘사 킥보드의 손잡이를 꼭 잡고 방향을 틀어본다. 박 사령관이 멘사 헬기로 페카터모리 변종 부대를 공격하며 그들의 시선을 끈다. 시꺼먼 페카터모리 변종 부대 사이로 들어간 박 사령관의 멘사 헬기는 잠시 후 짙은 연기와 함께 나온다. 결국 페카터모리 변종 부대는 레나를 지나쳐 박 사령관의 멘사 헬기를 대신 추격한다.

"저게 뭐야 도대체? 사람도 아니고 괴물도 아니고."

레나는 날아다니면서 서서히 사라지는 페카터모리 변종 부대를 보며 혼잣말한다. 그러고는 멘사 킥보드를 지면으로 이동시키며 하늘의 도시 입구에 보이는 둥근 문에 다다른다. 둥근 문에는 이전 홀랜프 여왕의 성에 있던 우주 다락방에 붙어 있던 것과 같은 문양이 보인다. 레나는 하늘의 도시 입구 문을 쳐다보다가 자신의 펜던트를 쳐다본다. 문양이 똑같다는 것을 확인하고는 잠시 생각한다. 그러다가 펜던트를 옷 속으로 집어넣는다. 레나는 멘사 킥보드의 방향을 틀어 다시 82본부로 향한다.

*

82본부 연구실에서 잠들어 있던 모든 페카터모리 인간들이 눈을 뜨고 일어난다. 그리고 뭔가에 홀린 듯 페카터모리 변종이 되어 연구원들을 공격하기 시작한다.

"저들이 밖으로 나가지 못하게 막아야 해요!"

설리가 페카터모리 변종들의 공격을 막으면서 외친다. 아라도 연구원들과 함께 영혼의 무기를 들고 싸운다. 마일스 전사들도 나타나 돕는다. 연구원들은 영혼의 무기를 전사들에게 나눠주고 함께 사용한다. 실드가 쳐져 방어와 공격이 동시에 되는 무기이다.

영혼의 무기에 맞은 페카터모리 변종들이 맥을 쓰지 못한다. 게다가 연구원들조차 이전부터 사용하던 자신들의 무기인 것처럼 능숙하게 사용한다.

"생각보다 괜찮은데요? 강약 조절을 할 수 있는 게 성공이네요!"

"시간만 있으면 더 개발할 수 있겠어요. 사용해보니까 아이디어가 샘솟는데요?"

"장전하는 시간을 더 줄일 수 있다면……."

"그래도 지금 이 정도면 여기는 쉽게 막을 수 있겠어요."

"과연 그 꼬마 생물체도 이 무기로 막을 수 있을까요?"

"글쎄…… 워낙 잡히지 않는 생물체라."

연구원들은 저마다 말을 꺼내다가 가만히 아라를 쳐다본다. 아라는 별다른 반응 없이 선우필을 유심히 쳐다본다. 선우필은 난리통에도 여전히 기절 상태이다.

*

여왕의 성 옥상에서는 꼬마 홀랜프 완전체와 니나가 강렬한 전투를 벌인다. 하지만 꼬마 홀랜프 완전체는 압도적인 속력으로 니나를 맹렬히 공격하고 멘사보드에서 니나는 중심을 잃고 떨어진다. 다시 탑승하지만 여왕의 성에서 조금 떨어진다. 그때 꼬마 홀랜프 완전체에서 영혼이 분리되어 순간이동으로 니나가 있는 곳으로 다가가 다시 맹렬히 공격한다. 제법 가까이 있던 마일스 전사가 재빨리 영혼의 무기를 준비한다.

속수무책으로 방어만 하던 니나가 어느새 여왕의 성에서 더 멀리 떨어진다. 그나마 니나에게서 가까이 있던 마일스 전사가 따라가 영혼의 무기를 꼬마 홀랜프 영혼에 조준하고 쏜다. 이그니스 럭스 빛이 나오지만 꼬마 홀랜프 영혼은 예상한 듯 순간이동하여 사라지고 그 발포가 니나에게 향한다. 니나는 멘사 방패로 막지만 그 여파로 지면으로 떨어진다. 꼬마 홀랜프 영혼은 다시 자신의 육체/정신 이중체에게 나타나 합쳐 완전체가 된다.

여왕의 성 옥상에 우두커니 서 있는 리브를 구하려고 해든은 홀로 힘겹게 싸우고 있다. 여왕의 성 아래쪽에는 제프와 남은 알파 대원 와타나베와 하루카가 재정비하여 페카터모리 변종들을 상대하며 해든과 리브가 있는 옥상으로 다시 올라가려 노력한다. 피를 쏟는 마테오는 쓰러진 채 일어나지 않는다. 하루카가 다가가 맥박을 확인하자 그녀의 뉴컨밴드에서 강한 빛이 나오더니 손으로 강하게 그의 가슴을 압박한다. 마테오가 기침을 하면서 깨어난다.

"죽다 살아났네."

마테오는 흐르는 피를 닦으며 말한다.

김 중령이 있는 곳까지 온 니나는 수적으로 월등히 많아진 페카터모리 변종 부대와 전투한다. 영혼의 무기에 맞아 부상을 당했지만 니나는 다시 실력을 발휘한다. 니나가 합세하자 김 중령과 오웬, 형진과 마일스 전사들은 페카터모리 변종 부대를 해치우면서 다시 여왕의 성에 가까워진다. 그러고는 그들보다 더 앞에서 전투 중이던 몇 안 남은 제1본부 마일스 전사들과 제프, 와타나베, 하루카와 마테오에게 합류한다. 하지만 리브가 있는 여왕의 성 옥상으로 가려고만 하면 점점 늘어나는 페카터모리 변종들 때문에 쉽게 나아가질 못한다. 게다가 페카터모리 변종들은 전투를 할수록 강해지고 열을 맞추며 단합이 된다.

"저들 숫자가 많아지는 거야, 아니면 우리가 죽어나가는 거야?"

한 마일스 전사가 외치며 주위를 둘러본다. 함께 있던 마일스 전사들이 하나둘 죽고 그도 공격당해 죽는다.

"악!"

오웬 역시 크게 다쳐 쓰러진다. 그 모습을 옥상에서 지켜보던 꼬마 홀랜프 완전체는 다시 자신의 영혼을 분리해 오웬이 있는 곳으로 순식간에 이동해 오웬을 잡아먹으려는 자세를 취한다. 김 중령과 니나가 순식간에 멘사보드로 이동해 오웬을 구한다. 김 중령이 오웬을 잡고 꼬마 홀랜프 영혼에게서 떨어지면서 니나와 꼬마 홀랜프 영혼은 다시 전투하게 된다. 오웬을 잡고 떨어질 때 김 중령은 꼬마 홀랜프 영혼을 공격하는 것을 빼먹지 않는다. 짧은 공격이지만 꼬마 홀랜프 영혼은 휘청거린다. 그리고 나타난 니나의 공격을 방어한다. 두 사람의 합동 공격에 정신을 못 차리는 듯하다. 하지만 결국 니나는 김 중령과 무리 사이에서 점점 더 떨어진다. 김 중령은 니나에게 외친다.

"무슨 일이 있어도 그 꼬맹이를 잡아라! 죽일 수 있어!"

니나를 그룹에서 멀리 떨어트린 뒤 꼬마 홀랜프 영혼은 다시 사라지려고 하지만 니나의 뉴컨밴드에서 강렬한 빛이 나고 그 빛이 니나의 온몸에 퍼지더니 니나가 재빠르게 꼬마 홀랜프 영혼을 잡는다. 그러고는 잘 보이게 꼬마 홀랜프 영혼을 위로 들어 올린다. 꼬마 홀랜프 영혼은 '끼끼'거리는 소리를 내며 버둥버둥한다. 김 중령은 영혼의 무기를 꺼내 발사할 준비를 한다. 하지만 김 중령의 영혼의 무기가 고장 났다.

"젠장!"

"대장님…….."

옆에 쓰러져 있던 형진이 재빠르게 자신의 무기를 김 중령에게 던져준다. 김 중령이 무기를 받고 다시 준비한다.

"영혼의 무기를 가지고 있는 사람들은 빨리 저 꼬맹이한테 쏴라!"

영혼의 무기를 가지고 있는 전사들이 그다지 많이 남아 있지 않지만 그나마 가지고 있는 전사들이 무기를 장전한다.

꼬마 홀랜프 영혼은 내던 소리를 멈추고 니나를 쳐다본다.

"이모?"

꼬마 홀랜프 영혼의 말에 니나는 멈칫한다. 어느새 꼬마 홀랜프 영혼이 니나의 얼굴에 가까이 다가온다. 꼬마 홀랜프 영혼은 고사리만 한 두 손으로 니나의 볼을 잡는다. 꼬마 홀랜프 영혼의 눈을 자세히 쳐다보던 니나는 놀란 표정을 짓는다. 꼬마 홀랜프 영혼은 니나에게 말한다.

"이모도 이제 기억나니까 알겠지? 막을 수는 있겠지만 피할 수는 없어. 피할 수 없는 걸 왜 굳이 막으려고 하는 거야? 날 놔줘. 어차피 세상은 우리가 지배해야 올바르게 돌아가. 우리 없이 짜는 계획으로는 아무것도 안 될 거야. 다시 서로 헐뜯는 역사가 되풀이될 뿐이야. 우리만이 완전한 세상을 만들 수 있는 거, 이모도 잘 알잖아."

꼬마 홀랜프 영혼은 니나의 가슴골을 가리킨다.

"뭐 하는 짓이야! 다시 들어 올려!"

김 중령이 멀리서 외친다. 어느새 니나는 꼬마 홀랜프 영혼을 내려놓으려 하고 있다. 니나는 김 중령의 소리가 들리지 않는 듯하다. 상처가 깊이 파였던 자신의 가슴골을 만지며 고통스러워한다. 그러고는 자연스럽게 꼬마 홀랜프 영혼을 놔준다.

"왜……."

김 중령이 당황하며 말꼬리를 흐린다. 꼬마 홀랜프 영혼은 순간 이동을 하여 다시 꼬마 홀랜프 이중체가 있는 여왕의 성 옥상으로 돌아간다.

"잠시만. 어디 가? 아니야."

니나는 자신의 가슴을 손으로 만지면서 고통스럽게 옥상을 쳐다본다. 그러자 니나의 눈앞에 다양한 각도에서 발사된 이그니스 럭스 빛이 그물로 변하여 다가오는 것을 발견한다.

"안 돼."

김 중령은 멀리서 안타깝고 힘없이 외친다. 김 중령을 제외하고 전사들이 영혼의 무기를 쏴버렸고 그들은 하나같이 실수했다는 표정으로 김 중령을 쳐다본다.

때마침 니나 앞으로 무수히 많은 페카터모리 변종들이 다시 나타나 그들과 함께 이그니스 럭스 빛 그물에 맞는다. 아지랑이 연기가 잔뜩 피어 있는 곳에 니나도 쓰러져버린다.

김 중령은 꼬마 홀랜프 영혼이 꼭대기에서 다시 꼬마 홀랜프 육체/정신 이중체와 합체하는 것을 본다. 그리고 니나가 있을 법한 방향을 쳐다보며 니나가 꼬마 홀랜프 영혼을 놓친 것을 믿지 못하는 표정이다.

"도대체 왜……."

김 중령이 조용히 혼잣말한다.

"중령님······."

쓰러져 있던 오웬이 자신의 몸을 끌면서 김 중령 곁으로 다가오며 부른다. 오웬의 손목이 부러져 있다. 김 중령이 오웬을 일으켜 준다. 오웬이 말한다.

"저 꼬마 생물체······ 리브 누나한테서 무조건 떨어트려 놔야 해요!

"스위븐이냐?"

김 중령이 묻자 오웬은 고개를 끄덕인다.

"그러지 않고는 니나 누나가 실수할 리 없잖아요."

김 중령은 오웬의 말에 연기에 가려 보이지 않는 니나가 있을 법한 방향을 한 번 더 본다. 김 중령은 여왕 성벽에서 전투 중인 제프와 제프 군단 대원들을 쳐다본다. 그리고 여왕의 성 옥상을 쳐다본다.

"하나같이 리브에게서 떨어트려 놓으라고만 말하는데 제대로 된 이유는 아직 못 찾았나 보군."

김 중령이 다시 오웬을 쳐다본다.

"니나가 저 꼬맹이를 살려둬야 할 이유가 있던 거야?"

김 중령이 묻는다.

"모르겠어요. 그런데 꼬마 생물체는 죽이기가 힘들어요. 죽이려 할 때마다 어떠한 이유로든 계속 막혔어요."

오웬이 불안한 표정으로 김 중령에게 말한다. 김 중령 역시 오웬의 말에 뭔가 깨달은 듯 여왕의 성을 쳐다본다. 오웬이 계속 말한다.

"지금은 그저 리브 누나를 빨리 데리고 와야만 해요. 그리고 제발 해든 형을 구해주세요. 지금 자기 목숨을 희생하면 다 해결되는 줄 알고 있어요."

　오웬은 울먹이며 부러진 자신의 손목을 들고 여왕의 성 옥상을 가리키며 외친다. 김 중령은 응급 처치를 해주며 주위를 둘러본다. 함께 온 82본부와 제1본부 마일스 전사 대부분이 죽어 있다. 아지랑이 연기 역시 짙게 배어 있지만 여전히 페카터모리 변형들은 다시 진형을 맞추며 여왕의 성 주위에 집결한다.

7장 1절
상처가 존재하는 이유

    여왕의 성벽을 이용해 전투하던 꼬마 홀랜프 완전체는 점점 더 강해진다. 전투할수록 높아지는 어빌리스에 이제는 제프보다 강해진 듯하다. 제프는 들고 있던 오토바이 손잡이를 장총과 검으로 변형시켜 이전에 보여줬던 무자비한 공격을 꼬마 홀랜프 완전체에 가하기 시작한다. 처음에는 공격에 휘청거리던 꼬마 홀랜프 완전체지만 점점 제프의 공격이 읽히는 듯 피하고 막는다. 제프의 공격이 점점 더 먹히지 않고 꼬마 홀랜프 완전체는 따분한 표정으로 하품을 하더니 공중으로 떠오른다. 아까보다 공중에 점점 더 오래 머무를 수 있게 된다. 제프는 자신의 멘사 부품을 이용해 공중에 떠 있는 꼬마 홀랜프 완전체를 치려고 하지만 꼬마 홀랜프 완전체가 사뿐히 피하고 제프는 옥상으로 떨어진다.

    공중에서 자신의 신체를 육체, 정신, 영혼의 세 부분으로 마치 멘사보드가 듀얼모드로 분리되듯 분리한다. 이제는 육체, 정신, 영혼의 세 부류로 이루어진 꼬마 홀랜프가 자유자재로 분리되어 다시 옥상으로 올라가 제프와 해든을 상대로 전투한다. 꼬마 홀랜프 영혼은 보고 만지기 힘들 정도로 자주 사라졌다 하고, 꼬마 홀랜프 정신은 교활하면서도 다양한 생각으로 제프와 해든의 전투 방식을 빠르게 파악한다. 그리고 이 두 개체는 꼬마 홀랜프 육체를 통해 완전하게 완성되어 강한 힘과 속력을 제공한다.

제프의 멘사 할리데이비슨 오토바이에 남아 있던 모든 부품이 거의 다 부서지고 가지고 있던 무기마저 말을 듣지 않는다. 김 중령은 멘사보드를 타고 제프가 있는 여왕의 성 옥상에 도착한다. 김 중령은 꼬마 홀랜프 완전체를 몹시 놀란 표정으로 쳐다보며 말한다.

"쉽지 않을 어빌리스네."

제프는 김 중령이 옥상에 도착하자 뉴컨밴드로 자신의 대원들에게 말한다.

"와타나베, 하루카, 마테오. 너희 셋이서 먼저 여왕의 성안으로 진입해라."

"대장도 같이 가!"

여왕의 성 밑에서 전투하던 마테오가 외친다.

"그래요. 같이 들어가요."

"그래 대장. 뭔가 잘못되어가고 있어. 어차피 하늘의 도시에서도 우리 작전을 눈치챘을 거야. 여기서 승부를 봐야 해."

하루카와 와타나베의 말을 들은 제프가 꼬마 홀랜프 완전체와 공중에서 전투하는 김 중령을 본다. 김 중령 역시 고전하는 듯 점점 옥상에서 멀어진다. 김 중령은 계속되는 꼬마 홀랜프 완전체의 공격에 어느새 여왕의 성 지면으로 향하고 있다.

"김 중령이 길을 터줄 거다. 저 건물 안에 있는 뭔가가 이 모든 것을 조종하는 듯해. 너희가 가서 찾아라. 디에고가 먼저 들어가서 찾기를 바라지만 꼬맹이 홀랜프가 유일한 이유가 아닐 수도 있어. 다른 뭔가가 있는 듯해. 하늘의 도시와 연관이 된 건지 아니면 자연적인 현상으로 이 생물체들이 깨어나는 건지."

"내가 왜 길을 터줄 거라 생각하는 거냐!"

어느새 여왕의 성 정문에 있는 알파 대원들 사이로 도착한 김 중령이 숨을 가쁘게 내쉬면서 뉴컨밴드에 대고 말한다. 꼬마 홀랜프 완전체는 다시 여왕의 성 옥상에 간다.

"생각 이상으로 강하지만 저 꼬맹이를 해치우지 못할 정도는 아니다. 너희도 지금 전투하면서 어빌리스가 더 강해지고 있으니 함께 힘을 합치면 충분히 상대할 것 같다."

김 중령이 말한다. 다친 오웬도 김 중령이 있는 곳으로 온다. 여왕의 성 입구를 페카터모리 변형들이 막고 있고 입구 앞에서 남은 마일스 전사들과 전투 중이다.

"근본적인 원리를 찾지 못하면 무엇을 죽인다 한들 다시 재생할 것이다. 이제는 저 꼬마 홀랜프를 죽이는 것이 중요한 게 아니라 문제의 뿌리를 찾아 없애는 것이 중요하다. 김 중령 같은 사람이면 지금 내가 계획하는 일을 충분히 가능하게 할 것이다. 김 중령이 우리를 도와야 한다."

제프가 확신에 차서 말한다.

"부탁하는 주제에 명령하지 마! 지금 내가 도와준다면 순전히 오웬과 니나 때문이다. 그들의 스위븐을 믿는 것이지 너의 명령이 아니야."

김 중령은 기분 나쁜 듯 뉴컨밴드에 대고 씩씩거리며 말하더니 알파 대원들을 쳐다보며 말을 이어간다.

"내가 길을 터줄 테니 안으로 들어가라!"

김 중령과 오웬은 여왕의 성 입구를 가로막는 페카터모리 변종 부대를 상대로 전투하며 알파 대원들을 위해 길을 만들어준다. 와타나베, 하루카, 마테오가 지나간다.

"죽지 말고 살아서 다시 만나자."

와타나베가 지나가면서 김 중령에게 말한다. 제프는 와타나베, 하루카, 마테오와 남은 제1본부 전사들이 여왕의 성안으로 들어가는 것을 옥상에서 본다.

"김 중령, 나에게 오도록. 함께 저 꼬마 생물체를 물리치자."

제프가 뉴컨밴드에 대고 말한다.

"명령하지 말라니까! 오웬, 너는 몸이 성치 않으니 여기 남아 있거라. 남은 전사들도 후퇴해라."

김 중령은 투덜대며 빠른 속도로 제프에게 향한다. 오웬은 밑에서 형진과 몇몇 살아남은 82본부 마일스 전사들과 함께 뒤로 후퇴한다. 페카터모리 변종들은 공격 대신 여왕의 성 입구를 지키고만 있다. 오웬은 불안한 표정으로 옥상을 쳐다본다. 오웬의 몸은 성치 않다.

김 중령은 옥상에서 제프와 합세해 꼬마 홀랜프 완전체를 죽이려 한다. 대등하게 겨루면서 김 중령과 제프가 점점 더 꼬마 홀랜프 완전체를 몰아가기 시작한다. 해든은 그 모습을 보며 꼬마 홀랜프 완전체를 도와주려는 페카터모리 변종들을 모조리 상대하고 있다. 계속해서 초점을 잃은 듯한 리브를 쳐다보며 다가가려 하지만 이상하게 리브와 가까워지지 않는다. 김 중령과 제프가 꼬마 홀랜프 완전체를 죽이려는 순간 하늘에서 핵탄두가 날아온다.

"뭐야! 누가 명령을 내린 거야?"

김 중령은 날아오는 핵탄두를 보며 놀란다. 김 중령은 뉴컨밴드에 대고 말한다.

"이봐 박 사령관! 어디야 도대체!"

박 사령관에게 무전을 보내지만 아무 대답이 없다. 제프는 핵이 떨어지는 곳을 가리킨다.

"저기……."

제프가 가리킨 방향에서 꼬마 홀랜프 완전체가 날아가 떨어지는 핵탄두를 손쉽게 분해하더니, 자랑스러운 듯 체조 착지자세처럼 두 팔을 벌려 옥상으로 내려온다. 제프와 김 중령은 다시 페카터모리 변종 부대를 포함해 꼬마 홀랜프 완전체를 상대한다. 김 중령은 멘사보드를 위로 올려 공격하는 페카터모리 변종들을 죽이면서 아래에 있는 제프를 내려다보며 묻는다.

"이봐, 빨리 말해봐. 너는 알 거 아니야? 지금 하늘의 도시에서 무슨 계획을 꾸미는 거야? 방금 핵은 뭐냔 말이다!"

"여기서 살아남으면 말해주마."

제프의 말에 김 중령은 더 빠르고 정교하게 멘사보드를 이용해 페카터모리 변종 부대를 해치운다. 마음먹고 공격하는 김 중령의 실력에 제프는 감탄한다.

"나쁘지 않아!"

하지만 이내 날 수 있는 꼬마 홀랜프 완전체와는 다르게 페카터모리 변종들이 대부분 길게 공중에 머무를 수 있다는 것을 알게 된다. 그리고 이제는 꼬마 홀랜프 완전체처럼 조금씩 몇 마리가 날기 시작한다.

"확실히 우리처럼 더 강해지고 있어."

제프가 말한다.

"우리보다 더 빠르게 강해지고 있어. 왜 페카터모리가 점점 홀랜프처럼 보이는 거지? 홀랜프화되는 건가? 인간의 모습으로 되돌아와야 하는 거 아니야? 왜 인간의 모습이 안 보이는 거야?"

김 중령은 페카터모리 변종들을 해치우면서 의구심이 가득 찬 목소리로 제프에게 묻는다. 페카터모리 변종들은 현재 전투 중에 모습이 조금씩 변하고 있었다. 제프는 김 중령의 질문에 뭔가 이상하다는 듯한 표정으로 페카터모리 변종들을 살펴본다.

"어디서 본 듯한데……. 홀랜프가 아니라……."

제프는 말하면서 순간 해든의 표정을 본다. 해든은 뭔가 알고 있는 듯한 불안한 표정으로 리브에게 다가가려 애쓰고 있다. 제프는 멍한 표정의 리브도 쳐다본다.

"설마……."

제프는 믿기 어렵다는 표정으로 김 중령을 쳐다본다. 김 중령이 외친다.

"왜? 잘 모르겠으면 우선 해든과 리브를 구한 다음 여기서 탈출하자."

김 중령과 제프 그리고 앞에서 힘겹게 싸우던 해든까지 세 사람은 함께 꼬마 홀랜프 완전체와 페카터모리 변종 부대를 상대로 전투한다. 페카터모리 변종 부대의 수가 점점 줄어든다. 꼬마 홀랜프 완전체는 홀로 세 사람을 상대하면서 당하기 시작한다.

당황한 꼬마 홀랜프 완전체는 다른 페카터모리 변종들을 부르는 듯 괴성을 지른다. 김 중령과 제프는 귀를 막고 무슨 일인가 싶은 표정이다. 뒷모습만 보이는 해든은 귀를 막지 않는다. 무슨 일인지 해든은 발작을 일으키며 심한 분노에 가득 찼다. 해든의 몸에서 아지랑이가 조금씩 피어오른다.

"이봐! 해든!"

김 중령이 해든을 부르지만 해든은 뒤돌아보지도 않는다. 사방팔방으로 페카터모리 변종들이 다시 떼거리로 옥상으로 몰려온다.

"이런."

김 중령은 고개를 절레절레 흔든다. 제프도 난감한 표정으로 공격해오는 페카터모리 변종 무리를 쳐다본다. 제프는 남은 자신의 멘사 할리데이비슨 중 보드의 한 부분에 지탱한 채 멘사검을 더꽉 쥔다. 그때 심하게 다친 오웬이 옥상에 도착한다.

"형을…… 누나를…… 빨리 여기서 탈출시켜야 해요! 저 꼬마한테서 떨어트려 놔야 한다고요!"

오웬은 다급히 말하고는 기절한 듯 멘사보드에서 떨어진다. 김 중령이 가까스로 오웬을 잡고 옥상 끝에 내려놓는다. 김 중령은 리브를 쳐다본다. 꼬마 홀랜프 완전체가 다급한 마음에 리브를 부른다.

"엄마, 이제 한계가 왔어. 나 좀 도와줘. 나와 함께해야 한다는 걸 엄마는 알잖아. 인간에게는 미래가 없어. 새로운 세계를 만든다고 해봤자 어차피 반복되는 역사를 만들 뿐이야. 인간들은 아무리 발버둥 쳐봤자 인간일 뿐이야. 아무것도 새롭게 못 만들고 완전하게도 못 만들어. 자기네들이 완벽하다고 말하는 것도 착각일 뿐이지 완벽한 것도 완전한 것도 인간에게는 가능하지 않아. 오직 엄마하고 내가 만들어야 해. 그것이 엄마 할아버지의 계획이잖아. 엄마에게 강한 어빌리스만 있다면 이 세상을 완전한 세상으로 새롭게 바꿀 수 있잖아."

꼬마 홀랜프 완전체의 말에 계속 꿈을 꾸는 듯한 표정의 리브가 현실 세계로 돌아온 듯하다.

"할아버지의 계획이 그런지는 몰라도 '우리'는 아니야. 너는 선우희가 아니잖아."

리브의 말에 꼬마 홀랜프 완전체는 더 다급해 보인다.

"'우리가' 도대체 누구를 말하는 거야? 엄마하고 나 아니야? 엄마가 나와 합치면 내가 진짜 선우희가 될 수 있어. 엄마는 뭐든지 할 수 있는 어빌리스가 생긴다고. 세상의 모든 이치를 알게 되고 세상에서 가장 강한 존재가, 아니 전 우주에서 가장 강한 존재가 될 거야. 이 힘은 그 누구도 아닌 오직 엄마처럼 올바른 정신을 갖고 사는 존재가 가져야 해."

꼬마 홀랜프 완전체의 말에 리브는 어찌할 줄 모른다. 해든은 그런 리브의 모습에 어떻게 해서든지 리브를 구하려는 듯 계속 리브 쪽으로 다가간다.

"그 괴물 말은 듣지 마, 리브!"

크게 외친다고 하지만 중얼거리는 작은 소리로 말이 나오는 해든을 리브가 넌지시 쳐다본다. 해든은 피투성이다. 해든이 리브 가까이 다가오지만 페카터모리 변종들이 그의 앞을 가로막는다. 해든의 멘사보드는 이미 박살이 났다. 부상으로 반대편에 쓰러져 있는 오웬 역시 고통스러워하며 일어난다.

"형……."

오웬이 힘없이 해든을 부른다.

"리브! 뭐 하는 거냐고! 환각이고 환청이고 환시일 뿐이야. 지금 모든 게 착각 속이라고! 빨리 정신 차리고 나에게로 와!"

해든은 앞을 가로막는 페카터모리 변종 부대를 다 죽이면서 소리친다. 그리고 점점 리브와 꼬마 홀랜프 완전체에게 다가간다. 다가오는 해든을 쳐다보다가 꼬마 홀랜프 완전체는 다급히 리브를 쳐다본다. 순간 해든은 리브를 쳐다보면서 자신의 스위븐이 떠오른 듯한 표정을 짓는다. 그리고 놀란 표정을 짓는다.

"너…… 그런 계획을 가진 거야? 박사님 계획이야? 선우필도 동의한 거야?"

해든의 말에 김 중령과 제프는 해든을 쳐다본다. 주위가 너무 시끄럽다. 전투가 산만해진다. 하지만 해든의 귀에는 우주의 방에 온 듯 모든 것이 고요하다. 그리고 신생아 선우희가 서럽게 울면서 안아달라는 자세를 취하는 것이 보인다. 리브가 안아준다. 아기 선우희는 마치 절대 떨어지지 않겠다는 듯이 리브를 꼭 껴안고 서러움을 달랜다. 리브는 벙커의 달빛 아래에서 선우희의 등을 어루만지며 자신에게 기대 울음을 참으며 잠드는 아기 선우희의 숨소리를 느끼며 행복한 표정을 짓는다. 해든은 자신의 머리를 쳐가며 고개를 옆으로 젓는다. 그리고 리브를 쳐다보며 외친다.

"아니야. 아니라고! 지금 왜 이런 게 나오는 거야! 난 잠든 게 아니야. 지금 이건 우리의 기억일 뿐이야! 지나간 과거라고! 선우희는 이제 이 세상에 없어! 더 이상 육체로 존재하지 않는다고! 깨어나 리브! 빨리 나한테로 와!"

*

멀리서 니나가 힘겹게 일어난다. 그리고 무엇을 직감한 듯 스위 븐을 꾼 표정을 짓는다. 뉴컨밴드를 통해 해든의 말이 들린다. 니 나는 뉴컨밴드를 붙잡고 외친다.

"해든! 쓸데없는 생각 하지도 말고 아무것도 하지 마. 지금 당장 그 자리에서 도망쳐! 리브를 구할 생각 말고 먼저 피하란 말이야!"

해든이 옥상에서 뉴컨밴드를 통해 니나의 말을 듣는다. 하지만 해든은 리브를 구하려고, 그녀를 어떻게 해서든지 잡으려고 앞으 로 더 나아간다. 그의 앞을 가로막으려는 듯 페카터모리 변종들이 몰려든다.

"내가…… 내가 구해야 해. 내가 너희들을 다 지켜야 해. 나만이 너희가 마음껏 하고 싶은 거 할 수 있도록 만들 수 있어!"

해든은 강한 의지로 옥상에서 페카터모리 변종들을 상대로 전 투한다. 그 와중에 해든의 다리 하나가 잘려 나간다. 먼발치에서 니나는 해든의 어빌리스가 급격히 떨어지는 것을 감지한다.

"뭐 하는 거야! 거기서 도망치라고 했잖아! 제발 말 좀 들어!"

니나는 속상한 듯 울먹이며 해든과 리브가 있는 여왕의 성 옥상 으로 어떻게 해서든지 나아가려 하지만 더 많아진 페카터모리 변 종들이 막아서서 힘들다. 닥치는 대로 죽이기 시작하지만 페카터 모리 변종들이 너무 많은 데다 니나의 상태가 온전하지 않다. 페카 터모리들이 니나 양쪽에서 이그니스 럭스 빛을 발포한다. 니나는 듀얼보드에 탑승한 채 두 멘사검과 방패를 이용해 양쪽에서 날아 오는 이그니스 럭스 빛을 막는다. 하지만 페카터모리들은 더 강렬히 빛을 쏴댄다. 니나는 양팔에 걸친 멘사 방패로 막으면서 힘겨운지 탑승하던 듀얼보드를 빠르게 움직여 양쪽 페카터모리들을 공격한다. 각 방향으로 날아간 듀얼보드는 페카터모리들의 아담스애플을 차례로 터트리고는 다시 니나의 멘사방패에 끼워진다. 니나는 가쁜 숨을 내쉬면서 다시 멘사보드에 탑승한다. 해든이 있는 방향을 다급하게 쳐다보며 나아가려 한다. 하지만 다 죽었다고 생각했던 페카터모리들의 아지랑이 연기 사이로 또 다른 페카터모리 무리가 나타난다.

"해든⋯⋯."

니나는 절망스러운 듯 조용히 해든의 이름을 부른다.

해든은 자신의 잘려 나간 다리를 보고 뉴컨밴드로 니나에게 말한다.

"다리 하나쯤이야. 너희 모두를 살릴 수만 있다면 얼마든지 내어 줘도 돼."

그때 하늘을 나는 페카터모리 변종들이 달려와서 해든을 잡아 공중에 띄운다. 꼬마 홀랜프 완전체가 갑자기 소리를 지르며 해든에게 날아온다. 그리고 해든의 신체에 상처를 내기 시작한다.

"내 몸이야 얼마든지⋯⋯."

말을 하며 해든은 꼬마 홀랜프 완전체와 자신을 잡고 있는 페카터모리 변종들을 떼어내려는 듯 자신의 인공 팔을 떼 무기처럼 공중에서 흔들며 공격해본다. 꼬마 홀랜프 완전체는 그런 해든의 공격을 막고는 해든을 공격한다.

자신의 인공 팔로 꼬마 홀랜프 완전체를 상대하던 해든은 없어진 왼팔을 보더니 리브를 쳐다본다. 그리고 무엇이 기억나는 듯 오웬과 니나가 있는 곳을 천천히 차례대로 쳐다본다.

"니나의 가슴 상처가⋯⋯ 내 왼팔이⋯⋯ 오웬의 눈⋯⋯ 아라는 팔을⋯⋯. 그럼 우리 레나는⋯⋯."

"형⋯⋯ 안 돼⋯⋯."

옥상 끝에서 오웬이 공중에 떠 있는 해든의 말이 들리는 듯 힘겹게 외친다. 멀리서 어떻게 해서든지 해든이 있는 곳으로 가려던 니나는 소리친다.

"멍청아! 네가 희생해서 될 일이 아니야!"

해든은 오웬과 니나의 소리가 들리지 않는 거리에 있다. 그의 뉴 컨밴드도 이미 머리에서 떨어졌다. 하지만 해든은 오웬과 니나의 소리가 들리는 듯 쓸쓸한 미소를 짓는다.

"이 일은 내가 해야만 해⋯⋯."

공중에 떠 있는 해든이 오웬을 쳐다보려는 듯 고개를 힘겹게 돌리며 말한다. 오웬은 해든의 입 모양을 읽는다. 그리고 울먹이며 쳐다볼 뿐 아무것도 할 수 없는 자신이 괴로운 듯 소리 지르며 손을 뻗는다. 해든은 고개를 다시 니나 쪽으로 돌리며 뭐라고 말한다.

"니나⋯⋯ 니나를⋯⋯ 지켜야 해."

니나는 해든의 입 모양이 자신의 이름을 부른다 생각하자 더 다급해진다. 화려한 실력 발휘를 통해 주위의 페카터모리 변종들을 모두 죽이고도 계속 모여드는 페카터모리 변종들에 의해 나아가지 못한다.

"제발⋯⋯."

니나는 울먹이며 해든을 향해 손을 뻗는다.

"아…… 중령님 말씀대로 더 연습할걸."

레나는 자신이 낼 수 있는 가장 빠른 속도로 멘사 킥보드를 움직이며 82본부로 향한다.

82본부 연구소에서 연구원들과 아라 그리고 설리가 페카터모리 변종들과 전투 중이다. 페카터모리 변종들이 연구소 밖으로 나가지 않게 하기 위해 고군분투하며 죽인다.

그때 아라는 전투를 멈추더니 멍하니 시선을 돌린다. 그런 아라를 공격하는 페카터모리 변종들을 대신 막아준 설리는 아라의 시선을 따라간다. 연구소 내부이기에 벽이 보이지만 설리는 아라가 지금 어디를 보는지 알 듯하다. 여왕의 성이 있는 곳이다.

"설마……."

설리는 조심스레 아라를 쳐다본다. 이제껏 늘 차가운 표정을 유지하던 아라의 표정에는 제프가 늘 말했던 죄의식의 표정이 보인다. 먹지 말라는 사과를 한 입 베어 먹었을 뿐인데 인류의 죄를 몰고 와 낙원에서 쫓겨난 사람의 표정을 본다면 지금 아라의 표정일 것이다. 가까운 형제를 사지로 몰고 간 사람의 표정이다. 아라의 눈에서 눈물이 흐른다.

"언니, 잠깐 앉아 있어."

설리는 아라를 데리고 옆에 있는 의자에 앉힌다. 혼잡한 상황 속에 아라의 주위는 이상하리만큼 고요하다. 설리는 페카터모리 변종들이 앉아 있는 아라를 공격하려 할 때마다 막아주며 아라의 표정을 살핀다.

"다른 방법이 전혀 없었던 것일까?"

아라의 표정이 조금씩 예전처럼 돌아오는 것을 본 설리가 혼잣말한다.

*

꼬마 홀랜프 완전체는 해든을 잠시 쳐다보더니 날카로운 검을 팔에서 낸다. 그리고 빠른 속도로 해든에게 날아간다. 해든은 입을 벌려 인공 치아에서 방어막이 나오게 한다. 하지만 꼬마 홀랜프 완전체는 예상했다는 듯 순식간에 해든 뒤로 움직이고 뒤에서 해든의 몸을 가른다. 해든은 조용히 말한다.

"그러니까 뒤에도 방어막 나오게 만들어달라니까."

공중에서 해든의 몸이 갈기갈기 찢겨 떨어지는 장면에 니나는 소리 지르며 더 강렬히 멘사보드를 움직여 앞을 가로막는 페카터모리 변종들을 닥치는 대로 멘사검으로 베며 나아간다. 하지만 변형되고 있는 페카터모리들은 니나가 죽일수록 그 숫자가 더 많아지고 강해지면서 그녀를 막는다. 나아가기는커녕 니나는 도리어 뒤로 물러나 있다. 니나의 가슴 상처가 더 심해지고 그녀 역시 지치기 시작한다. 니나의 외침은 힘겹고 애절하다.

"이런 게 아니잖아!"

부상으로 지쳐 앉아 있던 오웬 역시 해든의 죽음에 분노하며 일어나 듀얼모드로 전환시킨 멘사보드를 자신에게 오게 한다. 탑승 후 꼬마 홀랜프 완전체를 죽일 듯이 여왕의 성 옥상에서 빠르게 앞으로 나아간다. 멘사검을 휘두르며 꼬마 홀랜프 완전체의 목을 베려는데 도중에 페카터모리 변종들이 공격하여 공중에서 떨어진다. 멘사보드에서 떨어지면서 곤두박질치지만 도중에 있던 페카터모리 변종들 덕에 완충되며 지면에 떨어진다. 심하게 구르면서 오웬은 오른쪽 눈을 다치고 쓰러져 기절한다.

7장 2절
최종계획이라 믿고 싶은 존재들

리브는 다시 환각 상태에 빠진 듯 여전히 멍하니 허공을 응시하고 있다. 스위븐을 본 표정과 비슷하지만 영혼이 빠져나간 듯하다. 김 중령과 제프가 옥상에서 리브를 데리러 가려 하지만 리브 앞을 지키는 페카터모리 변종 부대와 전투를 할 뿐 더 나아가질 못한다.

해든을 죽인 꼬마 홀랜프 완전체는 더 강해져 있다. 다시 옥상으로 날아와 김 중령과 제프가 페카터모리 변종 부대와 전투하는 것을 지켜본다. 김 중령과 제프가 꼬마 홀랜프 완전체를 공격해보지만 그들의 기술은 꼬마 홀랜프 완전체에 점점 통하지 않는다.

"어째서…… 어째서 점점 더 강해지는 거지? 기술이 하나도 안 먹히잖아."

제프는 숨을 헐떡이며 말한다.

"돌아가야겠어! 지금 우리 어빌리스로는 저들을 상대할 수가 없어."

김 중령의 말에 제프는 겁먹은 표정으로 어딘가를 쳐다본다. 김 중령 역시 제프가 보는 곳으로 눈을 돌린다. 하늘을 나는 페카터모리 변종들이 무리를 지어 엄청나게 크고 강한, 마치 이전에 대형 홀랜프 수십 마리가 연상되는 모양으로 뭉치면서 나타난다. 그들의 손에 붙어 있는 블랙코드에서 마치 뉴컨밴드의 빛처럼 검은빛이 나오기 시작한다.

"저것들이 무슨 생각으로……."

김 중령은 이제 대형 홀랜프보다 더 거대해진 페카터모리 변종 혼합을 올려다본다. 그들이 하늘을 가로막아 어두워진다. 뒤에 있던 꼬마 홀랜프 완전체가 괴상한 소리를 내자 페카터모리 변종 혼합은 여왕의 성 반대쪽으로 향한다. 마치 수많은 새 떼와 곤충 떼가 한데 어우러져 온 세상을 삼킬 듯한 모습으로 날아간다. 김 중령은 뉴컨밴드에 대고 말한다.

"본부로 공격 들어간다! 박 사령관! 박 사령관!"

김 중령은 애타게 박 사령관을 찾지만 여전히 연락되질 않는다. 김 중령은 뉴컨밴드가 고장 났나 확인해보지만 멘사보드는 움직인다.

"이런 상황에도 내 연락을 안 받는다고?"

김 중령은 이상함을 눈치채고 제프를 쳐다본다.

"이봐! 하늘의 도시에서는 도대체 무슨 계획을 꾸미고 있는 거야?"

제프는 김 중령의 말에 그저 82본부로 향하는 페카터모리 혼합진을 바라볼 뿐 아무 대꾸를 하지 않는다. 김 중령은 그런 제프를 보며 짜증을 내고 다시 뉴컨밴드에다가 말한다.

"아라, 들리나?"

대답이 없다. 김 중령은 한숨을 쉬더니 말을 이어간다.

"만약 들린다면 지금 본부로 페카터모리가 공격하니 준비해라. 막을 생각하지 말고 본부에 방어막을 친 후 모두 대피시켜라."

82 아믹달라 본부 연구소에서는 깨어난 페카터모리 인간들이 변종 상태에서 전사들, 연구원들과 전투 중이다. 그들의 블랙코드에도 빛이 나고 있다. 설리와 전사들이 잘 막지만 버티는 데 한계가 있어 보인다. 전사들이 하나둘 죽는다. 여전히 본당에서는 파티가 벌어지고 있고, 연구원들과 전사들은 페카터모리 변종들이 밖으로 나가지 못하게 막는다. 아라는 김 중령의 송신을 받는다.

"중령님!"

아라의 목소리가 김 중령에게 전달되지 않는 듯하다. 아라는 연구소 소장과 전사들에게 말한다.

"더 공격이 들어온다고 해요. 사람들을 다 대피시키세요."

"아니, 잠깐 기다려요. 패닉 상태로 만들면 더 위험해져요."

아라의 말을 듣고 전사들이 본당으로 나가려 하자 설리가 말린다.

"무슨 말이에요. 이제는……."

"여기 있는 페카터모리는 제가 다 막는다니까요. 우선 방어막을 치고 이곳을 정리해요. 제가 나가서 지금 쳐들어온다는 페카터모리를 어떻게 해서든지 막아볼게요."

그때 아라 뒤로 페카터모리 변종의 공격이 들어온다. 설리가 막아선다. 그리고 82 아믹달라 본부로 막 도착한 레나가 페카터모리 변종을 뒤에서 때린다.

"레나야!"

레나는 그 페카터모리 변종을 죽이지는 못한다. 때려놓고는 무서워서 벌벌 떤다. 레나는 울먹이며 소심히 말한다.

"아…… 미안……."

맞은 페카터모리 변종이 뒤돌아 레나를 죽이려 할 때 설리가 페카터모리 변종을 순식간에 죽여버린다. 아라와 설리가 레나에게 온다. 레나가 아라와 설리에게 자초지종을 설명한다.

"둥근 문이었다고?"

레나의 말에 설리가 고개를 갸우뚱한다. 그러고는 잠시 생각하다가 레나에게 묻는다.

"그럼 사령관님은 그대로 사라지신 거야?"

레나는 고개를 끄덕인다.

"나를 공격하려는 괴생물체들을 따돌리신다고 하셨어."

아라는 설리가 마치 박 사령관의 행동을 예상했다는 표정을 짓고 있는 것을 본다. 그러고는 누워서 잠든 선우필을 쳐다본다. 설리 역시 선우필을 쳐다본다.

"언니들 나하고 함께 떠나자. 선우필 오빠도 함께."

옆에서 마일스 전사가 설리의 말을 듣고는 한마디 한다.

"뭐? 그럼 이 페카터모리들은 어떻게 하려고? 네가 책임진다며? 다 없애고 가야지!"

전사의 말에 설리는 빠른 속도로 페카터모리 변종을 죽이기 시작한다. 엄청난 속도와 실력이다. 레나는 놀라고 다른 마일스 전사들도 연구원들도 모두 놀란다.

"아니, 그런 어빌리스를 가지고서 왜 진작에 다 안 죽이고……."

마일스 전사가 황당하다는 듯 말하자 옆의 연구원이 넋을 잃은 채 아라에게 말한다.

"연구 중인 생물체들도 다 없애버렸네……."

마일스 전사와 연구원들은 각기 다른 이유로 설리를 보며 놀란다. 아라는 설리의 행동이 마음에 안 든다는 얼굴로 쳐다본다.

"내가 최대한 언니 연구를 도와주려고 해서 살려둘까 했는데…… 타이밍도 실력도 안 도와주네."

설리가 어쩔 수 없었다는 듯이 아라를 쳐다보며 어깨를 들썩인다. 그때 페카터모리의 이그너스 럭스가 레나와 아라 그리고 설리에게 쏘아지고 레나가 본능적으로 멘사 킥보드로 막자 뒤로 튕겨나간다. 그런 레나를 보호하려고 아라가 반사적으로 뒤에서 잡아주지만, 이그니스 럭스의 충격에 두 사람은 설리에게서 떨어지게 된다.

레나와 아라를 향해 다른 페카터모리 변종이 공격하러 달려온다. 아라가 영혼의 무기를 쏴보려 팔을 드는데 오른팔이 부러진 듯 움직이지 않는다. 설리가 아라와 레나를 보호하러 가지만 너무 늦었다. 그때 선우필이 눈을 뜬다.

일어난 선우필은 페카터모리로 변하고 레나와 아라를 죽이려는 페카터모리 변종의 목을 발차기로 밟아 터트린다. 선우필은 엄청나게 강해진 페카터모리가 되어 연구소에 남은 페카터모리 변종들을 순식간에 모조리 죽인다. 설리는 그런 선우필이 자랑스러운 듯 소리친다.

"역시! 내가 다 처리하려고 했는데 오빠가 확실히 더 빠르네. 우린 합이 잘 맞는다니까."

설리의 말에 아랑곳하지 않고 아라는 약속이라도 한 듯 선우

필에게 글로버스 장갑과 망토 그리고 무기가 장착된 벨트를 쥐여
준다.

"아무 생각하지 말고 지금 리브한테 날아가."

아라는 마치 일어날 일이었다는 듯이 말하고 선우필의 부품을
준비하고 있었던 듯하다. 선우필은 정신을 잃은 듯 입에서 연기를
내뿜으며 이성 잃은 페카터모리처럼 행동하지만 아라의 말을 듣
고 있다. 아라가 건네준 글로버스 장갑과 무기 벨트를 착용한다.
아라가 선우필에게 망토를 입혀주며 당부한다.

"반드시 리브를 구해야 해."

"안 돼!"

설리는 아라와 선우필을 보고 외친다.

"오빠가 페카터모리 힘을 무리하게 또 쓰면 이번엔 진짜로 죽을
거야. 하늘을 날지 말라는 뜻이야."

설리는 선우필을 말리지만 아라의 표정을 보고 멈칫한다. 아라
는 스위븐을 본 표정이다. 설리가 아라에게 말한다.

"오빠까지 희생시킬 생각이야?"

아라가 아무 대답을 하지 않는다. 설리는 답답한 듯 선우필을 보
며 말한다.

"이대로 날아가면 죽는다니까!"

선우필은 설리의 말에 아랑곳하지 않고 장갑을 착용한 두 주먹
을 한번 쳐보더니 상상도 못 할 빠른 속도로 날아간다. 설리는 선
우필을 보며 아라와 레나에게 말한다.

"아직 언니들이 모르는 게 있어. 난 선우필 오빠를 아주 많이 좋
아해."

설리의 말에 레나는 빠르고 새침하게 말한다.

"아니야. 형부는 언니를 좋아해. 형부 눈을 봐. 지금 형부 눈에는 언니밖에 안 보인다고."

설리는 그런 레나의 말에 인상을 살짝 찌푸리더니 자신의 말을 이어간다.

"그런 내가 선우필 오빠를 좋아하는 것보다 더 중요한 것은 인류의 평화와 완전한 세상이야. 선우필 오빠는 다가올 완전한 인류 평화 계획에 가장 필요한 사람이란 말이야. 그러니까 절대 죽게 두면 안 돼."

설리는 다시 아라를 쳐다본다.

"스위븐으로 일어날 일이라 하더라도 바꿔야 할 건 바꿔야 해. 그것이 우리와 하늘의 도시 사령관들 사이에서 크게 다른 견해야."

설리는 멘사보드에 탑승한다.

"내가 막아볼 거야. 지금 상상하기 힘들 정도로 페카터모리가 떼지어 오는 거 같아서 죽을 수도 있겠지만 해보는 데까지 해볼 거야. 그러니까 언니들도 날 도와줘."

설리는 빠른 속도로 선우필을 쫓아간다. 설리의 멘사보드 속도 역시 선우필이 날아간 것만큼 빠르다. 아라는 그런 설리의 말에 자신의 스위븐 꿈을 어렴풋이 기억해낸다. 레나는 빠르게 가버린 설리를 보며 감탄한다.

"와, 니나 언니만큼 강한 거 같네."

그러고는 아라를 보며 묻는다.

"그런데 이미 꿈을 꾼 상태에서 그 내용을 바꿀 수가 있어?"

아라가 레나를 쳐다보며 말한다.

"알파 부대가 이곳에 온 이유가 휴거 작전 때문만은 아닌 거 같아. 나도 생각을 정리해볼게. 우선 방어막 치는 것 좀 도와줘."

"응. 언니들하고 오빠들은 괜찮겠지?"

레나의 말에 아라는 대답 없이 씁쓸한 미소를 짓는다. 그러고는 레나가 뒤돌아서자 걱정스러운 표정을 짓는다.

아라는 고민한다. 하늘의 도시가 알파 부대를 이곳으로 보낸 이유가 어떻든 간에 현재로서는 지금 하늘의 도시와 알파 부대가 틀어졌다. 페카터모리 알파에 대해 선우필이 설명한 적이 있었다. 최초의 페카터모리로서 그를 죽이기 전에 그의 유전자를 하늘의 도시에서 원했다고 해서 전해준 적이 있다고 하였다. 그 이유에 대해서는 자신도 모른다고 했다. 지금 나타난 이 기이한 현상을 정리하기 위해 아라는 자신만의 시간이 필요하다. 무엇보다 잠을 자서 꿈을 꿔야 한다. 그리고 또 기이한 현상은 박 사령관이 사라졌다는 것이다. 박 사령관은 단 한 번도 연락이 두절된 적도, 적어도 아이들에게는 말없이 사라진 적이 없었다.

아라는 82 아믹달라 본부에 방어막을 설치한다. 그리고 남은 전사들과 연구원들과 함께 본부를 정리하며 생각한다. 따로 생각할 사치스러운 시간이 없으니 이렇게라도 생각을 해야 한다. 아라는 움스크린을 쳐다본다. 그리고 살아남은 전사들과 연구원들을 쳐다보다가 열심히 정리하고 있는 레나를 쳐다본다. 레나는 지금 할 수 있는 것이 정리뿐이라는 듯 최선을 다해 도와주고 있다. 레나의 눈에는 눈물이 가득 고여 있지만 절대 소리 내서 울지 않는다. 조금 더 성장한 듯하다. 아라는 그런 레나를 쳐다보며 늘 자신을 괴롭히던 의문점을 생각해낸다.

만일 최 박사의 최종계획이 홀랜프를 없애는 것이 아니라면? 홀랜프 종이 약해졌지만 사라진 것이 아니다. 만약 예언서에 적어 놓은 메시아가 선우희가 아니라면? 예언서에는 아이라고 적혀 있지, 정확히 누구라고 밝힌 바가 없다. 누구라고는 인간들이 정해버렸다. 거기에 외경까지 나타나 인간들이 마음대로 해석하기 시작했다.

그리고 자신들에게 삽입한 스위븐 능력을 마음대로 조종할 수 있는 사람이 나타난다면? 스위븐 능력을 조종한다면 현재와 미래를 조종할 수 있다. 불가능해 보이는 능력이지만 좀 더 깊이 연구해보면 가능할 수도 있다. 어빌리스라고 불리는 능력을 이해할 수 없는 것처럼, 인간의 뇌를, 생각하는 방법을, 인간의 행동을 완전히 이해할 수 없는 것처럼 세상에 불가능하고 이해 못 하는 모든 일을 상상으로 가능하게 한다면 현실에서도 실현 가능할 수 있다는 가설이 세워진다.

질문 하나가 시작되자 아라의 머릿속에 수많은 질문이 최 박사와 겪었던 경험과 어우러져 복잡하게 얽힌다. 정말 최 박사가 어떠한 능력으로 이 세상을 자신의 의지대로 만들 수 있다면 설리 말대로 리브와 선우필이 그 핵심에 서 있을 것이다.

생각에 잠겨 물건을 집던 아라는 자신의 한쪽 팔에 아무 감각이 없다는 것을 깨닫는다. 아라는 자신의 감각 없는 한쪽 팔을 쳐다본다. 니나는 가운데 가슴골에 깊은 상처가 파여 있다. 해든은 왼팔을 잃었다. 그리고 아라 자신은 오른팔이 말을 안 듣는다.

"언니, 급한 대로 응급 처치를 해놓자."

레나가 아라의 오른팔에 응급 처치를 하듯 붕대와 부목을 댄다.

아라는 레나의 행동에 놀라 쳐다본다. 리브가 전에 말했듯 레나의 한쪽 눈은 마치 우주가 보이듯 초롱초롱하다.

"우주……."

"응?"

아라의 말에 레나가 응급 처치를 하며 동그란 눈을 더 크게 뜨며 묻는다. 아라는 레나를 쳐다보며 다시 생각에 잠긴다.

7장 3절
버섯구름

한쪽 눈을 잃은 오웬은 순간 하늘에서 온몸이 떨릴 정도로 높은 어빌리스를 감지한다. 선우필의 비행 속도는 보이지 않는 바람이 대륙을 삼킬 정도의 파도를 일으키듯 빠르다. 선우필이 지나가는 자리의 먼지가 회오리바람처럼 돌고 공중에 새로운 길이 만들어지는 듯한 착시현상을 일으킨다. 빠르게 날아가는 선우필 앞에 거대한 대형 진을 만든 페카터모리 변종 부대가 날아오면서 마주한다. 선우필의 글로버스 장갑이 날카로운 톱으로 변환되더니 빠르게 돌기 시작한다. 선우필은 두 팔을 뻗어 그들의 망을 그대로 뚫고 날아간다. 뚫리지 않을 법한 대형 진의 길이 열리고 아지랑이 연기 사이로 선우필은 단번에 여왕의 성까지 날아간다. 멘사보드를 타고 가던 설리는 선우필의 모습을 보며 감탄한다.

"멋있어."

설리는 멘사보드로 페카터모리 대형 진이 있는 곳으로 올라간다. 선우필의 장갑톱에 나가떨어지는 대형 진을 마주한 설리는 그들의 아담스 애플을 모조리 쳐낸다. 그래서 생긴 짙은 아지랑이 연기 사이로 선우필을 따라가려는데 선우필은 이미 보이지 않을 정도로 앞으로 나아갔다. 설리도 빠르지만 선우필의 속력을 따라잡지 못한다.

설리가 여왕의 성에 다다를 즈음에 다른 쪽에서 니나의 어빌리스를 감지한다. 여왕의 성 주위는 더 많은 페카터모리 대형 진 때문에 어둡다. 니나 쪽을 쳐다보던 설리는 다시 여왕의 성 옥상으로 향하는 선우필을 본다.

"늦어버렸네. 나도 오빠가 좀 저렇게 봐주면 좋겠다."

설리는 부러운 듯한 말투로 혼잣말하더니 방향을 틀어 니나가 있는 곳으로 향한다. 김 중령과 제프 그리고 형진을 비롯해 살아남은 마일스 전사들은 강력한 어빌리스를 감지하며 선우필이 여왕의 성에 거의 다다른 것을 본다.

"엄청나다."

형진은 하늘에 떠 있는 선우필을 쳐다보며 말한다. 선우필은 리브가 서 있는 옥상에 다다르지만 그 앞은 하늘을 나는 페카터모리 변종 부대들이 가로막고 있다. 그 위로 아까보다 많은 숫자의 변종들이 큰 대형 진을 이루어 하늘을 날아다닌다. 선우필은 변종 부대와 공중전을 벌인다. 마치 지면을 밟고 있듯 그들은 공중에 떠서 주먹과 다리를 이용해 선우필을 공격한다.

선우필의 눈에는 리브만 보인다. 리브는 몽환 상태로 선우필을 쳐다보고 있다. 공중전을 벌이는 선우필의 몸에서 아지랑이가 나오기 시작한다. 마치 이전 페카터모리로 변해 죽은 인간들이 떠오른다. 옥상에서 환각 상태였던 리브가 깨어난 듯 본래의 맑고 청아한 눈빛으로 선우필을 보며 말한다.

"선우필."

멀리서 시끄러운 상태지만 선우필은 자신의 이름을 부르는 리브의 목소리가 들리는 듯 리브만 쳐다보다가 앞, 뒤, 위, 아래를 가로막는 공중의 페카터모리 변종 부대의 공격을 막으며 싸운다. 수많은 페카터모리 변종들이 선우필에게 타격을 가하기도 하고 잡기도 하지만 선우필은 그들의 공격을 막고 피하면서 하나하나 죽인다. 그들의 목을 비틀어 아담스 애플을 연속으로 터트리기도 하다가 자신의 망토를 벗어 다가오는 페카터모리 변종을 덮은 후 죽이기도 한다. 공중에 떠 있지만 페카터모리의 숫자가 워낙 많아 공중에 떠 있는 섬이라고 해도 과언이 아닐 정도지만 선우필은 도리어 그들을 짓밟고 모조리 뚫고 지나간다. 옥상에 안착한 선우필은 꼬마 홀랜프 완전체와 마주한다. 뒤에서 공격하려는 페카터모리 부대에 여러 기폭장치를 던지자 터지면서 어두웠던 하늘이 다시 밝아진다.

*

설리는 니나가 있을 법한 곳에 도착한다. 그곳에서 마치 사막에서 들소 떼가 이동하듯 강한 먼지바람을 동반하는 페카터모리 변종 부대와 홀로 힘겹게 맞서 싸우는 니나를 발견한다. 심하게 부상당한 니나는 체력의 한계를 느끼며 싸우지만 결코 쓰러지지 않는다. 설리는 재빨리 멘사보드를 니나가 있는 곳으로 이동시키며 니나를 도와 함께 페카터모리 변종 부대와 전투한다.

"선우필 오빠가 위험해. 우리가 가서 말려야 해."

설리가 전투하며 말한다.

"지금의 선우필이면 리브를 구해낼 수 있을 거야."

니나는 이미 알고 있다는 듯 아까 아라와 비슷한 표정으로 말한다.

"리브 언니를 구해도 죽을 텐데 다 무슨 소용이야."

설리의 말에 니나는 멀리 보이는 여왕의 성 옥상을 바라보며 말한다.

"지금의 선우필은 리브 말고는 아무도 못 건드려."

*

여왕의 성 옥상 앞에서 꼬마 홀랜프 완전체와 전투를 하던 선우필은 공중에서 싸우다가 옥상으로 내려와 결국 꼬마 홀랜프 완전체를 쓰러트린다. 쓰러진 꼬마 홀랜프 완전체를 뒤로하고 선우필은 리브에게 다가간다. 페카터모리 변종 부대가 앞을 가로막는다.

"꼬맹이를 죽이지 않고 뭐 하는 거야!"

멀리서 보이는 듯 설리가 외친다. 니나 역시 옥상을 쳐다보며 말한다.

"리브가 삶의 유일한 목적이라고 생각하는 녀석이야. 리브 말고는 다른 건 눈에 보이지도 않을 거라고. 하지만 과연 리브도 그럴지는……."

니나의 말에 설리는 다시 옥상을 쳐다본다. 니나 주위에 있는 페카터모리 변종들은 여왕의 성 옥상을 의식하는 듯 니나와 설리 주변을 맴돌기만 하고 있다.

옥상에서 다시 몽환 상태로 서 있던 리브가 선우필을 보고 정신을 차렸는지 선우필을 향해 손을 뻗는다. 페카터모리 변종 부대가 앞을 가로막지만 선우필은 손쉽게 그들을 해치우며 리브의 손을 잡는다. 선우필은 다시 사람의 형상으로 변한다. 사람이 된 선우필의 몸에서는 여전히 아지랑이가 심하게 피어오른다. 그제야 리브는 정신이 완전히 돌아온 듯하다.

"뭐 하러 온 거야? 선우희는 나를 해치지 않아. 너는 회복하고 나서 우리를 만나러 오면 됐잖아."

기침을 심하게 하며 지쳐 있는 선우필은 아무 말 없이 리브를 쳐다본다.

"아우, 답답해."

리브는 어쩔 수 없다는 듯이 선우필을 부축하고 자리를 뜨려고 한다. 선우필은 뭔가 말하려 하지만 목소리가 나오질 않는다.

"너 죽기 일보 직전이었어, 알아? 분명 페카터모리의 힘을 쓰지 말라고 당부했잖아. 죽고 싶은 거야?"

리브의 걱정 어린 말에 육신에서 아지랑이가 잔뜩 핀 선우필은 감동과 동시에 걱정스러운 표정으로 리브를 쳐다본다. 리브는 환각 상태에서 완전히 벗어난 듯 선우필이 자신을 쳐다보는 것을 인식한다.

"왜? 뭐?"

리브는 그렇게 말하고는 쑥스러운지 다른 곳을 쳐다본다. 선우필의 다른 손이 호주머니에 들어 있는 것을 본다.

"그건 뭔데?"

선우필은 호주머니에서 보호막 펜던트 목걸이를 꺼내 리브의 목에 걸어준다. 선우필은 계속 뭔가를 말하고 싶어 하지만 목소리가 여전히 안 나온다.

"됐어, 말하지 마. 어차피 몸이 회복되기 전까지는 목소리가 안 나올 거야. 쉬라니까 너는 정말 말을 안 들어. 지금은 그냥 나한테 기대."

리브는 잔소리를 시작한다. 선우필이 더는 날아갈 수가 없는 데다가 어빌리스가 다 빠진 듯 리브에게 팔을 두르고 기댄다.

두 사람은 계단을 타고 내려가기로 한다. 옥상에 있는 문을 열고 선우필은 계속해서 잔소리하듯 조잘대는 리브를 보며 좋아한다. 그러다가 뒤에 넘어져 있는 꼬마 홀랜프 완전체를 발견한다. 꼬마 홀랜프 완전체는 사악한 미소를 지으며 손가락으로 위를 가리킨다. 선우필이 위를 쳐다보자 또 다른 핵탄두가 날아오고 있다. 이번에 꼬마 홀랜프 완전체는 핵폭탄이 떨어지게 놔둔다. 선우필은 리브의 목에 걸려 있는 펜던트를 손으로 건드려 리브 주위에 보호막을 만든다. 꼬마 홀랜프 완전체는 보호막이 쳐진 리브와 그녀의 손을 잡고 있는 선우필을 보며 천천히 다가간다. 선우필은 리브를 꼭 껴안으며 자신의 망토를 덮어준다.

페카터모리 변종들과 싸우던 김 중령은 떨어지는 핵탄두를 보고는 마지막 어빌리스를 사용하듯 폭발적으로 주위 페카터모리 변종들의 목을 자르고 모조리 죽인다. 그러고는 바닥에 누워 자신을 향해 손을 뻗고 살려달라는 부상당한 전사들을 구하러 간다. 멘사보드를 타고 가는 도중에 쓰러져 있는 오웬을 발견한 김 중령은 놀라며 방향을 틀어 간다.

"언제 여기로 날아온 거야?"

오웬을 부축하며 말하는 김 중령의 소리에 한쪽 눈을 잃은 오웬은 정신을 잃는다. 오웬을 부축하며 다른 전사들에게 가려던 김 중령은 근처 건물 뒤에서 형진을 비롯해 미리 피신한 전사들을 발견한다. 김 중령은 부상당해 움직이지 못하는 전사들과 떨어지는 핵을 번갈아 쳐다본다.

"젠장⋯⋯."

안타까운 표정으로 쓰러진 전사들을 보며 오웬만 데리고 건물 뒤로 간다. 건물 뒤에는 강철로 만들어진 통이 있어 그 안으로 들어간 후 문을 닫는다. 강철통 안에 못 들어간 다른 전사들은 포기한 듯 김 중령을 원망의 눈빛으로 쳐다보더니 고개를 떨군다.

제프는 근처 지하에 위치한 방공호를 발견하고는 그곳으로 피신한다. 전투 중이던 니나와 설리도 근처 통유리로 된 방공호로 피신한다. 여왕의 성으로 핵이 떨어지고 주위 모든 세상이 휩쓸린다. 숨지 못한 전사들은 핵폭발로 모두 죽는다. 페카터모리 변종 부대 역시 모조리 터진다. 니나는 통유리 방공호에서 짧은 순간에 선우필이 폭발과 함께 어디론가 날아가 버리는 장면을 본다. 하지만 해든의 시체가 보이질 않는다. 여왕의 성이 파괴되고 꼬마 홀랜프 완전체와 리브는 사라진다.

제프는 방공호 유리를 통해 바깥세상을 쳐다본다. 짙은 연기로 가득하다. 꼬마 홀랜프의 머리처럼 생긴 버섯구름이 형성되면서 큰 폭발이 일어나는 듯하지만 방공호 안은 고요하다. 제프는 자신이 있는 방공호가 여왕의 성에서 꽤 멀리 떨어진 곳으로 이동해 있다는 것을 깨닫는다. 의아하게 생각하는 제프가 방공호 유리를 손으로 쳐본다. 유리가 아닌 투명강철이다.

"이 재료들이 다 어디 갔나 했더니만……."

제프는 혼자 중얼거린다.

"이런 건 언제 만들어서는……."

제프는 방공호의 투명강철을 쓰다듬는다. 이전 최 박사가 발견했다는 물질을 이용해 만든 방공호이다.

7장 4절
신의 고집

몇 시간이 흘렀다. 형진을 비롯해 살아남은 부상당한 전사들이 강철통 안에서 나온다. 김 중령 역시 부상당한 듯 절뚝거리며 움직이기 힘든 오웬을 부축하며 나온다. 오웬의 한쪽 눈은 실명한 듯 상처가 깊게 파여 있다. 모두가 여왕의 성에서 꽤 멀리 떨어져 있다. 김 중령은 멘사 할리데이비슨 오토바이의 남은 부품을 타며 다가오는 제프를 발견한다. 김 중령을 만나자마자 멘사 할리데이비슨 오토바이의 부품도 수명을 다한 듯 부서진다. 제프는 아쉬운 듯 멘사 할리데이비슨 부품을 들어 올린다.

"늘 나와 함께해줬는데……."

그러고는 뉴컨밴드에 대고 말한다.

"하루카, 와타나베, 마테오. 거기 상황은 어떤가? 디에고를 찾았는가? 내 말이 들리는가?"

제프는 희망이 없다는 듯한 말투로 반복해 알파 대원들의 이름을 부른다. 하지만 제프의 뉴컨밴드에서는 아무런 소리가 들리지 않는다. 김 중령은 제프의 어깨에 손을 대며 말한다.

"우선 우리 본부로 돌아가서 재정비하고 다시 와서 찾아보는 게 나을 듯해. 자네 상태도 말이 아니니까."

역시나 부상이 심한 제프는 자신의 상처들을 보고는 다시 김 중령을 쳐다본다. 그리고 멀리 떨어져 있는 파괴된 여왕의 성을 쳐다본다. 부분적으로 미완성이었던 여왕의 성은 완전히 사라지지 않고 어느 정도 무너져 있다. 그 주위는 핵폭탄 잔해로 안개가 자욱하다. 여왕의 성 위로는 푸르던 하늘이 새까만 재로 덮여 있다.

"그래. 자네 말이 맞아. 하지만 난 확인해봐야겠어. 우리 대원들의 생사를 직접 눈으로 확인해야 해."

제프는 거의 다 파괴되었어도 여전히 부분적으로 남은 여왕의 성을 쳐다보며 말한다. 김 중령 역시 여왕의 성을 쳐다본다. 여왕의 성을 덮고 있던 안개가 걷힐 생각을 하지 않는다.

"너무 꺼림칙해. 그러지 말고 함께 본부로 돌아갔다가 다시 계획을 짜서 같이 오세. 이미 하늘의 도시에서도 너희들을 버린 거잖아."

김 중령의 말에 제프는 한숨을 쉬며 말한다.

"설리 말대로 예상이 맞아떨어지는 게 참 싫네."

그러고는 다시 김 중령을 쳐다보며 말한다.

"자네도 이해할 거야. 하늘의 도시에서 우리를 버렸다 해도 내 대원들은 여전히 내 책임이야. 난 무슨 일이 있어도 그들의 부대장이잖아."

김 중령은 제프의 말에 아무 대답을 하지 못하고 살아남은 자신의 마일스 전사들을 쳐다본다. 살아남은 전사들이 별로 없다. 오웬, 형진을 비롯한 총 7명 전사들이 심각한 부상을 입은 상태이다. 함께 강철통 안으로 들어갔던 2명의 전사는 핵폭발이 일어날 때 그 안에서 깨어나지 못했다.

"나는 부대장으로서 실격이야."

김 중령은 아까 밖에서 부상당한 채 김 중령에게 손을 뻗어 도움을 청하며 원망스러운 눈빛으로 자신을 쳐다보던 전사들이 엎어져 있던 바닥을 쳐다본다. 아무것도 남아 있지 않다. 제프는 그런 김 중령을 보며 씁쓸히 미소 짓는다.

"내가 만난 부대장 중에 자네만큼 대원들을 아끼고 사랑하는 사람을 본 적이 없어. 자네는 내가 믿을 수 있는 몇 안 되는 사람이야."

김 중령은 여전히 아무 말 하지 않고 고개를 떨군다. 제프는 그런 김 중령을 한참 쳐다보더니 뭔가 결심한 듯 고개를 끄덕이며 말을 이어간다.

"하늘의 도시에서는 언제부턴가 발생한 페카터모리 변종에 대한 원인을 파악하고 연구하기 위해 우리 알파 부대를 포함한 특수부대원들을 전 세계에 파견했지."

제프의 말에 김 중령은 그제야 고개를 든다. 제프가 이어서 말한다.

"이전 파라다이스가 있던 자리에서 선우필이 적은 자신의 꿈과 관련된 일기장과 최 박사가 만들어놓은 또 다른 외경을 찾았다고 했었지."

김 중령은 예상했다는 듯한 표정으로 코웃음을 친다.

"결국 하늘의 도시에서 먼저 수거한 거였군. 박 사령관 이 새끼. 나한테도 빨리 알려달라니까."

"그리고 특수부대 중에는 페카터모리 알파의 유전자로 구성된 뉴트론 부대가 있었어. 그들이 꼬마 홀랜프의 희생양이 되었어야 했지."

"이전 선우필이 죽였다던 그 알파 과학자의 유전자를 말하는 거군. 나도 매스클랜 시절에 본 적 있지. 그의 유전자로 뭘 했다는 얘기는 들었지만……."

김 중령의 말에 제프는 고개를 끄덕인다. 김 중령은 뭔가 생각났다는 듯한 표정으로 묻는다.

"그럼 아이들에게 휴거 작전을 실행하려는 근본적인 이유는……."

제프는 멍하니 여왕의 성 쪽을 바라보며 잠시 생각하다가 말한다.

"지금 설명을 다 하기에는 내 어휘력이 부족하고 시간도 부족하다네. 난 무엇보다 자네가 오해하지 않으면 좋겠네."

"오해 안 해. 그냥 속 시원하게 얘기해주면 안 되는 건가?"

제프는 김 중령의 말에 한참 동안 쳐다보다가 역시나 안 되겠다는 듯이 고개를 절레절레 흔든다.

"자네도 알다시피 내가 신이 아니기 때문이야. 미안하네. 지금 알려주기에는 너무 위험한 요소가 가득해. 자네가 지금 그 위험을 떠안기에는 아직 자네의 역할이 중요해."

"무슨…… 누가 너보고 신이라고……."

김 중령은 제프의 말에 황당하다는 듯 말한다.

"이것만 알려주지. 최 박사의 모든 문서와 선우필의 꿈 일기를 전부 찾고 읽게 된다면 자네가 알던 모든 것이 바뀔지도 몰라. 하늘의 도시에서 왜 그런 계획을 세울 수밖에 없는지 알게 될 거야.

벙커의 아이들을 왜 그렇게 해야 했는지 말이야. 그러니까 각오하고 읽게."

"이 아이들에게 무슨 짓을 하려는 건가?"

김 중령은 누워 있는 오웬을 보며 제프에게 말한다.

"한 가지 물어보고 싶은 게 있네."

제프는 대답 대신 말한다. 김 중령은 짜증이 나 있다. 제프는 아랑곳하지 않고 묻는다.

"자네 생각에는 아이들이라는 단어를 쓸 수 있는 건 몇 살 때까지라 생각하나?"

"무슨 소리야?"

김 중령이 짜증 내며 말한다. 제프는 그런 김 중령에게 미소를 지어 보인다.

"어느 누구에게나 적용되는 듯해. 태아, 유아, 아기, 아이……. 여전히 인간이 어떻게 부르는지에 따라 세상은 이루어지지. 우리 인간이 모든 결정을 하려고 한다는 말이야. 결정권은 권위이고 권위는 곧 권력이지. 그리고 권력을 오래 쥔 사람은 신이 된 듯한 착각을 하고 결국 파멸하지."

"무슨 소리를 하는 거야?"

"벙커의 아이들이 신 놀이를 하기에는 머리가 너무 커졌다고 판단한 모양이야."

"누가?"

김 중령은 물어보려다가 제프의 말을 다시 곱씹는다. 그러고는 뭔가 깨달은 듯 제프를 보며 말한다.

"그럼 벙커의 아이들과 같은 형태로 다른 아이들을 새로 만들고 있다는 말인가? 그 아이들이 준비되면 벙커의 아이들은 버리고?"

제프는 김 중령의 통찰력에 미소를 지으며 고개를 끄덕인다.

"과연 자네는 눈치도 판단도 빨라. 자네가 우리 알파 부대원이었으면 이런 사태가 일어나지 않았을지도 모르지."

"해든이 죽었어. 선우필도 어떻게 됐는지 어빌리스가 감지가 안돼. 니나 같은 전사도 당했고 오웬도 이 모양이야. 게다가 리브도 죽었을지 몰라. 이 모든 것이 하늘의 도시 계획이라는 거야?"

김 중령은 제프의 말에 분노가 올라 말한다. 제프는 그런 김 중령을 쳐다본다. 제프의 눈빛에는 희망과 서글픔이 섞여 있다.

"자네라면 반듯한 어른이 될 수 있어. 내가 못 하고 다른 어른들이 못 하는 일을 자네가 할 수 있으리라 믿어. 내가 못 한 일을 자네는 할 수 있을 거야. 반드시 선우필의 일기장과 최 박사의 남은 문서를 찾아 읽도록 하게. 자네가 알고 있는 모든 것이, 그리고 앞으로의 계획마저 모두 바뀔 거야. 바라건대 자네가 우리 알파 부대가 못 한 일을 마무리해줬으면 해."

"그러니까 그게 뭐냐고!"

김 중령은 제프를 죽일 듯이 쳐다본다. 제프는 묵묵히 다시 파괴된 여왕의 성을 쳐다본다. 김 중령은 그런 제프를 쳐다보다가 화를 누그러트리고 여왕의 성을 보며 말한다.

"그럼 자네가 저 여왕의 성에 들어가면 답을 찾을 수 있다는 건가? 그럼 나도 함께 가도록 하지."

김 중령이 자신의 전사들에게 먼저 돌아가라고 말하려는데 제프가 말한다.

"아닐세. 내 눈으로 여왕의 성과 꼬맹이 홀랜프를 직접 확인했으니 이제 확신이 생겼다네. 하늘의 도시를 더는 믿기 힘들다는 확신. 그리고 저 여왕의 성은 언제 사라질지 몰라. 마치 꼬맹이 홀랜프 영혼과도 같이 순식간에 사라지고 나타나기를 반복할 거야. 나와 대원들은 저 여왕의 성과 꼬맹이 홀랜프에 대해 조사하고 있었다네."

김 중령은 제프의 말에 대답한다.

"너도 못 믿겠다. 네가 저기 들어가서 잘못되면 그때는 어떻게 될지 더 모르겠고."

"그러니까 더더욱 자네는 나와 같이 가면 안 되지. 자네는 내가 따로 부탁할 일이 있어. 하늘의 도시에서는 나에게조차 알려주지 않는 사실이 있다네. 그들 몰래 자네 혼자 할 조사가 있어. 내가 했어야 할 일이지만 지금 보니 이 일은 자네만 할 수 있는 일이었어."

제프는 형진과 남은 마일스 전사들의 눈치를 본다. 김 중령이 제프에게 말한다.

"죽여버리기 전에 빨리 말해."

제프는 김 중령의 말에 입을 한 번 오므렸다가 편다.

"알았네."

제프는 형진과 다른 마일스 전사들에게 자신의 계획을 설명한다. 형진과 마일스 전사들은 김 중령을 쳐다보고 김 중령은 고개를 한 번 끄덕인다.

*

제프의 설명을 한참 듣던 김 중령이 한숨을 쉰다.

"그런 일은 나 혼자서 하기엔 무리야."

제프는 김 중령이 이렇게 말할 것이라는 걸 알았다는 듯 곧바로 말한다.

"그래서 내가 소개해줄 친구가 있네. 자네도 들어봤을 거야. 현재 제1본부 히포캠퍼스를 맡고 있는 사령관이야. 그를 만나 보게. 믿을 만한 사람이니까."

김 중령은 들어본 적 있다는 듯 고개를 끄덕인다. 제프는 잠시 머뭇거리다가 말한다.

"그리고 자네의 오랜 친구인 건 알지만 박 사령관을 조심하게."

김 중령은 제프를 노려보며 말한다.

"네가 할 말은 아니다."

제프는 씁쓸히 웃는다. 김 중령은 이를 악물더니 이내 한숨을 크게 쉬고는 자신의 멘사보드를 제프에게 건네준다. 제프는 멘사보드를 보며 살짝 미소를 짓는다.

"오랜만에 타보겠구먼."

"만약 이상한 어빌리스가 감지되면 너라도 즉시 죽여버릴 것이다. 그러니 정신 바짝 차리고 여왕의 성에 들어갔다가 우리 본부로 돌아와."

김 중령은 제프에게 말하고는 바닥에 널브러져 있는 그나마 멀쩡한 멘사보드를 몇 대 찾는다. 그러고는 다친 오웬을 멘사보드에 눕힌다. 오웬은 한동안 아무 말 없이 이전에는 보기 힘든 차가운 표정으로 누워 있다. 김 중령은 그런 오웬을 잠시 보다가 머릿속이 복잡한 듯 고개를 흔든다. 그러고는 오웬이 누워 있는 멘사보드와 자신의 다른 멘사보드를 페어링시킨다. 다른 마일스 전사들도 자신들의 뉴컨밴드로 멘사보드를 페어링시킨다. 살아남은 전사들을 데리고 김 중령은 82 아믹달라 본부를 향해 멘사보드를 낮게 띄워 출발한다.

제프는 떠나는 그들을 보며 멘사보드와 자신의 뉴컨밴드를 페어링시킨 후 뉴컨밴드에 대고 말한다.

"설리 들리나?"

설리의 목소리가 제프의 뉴컨밴드에서 들린다.

"대령, 살아 있었네? 우리 대원들이 감지되지 않아."

"그래. 우선 니나와 함께 82본부로 돌아가 김 중령과 합세해라."

제프가 뉴컨밴드로 얘기한다. 설리의 목소리가 들린다.

"아니야 대령. 난 대령하고 같이 있어야지……. 무슨 말을 하는 거야?"

금방이라도 울 것 같은 설리의 목소리에 제프가 웃으며 말한다.

"난 제프 부대장이야. 이제부터는 부대장으로서 마지막 미션이 야."

설리의 다급한 목소리가 들린다.

"혼자 여왕의 성으로 들어갈 생각을 한다면 멈춰봐. 내가 같이 갈 거야. 대령 혼자는 위험해."

설리의 목소리를 들으며 제프는 기분이 좋아진 듯 미소를 짓는 다. 그리고 다시 굳은 표정으로 뉴컨밴드에 대고 말한다.

"고맙지만 아니다. 지금 나보다는 82본부가 너를 더 필요로 한 다. 우리 부대는 오늘부로 해산이니 이것이 내가 부대장으로서 내리는 마지막 명령이 될 것이다. 알파 특수부대와 함께해서 즐거웠다. 나중에 꼭 다시 만나자."

제프의 뉴컨밴드에서 설리의 다급한 목소리가 들린다.

"대령, 무슨 소리야."

제프는 연락을 끊어버린다.

*

핵이 터지고 남은 자리에 안개가 자욱하다. 이내 핵으로 생기는 낙진이 내리기 시작한다. 제프는 여왕의 성으로 향하고, 김 중령과 멘사보드에 실려 가는 오웬 그리고 남은 전사들은 쓸쓸히 82본부로 향한다. 오웬은 다친 눈을 부여잡고 움직이지 못하는 몸으로 흐느끼고 있다.

*

82본부로 향하던 니나는 멈춰 서서 안개 자욱한 여왕의 성을 쳐다본다. 그런 니나를 따라가던 설리도 멈춘다.

"아무래도 나는 돌아가 봐야겠어."

니나가 말하며 다시 안개 자욱한 여왕의 성으로 방향을 돌린다. 설리가 니나 앞으로 와서 두 팔로 가로막는다.

"아직 모르는 게 너무 많아. 위험하니까 같이 본부로 돌아가서 계획을 다시 짜서 오자. 어빌리스가 아무것도 감지되지 않잖아. 제프 대령이 나한테 82본부로 돌아가라고 말한 건 언니와 함께 우리가 우선 안전한 곳에 있게 하려는 거야. 지금은 여왕의 성으로 가면 안 돼. 리브 언니가 살아 있다 하더라도 우리가 아는 그 리브 언니가 아닐 수 있어. 게다가 언니 몸이 지금 성치도 않잖아."

설리가 간절히 부탁하듯 말하지만 니나는 대꾸 없이 여왕의 성을 쳐다본다. 설리 역시 그런 니나를 쳐다보다가 다시 여왕의 성을 쳐다본다. 잠시 생각하던 설리는 벌렸던 두 팔을 다시 접는다.

"정말 언니들이나 오빠들의 고집을 이길 수가 없겠네. 알았어. 같이 가 그럼."

설리는 포기한 듯 말한다. 그런 설리를 보며 니나가 고개를 흔들며 말한다.

"아니야. 나 혼자 갈 테니 너는 돌아가. 너는 82본부로 가서 김 중령님과 작전을 짜서 다시 와."

"나도 제프 대령이 마음에 걸려서 그래. 난 아무래도 제프 대령과 우리 부대 사람들과 함께하는 게 맞는 거 같아."

니나는 설리를 잠시 쳐다본다. 그러고는 어쩔 수 없다는 듯 눈을 감고 생각하다가 눈을 뜬다.

*

니나와 설리는 멘사보드를 타고 여왕의 성으로 향한다. 두 사람은 안개 속으로 사라진다.

에필로그
……신은 자기 뜻대로 실행한다

우주에서 조그마한 지구가 보인다. 지구에 가까이 다가가고, 더 가까이 가니 들것에 실린 오웬과 살아남은 김 중령 부대가 보인다.

제1본부 사령관 존과 부사령관 조던은 자신들의 전사들과 함께 전쟁 준비를 한다. 존의 뉴컨밴드에서 빛이 깜빡거린다.

"제프……."

존은 멀리 어딘가를 쳐다보고 조던 역시 침울한 표정으로 존이 보는 곳을 함께 바라본다.

빠르게 지구의 지면을 보여주며 어느새 멘사보드를 잠잠히 타며 여왕의 성으로 향하는 니나와 설리가 보인다.

여왕의 성을 보여주는 과정에서 늘어난 촉수 안에서 폐소공포증으로 숨을 가쁘게 쉬다가 쓰러지는 제프가 보인다. 제프의 손에는 블랙코드가 박혀 있다. 잦은 떨림이 생기던 제프의 손이 어느덧 멈춘다. 제프는 숨을 쉬지 못한다. 제프를 폐쇄시킨 촉수는 빠르게 여왕의 성으로 들어간다. 그 촉수는 페카터모리 변종으로 변해

버린, 이제는 완전한 페카터모리가 되어가는 알파 대원들과 블랙코드가 박힌 그들의 손들 그리고 수많은 페카터모리 변종 무리들이 완전체로 바뀌어가는 모습을 따라간다. 그들의 완전체 모습에는 중형 홀랜프와 페카터모리가 되었을 때의 선우필 그리고 리브의 형상이 보인다. 그들 뒤에는 꼬마 홀랜프 완전체가 리브의 품에서 잠들어 있다. 그러고는 리브의 몸으로 꼬마 홀랜프 완전체가 흡수된다. 리브는 페카터모리로 변한다.

82 아믹달라 본부 마당에 멘사 헬기가 내려앉는다. 그 안에서 내리지 못한 채 어두운 표정으로 안개 자욱한 여왕의 성을 바라보던 박 사령관은 본부 건물 밖으로 나오는 아라와 레나를 쳐다본다. 레나는 아라를 부둥켜안고 두려움에 떨면서 멀리서 자신의 가족들이 돌아오기를 간절히 기다린다. 본부에는 술에 취해 즐거워 보이는 민간인들이 나와서 핵 잔해를 보며 방어막이 쳐진 본부를 둘러본다.

"뭐야? 불꽃 축제라도 연 거야? 왜 진작 알려주지 않았어? 오랜만에 희한한 날씨네. 공기가 좋은 건가? 아닌가?"

민간인 한 명이 술에 잔뜩 취한 채 주위를 둘러본다. 또 다른 민간인이 역시나 잔뜩 취한 모습으로 아라와 레나를 보며 말한다.

"우리 여신님들은 왜 밖에서 이러고 있어. 들어와서 좀 마시고 놀아."

아라는 민간인의 기분을 맞춰주려는 듯 억지로 웃어준다.

"네, 감사해요. 곧 들어가겠습니다."

아라는 그렇게 말하고는 기분 좋게 들어가는 민간인들을 쳐다본다. 그들이 완전히 들어가자 다시 멀리 안개가 자욱한 여왕의 성을 쳐다본다. 그리고 멘사 헬기에서 고민하는 박 사령관과 눈이 마주친다.

새롭게 변한 페카터모리 변종들은 이제 변종이 아닌 완전한 페카터모리의 모습이다. 그 모습은 홀랜프, 선우필 페카터모리 그리고 리브의 모습이다. 그들은 뒤를 돌아본다. 그 뒤에는 새로운 여왕이 된 리브가 페카터모리의 모습으로 앉아 있다. 여왕이 된 리브의 모습에서는 설리가 전에 리브를 보며 서술했던, 여신이라는 정의를 내리기 적합한 완벽한 인간 리브의 또렷한 이목구비가 보인다. 좋은 피부, 오똑한 코, 황홀한 눈, 키스하고 싶은 도톰한 입술이다. 게다가 그녀는 수십 개의 아름다운 촉수가 머리와 등에 달려 있고 가장 아름답고 강한 모습으로 앉아 있다. 수많은 페카터모리가 자신들의 여왕인 리브를 향해 절하고 명령을 기다린다.

홀랜프 3

1판 1쇄 인쇄 2025년 3월 21일
1판 1쇄 발행 2025년 3월 31일

지은이 사이먼 케이
펴낸이 김성구

책임편집 김지용
콘텐츠본부 고혁 양지하 김초록 이은주 류다경
디자인 이영민
마케팅부 송영우 김지희 김나연 강소희
제작 어찬
관리 안웅기 이종관 홍성준

펴낸곳 (주)샘터사
등록 2001년 10월 15일 제1-2923호
주소 서울시 종로구 창경궁로35길 26 2층 (03076)
전화 1877-8941 | 팩스 02-3672-1873
이메일 book@isamtoh.com | 홈페이지 www.isamtoh.com

ISBN 978-89-464-2303-9 04810
ISBN 978-89-464-2285-8 (세트)

• 값은 뒤표지에 있습니다.
• 잘못 만들어진 책은 구입처에서 교환해 드립니다.

샘터 1% 나눔실천
샘터는 모든 책 인세의 1%를 '샘물통장' 기금으로 조성하여 매년 소외된 이웃에게
기부하고 있습니다. 2023년까지 약 1억 1,200만 원을 기부하였으며, 앞으로도 샘터는
책을 통해 1% 나눔실천을 계속할 것입니다.